LYSANDRA BOOKS

– LEIDENSCHAFTLICH PHANTASIEREN –

Bibliografie

Der Fluch der Mondsklaven
Band 1 – Verrat (Veröffentlichung 03/2018)
Band 2 – Verbannung (geplant: Veröffentlichung 03/2019)
Band 3 – Vergeltung (geplant: Veröffentlichung 03/2020)

Jacqueline F. Eckert

Der Fluch der Mondsklaven

Verrat

Lysandra Books

Jacqueline F. Eckert
Der Fluch der Mondsklaven – Verrat
ISBN Print: 978-3-946376-43-9
ISBN eBooks: 978-3-946376-44-6 (ePub), 978-3-946376-45-3 (mobi)

Overbeckstraße 39, 01139 Dresden
www.lysandrabooks.de

Coverdesign/Umschlaggestaltung/Symbole & Karte Innenteil:
© Takezo Design Dirk Schröck, www.takezo-design.de
Stockfotos Cover via http://de.depositphotos.com/ 8936783 (val_th), 9432552 (danielkrol85), 11564498 (clearviewstock), 42315313 (heckmannoleg)
Lektorat/Layout/Satz: Lysandra Books Verlag
Druck/Bindung: www.primerate.at/

Bibliographische Information der Deutschen Nationalbibliothek
Die Deutsche Nationalbibliothek verzeichnet diese Publikation in der Deutschen Nationalbibliografie; detaillierte bibliografische Daten sind im Internet über http://dnb.ddb.de abrufbar.

Für meine Eltern Štefica und Thomas
und meinen Bruder Maximilian

1

Der Mensch ist ein Seil, geknüpft zwischen
Tier und Übermensch –
ein Seil über dem Abgrunde.
Ein gefährliches Hinüber,
ein gefährliches Auf-dem-Wege,
ein gefährliches Zurückblicken,
ein gefährliches Schaudern und
Stehenbleiben.

(Nietzsche)

Man nannte uns Fehler. Fehler der menschlichen Entwicklung. Bestien in harmloser und unscheinbarer Gestalt. Fremdgesteuert durch eine höhere Macht besaßen wir *Sklaven des Mondes* nicht einmal einen eigenen Willen.

Zumindest dachten das die anderen Bewohner Hérons über uns. Diejenigen, die sich selbst als eine Verbesserung der menschlichen Entwicklung ansahen. Die sich über unsereins stellten. Nicht zuletzt deshalb, weil die meisten von ihnen die Elemente kontrollieren konnten. Selbst die Zeit schien für sie lediglich eine Zahl zu sein.

Ich betrachtete mich im Spiegel und seufzte, wandte dann meinen Blick wieder ab. Selbst wenn ich mit meinen langen, dunkelbraunen Haaren zumindest das schlangenartige Mal an meiner linken Schläfe verdecken konnte, so verrieten mich nach wie vor meine Augen. Augen, die so tief und schwarz waren, als wollten sie jegliches Sonnenlicht verschlucken. Meine Augenringe verstärkten die Illusion von schwarzen Löchern, bewiesen gar damit, dass selbst wir *Sklaven des Mondes* schlafen mussten.

Allerdings war seit vorgestern alles anders. An Schlaf vermochte ich zu jenem Zeitpunkt nicht zu denken, ich erinnerte mich nicht einmal daran. Aber ich wusste, dass solche Gedächtnislücken ab sofort meine ewigen Begleiter werden würden. Das, was ich von nun an in Vollmondnächten tat, würde ich weder wissen noch kontrollieren können.

Vorgestern Abend hatte ich mich zum ersten Mal in einen gefallenen Drachen verwandelt – viel zu spät, denn normalerweise setzte die erste Verwandlung schon mit Vierzehn ein. Doch für mich konnte es gar nicht spät genug beginnen. Denn von nun an galt ich als potenzielle Gefahr, sofern ich meine Emotionen nicht unter Kontrolle hatte.

Mit hämmernden Kopfschmerzen drehte ich mich zum Fenster um. Meine Augen folgten dem Weg der Sonnenstrahlen: wie sie die einzelnen Dächer der Behausungen des ersten Rings liebkosten und in goldenes Licht hüllten. In dem Bereich, den normalerweise nur Adelige bewohnten – und die Diener des Palastes.

Ausgerechnet jenes Bauwerk schien das Licht nicht durchdringen zu können. In seiner violett-schwarzen Erscheinung warf es einen viel zu dunklen Schatten auf das Land. Das Wort des Königs besaß höchste Priorität – Andersdenkende wurden ausnahmslos verbannt.

Oder seinem jüngsten Sohn ausgeliefert.

Dem einzigen Genträger der schwarzen Magie.

Augenblicklich fröstelte es mich, sodass ich die Arme um mich schlang und mich wegdrehte. Nur um wieder meinem Spiegelbild zu begegnen, dass ich mindestens ebenso verabscheute wie die Regeln und Gesetze dieses Landes. Gesetze, die Empfindungen und Gefühle als *menschliche Schwäche* ansahen und jegliche Zurschaustellung untersagten. Denn laut den Elfen – den obersten Regenten und dem Hochadel – führten Emotionen zwangsläufig zu Krieg. Selbst Liebe würde nur zu Eifersucht führen und diese sich schnell in Hass wandeln, wodurch ein Krieg nicht mehr zu verhindern wäre.

Auf Héron – dem geheimen sechsten Kontinent der Erde – sollten die Bewohner wie ein präzises Uhrwerk funktionieren, um ihren Aufgaben gerecht zu werden. Freizeitaktivitäten wie Kunst, Musik und Literatur waren nur in zensierter Form erlaubt und mussten vor ihrer Veröffentlichung vom König höchstpersönlich für ›unschädlich‹ erklärt werden.

Ich schüttelte den Kopf und wanderte durch mein spärlich eingerichtetes Dachbodenzimmer. Dass in meinen Schränken etliche Zeichnungen versteckt lagen, deren Inhalte äußerst emotionsgeladen waren, wusste nur ich.

Es klopfte an der Tür.

»Thyra?«, hörte ich die Stimme meiner Mutter Salra. »Bist du bereit für die Zeremonie?«

Stöhnend warf ich meinen Kopf in den Nacken und kniff angestrengt die Augen zusammen. Am liebsten würde ich mich wieder zurück ins Bett verkriechen, um von all den missgünstigen Blicken verschont zu bleiben, die sich heute auf mich richten würden. Bei einem Spektakel, das die Feen auf die Kristallkugeln sämtlicher Haushalte Hérons übertrugen, weil ich nun eine von *ihnen* wurde – eine Dienerin des Palastes.

Noch immer sah ich vor meinem inneren Auge, wie sie die Köpfe zusammengesteckt und flüsternde Worte ausgetauscht hatten, als ich gestern in der Frühe in der königlichen Kutsche meinen Weg vom dunklen Wald Tenerest zurückgelegt hatte. Unmittelbar nach meiner Verwandlung. Und mit Blut befleckt. Die Zeugnisse meiner Tat standen mir wie ins Gesicht geschrieben, auch wenn ich mich nicht selbst daran erinnerte. Sie sahen es in meinen Augen. Es waren die Augen einer Bestie.

Die Worte der Bürger Hérons wollten nicht mehr aus meinen Gedanken verschwinden. Sie verachteten mich für das, was ich war. Für etwas, über das ich nicht selbst bestimmen konnte.

Inzwischen war meine Mutter in mein Zimmer getreten und drückte mich an sich. »Du schaffst das«, beteuerte sie. »Ich weiß das.«

Mühevoll schluckte ich den Kloß in meinem Hals hinunter und hob meinen Kopf, als meine Mutter wieder von mir abließ: Eine Frau, die von außen betrachtet nichts mit mir gemein hatte außer vielleicht den äußerst weiblichen Körperbau. Ihr schulterlanges Haar schimmerte in einem dunklen Rot, das mich an Weinreben erinnerte. Ihre wachen und aufmerksamen Augen hingegen strahlten eine Nuance heller; selbst an verregneten Tagen schien es, als hielten ihre Iriden Licht gefangen. Ihrem jungen Aussehen nach zu urteilen käme kaum einer auf die Idee, dass sie bereits zwei Kinder geboren hatte. Allgemein wirkten alle Mitglieder unserer Familie jünger als sie tatsächlich waren. Doch besonders einprägsam war für mich Salras Geruch: ein Gemisch aus Sandelholz, Jasmin und Waldbeeren.

»Danke, Mama«, murmelte ich und versuchte zu lächeln.

Allerdings war ich nicht sonderlich überzeugend.

Ich sollte von heute an ein Mitglied der Königsfamilie bewachen und ihm oder ihr zugleich als Zofe dienen? Nicht im Entferntesten glaubte ich daran, dass ich dieser Aufgabe gewachsen sein könnte. Ich hatte mich in meinem Leben noch nie derart unvorbereitet gefühlt.

Ich hörte die schweren Schritte meines Vaters Thassillo auf der Treppe, lange bevor ich ihn sah. Eine Gestalt, groß und mit derart breiten Schultern, dass sie gerade so den Türrahmen passieren konnte, tauchte in meinem Blickfeld auf. Der Farbton der raspelkurzen Haare erinnerte an feuchte Erde oder Baumrinde, so wie der meine. Auch unsere Gesichtszüge ähnelten sich.

Charakterlich hatten mein Vater und ich ebenfalls viel gemeinsam.

Bis auf eine einzige Sache.

Er verfluchte weder seine leeren schwarzen Augen noch das Schlangenmal auf seiner linken Schläfe. Ganz im Gegenteil: Er trug die offensichtlichen Merkmale seiner Abstammung mit Stolz. Als ein Nachfahre der Basilisken war er schon in jungen Jahren dazu auserkoren worden, den König höchstpersönlich zu bewachen, ja sogar die gesamte königliche Armee anzuführen – sein Vater verschwand an jenem Tag und wurde seither nie wieder gesehen. Niemand wusste, ob er tatsächlich freiwillig gegangen war.

Und trotz dass die Bewohner Hérons ihm gegenüber eine gewisse Verachtung hegten, so hielt sich diese mit der Ehrfurcht, die ihm seine Soldaten entgegenbrachten, in der Waage.

In diesem Moment wünschte ich mir nichts sehnlicher als den Mut meines Vaters zu besitzen. Seinen Stolz und seine Ehrenhaftigkeit. Ich sah ihn mit großen Augen an. Natürlich trug er auch heute die schwarze Uniform als Diener des Palastes. Sie bestand aus einer Jacke mit einer Vielzahl von violetten Knöpfen und Streifen und einer ebenso schwarzen Stoffhose. Auf dem Rücken und seiner linken Brusttasche, genau über dem Herzen, war das Zeichen der Königsfamilie abgebildet: Ein verschnörkeltes ›A‹ für den Familiennamen ›Aronos‹, das von den vier Naturgeistern umgeben war, gekennzeichnet durch die universellen Elemente Feuer, Wasser, Erde und Luft – als hätten die Naturgeister höchstpersönlich König Askeelan Aronos zum rechtmäßigen Herrscher auserkoren.

Alle Diener des Palastes trugen *sein* Zeichen. So auch meine Mutter Salra, die in der Küche aushalf und für den Nachmittagstee verantwortlich war. Jede süße Speise musste zuerst von ihr vorgekostet und als ›perfekt‹ deklariert werden, bevor sie den Weg zur Königsfamilie fand.

Mein Vater Thassillo grinste verschmitzt. »Hübscher Bademantel«, tat er kund. »Wem der wohl gehört?«

Ich blinzelte, bewegte meinen Kiefer von rechts nach links und verschränkte mit hochgezogenen Brauen meine Arme. »Das ist eine *Robe*«, verbesserte ich ihn und wies auf den seidenen, rauchblauen Stoff, dessen Ränder von silbernen Fäden durchzogen waren. »Um genau zu sein, ist es *deine.*«

Aus diesem Grund war sie mir auch viel zu lang und zu groß. Einzig und allein die silberne Kordel hielt notdürftig alles zusammen. Aber es war die offizielle Robe unserer Familie: Auf dem Rücken erstrahlte die sichelförmige, silbrige Abbildung des Mondes in Kombination mit unserem Schlangenmal. Es war eine Pflicht, sie zu solch einem Anlass zu tragen. Zumindest bis ich sie gegen meine offizielle Zofenuniform austauschte.

Allerdings konnte ich mein Grinsen nicht unterdrücken – mein Vater verstand sich ausgezeichnet darin, meine Laune zu heben. Wir teilten eben den gleichen albernen Humor.

Ich ging auf ihn zu und umarmte ihn. Er drückte mich fest an sich. Es kam so selten vor, dass ich meinen Vater sah. Als persönliche Leibwache des Königs war es ihm nicht vergönnt, bei uns zu nächtigen oder gar mit uns zusammenzuwohnen. Nur ein paar

Ausnahmen, wie Geburtstage oder einige freie Tage, befreiten ihn hin und wieder für kurze Zeit von seiner Pflicht.

»Ich habe dich vermisst«, flüsterte ich, während ich das Gesicht an seine felsenharte Brust drückte. »So sehr.«

»Ich dich auch, mein Kind«, entgegnete er mit belegter Stimme.

Leider mussten wir uns gleich wieder trennen, da die Zeit nicht auf uns wartete. Die Zeremonie begann schon bald.

Meine Mutter lächelte mich an und fuhr mit ihren Fingern durch meine Haare, fasste sie zu einem Knoten zusammen. »Schatz, möchtest du nicht lieber deine Haare hochstecken? Die verdecken doch dein schönes Gesicht.«

Aber davon wollte ich nichts hören. Das Wort *schön* hatte ich nie mit mir in Verbindung gebracht, schon gar nicht mit meinem Gesicht.

»Nein«, gab ich kleinlaut von mir. »Ich möchte nicht, dass sie mich anstarren.« Denn das würden sie unweigerlich tun, vor allem, weil sich mein *Mondsklaven*-Mal an der Schläfe ständig veränderte. Sie würden sofort erkennen, dass ich meine Bestie nicht unter Kontrolle hatte. Dass ich nichts anderes war als eine tickende Zeitbombe.

Meine Mutter blinzelte. »Wer? Wer starrt dich an?«

»Die anderen.«

»Das ist doch Unsinn!«

»Das ist alles andere als Unsinn!«, brachte ich unter zusammengebissenen Zähnen hervor. »Du weißt ebenso gut wie ich, dass uns sogar die anderen *Mondsklaven* ausgrenzen.«

Wesen, die uns so ähnlich und doch so fremd waren.

Weil wir anders waren.

Gefährlicher.

Unberechenbar.

Zwar hatten alle *Mondsklaven* eines gemeinsam: Wir verwandelten uns bei Vollmond – allerdings war jeder von ihnen durch gewöhnliche Waffen verwundbar und halbwegs zu kontrollieren.

Nicht so wir.

Wir waren gefallene Drachen, Basilisken, gigantische Schlangenbestien. Durch unsere panzerharten Schuppen vermochte kaum ein

Speer oder Schwert zu dringen und unsere Zähne glichen messerscharfen Klingen. Ganz zu schweigen von unserer enormen Größe, aufgrund derer Basilisken-Angriffe erschienen, als wäre ein Tornado durch die Landschaft gebraust.

Basilisken mordeten grundlos, ohne Rücksicht auf Verluste. Die emotionsgeleitete Kontrolle über unsere Bestien erlangten wir nur unter schwersten Bedingungen: Waren die anderen *Sklaven des Mondes*, wie beispielsweise Nebelwölfe, Schattenkatzen und Dunkelphönixe, leichter zu besänftigen, versuchte der Basilisk in uns immer wieder aufs Neue die Oberhand zu gewinnen.

Sogar *bevor* wir uns das erste Mal verwandelten.

Schon von Kindesbeinen an hatte ich damit zu kämpfen, dass sich bei jeder noch so kleinen Gefühlsregung meine Schuppen gezeigt hatten. So schwarz wie Pech und so finster wie die tiefste Nacht – eine Nacht ohne Sterne. Sie überzogen meine Arme, meine Beine, mein … *Gesicht.*

So kannte ich bisher nur Einsamkeit, sobald ich diese vier Wände verlassen hatte. Niemand traute sich in meine Nähe.

In *unsere* Nähe.

Und sie verachteten uns.

Uns *alle.*

Denn obwohl meine Mutter eine Magierin war, hielt es die anderen Bewohner Hérons nicht davon ab, sie ebenfalls zu verachten. Weil sie sich mit einem ›Cerrejonensis‹ eingelassen hatte, um die Blutlinie fortzuführen.

Zwar wurden diese *speziellen* Gene bei *Mondsklaven* immer nur an das erste Kind weitervererbt, wodurch sich bei meinem zwei Jahre jüngeren Bruder Maykil nur die Magier-Gene zeigten. Doch war es trotzdem ein Kind, ein *Leben*, zu viel.

Ich war zu viel.

Inzwischen machte sich ein Ziehen an meiner menschlichen Haut bemerkbar. Als würde sie nicht genug gepflegt werden und deshalb eine juckende Trockenheit an den Tag legen. Aber dies war nur der Hinweis darauf, dass sich aufgrund übermäßiger Gefühlsregungen mein Basilisk wieder Zugang zu meinem Kopf verschaffen wollte.

Dass nun aber auch meine Zähne spitzer und schärfer wurden und sich ein Knurren nach außen stahl, war mir neu. Davon war ich bisher immer verschont geblieben. Dies nun inmitten wachsamer Elfenaugen in den Griff zu bekommen, würde mir eine Menge Kraft und Konzentration abverlangen. Kurzum, es war mir ein Rätsel, wie ich diesen Tag überstehen sollte.

Gleich einer Antwort griff mein Vater nach meiner Hand und drückte sie fest. Als ich meinen Blick auf ihn richtete, erwiderte er ihn bestimmt. Er musste es nicht aussprechen: Ich wusste, welche Gedanken in ihm verborgen waren.

Für einen kurzen Moment schloss ich die Augen und versuchte, mich auf meinen Atem zu konzentrieren. Wie er in meine Lunge strömte, meine Brust weitete und dann wieder entwich. Es schien, als würde meine Schuppen ebenfalls atmen – ich spürte, wie sie sich aus meiner Haut hervorschoben und wieder zurückzogen, ohne eine einzige Wunde zu hinterlassen.

Aber meine Mutter ließ mir nicht genug Zeit, um mein schnell schlagendes Herz zu besänftigen. Stattdessen erinnerte sie mich daran, dass es längst Zeit zum Aufbruch war. Hektisch stürmte sie aus dem Raum zum gegenüberliegenden Badezimmer, in dem Maykil sich noch immer befand. Kurz darauf wechselten sich die Stimme meiner Mutter und das tiefe Brummen meines jüngeren Bruders ab.

Mein Vater und ich tauschten wissende Blicke aus, wussten wir doch, dass Maykil großen Wert auf Perfektion legte und er dementsprechend längere Zeit im Bad verbrachte.

Lächelnd hob mein Vater eine Augenbraue. »Lass uns lieber nach unten gehen. Wenn hier die Feuerbälle herumfliegen, will ich nicht in ihrem Angriffsfeld stehen«, witzelte er.

Ich nickte grinsend und folgte ihm in den unteren Bereich des Hauses, während ich mich fragte, wie wohl mein Leben verlaufen würde, wenn ich als Magierin geboren worden wäre. Der richtige Umgang mit der Bändigung des Feuers wäre wahrscheinlich mein einziges Problem gewesen.

Doch jeder Schritt, der mich näher zur Eingangstür – und somit näher zum Palast – führte, schien schwerer und schwerer zu werden.

Alles in mir sträubte sich dagegen, auch nur einen einzigen Fuß dort hineinzusetzen.

Ich blieb mitten im Hausflur stehen, als ich die Wand mit unseren Familienfotos sah. Unscheinbare Aufnahmen. Lächelnd schwelgte ich in Erinnerungen. Meine Familie war der einzige Halt in meinem Leben. Ohne sie, vermutete ich, würde ich aufhören zu existieren.

Leider holte mich mein Vater viel zu schnell wieder in die Realität zurück. »Thyra, du solltest etwas essen. Du bist ganz blass.«

Ich schüttelte den Kopf. »Ich kann nicht. Mir ist schlecht.«

»Ich weiß«, beteuerte er und seufzte. »Ich weiß.«

2

Kurze Zeit später stießen meine Mutter und mein Bruder zu uns. Selbst unseren Vater überragte Maykil um einen ganzen Kopf – es gab nur wenige Türschwellen, die er übertreten konnte, ohne sich ducken zu müssen. Seine dunkelroten, kurzen Haare waren perfekt frisiert und seine Schuluniform saß wie angegossen – wenn er etwas hasste, dann waren es magische Wesen oder Menschen mit einer mangelnden Hygiene und die Anwesenheit von Schmutz. Noch etwas, das er und meine Mutter Salra gemeinsam hatten.

Unwillkürlich fiel mein Blick auf seine schwarze Hemdtasche, auf der das violette ›A‹ prangte. Eine schwarze Stoffhose und eine ebenfalls violette Krawatte rundeten die Schuluniform im Stil der Aronos-Familie ab. Die der Mädchen beinhaltete einen langen Rock, keine Hose – meine Schuluniform verstaubte nun in meinem Kleiderschrank.

»Bereit für deinen großen Tag, Schwester?«

Ich sah in die Augen meines Bruders, dessen Blick aufgrund der roten Farbgebung ein wenig zu forsch wirkte – als loderte in ihnen ein Feuer.

»Nicht ein bisschen«, antwortete ich ein wenig geistesabwesend.

Doch meine Mutter schien voller Zuversicht. »Als stärkste *Mondsklavin* wirst du bestimmt Königin Susanna zugeteilt, da bin ich mir sicher.«

»Ich bete zu den Naturgeistern, dass es so kommt«, entgegnete ich, während wir uns die Mäntel überwarfen und in die Frühjahrs-Kälte hinausgingen.

Schweigsam liefen wir nebeneinander her, den Blick nach vorne gerichtet. Unweit von uns erstreckte sich der alles überragende Palast; unser kleines Haus war nur wenige Gehminuten von der königlichen Mauer entfernt. So wie die anderen Bediensteten der Familie Aronos wohnten auch wir im ersten Ring, obwohl wir längst nicht zu den Elfen, dem Adel, gehörten. Die normalen Bürger Hérons, die Magier, Zwerge und Feen, lebten im zweiten Ring.

Und außerhalb der beiden Ringe? Das kümmerte den König nicht. Offiziell hieß es, dass die Mauern, die die Ringe und das Königshaus voneinander trennten, lediglich dem Schutz und der Ordnung dienten – und je nach Abstammung waren die Ringe ebenfalls noch einmal aufgeteilt.

Wir liefen den gepflasterten Weg entlang durch den Bereich der *Mondsklaven*, der wie all die anderen Wege von den Dunkelelfen-Soldaten des Königs bewacht wurde. Sie neigten ihre Köpfe, als mein Vater an ihnen vorbeischritt.

Es dauerte nicht lange, bis wir im Viertel der Lichtelfen waren. Sie verfügten über Heilfähigkeiten und galten als besonders einfühlsame und wohlwollende Wesen. Allerdings vermochten nicht einmal sie, ihre verachtenden Blicke zu verbergen. Ich spürte sie in meinem Nacken.

Nervös versuchte ich, mich auf die Pflastersteine vor mir zu konzentrieren und begann, sie zu zählen. Allerdings kam es mir so vor, als hörte ich ihre Gedanken, die über mich hereinstürzten und mich tiefer, immer tiefer, Richtung Boden drückten. Stimmen, die fragten, welches Recht wir besaßen, hier unter Ihresgleichen zu leben, gar zu atmen. Stimmen, die verlangten, dass König Askeelan uns in unsere angeblich rechtmäßigen Lebensräume verbannte: In den dunklen Wald Tenerest – das einzige Gebiet Hérons, das von einer unüberwindbaren Mauer umschlossen war, um die Bewohner vor den Angriffen der dort lebenden Wesen zu schützen.

Aber ich wusste, dass diese Mauer nicht umsonst derart hoch und bis zum unsichtbaren Rand erbaut worden war, innerhalb dessen uns das sogenannte ›Bermudadreieck‹ einschloss. Sie war nicht für die Kristallspinnen, nicht für die Skorpixe oder die Rauchbären. Nicht einmal für die Dunkelphönixe, noch weniger für die Nebelwölfe oder die Schattenkatzen.

Sie wurde einzig und allein für die Schlimmsten aller Bestien errichtet.

Für die Basilisken.

Obwohl die Sonne ihre Strahlen ungehindert auf uns hinabwarf, da keine Wolken sie verdeckten, machte es mir der beißende Wind indes schwer, nicht mit den Zähnen zu klappern. Der wechselwarme Körper meines anderen Ichs war extrem von äußeren Einflüssen abhängig. Es war nur meinem menschlichen Ich zu verdanken, dass ich nicht an Ort und Stelle festfror. Meine Finger und Zehen spürte ich trotzdem nicht mehr.

Unweigerlich schlang ich die Arme fester um mich und rückte näher an meinen Bruder heran, der inzwischen eine kleine, schwebende Flamme in seiner Hand vor sich hertrug. Maykil ergriff auch als Erster wieder das Wort. »Ich kann das Tor sehen!« Er wies in Richtung der Palastmauer, die von Dunkelelfen regelrecht umzingelt wurde.

Elfen, deren Haut in der Sonne wie Vulkangestein schimmerte und eine perfekte Ergänzung zu ihren ebenso dunklen Haaren bildete, die jedoch meist unter den Helmen verschwanden. Allerdings beunruhigten mich ihre violetten Iriden wesentlich mehr – sie wirkten wie Aufzeichnungen des Alls, das einen mit seiner unendlichen Tiefe für immer verschlucken konnte.

Automatisch ergriff meine Mutter meine rechte Hand und drückte sie fest. »Wir schaffen das. Wir überstehen diese Zeremonie und du wirst Königin Susanna zugeteilt.« Sie sah mich an und lächelte. »Du wirst schon sehen.«

Auch mein Vater beugte sich zu mir herüber. »Sieh mich an, wenn du merkst, dass dein Basilisk dich ärgern will«, raunte er mir mit einem Augenzwinkern zu. »Ich werde sowieso direkt beim König stehen.«

Ich drückte die Hand meiner Mutter und nickte beiden zu. Aus dem Augenwinkel erkannte ich, dass mein Bruder grinste. »Du bist eine Cerrejonensis, große Schwester, vergiss das nicht!«

Kurz darauf erreichten wir das Palasttor. Augenblicklich löschte Maykil die Flamme in seiner Hand; mögliche Waffen durften nur von Soldaten getragen werden. Als mein Vater voranging und wir ihm folgten, salutierten die sechs Soldaten mit ihren Speeren, Hellebarden und Schwertern. Sie trugen die typisch violett-schwarze Rüstung und auf den Helmen, die freie Sicht auf ihre Gesichter zuließen, prangten die Zeichen des Königs.

Einer von ihnen war allerdings kein Dunkelelf, sondern ein *Sklave des Mondes*: Soldat Eion Crassas. Bei Vollmond verwandelte er sich in einen Skorpix: in einen dreimannslangen, rußschwarzen Skorpion. Sein Rang befand sich unmittelbar unter dem meines Vaters. So wie alle anderen *Mondsklaven* besaß auch er dunkles Haar und dieselben alles Licht verschlingenden Augen. Allerdings war sein Mal ein anderes: Ein kleiner Skorpion zierte seine linke Schläfe.

Wortlos öffnete Soldat Crassas den Eingang und ließ uns passieren. Natürlich nicht, ohne mich und meinen Vater von Kopf bis Fuß zu mustern. Mit völlig ausdruckslosem Gesicht verfolgte er unsere Schritte, bis er das Tor wieder verschloss.

Kaum waren wir hindurch, hefteten sich weitere Soldaten an unsere Fersen. Sechs Mann begleiteten uns nun durch den gigantischen und prachtvollen Garten bis zum Eingang des Palastes. Wieder gehörte einer von ihnen der Gruppe der *Mondsklaven* an: Nole Lupus. Ein schlaksiger, junger Mann, ungefähr in meinem Alter, der sich bei Vollmond in einen Nebelwolf verwandelte: Die Farbe seines Fells war silbrig-grau wie das des Mondes, und er konnte auf zwei Beinen laufen. Auf der linken Schläfe von Soldat Lupus heulte ein kleiner Wolfskopf.

Die Männer führten uns durch einen von Birken gesäumten Kieselweg. Vorbei an farbenfrohen Blumenbeeten, die eher an einen Regenbogen als an Gewächse erinnerten. Vorbei an abstrakt geformten Büschen und marmornen Brunnen, auf deren Rändern in Stein gemeißelte Naturgeister saßen. Solche Geister hatten ähnlich menschliche Formen wie wir oder die Elfen, doch laut den Legenden und Sagen waren sie jeweils nur aus einem einzigen Element geschaffen.

Kurz blendete mich das Licht der morgendlichen Sonne, als meine Augen automatisch zu der Empore über dem Eingang wanderten. Hoch oben saßen die beiden Geister des Mondes und der Sonne und schimmerten in Silber und Gold. Nach dem, was ich in der Schule gelernt hatte, hatten diese beiden den sechsten Kontinent und dessen Bewohner kreiert. Es war kaum zu übersehen, dass sie ganz besonders von der Königsfamilie verehrt wurden.

Ich erinnerte mich an das letzte Mal, als ich hier gewesen war. Vor gut einem halben Jahr wurde ganz Héron zur Hochzeit des ältesten Prinzen eingeladen. Damals hatte ich mich bloß aus dem Ballsaal zurückziehen wollen, hatte schon nach wenigen Minuten die Einsamkeit der Empore gesucht und mich neben die Statue des Mondgeistes gesetzt. Und ihn gefragt, warum er mir das antat, womit ich diesen *Fluch* verdient hatte?

Als ich den Blick wieder senkte, entdeckte ich einige Waldelfen und Familienmitglieder der *Mondsklaven*, die über die saftig grünen Rasen huschten und sich um die Pflanzen kümmerten.

Der schöne Schein trog, das ahnte ich.

Viel zu schnell erreichten wir die Treppe zum Eingang des Palastes. Meine Hände fühlten sich klamm an und jede weitere Treppenstufe schien meine Lunge stärker zuzuschnüren. Die Verwandlung und der Schlafentzug der letzten beiden Nächte forderten ihren Tribut. Schwindel ereilte mich. Nur mit Mühe schleppte ich mich hinauf.

Ich betrat die Eingangshalle wie betäubt. Mein Herz klopfte so wild, dass ich das Gefühl hatte, die anderen Anwesenden konnten es unmöglich überhören. Ich versuchte mich auf meinen Atem zu konzentrieren. Ich durfte keine Gefühle zeigen. Nicht *hier*. Nicht *jetzt*.

Eilig riss ich mich zusammen und lief neben den Soldaten her, die uns nun innerhalb des Palastes begleiteten. Wir erklommen Treppenstufen aus schwarzem Marmor, die vorbei an dicken Säulen mit goldenen Schnitzereien führten. Immer weniger spürte ich meine Füße, meine Finger wurden auch nicht wieder warm. Im Gegenteil, es schien, als herrschten im Palast weitaus eisigere Temperaturen als draußen.

Wir schritten über dicke Teppiche und an wandfüllenden Gemälden vorbei, die die Ahnenreihe der Königsfamilie zeigten. Fünftausend Jahre Herrschaft blickten auf mich herab. So viele Dunkelelfen.

Bis vor einigen hundert Jahren. Als mit König Askeelans Vater neue Arten hinzugeboren wurden.

Die reich verzierten, violett-schwarzen Flügeltüren des Thronsaals wurden aufgestoßen und gaben den Blick frei auf die Königsfamilie: Askeelan Aronos, der König selbst, war ein Hybrid, wodurch ihm die Fähigkeiten, die Elemente Wasser *und* Luft zu kontrollieren, vergönnt waren. Seine graue Haut, die langen, seidenschwarzen Haare und das spitz zulaufende Kinn ließen ihn finster erscheinen, so als würde ihn eine dunkle Wolke von negativer Energie umgeben. Einzig und alleine seine Augen – ein helles Blau, das an einen kristallenen Bergsee erinnerte und von silbernen Sprenkeln durchsetzt war – hatten etwas an sich, das ich nicht ganz einzuordnen vermochte.

Seine Frau Susanna hingegen wirkte wie eine blühende Sommerwiese. Ihre leicht gebräunte Haut und ihr goldenes, lockiges Haar schimmerten im Licht der Sonne, die durch die deckenhohen Fenster schien; ihre grünen Augen erinnerten an ein junges Laubblatt, das im frühmorgendlichen Tau das Licht der Welt erblickte.

So wie ihr äußeres Erscheinungsbild waren auch die Kleider unterschiedlich auf das Königspaar abgestimmt. Während der König selbst ein schwarzes Gewand trug, welches zu seiner spitzzackigen, dunkelvioletten Krone passte, hatte sich die Königin in ein hellgrünes Kleid gehüllt und eine Blumenranke schmückte ihr Haar.

Mit Prinz Steven, dem ältesten Sohn und Thronfolger, führte sich die »Anschauung« der schlichtweg perfekten Familie fort. Er schien ganz und gar das männliche Pendant der Königin zu sein: dieselben goldenen Locken, dieselben grünen Augen und das freundliche Lächeln … Mich verwunderte es nicht im Geringsten, dass er von der Frauenwelt verehrt wurde.

Doch sein Herz gehörte längst einer ganz bestimmten Frau: Der Lichtelfe Inura, einer leichtfüßigen und sanften Person, die weder durch Arroganz aufgrund ihres hohen Status noch durch andere Unannehmlichkeiten auffiel. Stattdessen machte sie ihrer Art alle Ehre und kümmerte sich um verlorene Kinderseelen. Inura sah wunderschön aus mit ihren hellblonden Haaren, die ihr bis zu den schmalen Hüften reichten. Die goldenen Iriden strahlten Freundlichkeit aus. Auffällig an ihr war jedoch ihre Größe, denn im Gegensatz zu den meisten anderen Elfen reichte sie mir gerade einmal bis zu den Schultern.

Eine Person fehlte.

Ich starrte auf den leeren Stuhl, auf dem normalerweise Prinz Joseph saß. Hatte er verschlafen oder empfand er meine Zeremonie gar als zu unwichtig, um sie mit seiner Anwesenheit zu beehren?

Unmerklich ballte ich die Fäuste.

Mit geradezu einstudierter Eleganz erhob sich König Askeelan von seinem dunklen Thron. »Willkommen, Familie Cerrejonensis«, tat er laut kund. Sein schmales Gesicht zeigte ein Lächeln, das Freundlichkeit und Aufrichtigkeit ausstrahlen sollte, aber in mir lediglich Übelkeit auslöste. Ein Lächeln gehörte zu den Gefühlsregungen, die eine Ausnahme darstellten und erlaubt waren. Freundlichkeit war sogar Teil des Gesetzes.

So wie die Hinrichtungen unlauterer Bürger und willenloser Menschen. Für den König stellten diese jedoch keinen Akt der Boshaftigkeit dar, sondern zeichneten Gerechtigkeit aus.

Erneut schmeckte ich Magensaft.

»Lang lebe König Askeelan!«, sprachen wir schließlich synchron, fielen ohne Zögern auf die Knie und verbeugten uns tief.

Es dauerte einen Moment, bis uns der König erlaubte, wieder aufzustehen und uns mit einer Handbewegung dazu aufforderte näherzukommen. Sofort umschwirrten uns unzählige Feen, die die Zeremonie samt Bild und Ton in sämtliche Haushalte übertrugen. Die gerade einmal handtellergroßen Wesen dienten nicht nur zur Film- und Tonübertragung oder zur Kommunikation, sie überwachten auch sämtliche Bereiche Hérons.

Aus dem Augenwinkel erkannte ich rechterhand die Berater des königlichen Rates. Acht magische Wesen, die je nach Abstammung einen bestimmten Bereich und Aufgaben repräsentierten: ein Dunkelelf in der schwarz-violetten Kleidung der Palastbediensteten, ein Lichtelf – der Vater von Prinzessin Inura – dessen goldgelbe Robe ihn als Heiler auswies, ein Waldelf in Dunkelgrün als Hüter von Pflanzen und Tieren, eine Himmelselfe mit regengrauen Augen, daneben eine Nachtelfe in dunkelblauem Gewand, ein Magier in leuchtend roter Robe, ein dunkelhäutiger Zwerg und als Achte im Bunde eine der Feen.

Meine Mutter, mein Bruder und ich blieben nur wenige Meter vom König entfernt stehen. Zwei Soldaten markierten eine unsichtbare Linie, die nur in absoluten Ausnahmefällen von anderen als der Königsfamilie selbst oder ihren Leibwächtern übertreten werden durfte. Lediglich mein Vater schritt zielstrebig auf den Herrscher zu, um sich direkt neben ihm zu positionieren. Exakt zu dieser Uhrzeit begann sein offizieller Dienst; nach der Zeremonie würden meine Mutter Salra und Maykil ebenfalls ihren Alltag weiterführen.

Ausnahmsweise durfte auch ich heute die Linie überschreiten. Erst kurz vor dem Treppenabsatz, auf dem die Königsfamilie saß, blieb ich stehen. Und ging förmlich unter den starrenden Blicken der Anwesenden ein. Ich schaffte es kaum, Familie Aronos anzusehen, geschweige denn meine Augen auf die anderen Leibwächter zu richten.

Aber das brauchte ich auch nicht. Ich wusste, dass eine Arachnida – eine Nachfahrin der Kristallspinnen – die Königin bewachte, während neben dem Thronfolger eine Ursidae – Abkömmling der Rauchbären – und neben Prinzessin Inura eine Lupus – eine Nachfahrin der Nebelwölfe – standen. Lediglich der König selbst ließ sich vom Anführer seiner Armee höchstpersönlich beschützen.

»Nun«, ergriff König Askeelan wieder das Wort, »da jeder von euch selbst mit einem nur halbwegs funktionierenden Auge erkennen kann, dass eine ganz bestimmte Person fehlt, wird sich die Zeremonie ein wenig verzögern. Erst kürzlich passierte ein Schiff mit neuer *Ware* unser Portal – Joseph wird wohl noch ein wenig Arbeit mit der Besatzung haben.«

Es schauderte mich, wie der König über die Menschen sprach. Für ihn waren sie nichts anderes als Mittel zum Zweck. Aufgrund der mittels schwarzer Magie ausgeübten Manipulation gehorchten sie ihm bedingungslos und verrichteten all die Arbeiten, um die sich kein anderes magisches Wesen kümmern sollte – oder wollte – wie beispielsweise die Bepflanzung der außerhalb der geschützten Mauern liegenden Felder oder die Reinigung der Bezirke.

Stille kehrte ein.

Niemand sprach auch nur ein Wort.

Ich versuchte den Kloß, der sich inzwischen in meinem Hals gebildet hatte, hinunterzuschlucken. Aber es misslang mir. Nervös kniff ich die Augen zusammen; ich spürte nur allzu vertraut das Ziehen unter meiner Robe und flehte die Naturgeister um ein Stück Selbstbeherrschung an.

Mit einem Mal sprangen die Türen zum Thronsaal auf.

Sämtliche Anwesenden drehten sich um.

Und dort stand *er*.

Prinz Joseph.

3

Mein Herz setzte für einen Moment aus. Nicht weit von mir entfernt stand ein Elf, von dem mich einhundertdreiundachtzig Jahre trennten. Äußerlich wirkte er jedoch kaum älter als Zwanzig. Ich kniff die Augen zusammen und hoffte, dass die Zeremonie schnell vonstattenging. Aber mein flatterndes Herz und der flache, schnelle Atem machten es mir indes schwerer, meine Schuppen unter Kontrolle zu halten.

Und da spürte ich sie wieder.

Die Blicke.

Erneut mussten sich die Adeligen in ihrer Politik und ihren Gesetzen bestätigt fühlen, erkannten sie doch in meiner Person den Beweis für die Notwendigkeit ihrer Verbote.

Ich war einer der vielen, vielen Gründe, warum sich sämtliche Elfen als etwas Besseres ansahen. Denn trotz der Tatsache, dass auch sie in den tiefsten Tiefen ihrer Seelen und den hintersten Winkeln ihrer Herzen Emotionen besaßen, zählte es zu den obersten Tugenden des Adels, schon von Kindesbeinen an die völlige Kontrolle über diese zu besitzen. Zumal sie sich längst über die menschliche Lebenserwartung hinweggesetzt hatten: Elfen alterten wesentlich langsamer und erreichten auf diese Weise ein Alter von ungefähr eintausend Jahren – ein weiterer Grund, der ihre überhebliche Arroganz rechtfertigte.

Prinz Joseph und ich konnten gar nicht weiter voneinander entfernt sein.

Plötzlich schaute *er* zu mir. Sein Blick legte sich wie *blaues* Feuer über mich. Es loderte auf, umfing mich mit heiß-kalten Krallen, versengte mich. Schweiß perlte von meiner Stirn; warum war es nur so heiß hier drinnen? Mich drängte es, mir die Robe vom Leib zu reißen und den Nachtelf des königlichen Rates – den Gebieter über die Wasserversorgung und Beschaffer des lebenswichtigen Rohstoffes Serpium – um einen Schwall eiskalten Wassers zu bitten, mit dem er mich übergießen sollte.

Fast mechanisch fiel ich mit allen anderen Anwesenden vor der nun vollständigen Königsfamilie auf die Knie. Für den Bruchteil einer Sekunde verschwamm meine Sicht, klarte jedoch sogleich wieder auf. Das Kratzen in meinem Hals verstärkte sich, als hätte ich einen Eimer Sand verschluckt. Es war mein Basilisk, der versuchte, eine Lücke in meinem Widerstand zu finden – im denkbar ungünstigsten Moment.

Die Worte des Königs drangen nur gedämpft an meine Ohren. »Mein Sohn!«, rief er aus. »Endlich beehrst auch du uns mit deinem Besuch. Komm und setze dich zu meiner Linken – wir wollen sogleich beginnen. Ihr anderen könnt euch wieder erheben.«

Ich stand auf und beobachtete, wie der *schwarze Prinz* mit seiner Zofe, der ersten Tochter der Arachnida-Familie, zu seinem Platz schritt. Unter einer großen und schlanken Silhouette trafen steinerne Muskeln auf scharfe Wangenknochen, eine vornehme Blässe und ein kantiges Kinn. Glattrasiert, wie er war, wirkte er wie eine Statue, direkt aus Marmor gehauen. Und inmitten dieses ebenmäßigen Gesichtes befanden sich zwei Augen, deren blau-silberne Iriden schimmerten wie ein kristallener Bergsee. Die obersten Knöpfe seines weißen Hemdes waren aufgeknöpft und erlaubten einen Blick auf die makellose Haut seines Halsansatzes. Die marineblaue Hose passte ihm wie auf den Leib geschneidert.

Erneut suchten seine Augen die meinen. Ich drohte, unter seinem Blick einzubrechen. Und verfluchte im gleichen Moment meine geringe Selbstpräsenz, beabsichtigte ich doch gerade vor *ihm* stark zu sein. Oder zumindest nach außen hin so zu erscheinen.

Aus dem Augenwinkel nahm ich eine Regung meines Vaters wahr. Ich drehte meinen Kopf leicht in seine Richtung. Ein winziges Lächeln umspielte seine Mundwinkel, während er kurzzeitig seine Augenlider senkte und so tief einatmete, dass sich sein Brustkorb merkbar dehnte. Ich tat es ihm gleich und rief mir seine Worte vom Morgen in Erinnerung.

Allerdings ließ mir der König kaum Zeit, mein rebellierendes Inneres zu besänftigen. Stattdessen lenkte er die gesamte Aufmerksamkeit wieder auf mich, indem er lediglich die rechte Hand hob und sich daraufhin Schweigen einstellte. »Bürger von Héron! Ihr werdet hier und heute Zeuge davon, wie nach einer langen Zeit endlich wieder ein weibliches Mitglied der Cerrejonensis-Familie den Dienst in unserem mächtigen Herrscherhaus antritt.« Seine Stimme hallte durch den Raum, verstärkte seine einschüchternde Präsenz. »Es mussten erst acht Generationen vergehen – Sohn um Sohn wurde geboren und für eine lange Zeit keine Tochter mehr. Bis vor siebzehn Jahren. Und diese Tochter steht heute in unserer Mitte.«

Ich spürte, wie mir die Röte ins Gesicht schoss.

König Askeelan fuhr unbeirrt fort: »Vor zwei Nächten erblühte der Mond in seiner vollen Pracht und warf sein silbernes Licht auf unsere Dächer. Und während wir allmählich in den Schlaf glitten, wurde sie, Thyra-Fiah Cerrejonensis, auserwählt. Um eine weitere Sklavin des heiligen Mondgeistes zu werden. Ein weiteres Schild, ein weiteres Schwert seiner Armee, das er uns zur Verfügung stellt. Um Héron vor all den Ungläubigen zu schützen.«

Natürlich meinte er damit die Menschen.

Prinz Joseph wandte nach wie vor nicht den Blick von mir ab. Er saß derart angespannt auf seinem Stuhl, als wäre er in Stein gemeißelt und genau an ebendieser Stelle platziert worden. Er blinzelte nicht einmal. Es war beunruhigend.

Etwas juckte mich in den Beinen. Ich wollte mich unter seinem Blick winden, und doch zuckten bloß meine Finger. Wieso sah der Prinz nicht woanders hin, wieso war sein Blick so intensiv, so durchdringend? Als könnte er dadurch meine größten Geheimnisse durchforsten und abwägen, inwieweit ich eine Gefahr für ihn und seine Familie darstellte.

Aber die Frage konnte ich ihm leicht beantworten. Ich traute mir ja nicht einmal selbst über den Weg.

Obwohl mir der Schweiß von den Schläfen rann, wollte ich dem Prinzen keinerlei offenkundige Aufmerksamkeit mehr schenken. Vielmehr konzentrierte ich mich auf die freundlichen Gesichter von Königin Susanna und dem Thronfolgerpaar.

»Tritt vor, Tochter Hérons!«, verlangte der Herrscher dann und ich tat, wie mir befohlen. »Du wirst nun mit den vier universellen

Elementen gesegnet. Anschließend sollst du den Eid verkünden, der dich Zeit deines Lebens an den Palast binden wird.«

Ich schluckte, als er seine Rechte hob und sie über meinen Kopf hielt. Es war, als würde von ihr ein zentnerschweres Gewicht ausgehen und mich niederdrücken. Gleich würde es so weit sein. Gleich würde ich das letzte Quäntchen Freiheit verlieren, dass ich jemals besessen hatte.

Die Hohepriesterin der Himmelselfen – deren Art für Bildung und Festivitäten zuständig war – stand von ihrem Platz neben den anderen königlichen Beratern auf und glitt förmlich über die dunklen Marmorfliesen. Ihre fast bodenlangen weißen Haare und das rosafarbene, bauschige Kleid waren perfekt aufeinander abgestimmt. Die Grazie und Eleganz ihrer Bewegungen brachten mich zum Staunen.

Kaum war sie bei mir angekommen, entfernte der König seine Hand und wich ein Stück zurück, um der Himmelselfe Platz zu machen. Sie reichte mir ein Lederband, an dem ein tropfenförmiges Gefäß hing, das mit einem Korken verschlossen war. In dem gläsernen Tropfen befand sich eine blutrote Flüssigkeit.

Ein Trank.

Speziell für uns *Mondsklaven.*

Ein Gift, das alle *Sklaven des Mondes* mit ihrem Dienstantritt an sich nehmen mussten, um sich im Notfall selbst auszuschalten – falls die Kontrolle der eigenen Emotionen nicht mehr gewährleistet werden konnte. Der Trank kappte für vierundzwanzig Stunden die Verbindung zwischen unseren zwei Seelen und machte uns in ebendieser Zeit handlungsunfähig. Die Langzeitfolgen des Gifts waren nicht absehbar, und ich hatte auch nicht vor, es herauszufinden.

Dass sich die Größe des Tropfens merklich von denen der anderen abhob, zog mich erneut in die Tiefen meiner seelischen Abgründe. Denn je unberechenbarer, je gefährlicher, je *fehlerhafter* die Bestie, desto mehr benötigte sie von der Flüssigkeit.

Zögernd nahm ich das Gefäß entgegen und legte mir das Lederband um. Dass meine Hände dabei zitterten, versuchte ich zu ignorieren.

Danach überreichte mir die Hohepriesterin drei zusammengelegte Stoffbündel – das Zofengewand in dreifacher Ausführung. *Mein* Zofengewand.

Ich machte einen kurzen Knicks als Zeichen der Dankbarkeit.

»Du sollst nun mit den vier universellen Elementen gesegnet werden«, ergriff die Himmelselfe das Wort, »und dich somit in die schicksalhaften Hände der Naturgeister begeben.«

Drei weitere Räte erhoben sich von ihren Plätzen und reihten sich neben mir auf: der glatzköpfige Magier mit seinem grauen Vollbart, die Nachtelfe mit den königsblauen Augen und der dunkelhäutige Zwerg, dessen braune Haare zu einem aufwändigen Zopf geflochten waren. Sie alle waren Teil der Zeremonie und würden nun ihre Fähigkeiten demonstrieren.

Ich hoffte, dass ich genug Kraft besaß, um meinen gefallenen Drachen in Zaum zu halten – allerdings fühlte er sich nicht sonderlich wohl, als die vier königlichen Räte mich in eine Art Kreis einschlossen, und antwortete mit einem Magenknurren. Ich versteifte, während sich ihre Blicke auf mich hefteten. Doch dann fassten sie sich an den Händen und blickten an die Decke. Aus dem Augenwinkel erkannte ich, dass auch die restlichen Anwesenden – sogar die Königsfamilie – nach oben schauten.

Alle.

Bis auf einen.

Prinz Joseph schien jedes Ein- und Ausatmen von mir zu verfolgen. Und das gefiel meinem Basilisken ganz und gar nicht. Inzwischen kratzte es in meiner Kehle: Ein Knurren, das nur darauf wartete, befreit zu werden.

Ich schluckte den unwahrscheinlich großen Kloß hinunter und blickte ebenfalls nach oben. Meine Hände fühlten sich klamm an. Ich unterdrückte den Drang, sie an meiner Robe abzuwischen.

»Verehrter Geist der Sonne und des Mondes, verehrte Naturgeister«, hörte ich die Himmelselfe predigen. »Wir verneigen uns mit Ehrfurcht vor eurer Heiligkeit und danken euch aus tiefster Inbrunst für das unglaubliche Geschenk unserer Fähigkeiten. Mit der Integration einer *Mondsklavin* und dem Beweis, dass wir zu einer einzigen gemeinsamen Gesellschaft gehören, wollen wir uns erkenntlich zeigen und werden sie hier und heute mit euren helfenden Händen segnen.«

»Héron!«, ertönte es im Chor, doch ich brachte nur ein lautloses Wispern zustande. Meine Nervosität stieg und stieg und ich konnte nichts gegen die aufkeimende Hitze unternehmen, die sich in meinem Magen staute.

Und noch weniger konnte ich gegen den Blick von Prinz Joseph unternehmen, der meinen kreuzte. Ich hielt ihm stand, während ich mit Wasser bespritzt und von Erdstaub bedeckt wurde. Auch dann, als mich ein heftiger Windstoß traf, der meine Haare aufwirbelte.

Ich verlagerte erst meine Aufmerksamkeit, als ich aus dem Augenwinkel die lodernde Flamme entdeckte, die auf der Hand des alten Magiers schwebte – ich drehte meinen Kopf und blies einmal kräftig. Natürlich würde das noch lange nicht ausreichen, um ein magisches Feuer erlöschen zu lassen. Doch der Magier drehte blitzschnell seine Hand und die Flamme war verschwunden.

Niemand von ihnen lächelte mich an.

Außer die Himmelselfe.

»Herzlichen Glückwunsch, Thyra-Fiah Cerrejonensis!« Das helle Grau ihrer Augen schien durch das Licht des Raumes beinahe völlig zu verblassen. »Um die Zeremonie abzuschließen, musst du nun den Eid aufsagen. Danach bist du offiziell Teil des Königshauses.«

Stille herrschte im Saal. Schon wieder spürte ich dieses seltsame Kratzen in meinem Hals. Sämtliche Anwesenden warteten auf die Worte, die nun meine Lippen passieren würden. Sätze, die ich bereits seit dem Kindesalter auswendig konnte, weil sie mir dauernd und unaufhörlich vorgesagt wurden. Meine Mutter hatte mir prophezeit, dass dies meine Zukunft sein würde. Dass ich nun tatsächlich hier stand, konnte ich allerdings noch immer nicht begreifen. Ich fühlte mich wie in Trance.

Mit leiser Stimme setzte ich zum Eid an: »Ich, Thyra-Fiah Cerrejonensis, Erstgeborene der Cerrejonensis-Familie, der Familie der gefallenen Drachen, der Basilisken, schwöre bei den heiligen Naturgeistern des Feuers, der Erde, des Wassers und der Luft meine ewige Treue zum Königshaus Aronos. Ich verspreche, Euch, verehrter König, und Eure Familie unter dem Einsatz meines Lebens zu beschützen. Im Besonderen die mir zugeteilte Person.« Ich hielt inne, stockte. Der nächste, abschließende Satz ging mir weniger leicht über die Lippen. »Sollte ich jedoch meinen … Eid missachten oder … gar die hochehrwürdigen héronischen Gesetze … dann werde ich mit sofortiger Wirkung … *exekutiert.*«

Abrupt krampfte sich mein Herz zusammen. Es schien, als wollte es sich verabschieden. Von meinem früheren Ich, meiner Vergangenheit, dem Hauch von Entscheidungen, die ich als Unbeteiligte machen durfte, und war es nur die freie Wahl meiner Kleidung gewesen.

Meine innere Stimme lachte verächtlich auf. Hätte ich tatsächlich jemals so etwas wie eine Wahl gehabt, stünde ich jetzt nicht hier inmitten von Personen, die in mir nichts weiter sahen als einen Fehler. Eine Abscheulichkeit.

Ich richtete meine Konzentration auf die Stoffbündel in meiner Hand. Blinzelte jedoch, da ich glaubte, nicht richtig zu sehen: In den Hemdkragen standen normalerweise die Initialen der zu bewachenden Person. Aber dort standen *nicht* die Buchstaben S und A, für Susanna Aronos.

Ein Grummeln machte sich in meiner Magengegend breit. Mein Basilisk erkannte es, bevor es mein menschliches Ich tat – eine Befürchtung, die sich langsam zu einer grausamen Wahrheit entwickelte: Als stärkste *Mondsklavin* sollte ich nicht Königin Susannas Leibwache werden.

Denn *sie* war *nicht* das wichtigste Besitzgut von König Askeelan Aronos.

Nicht das offizielle Aushängeschild der Königsfamilie.

Bloß die perfekte Schein-Ehefrau.

Ich unterdrückte einen Schrei, als der Herrscher zu sprechen begann: »Bewohner Hérons, ich möchte euch nicht mehr länger warten lassen und eröffnen, wem unsere neueste Leibwache zugeteilt wird.« Er machte eine kurze Pause, zog die beinahe greifbare Spannung in die Länge. »Es ist Joseph, mein jüngster Sohn.«

In diesem Moment drohten mir die Beine einzuknicken.

Der Blick des jüngsten Prinzen schnellte zu seinem Vater. Selbst wenn sein Gesicht keinerlei Regung aufwies, entdeckte ich doch so etwas wie ein Funkeln in seinen blauen Augen mit den silbernen Sprenkeln. Ich glaubte sogar zu sehen, wie er den Mund öffnete, vermutlich um gegen diese völlig absurde Zuteilung zu protestieren.

Doch der König redete weiter, ungeachtet des Gesichtsausdrucks seines Sohnes, und sprach von einem Austausch der Zofen untereinander und neuen Arbeitszuteilungen.

Als sich *sein* Blick wieder auf mich richtete, erstarrte ich zu einer Steinfigur. In meinem Inneren aber tobte ein Sturm: Mein Herz flatterte unaufhörlich in meinen Brustkorb, fast so, als wollte es ihm gewaltsam entspringen. Hektisch suchte ich mit den Augen die Gesichter meiner Familie. Doch sie trösteten mich nicht. Ganz im Gegenteil. Während meiner Mutter alle Farbe aus dem Gesicht gewichen war, hatte Maykil die Stirn gerunzelt. Meinem Vater war die Mimik ebenfalls entglitten, er fing sich jedoch wieder, als der König zu ihm schaute.

Es blieb nicht einmal genug Zeit, um mich zu verabschieden. Meiner Mutter würde ich ab jetzt nur noch selten über den Weg laufen, meinem Bruder gar nicht mehr. Wir teilten nicht mehr dasselbe Zuhause. Ich wusste nicht, wann ich ihn das nächste Mal sehen würde. Aber so schnell wie König Askeelan die Zeremonie beendete, konnte ich nicht reagieren – zumal mir meine Beine ohnehin nicht mehr gehorchten. Er forderte sämtliche Bediensteten auf, ihren normalen Arbeitsalltag fortzusetzen. Und während der König, begleitet von seinen Räten und meinem Vater, bereits hinter der nächsten Tür verschwand, wurden meine Mutter und mein Bruder von zwei Soldaten nach draußen geleitet.

Meine rasenden Gedanken waren derart laut, dass ich gar nicht verstehen konnte, welche Worte um mich herum gewechselt wurden. Meine Augen glitten zu *ihm*. Aber Prinz Joseph sagte nach wie vor kein Wort, sondern starrte mich weiterhin bloß an.

Der Saal leerte sich allmählich bis auf die Handvoll Soldaten, die in jedem Raum des Palastes stationiert waren. Mit jeder voranschreitenden Minute stieg meine Nervosität an. Das altbekannte Ziehen machte sich erneut bemerkbar. Ich spürte, wie meine Haut Zentimeter für Zentimeter dichter wurde, sich verhärtete und die Schuppen meine Waden und Oberschenkel wie einen Panzer aus undurchdringbarem Stahl umschlossen. Das enorme Gewicht der Basiliskenschuppen machte es mir schwer, aufrecht zu stehen.

Plötzlich ertönte ein verächtliches Schnauben.

Es kam von *ihm*.

Prinz Joseph schüttelte den Kopf, blickte zur Seite und fuhr sich mit den Händen durch die Haare.

»Ich verstehe wohl den Scherz nicht«, zischte er.

»Wie bitte?«, fragte ich gefasst, obwohl ich geneigt war, ihm hier und jetzt, direkt vor seinen Soldaten, eine schallende Ohrfeige zu verpassen. Dass er sich anmaßte, mich derart zu verachten. Dass ich nichts weiter für ihn darstellte als einen lausigen Witz.

Ich erschrak, weil ich mich in diesem Bedürfnis in keinster Weise wiederfand – das war nicht ich –, und trotzdem juckte es mir regelrecht in den Fingern. Die Schuppen wuchsen weiter; ich spürte, wie sie jetzt meinen Bauch und mein Rückgrat vollständig einhüllten.

Unweigerlich zog es mich nach vorne.

Ich musste meinen hitzigen Basilisken in Schach halten. Er vernebelte meinen Verstand, meine Sinne.

Der Prinz erhob sich und schritt, ohne mit der Wimper zu zucken, an mir vorbei. Nicht einmal eine müde Handbewegung wies mich dazu an, ihm zu folgen. Nicht einmal das war ich ihm wert.

Nichtsdestotrotz kämpfte ich gegen das Gewicht meiner Schuppen an und stolperte ihm hinterher.

4

Der Prinz stoppte abrupt und drehte sich in einer so schnellen Bewegung um, dass ich beinahe in ihn hineingelaufen wäre. Sein Blick sprach Bände, während er selbst keinerlei Mimik zeigte. Waren das etwa Anzeichen von Schlaflosigkeit unter seinen Augen? Mich drängte es, zu fragen, ob ihn Albträume heimsuchten und ihm den Schlaf raubten. So wie mir.

»Ich … ich …«, stotterte ich und blamierte mich bei dem erfolglosen Versuch, einen vollständigen Satz zu bilden, »… b-brauche Eure B-befehle, k-königliche Hoheit.«

Er sagte nichts, sondern sah mich lediglich an.

Ich schluckte. War er immer schon so groß gewesen? Er überragte mich um mindestens zwei Köpfe. Seiner einschüchternden Präsenz standzuhalten war eines der schwierigsten Dinge: Mein Basilisk drängte sich immer wieder nach vorne. Aus dem Augenwinkel erkannte ich die Schuppen auf meinen Händen. Schnell verbarg ich sie unter meinen Dienstuniformen.

Und verpasste schon wieder meinen Einsatz – denn der Prinz hatte sich abermals von mir abgewandt und war bereits ein ganzes Stück weitergelaufen. Ich beeilte mich, ihm zu folgen, obwohl ich nicht einmal ahnte, wohin es ihn wohl verschlug. Auch wusste ich nicht, was ich mit meinen Zofengewändern machen sollte.

Frag ihn!, drängte ein Gedanke in meinen menschlichen Verstand.

Tu es nicht!, sprach eine andere Stimme. *Er ist der* schwarze Prinz.

Aber du bist seine Bedienstete!

Das kümmert ihn doch nicht.

Tu es!

Nein, du wirst es bereuen.

Die Stimmen in meinem Kopf brachen unablässig über mich herein, während der Prinz und ich marmorne Treppenstufen hinaufstiegen. Ich sog scharf die Luft ein und versuchte trotz allem, Schritt zu halten. Immer weiter stiegen wir nach oben. Das Hämmern zog sich wie ein unerträglich langer Stich durch meinen Kopf, als würden sich meine beiden Seelen bekämpfen. Nichtsdestotrotz brach es aus mir heraus: »Eure königliche Hoheit! Ich weiß nicht, was ich mit meiner … Dienstuniform … machen soll.«

Prinz Joseph hielt inne, drehte sich erneut zu mir um. Sein Blick war nach wie vor unnachgiebig, der Kiefer spannte. Ein Geduldsfaden schien nicht nur zu dünn, sondern gar nicht erst vorhanden zu sein.

Allerdings gab er mir tatsächlich eine Antwort. »Die zweite Tür links.« Der Prinz nickte in besagte Richtung. »Dort befindet sich ein Badezimmer für weibliche Gäste und Bedienstete.«

Ich machte einen Knicks. »Da-«

»Du hast zwei Minuten.«

Ich starrte ihn an.

»Ich bin ohnehin schon zu spät für die Studien in der Palastbibliothek. Und das Fehlen von Strukturen zieht Unmut nach sich, der sich bei Vergrößerung in Aggressionen und Hass verwandeln könnte.« Er hielt inne, sah mich an, als könnte er das Blut in meinen Adern zu Eis gefrieren lassen. »Und schließlich, Zofe Cerrejonensis, weißt du, zu welchem Ergebnis dies führt?«

Ich schluckte. »Krieg«, sprach ich leise. »Hass führt unweigerlich zu Krieg.« Das hatte ich schon in der Grundschule gelernt. Jeden Montag, am Wochenanfang, mussten wir die obersten Gebote unseres Landes aufsagen. Mir würde es wahrscheinlich sogar gelingen, diese im halbwachen Zustand herunterzubeten.

Ich versuchte, dem Starren des Prinzen standzuhalten. Verstohlen sah ich auf die Kleiderbündel in meinen Händen.

»Exakt«, antwortete er. »Sollte ich daher weniger Zeit als du beim Umkleiden benötigen, so werde ich dich einfach stehenlassen.«

Er wandte sich bereits einer Tür zu – höchstwahrscheinlich seinem Schlafgemach –, als er fortfuhr: »Zwei Minuten, Zofe Cerrejonensis. Die Zeit wartet nicht. Auf niemanden.«

Und damit verschwand er hinter der Tür.

Völlig übereilt rannte ich den Gang hinunter und stürzte in das Frauen-Badezimmer. Hastig verschloss ich die Tür hinter mir und versuchte mich für den Bruchteil einer Sekunde zu orientieren.

Und war *überwältigt.*

Allein das kristallene Waschbecken mit den eingelassenen Aquamarinen musste mehr als meine gesamte bisherige Zimmereinrichtung kosten. Der Boden des Raumes bestand aus schwarzem Marmor, während die Wände violett schimmerten, sobald das Licht auf sie fiel: Sie waren wie alle anderen Wände im Palast aus Serpium gefertigt worden – dem härtesten Rohstoff auf Héron und das einzige Material, das Basilisken, Kristallspinnen und Skorpixen Schaden zufügen konnte.

Aber ich hatte keine Zeit, mich an der Schönheit dieses Raumes zu erfreuen. Ich hatte noch nicht einmal genug Zeit, um mich umzukleiden. Panisch zog ich die Uniformen auseinander und war im ersten Moment völlig überfordert. Mit rasendem Puls entschlüpfte ich der Robe und streifte mir Unterkleid, Bluse und das knöchellange Kleid über, das aus einem schwarzen, fließenden Stoff gefertigt war. Dann griff ich nach der weißen, berüschten Schürze, hing sie mir um den Hals und band sie zusätzlich um meine Taille. Mit fahrigen Händen richtete ich die Ärmel und den Kragen.

Und wagte es nicht, in den Spiegel zu schauen, der mir doch nur wieder das zeigte, was ich *nicht* sehen wollte, nicht *wahrhaben* wollte. Dass rechts und links die Initialen von Prinz Joseph eingestickt worden waren, und nicht die von Königin Susanna.

Dann bemerkte ich ein Funkeln aus dem Augenwinkel. Ich entdeckte auf den restlichen Kleidern einen Haargummi, Haarklammern sowie einen Haarreifen, der bedeckt war mit weißer Spitze.

»Nein …«, stieß ich tonlos aus und schüttelte den Kopf, biss mir auf die Unterlippe. Ich hatte keine Wahl. Ich würde wohl oder übel mein Schlangenmal offen zeigen müssen.

Widerwillig steckte ich die Haare hoch und setzte den Haarreifen auf. Dann sammelte ich schnell die anderen Kleider und meine Robe ein, riss die Tür auf und stürmte hinaus.

Und lief beinahe in den Prinzen hinein.

Völlig außer Atem bremste ich und stand nun mit erhitzten Wangen vor ihm – ich spürte, wie sich Schuppen auf ihnen bildeten. Als er mich direkt ansah, stutzte er, und seine Augen glitten ein wenig zu offensichtlich von meinem Kopf bis zu meinen Füßen. Einen viel zu langen Moment blieb er an meiner linken Schläfe, bei meinem Schlangenmal, hängen. Dann an meiner Kette, die ich wie all die anderen *Mondsklaven* offen tragen musste. Und nicht nur das: Denn an den meisten anderen Zofen sah die Uniform unschuldig und formell aus, doch an mir … nun ja … an mir eben nicht.

Ich hatte mich in meinem Leben noch nie unwohler gefühlt.

Erst nach mehreren Herzschlägen räusperte sich der Prinz und richtete sich auf. Dann zitierte er eine der umherwandernden weiblichen Dunkelelfen her, damit sie mein restliches Hab und Gut zu meinem Zimmer, meinem neuen *Heim*, brachte. Es war, als würde sich eine eiserne Faust um mein Herz schließen, als mir ins Bewusstsein drang, dass ich nicht nur mein Leben lang an den Palast gebunden sein würde. Da ich eine persönliche Zofe und Leibwache war, wohnte ich ab sofort *hier*. In *seiner* unmittelbaren Nähe.

»Du bist nun Teil des Königshauses«, erinnerte er mich. »Menschliche Schwächen haben innerhalb dieser Mauern nichts zu suchen. Vergiss das nicht. Niemals.«

Ich hatte nicht den Mut ihn anzusehen.

»Jawohl, Eure königliche Hoheit«, tat ich kleinlaut kund und machte widerwillig einen Knicks.

Nur einen Augenblick später schritt er an mir vorbei. Ich folgte ihm, wobei ich jedoch darauf achtete, einen gewissen Abstand zwischen uns zu lassen. Seine unmittelbare Nähe war mir nicht geheuer.

Wir liefen über einen dicken Teppich, der als eine Art Wegweiser fungierte. Dort, wo der Läufer aufhörte, fingen die Soldaten an, buchstäblich. Sie wirkten grotesk, wie sie so aufgereiht und jederzeit zum Angriff bereit vor den deckenhohen Fenstern standen. So regungslos wie sie auf Befehle warteten, so verfolgten mich ihre violetten Iriden den gesamten Weg über. Ich ermahnte mich dazu, ihnen keine weitere Aufmerksamkeit zu schenken, da ich mich ohnehin auf den *schwarzen Prinzen* konzentrieren sollte.

Der Königssohn und ich liefen durch weitere Gänge, stiegen die marmornen Treppenstufen wieder hinab, wobei es nicht eine Wand im gesamten Palast zu geben schien, die *nicht* mit irgendwelchen

Malereien geschmückt war. Pastose, verwischte Pinselstriche und Farbtupfer sowie helle Töne und Lichtpunkte wechselten sich in einer harmonischen Komposition ab. Details waren aus der Entfernung kaum bis gar nicht erkennbar, und die von goldenen und reich verzierten Rahmen umgebenen Bilder zeigten entweder einen Fleck aus einer Landschaft oder einen Ausschnitt aus diversen Vierteln unseres Landes.

Ich staunte über die angenehme Wärme, die die Kunstwerke ausstrahlten. Auch ließen sie meinen Basilisken ruhiger werden, da das Gewicht an meinen Gliedern allmählich nachließ. Ganz im Gegensatz zum jüngsten Königssohn, der lediglich blinzeln musste, damit mein bestialisches Ich wieder lauter wurde. Würde ich es nicht mit aller Kraft zurückhalten, riss es ihm womöglich noch den Kopf ab. Dabei wollte ich doch bloß ein weitgehend normales Leben führen, mit einem Beruf und die Aussicht auf eine Familie. Hoffentlich machte er mir das nicht zunichte.

Fast wie auf Stichwort wandte sich *sein* Kopf zu mir.

Meine Finger erkalteten augenblicklich.

Prinz Joseph öffnete die Lippen und fing an, ein paar Worte zu formen: »In diesen Räumlichkeiten erwarte ich absolutes Stillschweigen von dir, Zofe Cerrejonensis. Meine Familie und ich, sowie die Räte meines Vaters, erweitern für gewöhnlich wochentags am frühen Mittag unsere Wissensgebiete.«

Er richtete den Kragen seines Hemdes, was in mir merkwürdigerweise das Bedürfnis aufsteigen ließ, dies selbst zu tun. Ertappt biss ich mir auf die Unterlippe.

Prinz Joseph stieß die gigantische Flügeltür auf, an deren Seiten zwei weitere Soldaten standen, und schritt hinein. Schnell schlüpfte ich hindurch. Kurz darauf fiel die Tür wieder ins Schloss. Die Augen sämtlicher Anwesenden richteten sich unweigerlich auf uns.

»Joseph!«, rief der König freudig aus. »Du bist pünktlich. Das lobe ich mir! Sehr gut, mein Sohn.«

Der jüngste Königssohn nickte einmal, sagte »Selbstverständlich, verehrter Vater« und steuerte dann den einzigen freien Platz an dem runden Tisch an – an der Seite des Herrschers. Ich bemerkte, dass sich die beiden Brüder zunickten und die Königin ihrem zweitgeborenen Sohn ein Lächeln schenkte.

Vor der Königsfamilie und den Räten lagen stapelweise Bücher, Lexika und Bildbände, während die Leibwachen, einen respektvollen Abstand einhaltend, hinter der Aronos-Familie standen. Auch in diesen Räumlichkeiten befand sich eine Handvoll Soldaten.

Die beiden Zofen Arachnida, Mutter und Tochter, richteten ihre wachsamen Blicke endlich wieder auf die Königin und ihren erstgeborenen Sohn. Beide trugen ihre Haare raspelkurz, wodurch ihre schwarzen Augen zur Geltung kamen. Die Zofenuniformen umhüllten spielerisch ihre feinen Gliedmaßen – erkennbar an ihren Händen und den dünnen Hälsen. Sie wirkten beinahe gebrechlich. Aber das täuschte. Diese Körper waren auf das Konstrukt einer Spinne ausgerichtet. Sie beide waren äußerst begabte Kämpferinnen bei den Shows, die während der Festlichkeiten im Palast ausgestrahlt wurden. Es kribbelte mir unangenehm im Nacken, als ich daran dachte, dass sie in ihrer verwandelten Form selbst meinen Bruder überragten.

Auch die Zofe Ursidae sah wieder zu ihrer Schutzperson – anscheinend hatte sie wie die anderen ihren ursprünglichen Platz abgeben müssen und bewachte nun Prinzessin Inura. Sie war eine beleibte Frau in den besten Jahren und das Fell ihrer verwandelten Form würde vom Erscheinungsbild her stark an rauchige Wolken oder Kringel erinnern: Ihr dunkler Dutt war mit grauen Strähnen durchzogen, ihr Blick müde und im Gegensatz zu uns anderen *Mondsklaven* war ihr Körper auf den Körperbau eines Bären ausgelegt. Aufgrund ihres hohen Alters würde eine Nachfolgerin wohl nicht mehr lange auf sich warten lassen – allerdings würde es keine Rauchbärin sein, denn die alte Zofe Ursidae hatte nur einen Sohn, der Teil der Palastgarten-Wache war.

Ich fühlte mich unwohl. Es war eindeutig zu still.

Immerhin gab es einen Lichtblick: Mein Vater Thassillo lächelte und wies mich mit einer Kopfbewegung neben ihn – verständlich, wie ich bemerkte, da ich mich wie alle anderen hinter meine Schutzperson stellen musste.

Als ich meinen Platz einnahm, tauschten mein Vater und ich einige Blicke. Wir verstanden uns auch ohne Worte, sodass ich mir zumindest ungefähr zusammenreimen konnte, dass er sich Sorgen zu machen schien. Allerdings wollte ich ihm keinen Grund dazu geben und lächelte ihn aufmunternd an. Paradoxerweise fiel mir erst jetzt auf, dass mein Vater als einziger Soldat keine Waffe bei sich trug. Nicht einmal einen Dolch, der an den Gürteln der anderen Leibwächter baumelte. Die Zofe Ursidae trug auf dem Rücken sogar einen Schild, der mithilfe von elastischen Bändern gespannt wurde, die bei einer Verwandlung wahrscheinlich nachgaben – ihr Fell schützte sie im Gegensatz zu den Zofen Arachnida und meinem Vater und mir nicht vor Angriffen.

Mein Lächeln erstarb. Natürlich brauchte mein Vater keine Waffe. Und natürlich brauchte auch *ich* keine Waffe.

Natürlich …

Ich wandte meinen Blick ab und verschränkte meine Hände wieder hinter meinem Rücken. Es genügte schon, dass der Prinz wusste, über welch geringe Kontrolle ich verfügte, da mussten die anderen das nicht auch noch erfahren. Sie verachteten mich ohnehin schon, warum sollte ich ihnen also eine zusätzliche Angriffsfläche bieten?

Sollen sie ruhig denken, dass du eine Bestie bist, erklang eine zischende Stimme in meinem Kopf. *Sie werden sich vor Angst nicht nähern. Angst ist gut. Sie wird dich stärken.* Die Stimme kicherte.

Mit einem Mal riss ich die Augen auf. Erstarrte. Entsetzt über meine Gedanken kniff ich die Augen zusammen und versuchte, ruhig zu atmen. Und trotz der Stille, die inmitten der hohen Wände mit ihren ebenso hochragenden Bücherregalen herrschte, fand ich keine Ruhe.

Das Ticken einer Standuhr hörte sich wie das permanente Schlagen eines Stockes an. Ich musste mich ablenken, bevor die anderen – vor allem mein Vater – bemerkten, wie weit mich mein basiliskes Ich schon an den Rand des Wahnsinns getrieben hatte. Aber wie?

Instinktiv fiel mein Blick auf den Hinterkopf des Prinzen. Für eine gefühlte Ewigkeit starrte ich ihn an, versuchte mich lediglich auf das Lichtspiel zu konzentrieren, dass durch die hereinbrechenden Sonnenstrahlen auf seinen schwarzen Haaren tanzte.

Die Zeit verging und meine Beine begannen zu schmerzen. Ich wollte sie ausschütteln, riss mich aber zusammen – hier drinnen durfte ich erst recht kein Aufsehen erregen.

Ich ließ meine Augen schweifen. Direkt über mir befand sich eine Art Brücke, die als zweite Ebene fungierte; zu ihr gelangte man über eine Treppe, um auch die höhergelegenen Bücher genießen zu können. Von meinem Platz aus sah ich jedoch nicht, über wie viele Räume die Palastbibliothek verfügte – ein Rundbogen führte in einen weiteren Raum –, möglicherweise waren diese aufgeteilt nach diversen Wissensgebieten.

Entnervt erkannte ich, dass ich bereits zwei Stunden regungslos dastand. Nervosität und zugleich Neugier machten sich in meinem Bauch breit. Wie gerne ich doch etwas lesen würde …

Fast wie von selbst glitt mein Fuß über den Boden. Zentimeter für Zentimeter weiter nach vorne. Für einen Moment hielt ich inne, prüfte, ob mich jemand beobachtete. Doch die anderen konzentrierten sich auf ihre Schutzpersonen oder überflogen die Titel der Bücher in diesem Raum.

Leise und äußerst darauf bedacht, keinerlei Geräusch von mir zu geben, rückte ich weiter vor. Ich wollte nur einen winzigen Blick riskieren; wissen, womit sich der Prinz beschäftigte, worin er sein Wissen erweitern wollte. Ein Schatten bildete sich auf seinem Nacken.

Mein Schatten.

Noch bevor er seinen Kopf hob, glitt ich mit einem Schritt zurück an meinen Platz und versuchte möglichst ausdruckslos auf einen Punkt weit hinten zu starren. Der Prinz wandte sich nicht zu mir um, sondern senkte seinen Kopf wieder.

Aus dem Augenwinkel erkannte ich allerdings, dass mein Vater die Brauen fragend hochgezogen hatte. Ich hingegen zog die Schultern hoch und sah ihn entschuldigend an. Ich ahnte, was er dachte und ich würde diese gefährliche Aktion nicht noch einmal ausführen. Nicht einmal ich begriff, warum ich das tatsächlich getan hatte, wusste ich doch um die Konsequenzen.

So hielt ich mich den ganzen restlichen Vormittag über zurück und starrte in die Leere, genoss zwischenzeitlich sogar das Gefühl, dass mein basiliskes Ich Ruhe gab. Nach und nach ließ ich meine Gedanken schweifen, versuchte mich sogar daran zu erinnern, was vorletzte Nacht geschehen war – und scheiterte natürlich, da ich eine Erinnerungslücke wohl kaum rekonstruieren konnte.

Allerdings tauchte daraufhin in meinem Kopf ein völlig anderer Gedanke auf. Plötzlich fragte ich mich, aus welchem Grund die Königsfamilie derart viele Soldaten benötigte, die neben uns Leibwachen an förmlich jeder Ecke des Palastes stationiert waren – obwohl das oberste Gebot unseres Landes ›Frieden‹ lautete. Wurde dem Volk möglicherweise etwas verschwiegen? Waren die Gerüchte über aufbegehrende Bürger vielleicht doch keine bloßen Gerüchte?

Unmerklich schüttelte ich den Kopf. Ich sollte aufhören, in Worte oder Handlungen zu viel hineinzuinterpretieren. Das würde mich nur weiter durcheinanderbringen.

Oder in Gefahr.

5

Die Uhr schlug zwölf, als sich die Königsfamilie und die Räte wie in einer perfekt abgestimmten Choreographie erhoben. Selbst der Zwerg bewegte sich elegant, trotz seines kräftigen und gedrungenen Körpers – wieder einmal wurde mir der Unterschied zwischen der Ober- und der Unterschicht bewusst. Auch wenn die Zwerge, Magier und Feen zur Unterschicht gehörten, taten die königlichen Räte es jedoch keineswegs. Und so verhielten sie sich auch.

Als sich die Königsfamilie zu ihren Leibwächtern umwandte, verbeugten sich die Zofen und mein Vater. Ich verpasste meinen Einsatz und machte einen eiligen Knicks – ganz zum Unmut von Prinz Joseph. Er würdigte mich keines Blickes.

Unweigerlich krallten sich meine Hände in das Zofenkleid. Ich biss die Zähne aufeinander, hielt meinen Kopf hoch. Versuchte trotzdem, Haltung zu bewahren.

Nach und nach durchschritten zuerst der König und mein Vater die Flügeltür, dann die Königin und die ältere Zofe Arachnida, gefolgt vom Thronfolgerpaar mit ihren beiden Leibwächtern. Prinz Joseph folgte ihnen wortlos hinaus. Ich heftete mich an seine Fersen – direkt vor den königlichen Räten, die mich anstarrten und deren Blicke sich in meinen freiliegenden Nacken bohrten. Ein Schauer jagte über mich. Wie gerne wollte ich den Dutt öffnen, damit mich meine Haare verbargen. Ich spürte, wie sich das bis eben noch kreisrunde und ruhige Mal meines Basilisken nun schmerzhaft veränderte: Es musste nun eine aufrechte Bestie zeigen, jederzeit zum Angriff – zum Töten – bereit. Meine Hände fassten stärker in den Stoff des Kleides.

Atme!, befahl ich mir. *Atme!*

Bereits nach kurzer Zeit trennten sich die Wege der Königsfamilie und der königlichen Räte. Es schien, als gingen der Prinz und ich den gleichen Weg zurück, den wir gekommen waren. Allerdings wusste ich nicht, warum er ein weiteres Mal sein Schlafgemach aufsuchte. Aß er etwa nicht zu Mittag? Ein Magenknurren erinnerte mich daran, dass *ich* dagegen sehr wohl ein Hungergefühl besaß. Beschämt verdeckte ich meinen Bauch, in der Hoffnung, ich könnte auf diese Weise die Geräusche unterdrücken.

Ich konnte es *nicht*.

Ohne jegliche Vorwarnung stoppte der Prinz, sodass ich heute schon das zweite Mal beinahe mit ihm zusammengeprallt wäre. *Ich sollte wirklich mehr Abstand zu ihm halten.*

Er drehte sich zu mir und hob verwundert eine Augenbraue. »Hast du denn kein Frühstück eingenommen?«

Ich schüttelte den Kopf. »Nein, Eure königliche Hoheit.« Schon wieder klang meine Stimme viel zu dünn – warum nur konnte ich ausgerechnet vor ihm keine stabile Fassade aufrechterhalten? Mein basiliskes Ich schien etwas zu wissen, dass mein menschliches Ich noch nicht verstand.

Der Prinz reckte das Kinn in die Höhe, bewegte den Kiefer von rechts nach links. »Zofe Cerrejonensis, ich werde mich, wie zu jeder Mahlzeit des Tages, entsprechend umkleiden.« Seine Augen wanderten nach unten zu meinem Bauch. Diese Augen, diese unwahrscheinlich faszinierenden Augen – als wohne in ihnen ein kristallener Bergsee. Unweigerlich krampfte sich mein Magen zusammen. »Ich möchte doch sehr hoffen, dass du dein Verlangen nach Speis und Trank in Zaum zu halten weißt.«

Ich nickte schnell.

Und errötete, als mein Magen abermals knurrte.

Allerdings klang es anders als das vorherige. Es ähnelte vielmehr einem Aufbegehren als einem Verlangen. Es war die Bestie in meinem Inneren, die versuchte, der einschüchternden Präsenz des Prinzen etwas entgegenzuhalten. Aus dem Augenwinkel erkannte ich den dunklen Film auf meinen Händen.

Ich atmete aus, als sich Prinz Joseph wieder von mir abwandte und seinen Weg fortsetzte.

Dieses Mal wartete ich fünf Schritte ab, bis ich loslief. Auch bemerkte ich erst jetzt, dass meine Hände noch immer krampfhaft geschlossen waren. Ich sog scharf die Luft ein, als ich meine Finger voneinander löste. Meine Fingernägel hatten zwar ihre Abdrücke hinterlassen, aber es war kein Blut zu sehen. Es war zwar ein kleiner Triumph, aber für mich wog er schwer.

Unweigerlich stahl sich ein Lächeln auf meine Lippen.

Nur wenige Schritte später hielt der Prinz auch schon wieder inne. Als ich meinen Kopf hob, erstarb mein Lächeln auf der Stelle. Prinz Joseph musterte mich mit schiefgelegtem Kopf, den Anflug eines Lächelns auf seinen geschwungenen Lippen.

Ich starrte ihn an. Bewegte mich nicht. Sprach nicht.

Nur Sekunden später schien er sich aber zu besinnen, blinzelte, schüttelte den Kopf und drückte schließlich die Klinke der nächsten Tür herunter. Er trat ein, abwartend am Türrahmen, bis ich an ihm vorbeigeschlüpft war. Drinnen angekommen musste ich mich zusammenreißen, um nicht mit weit offenstehendem Mund über die luxuriöse Einrichtung zu staunen. Und doch flogen meine Augen über die Möbel und Gegenstände, so schnell, als glaubte mein Inneres, es abspeichern zu müssen, weil ich es vielleicht nie wieder zu Gesicht bekommen würde: ein Kristalllüster, ein mannshohes Bild der Königsfamilie, blassblaue Farbe und goldene Ornamente an den Wänden, Massivholzkommoden, schwere Vorhänge, eine gewaltige Fensterfront, und ein Himmelbett, das in diesem Raum regelrecht klein wirkte, obwohl ich mir sicher war, dass mindestens vier Personen darin schlafen konnten.

Verstohlen blickte ich zu Prinz Joseph – und fragte mich, ob er wohl nicht nur deshalb diese Augenringe besaß, weil er des Nachts Menschen manipulierte und hierher transportierte, sondern weil niemand neben ihm lag. Inzwischen hatte er die Tür verschlossen und war neben mich getreten. Seine Präsenz drückte wie ein Schatten auf mich.

Seine Augen schnellten zu mir, als hätte er meine Gedanken gehört. Ich errötete sofort, schaute weg. Wie als Antwort stahl sich der goldene Ring an seinem Finger in mein Blickfeld, der mich daran erinnerte, dass er längst einer Adeligen versprochen war.

Natürlich war er das.

Eilig schritt er zu einer der beiden Türen gegenüber von seinem Bett und verschwand dahinter. Ohne zu überlegen folgte ich ihm und fand mich in einem mindestens doppelt so großen Raum wieder: das Ankleidezimmer des Prinzen, dessen Massivholzschränke über und über bestückt waren mit kostbaren Edelsteinen. Hier drinnen war der gleiche goldblaue dicke Teppich ausgelegt wie in seinem Schlafgemach, und in der Mitte befanden sich zwei gepolsterte braune Ledersessel, die vermutlich als eine Art Ablage dienten.

Prinz Joseph öffnete den hintersten Kleiderschrank – gedankenverloren, wie es schien, denn er murmelte etwas vor sich hin – und verschwand regelrecht in diesem gigantischen Stück Holz. Ich atmete tief ein und versuchte nicht daran zu denken, dass ich wohl gleich einem Elfen behilflich sein musste, dessen äußeres Erscheinungsbild in mir ein Verlangen auslöste, das ganz und gar verboten gehörte. Meine Finger kribbelten.

Schnell schüttelte ich den Kopf und diese Gedanken ab. Warum nur geisterten solche Wünsche in meinem Verstand herum?

Ich atmete tief ein und versuchte, mich einzig und allein auf meine Aufgabe zu konzentrieren. Dennoch zitterten meine Arme, als ich sie ihm entgegenstreckte, um die Kleidungsstücke abzunehmen, die er mir jeden Moment geben würde. Als er jedoch die Schranktüren schloss, ein weißes Rüschenhemd über seinen linken Arm gelegt, und mich fast schon verstört anblinzelte, wusste ich nicht, was ich sagen sollte.

»Wartest du auf die heilige Verkündung der Naturgeister?«, durchbrach der Prinz die kurzzeitige Stille. »Nun geh schon hinaus!«

Verwirrt ließ ich meine Arme sinken. »Aber … sollte ich als Zofe Euch nicht beim Ankleiden behilflich sein?«

»Ich bestehe darauf, mich alleine umzukleiden.«

Die unnachgiebige Kälte in seinen Augen ließ das Blut in meinen Adern erkalten – ich spürte meine Finger und Zehen nicht mehr. Daher ließ ich mich auch nicht zweimal bitten und zog mich schnellen Schrittes wieder in sein Schlafgemach zurück. Nur einen Herzschlag später fiel die Tür zum Ankleidezimmer ins Schloss.

Ich habe schon jetzt als Zofe versagt, drang es sofort in meinen Verstand.

Ich starrte die Tür an. Stille umfing mich.

Und wenn er etwas zu verbergen hat?, setzte die andere Stimme dagegen.

Erschrocken schlug ich mir die Hände vor den Mund. Für den Bruchteil einer Sekunde hatte ich geglaubt, diesen Satz laut ausgesprochen zu haben.

Aber ich hörte lediglich das Klopfen meines Herzens.

Eilig wandte ich mich meinen Aufgaben zu – um *irgendetwas* zu machen –, schüttelte die Kopfkissen auf und schlug die Bettdecke zurück. Dann prüfte ich die Knoten am Baldachin und zog diese ein wenig auseinander, damit sie bauschiger wirkten. Schnell sammelte ich noch einige herumliegende Kleidungsstücke ein und warf diese in die Wäschetruhe im Badezimmer. All das zeugte von einer übereilten Abreise. Schnell schüttelte ich den Kopf. Ich wollte mir nicht vorstellen, wie es war, dem Prinzen schutzlos ausgeliefert und bald nicht mehr Herr über meine eigenen Gedanken oder Handlungen zu sein.

Als ich wieder in das Schlafgemach trat, öffnete sich die Tür zum Ankleidezimmer. Vorsichtig wandte ich ihm meinen Kopf zu. Der Prinz erschien in dem weißen Rüschenhemd und einer Weste aus schwarzem Stoff mit burgunderroten Verzierungen. Er würdigte mich nur eines flüchtigen Blickes, bevor er mir befahl, ihm in den Speisesaal zu folgen. Wortlos schritt ich ihm nach.

Der Speisesaal lag zwei Stockwerke tiefer im Erdgeschoss des Palastes und war nicht minder prunkvoll als die anderen Räumlichkeiten. Silber, Gold und Bronze wechselten sich in einer funkelnden Pracht ab und fanden sich wieder an den Wänden, den Kristalllüstern, dem langen Tisch und schließlich beim Königspaar selbst, das über und über in diesen Farben gekleidet und geschmückt war. Die beiden sahen wie die leibhaftige Verkörperung des Mond- und des Sonnengeistes aus.

Meine innere Stimme lachte verächtlich auf. Manche Personen aus Héron besaßen nicht einmal genug Geld, um sich Lebensmittel zu kaufen oder hausten zu sechst in einer winzigen Wohnung, während die Königsfamilie nicht zu wissen schien, worin sie all ihren Reichtum verwerten sollte. Und deshalb völlig sinnfreie Dinge kaufte. Zumal der König ohnehin die Finanzen der héronischen Bürger mitverwaltete – die violett-schwarzen Münzen waren auch aus dem unzerstörbaren Rohstoff Serpium geschaffen worden.

Nach und nach trafen auch die Räte und das Thronfolgerpaar mit ihren Leibwächtern ein. Ich erkannte ein System in der Sitzordnung. Am Ende des langen Tisches saßen König Askeelan und Königin Susanna, rechts und links von ihnen, an der langen Seite der Tafel, hatten mein Vater und die ältere Zofe Arachnida Platz genommen. Mit etwas Abstand folgten gleich darauf die Königssöhne. Ich würde wohl oder übel ein ganzes Stück entfernt von meinem Vater sein, während neben mir der undurchschaubare Prinz und mir gegenüber die erstgeborene Tochter der Arachnida-Familie sowie Prinz Steven sitzen würden. Prinzessin Inura und ihre Zofe Ursidae würden unmittelbar danach ihren Platz finden; die königlichen Räte verteilten sich auf beiden Seiten des Tisches.

Ich hätte meinen Sitzplatz wohl kaum besser wählen können …

Allerdings fragte ich mich, warum die Bediensteten, speziell die Leibwachen, am gleichen Tisch aßen wie die Königsfamilie. Mein Verdacht, dass die Gerüchte über Aufstände einen Funken Wahrheit bargen, erhärtete sich mehr und mehr.

Als ich den Stuhl hervorzog, der mit einem bronzefarbenen Überwurf und Schleifen geschmückt war, spürte ich das Starren der anderen. Das Verurteilen. Das Getuschel. Und mein sich veränderndes Schlangenmal.

Ich hob den Stuhl ein wenig an, um keine allzu lauten Geräusche zu verursachen, als ich näher an den Tisch heranrückte, in dessen Glasplatte filigrane Verzierungen eingefasst waren. Drei Teller stapelten sich vor mir übereinander und etliche Gabeln, Messer und Löffel lagen wie bei einem Kunstwerk darum drapiert.

Während weibliche Dunkelelfen dem Königspaar Wein einschenkten – den die entsprechenden Bediensteten, die unmittelbar hinter ihnen standen, natürlich zuerst vorkosteten – versuchte ich mich daran zu erinnern, was mir meine Mutter beigebracht hatte. Schließlich arbeitete sie in der Küche und wusste, wie man sich zu Tisch bei Adeligen verhält. Allerdings vernebelte mir die steigende

Nervosität – oder mein Basilisk – den Verstand, sodass ich eine gefühlte Ewigkeit lang überlegte, mit welcher Gabel man die Vorspeise aß.

Mit einem Mal fühlte sich mein Hals trocken an und meine Zunge wie Sandpapier. Als eine der Bediensteten zu mir kam, bat ich um ein Glas Wasser. Aber ich musste mich zurückhalten, bis König Askeelan uns erlaubte, mit dem Mahl zu beginnen – daran erinnerte ich mich noch von meinem letzten Besuch im Palast; die Hochzeit von Prinz Steven und Prinzessin Inura lag bereits ein halbes Jahr zurück.

Das Kratzen in meinem Hals gepaart mit der Unbehaglichkeit, inmitten von Personen zu sitzen, die mich verabscheuten, ließ den Druck in meinem Inneren wieder ansteigen. Die Stimmen in meinem Kopf wurden lauter. Krampfhaft umfassten meine Hände den Stuhl, klammerten sich regelrecht daran. Ich starrte weiterhin das Gedeck vor mir an.

Bis ich bemerkte, dass sich in dem ausladenden und geschwungenen Rand meines bronzefarbenen Tellers das Antlitz des *schwarzen Prinzen* spiegelte. Die Augen unmittelbar auf mich gerichtet. Beobachtend. Wartend. Darauf, dass ich einen Fehler beging.

Erschrocken lehnte ich mich zurück und legte mein Hauptaugenmerk nun auf den Strauß weißer Margeriten, der in einer Kristallvase vor mir stand. Eine der Blumen hing ein wenig zu tief, sodass sie bereits einen Schatten auf mein Gedeck warf. Es beruhigte mich etwas, die Blütenblätter zu zählen.

Kurze Zeit später eilten die Küchengehilfen mit dem ersten Gang herbei. Riesige Knospen, so groß wie ein Kopf, wurden auf den Tellern verteilt. Ihre Enden waren mit einer filigranen Kordel verschnürt – womöglich waren sie gefüllt.

Als die weiblichen Dunkelelfen alle Knospen verteilt hatten, erhob sich der König schließlich. »Hiermit erteile ich euch, meiner verehrten Familie und den Bediensteten, die Erlaubnis, mit Speis und Trank zu beginnen!« Er breitete die Arme aus, wobei die weit ausladenden Ärmel seines Gewands bis auf seine Ellbogen hinunterrutschten. »Genießt mit Wonne! Und lasset alle Speisen und Getränke eure Gaumen erfreuen, auf dass sich eine wahre Komposition sämtlicher Geschmacksknospen in euren Mündern ergebe!«

Die anderen hatten bereits ihr Glas in der Hand und hielten es nun in die Höhe. Ich beeilte mich, es ihnen gleichzutun.

»Lang lebe König Askeelan!«, ertönte es reihum.

Wenig später erklangen wieder die Gespräche. Ich versuchte mir nicht anmerken zu lassen, dass ich noch immer nicht wusste, wie man dem Stand angemessen aß – wo waren bloß all die Informationen abgeblieben? Nervös trank ich einen großen Schluck Wasser und löschte damit meinen brennenden Durst, während ich die anderen dabei beobachtete, mit welcher Gabel sie zuerst begannen und vor allem *wie* sie dieses Ungetüm von einer Pflanze essen wollten.

»Ist dir etwa der Hunger vergangen?«, hörte ich die Stimme des *schwarzen Prinzen* neben mir. »Oder verfügst du nicht über das Wissen, sich angemessen bei Tisch zu verhalten?« Das Grinsen auf seinen Lippen war kaum zu überhören.

Mein Blick flog über die Teilnehmer des Banketts, registrierte ihr Verhalten. Dann straffte ich die Schultern und öffnete die Kordel der Knospe. Ich staunte nicht schlecht, als gedünstete Gemüsesorten – Paprika, Zucchini, Aubergine, Tomaten und Karotten – zum Vorschein kamen, kreisrund angeordnet und eingebettet in eine fruchtig-beerige Vinaigrette.

»Nein, Eure königliche Hoheit«, antwortete ich schließlich und spießte ein Stück Karotte mit der – glücklicherweise – richtigen Gabel auf.

»Nun, wenn dem so ist, wünsche ich einen guten Appetit.« Nachdem sich Prinz Josephs Vorkosterin zurückgezogen hatte, begann auch er zu essen.

»Vielen Dank, das wünsche ich ebenfalls, Eure königliche Hoheit«, entgegnete ich kühl. Kühler als beabsichtigt, denn die Vorspeise schmeckte äußerst köstlich.

Die nächsten Gänge verbrachten wir schweigend nebeneinander. Weil ich mich einzig und allein auf die Speisen vor mir konzentrierte, besänftigte das meinen Basilisken – endlich konnte ich ein wenig aufatmen.

Nachdem die Anwesenden die Nachspeise beendet hatten, erhob sich das Königspaar zuerst, bevor auch wir anderen uns erheben durften. Ich wartete an meinem Platz, bis der Prinz aufstand, und ging ihm schließlich hinterher.

Erneut suchten wir sein Schlafgemach auf.

Erneut zog er sich um.

Ohne meine Hilfe.

Lediglich mit einem Unterhemd und einer lockeren Sporthose bekleidet schritt er wieder aus dem Ankleidezimmer hinaus. Es bereitete mir ernsthaft Mühe, ihn *nicht* anzustarren. Das Unterhemd war derart eng anliegend, dass ich genauestens seine Konturen ausmachen konnte, den trainierten Körperbau …

»Ich beginne den Nachmittag mit einem individuell auf mich abgestimmten Training«, erklärte er. »Anschließend werde ich mir ein Bad genehmigen und nach der Teesitzung die Zeit bis zum abendlichen Mahl mit dem Geigenspiel vertreiben.«

Ich bemerkte erst, dass ich auf meiner Unterlippe kaute, als Prinz Joseph mich anstarrte. Augenblicklich erhitzten sich meine Wangen. Warum nur musste er mich andauernd anstarren? Ich war mir sicher, dass mein sich bewegendes Schlangenmal die Schuld daran trug.

»Nun …«, setzte er gedehnt fort, »lass uns aufbrechen.«

Ich nickte und folgte ihm hinunter ins Untergeschoss des Palastes. Dort, wo es keinerlei Fenster gab und die Gerüche aus der Küche durch die Flure schwebten – für einen winzigen Moment drängte es mich, nach meiner Mutter Ausschau zu halten. Nichtsdestotrotz zogen sich Eleganz und Schönheit durch das gesamte Gebäude. Natürlich bewachten auch hier unten männliche Dunkelelfen die Flure und Räumlichkeiten.

Prinz Joseph und ich liefen den Flur entlang und schritten erst durch die letzte Tür, die vom Gang abging. Vor uns erstreckte sich ein äußerst langer Raum – fast schon ein Saal –, dessen Boden mit blauen Matten ausgelegt war, die derart weich und dick gepolstert waren, dass meine Schuhe bis zur Sohle darin versanken. An einer Wand erstreckte sich ein wahres Arsenal an Waffen, während an der nächsten eine Kletterwand befestigt war. In einer Ecke befanden sich zudem noch zahllose Sportgeräte, von denen ich lediglich das Laufband und die Hantelbank benennen konnte, und an denen einige Dunkelelfen-Soldaten trainierten. Ventilatoren an der Decke sorgten für einen angenehmen Luftzug. Nicht zusammenreimen konnte ich mir, wozu ein halbes Dutzend Wasserhähne in die linke Wand eingelassen worden war, ohne ein Auffangbecken.

In der Nähe der vierten Wand kämpfte gerade der Thronfolger höchstpersönlich mit einem seiner Soldaten – sie übten sich im Nahkampf, ohne jegliche Waffen. Die beiden absolvierten ihr Training mit freiem Oberkörper. Die jüngere Zofe Arachnida stand daneben und schaute ihnen zu.

Beschämt wandte ich meinen Blick ab, war doch Prinz Steven kaum weniger zu verachten als sein jüngerer Bruder: Die blonden Locken, die strahlend grünen Augen und ein Lächeln, dass jedes Herz erwärmte.

Sogar das von Prinz Joseph.

Fröhlich lachend begrüßte er seinen Bruder, während ich mich der Wand hinter mir näherte, bis ich mit dem Rücken dagegen stieß.

»Willkommen im Trainingsraum, Thyra-Fiah.«

Ich erschrak, als ich meinen Vornamen hörte. Mein Puls schoss unweigerlich in die Höhe. Verwirrt blinzelte ich den älteren Königssohn an, der mit einem breiten Grinsen auf mich zukam – den Altersunterschied von zwei Jahren sah man den Brüdern überhaupt nicht an.

»Gefällt es dir im Palast?«, fuhr er fort. »Das hoffe ich doch! Du wirst nun für eine sehr lange Zeit ein Teil der Aronos-Familie sein.«

Eilig machte ich einen Knicks. So viel Freundlichkeit und Wärme war ich normalerweise nicht gewohnt. Unvermittelt stahl sich ein Lächeln auf mein Gesicht. »Vielen Dank für Eure äußerst freundliche Fürsorge, Eure königliche Hoheit.«

»Begegne den Personen, die dich umgeben, stets mit Freundlichkeit und Respekt und du wirst Hass und Krieg verhindern«, begründete er mit einer ausladenden Geste und zwinkerte mir zu.

Der *schwarze Prinz* war inzwischen zu uns getreten. Er verschränkte jedoch die Arme und beäugte seinen älteren Bruder mit einem prüfenden Blick – sein Gesicht hatte wieder dieselbe kalte und undurchschaubare Mimik angenommen wie sonst auch. Prinz Steven hingegen grinste noch immer und stieß seinem jüngeren Bruder freundschaftlich in die Seite.

Kurz darauf verabschiedete sich der Thronfolger und wandte sich wieder seinem Sparringspartner zu. Lediglich Prinz Joseph blieb wie angewurzelt stehen und sah mich an. »Beabsichtigst du weiterhin wie eine Statue an dieser Wand zu lehnen?«

Prompt stieß ich mich ab und richtete mich auf, eilig den Kopf schüttelnd. »Nein, natürlich nicht, Eure königliche Hoheit.«

»Gut«, entgegnete er kalt – als schnitten seine Worte die aufgeladene Luft, die uns umgab. »Denn du bist keineswegs zum Zuschauen hier.«

Ich stutzte. »Wie meint Ihr das?«

»Ich brauche keine Leibwache, die sich ausschließlich aufgrund ihres bestialischen Ichs verteidigen kann«, stellte er klar. »Es ist unkontrolliert und sollte nur in den äußersten Notfällen Einsatz finden.«

Mein Atem stockte. »Aber …«, setzte ich entgegen, »… es ist Frauen doch nicht erlaubt, zu kämpfen.«

»Du bist keine Frau, sondern eine Leibwache.«

Der eiserne Griff schloss sich fester um mein Herz.

»Eure königliche Hoheit«, versuchte ich es noch einmal, »die anderen Zofen kämpfen aber auch nicht.«

Jählings machte der Prinz einen Schritt auf mich zu. »Du bist *meine* Zofe«, erklärte er mit einem beinahe drohenden Unterton, der keinerlei Widerrede zuließ. »Einzig und allein *ich* bestimme über dich.« Er gab mir nur einen winzigen Moment, dies zu begreifen, bevor er weiterredete. »Solltest du dem etwas entgegenzusetzen haben, können wir dieses Gespräch auch sehr gerne im finsteren Wald Tenerest fortführen.«

Ich versuchte, den Kloß, der sich inzwischen in meinem Hals gebildet hatte, hinunterzuschlucken, aber es misslang mir. »Nein, natürlich nicht, Eure königliche Hoheit«, gab ich leise von mir. »Selbstverständlich werde ich Euren Befehlen gehorchen.«

Er nickte und dirigierte mich schließlich zu den Wasserhähnen; ich solle mich mit etwas Abstand zu ihnen aufstellen. Prinz Joseph hingegen ging nur einen Sprung entfernt von mir in Position. Dabei entging mir nicht, wie die erste Tochter der Arachnida-Familie den *schwarzen Prinzen* musterte, als könnte sie ihm hier und jetzt die Kleidung vom Leib reißen. Ein anzügliches Grinsen zeigte sich auf ihrem schmalen Gesicht.

Als sie meinen Blick bemerkte, lag ein giftiges und zugleich angriffsfreudiges Funkeln in ihren Augen. Ich wandte mich ab und sah den vermeintlichen Gegner vor mir an. Niemals würde ich gegen den Prinzen kämpfen können, ohne ihn dabei zu verletzen. Und die Verletzung eines Mitglieds der königlichen Familie zog weitaus schlimmere Konsequenzen nach sich als die bloße Verbannung, wenn ich mich seinem Befehl widersetzte. Wie viel war ich bereit aufzugeben? Meine Zukunft? Ein weitgehend normales Leben? Mich selbst? Denn all das würde ich tun, sollte ich mich wirklich in die Hände meines bestialischen Ichs begeben. In die Hände eines gefallenen Drachen.

Doch der Prinz ließ mir keine Wahl.

Und griff ohne Vorwarnung an.

Ich konnte nicht schnell genug ausweichen. Reflexartig riss ich die Arme hoch, um mein Gesicht zu schützen. Klingen aus Eis schnitten in mein Kleid, verletzten meine menschliche Haut. Blut tränkte die Ärmel meiner Dienstuniform.

»Aus welchem Grund greifst du nicht an?«, bellte mein Gegenüber, während er seine Arme auf und ab bewegte und das Wasser wie durch Geisterhand aus den Hähnen herausgezogen wurde. Halbdurchsichtige Schlangen krochen über den Boden und die Glieder des Prinzen hinauf, umgarnten ihn.

Ich antwortete nicht. Stattdessen unterdrückte ich den beißenden Schmerz der Schnittwunden und die Tatsache, dass das Blut inzwischen auf die blauen Matten hinuntertropfte, und richtete mich wieder auf. Nichts auf der Welt würde mich dazu bringen, ihn anzugreifen. Selbst wenn ich unzählige weitere Verletzungen in Kauf nehmen musste – ich würde niemals freiwillig zu der Bestie werden, für die mich ganz Héron hielt.

Erneut griff er an.

Und erneut bezahlte ich dafür mit Schmerz.

Inzwischen attackierte er mich mit dem Element Luft. Dass Prinz Joseph zwei Elemente beherrschte, kam bereits sehr selten vor – ganz zu schweigen von der schwarzen Magie. Sein Bruder hingegen war magielos geblieben, so wie die Königin.

Durch die Luftstöße verletzte er mich zwar nicht mehr, dafür fiel ich öfter hin. Nichtsdestotrotz kämpfte ich mich wieder nach oben.

Immer und immer und immer wieder.

Mittlerweile zitterten meine Gliedmaßen und der Schweiß rann mir von den Schläfen. Ich atmete nur noch stoßweise. Trotzdem verteidigte ich mich nicht.

Ganz zum Unmut des *schwarzen Prinzen.*

»Ich rate dir, dich wesentlich mehr anzustrengen! Außer du beabsichtigst, zukünftig eine Schande deiner Spezies zu verkörpern.« Er spuckte die Worte aus als wären sie Gift. »Ich habe heute genug von diesen albernen Spielchen, zumal sie mich nicht einmal amüsieren.«

Ich wagte es nicht, ihn anzusehen. Niemanden in diesem Raum. Ich hatte ihr Starren längst bemerkt. Die Stille hatte sie verraten. Es war unerträglich.

»Erhebe dich, Zofe Cerrejonensis«, befahl Prinz Joseph und ich stand auf. Kurz darauf landete vor meinen Füßen eine Wund- und Heilsalbe. »Behandle deine Verletzungen, sobald du dein eigenes Schlafgemach aufgesucht hast.«

Der dunkle Schatten in meinem Inneren fraß sich bis zu meinem Verstand, verfinsterte meine Gedanken, meine Selbstwahrnehmung. Ließ in mir abermals die Gewissheit aufkommen, dass ich nicht ohne Grund als *Fehler* bezeichnet wurde.

»Ich werde in der Zwischenzeit an den Geräten trainieren und danach ein Bad nehmen«, fuhr er fort. »Währenddessen möchte ich nicht gestört werden. Ich werde dich in zwei Stunden persönlich abholen.«

Ich machte einen Knicks und überwand mich dieses Mal sogar, ihn anzusehen. Es kam mir so vor, als wandte er sich in Zeitlupe um, während ich blinzelte und mir die Augen rieb. Hatte ich soeben schwarze Symbole und Runen am Bauch des Prinzen entdeckt? Das Unterhemd war durch den Kampf mit Wasser und Eis nass geworden und jetzt zeichneten sich dunkle Züge daran ab.

Ich schüttelte unmerklich den Kopf. Das konnte nicht sein. Wahrscheinlich sah ich aufgrund des Blutverlustes Dinge, die nicht vorhanden waren.

Eilig lief ich hinaus und fand mich wenige Zeit später in meinem Zimmer wieder. Erstaunlicherweise ähnelte es dem des Prinzen – bis auf die Größe und den begehbaren Ankleideraum –, womöglich um die Zugehörigkeit zu signalisieren. Meiner Ansicht nach gelang dies bereits dadurch, dass die Schlafgemächer direkt nebeneinanderlagen.

Ich sog scharf die Luft ein, als ich meine Dienstuniform auszog und die brennenden Schnittwunden im angrenzenden kleinen Badezimmer auswusch. Sie brannten noch immer, als ich die Salbe auftrug. Meine Schuppen machten es mir nicht gerade leicht, wenn sie mit jedem meiner Atemzüge auftauchten und dann wieder verschwanden.

Nach einiger Zeit ließ der Schmerz nach. Erschöpft legte ich mich auf das weiche Himmelbett und versank förmlich in den unzähligen Kissen. Ich starrte den Baldachin über mir an, bis mir bewusst wurde, dass die Bediensteten die Wände zusätzlich verstärkt hatten – Serpium schimmerte in Form unzähliger violett-schwarzer Schilder und überdeckte die blassblauen Wände. Sie waren wohl erst vor kurzem angebracht worden und noch nicht lange Teil der Wand, obwohl der Palast aus ebendiesem Stein erbaut worden war.

Ich wandte meinen Blick ab, als der Grund in meinem Kopf auftauchte.

Natürlich hatten sie die Wände verstärkt.

Natürlich …

Gefangen wie ein Tier, seufzte ich und schlug mir die Hände vors Gesicht. Tränen brannten in meinen Augen, während ich versuchte, mit kalten Fingern die unerträgliche Hitze meiner Wangen zu kühlen.

In mir schlummerte eine Bestie, derer man des Nachts nur Herr werden konnte, indem man ihren goldenen Käfig mit dem einzigen Rohstoff auskleidete, der sie aufhalten konnte.

Denn nachts wirkten andere Kräfte.

Gewaltigere.

Und ich wusste nicht, ob ich stark genug war, sie zurückzuhalten.

6

Das Passagierschiff versank in Finsternis. Nebel umwaberte die steilen Hänge der Steinküste. Lediglich am Bug des Schiffes brach das Wasser und kräuselte sich in weißem Schaum, ansonsten war das Meer ruhig.

Zu ruhig.

Das bemerkten auch die Menschen, die sich in ihren Kabinen einschlossen und nervös und sorgenvoll auf den Rückruf der Küstenwache warteten. Ein Sturm hatte sie vom Kurs abgebracht und nun versagte auch noch der Kompass. Schon seit Stunden war kein Signal mehr durchgekommen.

Der Kapitän wusste, dass diese Steilküste nicht auf der Karte verzeichnet war. Irgendetwas stimmte nicht, das spürte er. Eine schlimme Vorahnung kroch seinen Nacken hinauf, nährte seine Angst, als er auf dem Deck des Schiffes stand und versuchte, sich an den Sternen zu orientieren.

Plötzlich landete ein Schatten vor ihm.

Nein, es war eine Person.

Mit glühenden blauen Augen.

Der Kapitän schreckte zurück. Er zitterte am ganzen Leib. Es war, als würde die Finsternis einzig und allein von dieser fremden Person ausgehen, gar als würde sie aus ihr bestehen.

Der Schatten kam näher. Ängstlich umklammerte der Kapitän die Reling, spielte für den Bruchteil einer Sekunde mit dem Gedanken, sich in die Tiefe des Meeres zu stürzen oder zumindest um Hilfe zu rufen.

Aber er konnte nicht.

Die Angst lähmte seine Stimmbänder.

Nur mit Mühe krächzte er: »Wer … bist … du?«

Der Mund des Schattens verzog sich zu einem hämischen Grinsen. Blendend weiße Zähne blitzten auf, bildeten eine Art harmonische Komponente zu den leuchtend blauen Augen mit den silbernen Sprenkeln.

»Ich?«, fragte eine dunkle Stimme. »Wer *ich* bin?«
Das Herz des Kapitäns raste.
Der Schatten lachte. »Die Finsternis.«
Dann … Schwärze.

Ein markerschütternder Schrei klingelte in meinen Ohren.

Schweißgebadet wachte ich auf, starrte völlig außer Atem den Baldachin über mir an – und realisierte, dass *ich* geschrien hatte. Es war ein Albtraum gewesen, nur ein Albtraum. Allerdings mit einem bitteren Nachgeschmack: Der Tod folgte dem *schwarzen Prinzen* so unmittelbar wie ein Schatten. Licht schien Dunkelheit zu weichen, sobald er einen Raum betrat.

Mein Herz schlug mir bis zum Hals. Das Unterkleid klebte an meiner basilisken Haut – ich brauchte keinen Spiegel, um zu wissen, dass mein ganzer Körper mit Schuppen übersät war. Das Gewicht war Beweis genug, denn ich schaffte es nicht einmal, mich aufzusetzen.

Ich schloss ein weiteres Mal die Augen und versuchte, meinen Puls zu beruhigen, indem ich zunächst meinen Atem kontrollierte. Dabei rief ich mir die Gesichter meiner Familie in Erinnerung.

Nur wenige Atemzüge später löste sich das Gewicht, das auf meiner Brust lastete und auch meine Schläfe zog unangenehm. Ich blinzelte. Setzte mich auf. Sah an mir herunter und fuhr mit den Fingern sachte über meine inzwischen menschliche Haut. Beinahe kam es mir so vor, als hätte ich soeben den weichen Kern meines tiefsten Inneren freigelegt. Als wollte mich mein Basilisk vor dem jüngsten Königssohn beschützen, indem es an die Stelle meines menschlichen Ichs trat.

Ich lachte verächtlich auf, schüttelte den Kopf. Dumm nur, dass mir dieser Selbstschutz im Weg stand, ein weitgehend normales Leben führen zu können. Aus dem Augenwinkel erkannte ich die Risse, die in der reinweißen Bettwäsche klafften und die Kerben, die in den Bettpfosten waren.

Betroffen wandte ich meinen Blick ab und stand auf. Ich wollte gerade das Badezimmer aufsuchen, als ich die Wanduhr direkt über der Tür entdeckte. Ich riss die Augen auf: Mir blieben nur wenige Minuten, bis Prinz Joseph aus dem Schlaf erwachen sollte. Ich hatte tatsächlich vergessen, den Wecker auf meinem Nachttisch zu stellen. Zu erschöpft war ich nach dem gestrigen Kampf gewesen.

Hastig suchte ich eine meiner Zofenuniformen heraus und zog mich in Windeseile an. Die schwarzen Schuppen, die jetzt an verschiedenen Stellen meines Körpers auftauchten und wieder verschwanden, erschwerten mir das Anlegen meiner Kleidung. Nur allzu leicht konnten ihre scharfen Kanten den feinen Stoff meiner Uniform zerreißen. Ich stürzte nach draußen und war gerade im Begriff, die Türklinke zum Schlafgemach des Prinzen herunterzudrücken, als mir ein Gedanke durch den Kopf schoss: *Die Vynx-Pflanze!*

Ich erstarrte mitten in der Bewegung, war wie an Ort und Stelle festgefroren, und erinnerte mich an den gestrigen Abend: Prinz Joseph hatte mir erklärt, dass er vor dem Frühstück immer eine ganz bestimmte Teesorte zu sich nahm – das Gewächs hierfür wuchs im Palastgarten.

Eine gefühlte Ewigkeit lang dachte ich darüber nach, welcher von meinen Fehlern wohl schlimmere Konsequenzen nach sich zöge: Mein Zuspätkommen oder das Vergessen seines Tees, der den Beginn seines Tages einläutete. Beides hing unweigerlich mit einer Routine zusammen. Und er verabscheute das Fehlen oder Stören seiner Struktur.

Ich hatte keine andere Wahl.

Kopflos rannte ich den Flur entlang. Auf dem Weg nach unten nahm ich immer zwei Treppenstufen auf einmal. Ich rannte so schnell, als würde mich jemand verfolgen. Und stolperte, sodass ich beinahe der Länge nach auf glatten Marmor geknallt wäre.

Nur für einen winzigen Augenblick hielt ich inne.

Dann rannte ich weiter.

Mich interessierte nicht, dass die Dunkelelfen-Soldaten mich anstarrten. Es gehörte sich ganz sicher nicht, in den Gängen des Palastes zu rennen. Doch für mich zählte bloß, meine Aufgabe zu erfüllen. Eine Aufgabe, die so banal und doch so bedeutungsvoll war, dass sie über meine Zukunft bestimmte.

Am Ende der großen Eingangstreppe blieb ich stehen und blickte über den gesamten vorderen Teil des Gartens. Meine Wangen brannten. Ich wischte mir den Schweiß von der Stirn, atmete flach. Einzig und allein der pfeifende Wind, der an diesem Morgen um die Ecken des Palastes bog, erinnerte mich daran, dass wir erst März hatten. Kälte verspürte ich jedoch nicht – dafür raste mein Puls zu sehr.

Angestrengt versuchte ich mich daran zu erinnern, in welche Richtung der jüngste Königssohn gezeigt hatte. Aber ich wusste beim besten Willen nicht einmal, wie die Vynx-Pflanze roch, geschweige denn aussah.

Eilig sprintete ich die Eingangstreppen hinunter und bog in den hinteren Teil des Gartens. Meine Lunge brannte, als hätte sie jemand mit abertausenden winzigen Glassplittern befüllt. Ohne mein Zutun verlangsamte sich mein Tempo automatisch – das Gewicht an meinen Gliedern ließ mich kaum mehr aufrecht stehen.

Mühsam schleppte ich mich über den von Birken gesäumten Kieselsteinweg und suchte mit den Augen nach dieser einen besonderen Pflanze. Ich war überzeugt davon, dass sie mir auffallen würde, sobald ich sie sah.

Ich erschrak, als neben mir Krächzen und Wiehern erklangen. Die Reittiere des Palastes begehrten auf. Der Duft von trockenem Stroh und Heu umgab mich, gemischt mit dem strengen Geruch ihrer Hinterlassenschaften. Burumas trampelten nervös in ihren Ställen – die schwarzen Pferde wurden vor allem deshalb für die Patrouille oder die Abwehr genutzt, da ihre langen, spitzen Hörner wie eine Waffe fungierten. Die elfenhohen Phönixe mit ihrem orange-goldenen Gefieder, die für die Bewachung in der Luft genutzt wurden, schlugen wild mit ihren Flügeln und wollten sich von ihren Beinfesseln losreißen.

Eine Gestalt trat in mein Blickfeld: Tierhüterin Pardus, eine *Mondsklavin*, die sich bei Vollmond in eine Schattenkatze, einen schwarzen Panther mit Säbelzähnen, verwandelte. Das Mal, das sich auf ihrer linken Schläfe abzeichnete, erkannte ich selbst aus dieser Entfernung: Es zeigte den Kopf ihrer Bestie.

Mit langsamen Schritten ging sie auf die Tiere zu und redete beruhigend auf sie ein, versuchte nach den Ketten zu greifen. Aber die Reittiere wurden nicht leiser.

Ganz im Gegenteil.

Ihr Aufbegehren, das Krächzen und Wiehern, klingelte in meinen Ohren, und doch konnte ich meinen Blick nicht von ihnen losreißen. Ihr Anblick hypnotisierte mich. Etwas kratzte in meinem Hals. Ich spürte, dass ein Knurren in meinem Inneren lauerte, das befreit werden wollte.

Da erkannte mich die Tierhüterin bereits als Ursache für die Panik der Reittiere. Sie betrachtete mich von oben bis unten, verengte ihre Augen und verschränkte die Arme.

»Bist du nicht die Zofe von Prinz Joseph?«, fragte sie dann. »Was hast du denn hier unten zu suchen?«

Vollkommen perplex starrte ich sie an. Sie hatte tatsächlich das Wort an mich gerichtet, ohne dabei völlig hasserfüllt dreinzublicken.

»Zofen sind nicht für den Garten zuständig«, machte sie weiter und versuchte über den Lärm der Tiere hinwegzubrüllen. »Ich dachte, das bringt man euch oben im Palast bei.«

Es dauerte eine Weile, bis ich den Mut und vor allem die Worte fand, um einen vollständigen Satz zu bilden. »Ja ... nein ... ich ... ich suche eine Pflanze.« Ich stockte kurz. Die folgende Frage kostete mich ein ganzes Stück Überwindung: »Würdest du ...« Ich räusperte mich. »Kannst du mir helfen?«

Sie blickte mich ungläubig an.

»Bitte«, fügte ich noch hinzu.

Mit ihren pechschwarzen Augen überblickte sie die Umgebung, schien nach etwas Ausschau zu halten – oder nach irgendwem. Schließlich seufzte sie und sah mich an. »Gut«, sagte sie. »Ich werde dir helfen. Aber nur, wenn du dich von den Tieren fernhältst. Die drehen mir sonst noch völlig durch.«

Ich nickte schnell und entfernte mich im gleichen Atemzug mehrere große Schritte von den Burumas und den Phönixen. Die Reittiere wurden nicht sofort ruhiger, aber ihr Aufbegehren war nun weniger laut und manche von ihnen hielten zwischenzeitlich inne.

Das Schattenkatzen-Mädchen wies mich dazu an, ihr zu folgen. Sie lief den Weg weiter, der hinter den Palast führte. Dort, wo die Mauern nicht ausschließlich zur Abgrenzung dienten, sondern vor allem dazu, damit niemand die steile Steinküste hinunterfiel.

Oder durch das Portal fliehen konnte.

Durch das normalerweise nur manipulierte Menschen nach Héron hineingeführt wurden, aber niemand hinausfand.

Die *Mondsklavin* rief nach jemandem und holte mich so wieder aus meinen Gedanken zurück. Ich blinzelte und erkannte, dass im hinteren Teil des Gartens weitaus mehr Grünpflanzen wuchsen als im vorderen Teil. Die Birken wichen Weiden, deren langen Äste erst zur Seite geschoben werden mussten, damit wir hindurchkonnten.

Im Inneren der sechsten Weide schien eine weitere *Mondsklavin* den Baumstamm auf Insektenbefall zu überprüfen: Valea Aves – eine Nachfahrin der Dunkelphönixe, die von der Handvoll Waldelfen, die im Palast angestellt waren, angeleitet und befehligt wurden – schließlich waren sie zuständig für die Flora und Fauna von Héron. Auf Valeas linker Schläfe war ein winzig kleiner Phönix zu erkennen, der zum Flug bereit schien. Ihre Federn waren im Gegensatz zu den gewöhnlichen Phönixen rußschwarz und blutrot.

Sie schreckte zurück, als sie mich entdeckte. Große Augen blickten aus einem ovalen Gesicht; das helle braune Haar war bis auf Schulterhöhe geschnitten. Allein ihr schmaler, beinahe filigraner Körperbau wies auf die Art ihres bestialischen Ichs hin.

Mich so neben ihr stehen zu sehen beschwor wieder mein mickriges, nicht vorhandenes Selbstbewusstsein herauf. Nicht einmal der Blick zur Tierhüterin mit ihren weichen und runden Formen schien mich auf andere Gedanken zu bringen. Es war, als stünde ich vor einem stark verzerrten Spiegel, der meine Arme und Beine anschwellen ließ und meinen Bauch aufblähte. Ganz zu schweigen von den massiven Schuppen, die mein Gewicht in schwindelerregende Höhe trieben. Unweigerlich schloss ich die Arme um mich und versuchte, mich so klein wie möglich zu machen. Aber es misslang mir. Und normalerweise war ich dieses Starren auch gewohnt, aber jetzt fühlte es sich noch entblößender an. Ich erkannte, dass

Gärtnerin Aves angespannt war und jederzeit zur Flucht bereit schien. Einzelne schwarzrote Federn sprossen aus dem Kragen ihrer Dienstuniform, die meinem Zofengewand nicht unähnlich war.

»Anwa, was macht *sie* hier?«, flüsterte das Dunkelphönix-Mädchen. Ihre pechschwarzen Augen schnellten durch den von der Weide eingeschlossenen Raum. »Wenn die anderen uns sehen …«

»Werden sie schon nicht, Valea«, winkte Anwa ab. »Hilf uns lieber suchen.«

Bei dieser Bitte wurde Gärtnerin Aves hellhörig. Erneut sah sie sich um. Dann schweifte ihr Blick für einen winzigen Moment zu mir, bevor sie wieder zu dem Schattenkatzen-Mädchen sah.

»In Ordnung.« Valea nickte und richtete sich auf. »Was braucht ihr?«

Anwa sah zu mir.

»Die Vynx-Pflanze«, antwortete ich, und konnte immer noch nicht glauben, dass die beiden tatsächlich mit mir sprachen und mir sogar halfen. Nicht zum ersten Mal an diesem Tag glaubte ich zu träumen.

Prompt lief die Nachfahrin der Dunkelphönixe los. Wir anderen *Mondsklavinnen* folgten ihr und bahnten uns einen Weg durch weitere Weiden. Es dauerte nur wenige Herzschläge, bis wir an der Palastmauer standen und Valea auf das mickrige Grün am Rand der Steine wies, das keine erkennbare Besonderheit an den Tag legte – es ähnelte mehr Unkraut als einem mühsam aufgezogenen Gewächs oder gar einer Teepflanze.

»Bist du dir sicher?«, hakte ich nach und blinzelte ungläubig. »Der Prinz macht aus diesem Unkraut Tee?«

Ungläubig hob Valea die Brauen. »Das ist ganz sicher *kein* Unkraut. Sie wird auch als Heilpflanze benutzt.«

Ich stutzte. »Oh«, stieß ich aus. »Entschuldige, ich wollte nicht-«

Irgendjemand schimpfte im Hintergrund. Festes Schuhwerk stampfte in schnellem Tempo über die grüne Wiese, die unmittelbar an die Weidenallee anschloss. Als ich mich umdrehte, erkannte ich eine rundliche Frau mittleren Alters mit feuerroten Haaren, die sie mit einer großen Haarklammer hochgesteckt hatte.

»Valea!«, schimpfte sie, ihre glühenden, feuerroten Augen waren auf mich gerichtet. »Was machst du hier bei einer … *Cerrejonensis*?« Es war, als spucke sie meinen Familiennamen regelrecht aus.

Ich antwortete nicht, zuckte nicht einmal zusammen. Zu vertraut war mir das abwertende Gerede. Ich schaute sie lediglich an. Die anderen beiden schwiegen ebenfalls.

»Habe ich dir nicht gesagt, dass du dich von den Basilisken fernhalten sollst?«, polterte die Magierin weiter. »Die riesige Mauer wurde ganz sicher nicht unseretwegen gebaut.«

Valea entschuldigte sich kleinlaut bei ihrer Mutter, während Anwa keinerlei Anstalten machte, sich von mir zu entfernen.

»Sie hat uns nichts getan«, erklärte sie. »Sie wollte bloß-«

Doch die Magierin ließ sie nicht ausreden. »Soll ich deinen Eltern Bescheid geben, dass du dich mit einer *Cerrejonensis* abgibst?«, giftete sie. »Oder dass du faul in der Gegend herumstehst, während du dich eigentlich um die Reittiere kümmern solltest?«

Anwa antwortete mit einem aggressiven Fauchen. Für den Bruchteil einer Sekunde hätte ich schwören können, dass sich Schnurrhaare auf ihren Wangen abzeichneten. Doch so schnell wie sie aufgetaucht und wieder verschwunden waren, so schnell trat auch Anwa aus meinem Blickfeld. Die Magierin und Valea kehrten mir ebenfalls den Rücken zu.

Mein Blick fiel auf die Vynx-Pflanze. Sofort schoss mein Puls in die Höhe. Hastig packte ich die Blätter, riss sie ab und rannte wieder zurück zum Palast.

Mein Herz raste, als ich die Tür zum Schlafgemach des Prinzen erspähte. Völlig außer Atem klopfte ich an das massive Holz und versuchte gleichzeitig, meine Zofenuniform zu richten. Und einzelne Einschnitte, höchstwahrscheinlich von meinen Schuppen verursacht, machten es mir nicht gerade leicht, wirklich professionell auszusehen.

Kurz darauf bat mich der Prinz herein und ich trat ein. Der jüngste Königssohn lehnte mit verschränkten Armen an der gigantischen Fensterfront und blickte hinaus.

Er schaute mich nicht an, als er feststellte: »Du bist zu spät.«

»Ich weiß, Eure königliche Hoheit«, versuchte ich eine Entschuldigung zusammenzuklauben und verbeugte mich demütig, »dafür entschuldige ich mich vielmals. Aber-«

»Allerdings muss ich gestehen«, fiel er mir ins Wort, »dass es mich köstlich amüsierte, dich bei deinen Verfehlungen zu beobachten.«

Ich versteifte mich, während der Prinz sich umdrehte, ein herablassendes Lächeln auf seinen Lippen. In diesem Moment glaubte ich, mein Kopf stünde in Flammen. Ich schaffte es nicht, ihn weiterhin anzusehen und überreichte mit einer demütigen Verbeugung die Blätter der Vynx-Pflanze. »Eure königliche Hoheit, ich habe Euren Tee mitgebracht. Es fehlt nur noch heißes Wasser.«

»Dafür bleibt nun keine Zeit«, erklärte er mir und schritt in Richtung Tür. »Ich werde ihn später zu mir nehmen.«

Unwillkürlich kniff ich die Augen zusammen und biss mir auf die Unterlippe.

Ich hatte einen Fehler begangen.

Schon wieder.

Mit großem Widerwillen drehte ich mich um und folgte dem Schattenelfen.

Der Tagesablauf ähnelte dem von gestern. Lediglich das Training und die Übungsstunden im Musikzimmer wurden zeitlich vertauscht. Der Musikraum war ebenso prunkvoll wie alle anderen Räume im Palast, allerdings war er ziemlich klein, und nur der Prinz und ich suchten ihn auf. Lediglich eine einzige Wache stand vor der Tür.

Während der jüngste Königssohn auf seiner Geige spielte, durfte ich mich auf dem Diwan niederlassen, dessen goldene Polsterung im hereinfallenden Licht schimmerte wie die Sonne selbst. Auffallend an diesen Stunden im Musikzimmer war nicht nur die Tatsache, dass sich fast alle Stücke, die Prinz Joseph spielte, unglaublich traurig anhörten. Am meisten verwunderte mich, dass sich mein Basilisk derart ruhig verhielt. Eine wohlige Wärme breitete sich in meinem Inneren aus – es faszinierte mich, den Prinzen dabei zu beobachten, wie er seinen Körper sanft zur Musik wiegte. Beim Spielen selbst hielt er die Augen geschlossen, und ich fragte mich, ob er im Schlaf wohl ebenso wirkte – so … *unschuldig*.

Als wir jedoch wieder im Trainingsraum standen, legten sich die Schuppen automatisch wie eine schützende Schicht über meine Verletzungen. Alles in mir spannte sich an, darauf wartend, gleich wieder Schmerzen zu erleiden. Von Herzschlag zu Herzschlag wurde es schwerer und schwerer, meinen Basilisken zu unterdrücken. Auch wenn mich Thronfolger Steven wieder freundlich anlächelte und begrüßte. Seine zurückhaltende Präsenz und seine Sanftmut vermochten es, mein Gemüt zumindest ein wenig zu beruhigen. Ich konnte mir nur schwerlich vorstellen, dass er überhaupt irgendeinen Makel besaß.

Trotz allem war heute etwas anders: Der Prinz ließ eine Dunkelelfe herbeieilen, die ein Bündel Stoff bei sich trug und es ihm übergab. Dieser warf es mir ohne Vorwarnung zu. Ich schaffte es nicht, schnell genug zu reagieren, und so landete es vor meinen Füßen. Verwirrt stellte ich fest, dass es ein ärmelloses Shirt und eine kurze Hose waren.

Ich hob die Kleidung auf und sah den Prinzen fragend an.

»Zieh dich um!«, befahl er mir und wies auf die Tür neben den Wasserhähnen, die mir gestern gar nicht aufgefallen war, da das Grau förmlich mit der Wand verschmolz. »Für unsere Kämpfe kann deine Dienstuniform wohl kaum herhalten.«

Noch einmal sah ich auf die viel zu kurze Kleidung. Ich schluckte, versuchte meine allzu trockenen Lippen zu befeuchten. »Ich …«, setzte ich an.

Doch dieses Mal war es Prinz Steven, der versuchte, mich zu beruhigen. »Damit beschädigst du bei einem Ausbruch deiner Schuppen nicht mehr deine Uniformen und kannst dennoch lernen, mit deiner Schutzfunktion umzugehen.«

Ich biss mir auf die Unterlippe. Atmete tief ein. Sprach mir Mut zu. Ich würde das schaffen. Nein, ich *musste* es schaffen.

Ich nickte und machte einen Knicks vor den beiden Brüdern, bevor ich in den Nebenraum ging und mich umzog. Als ich wieder nach draußen trat und das offensichtliche Starren aller Anwesenden im Raum bemerkte, versuchte ich vergeblich den Stoff der Hose in die Länge zu ziehen. Unter dem knappen Ausschnitt des Oberteils zeichneten sich meine weiblichen Attribute deutlich ab.

Viel zu lange musterte mich der jüngste Königssohn, während der Thronfolger und seine Sparringspartner sich längst wieder ihrem Training widmeten. Meine Wangen brannten und meine Hände fühlten sich klamm an.

»Nun«, sprach Prinz Joseph schließlich nach einer gefühlten Ewigkeit, »lass uns beginnen.« Seine Augen hafteten nach wie vor auf mir.

Warum starrte er mich an? Warum war es schon wieder so intensiv? Warum sah er nicht woanders hin? Ich wand mich unter seinem Blick. Es war unerträglich.

Unterdessen flehte ich die Naturgeister an, sie mögen mir die Kraft verleihen, meine Schuppen zurückzuhalten, damit ich wieder in meiner Dienstuniform trainieren durfte und vor allem nicht das wichtigste Gut des Königs beschädigte.

Aber sie gaben mir keine Kraft.

Meinem bestialischen Ich hatten sie kaum etwas entgegenzusetzen: Schuppen tauchten vereinzelt mit jedem Einatmen auf und verschwanden mit jedem Ausatmen wieder. Zwar ermöglichte mir der wenig behindernde Stoff ein schnelleres Agieren, sodass ich die meiste Zeit ausweichen konnte – nichtsdestotrotz forderte mich das enorme Gewicht.

Schon nach kurzer Zeit ging mir die Energie aus.

Ich atmete nur noch stoßweise. Es dauerte nicht lange, bis ich getroffen wurde. Immer und immer und immer wieder.

Als ich es kaum mehr hoch schaffte, stoppte der Prinz das Training. Meine Beine zitterten so stark, dass ich nur mit Mühe stand. Schweiß rann mir von der Stirn und tropfte zu Boden, während ich mich auf meinen Oberschenkeln abstützte.

Mein vermeintlicher Gegner blickte mich enttäuscht an.

»Die Zeit läuft, Cerrejonensis«, erinnerte er mich. »Du solltest anfangen, mitzuhalten, bevor ich mich weiter von dir entferne und somit aus deiner Reichweite verschwinde.«

»Ist … ist das denn wirklich nötig?«, fragte ich völlig außer Atem und hustete angestrengt. »Die Bewohner Hérons meiden mich doch sowieso.« Ganz zu schweigen von den Menschen, denen allein beim Anblick meiner Halbverwandlung wahrscheinlich das schwache Herz stehen bleiben würde. Aber das traute ich mich nicht, anzumerken.

Der Prinz schnaubte bloß und schüttelte den Kopf. »Du törichtes Ding! Niemand würde zögern, jemanden mit *deinen* Augen zu töten. Ein Schlangenmal allein schützt dich noch lange nicht davor, wenn du deinen Schutzpanzer nicht einzusetzen verstehst.« Er funkelte mich an. »Kontrolle.« Er ließ das Wort einen Moment im Raum schweben, bevor er weitersprach. »Du musst lernen, deine Abwehrmechanismen zu kontrollieren. Ansonsten besteht deine einzige Hoffnung in einem gnadenvollen Tod.«

In diesem Augenblick fragte ich mich, woher er sich bloß all dieses Wissen über die *Sklaven des Mondes* angeeignet hatte? Aber dann wurde mir wieder bewusst, dass er zweihundert Jahre lang Zeit dazu gehabt hatte.

Sein Blick barg Finsternis, als er näher an mich herantrat und nach meiner Kette griff. Die tiefschwarzen Wimpern warfen lange Schatten auf seine Wangen, während er auf mich hinabsah. »Sofern dir der Rubinsonnentrank abgenommen würde, wärst du machtlos.«

Ich atmete zitternd ein.

Und gestand mir widerwillig ein, dass er Recht hatte.

Wenn ich nicht schon bald meinen Basilisken zu kontrollieren wusste, würde ich nicht nur andere Lebewesen, sondern unweigerlich mich selbst in die tiefsten Tiefen der Finsternis hinabziehen.

7

Am darauffolgenden Tag wollte ich nicht die gleichen Fehler begehen. Also ging ich am Abend davor direkt nach meiner Schicht schlafen – ich war ohnehin vom Training und den wieder aufgerissenen Verletzungen geschwächt –, stellte mir den Wecker und ließ sogar die Vorhänge offen, damit mich bereits das morgendliche Sonnenlicht weckte.

Mein Basilisk hatte zwar kaum Ruhe gefunden, sodass die Kopfkissen während der Nacht Federn verloren hatten, die nun um das Himmelbett verstreut lagen. Nichtsdestotrotz gelang es mir, früh genug aufzustehen, um in aller Ruhe meine Zofenuniform anzulegen und die Blätter der Vynx-Pflanze zu holen.

Dieses Mal machte ich einen großen Bogen um die Ställe und versuchte auch sonst, keine Aufmerksamkeit auf mich zu ziehen. Ich entdeckte weder Anwa noch Valea, stattdessen streunten vermehrt ältere *Mondsklaven* umher – sie überprüften die Blätter und Blüten der Pflanzen oder die Rinde der Bäume und entfernten Unkraut.

Sie haben die Arbeitsplätze getauscht, giftete mein inneres Ich. *Wegen dir.*

Ertappt biss ich mir auf die Unterlippe. Der Garten war ungefähr dreimal so groß wie der Palast und in ihm befanden sich vier verschiedene Ställe. Sicher waren die beiden jungen Frauen nach dem gestrigen Morgen an einem anderen Punkt stationiert worden. Mit gesenktem Kopf kehrte ich in den Palast zurück.

Das träge Ticken der kunstvoll gearbeiteten Uhren, die an den Wänden der Flure hingen, begleitete mich. Mir blieb noch ein wenig Zeit. Ich entschied, zuerst die Palastküche aufzusuchen, bevor ich zu meinen Pflichten zurückkehrte, obwohl ich nicht wusste, ob es sich schickte, dort als Zofe einzutreten. Doch mich hielt niemand auf.

Ich kann mir schon denken, warum …, flüsterte die altbekannte, niederschmetternde Stimme in mir.

Aber vielleicht ist es erlaubt, wisperte eine andere, hoffnungsvollere Stimme.

Red doch keinen Unsinn!, polterte es in meinem Inneren. *Niemand will ihre Bestie wecken, das ist der Grund.*

Hastig verscheuchte ich die widersprüchlichen Gedanken wie einen Schwarm lästiger Fliegen und eilte weiter. Der Geruch nach süßlicher Erdbeermarmelade, bitterem Schwarzkaffee und duftendem, warmen Brot führte mich geradewegs zu einer zweiflügeligen Schwingtür, die bereits durch leichtes Anstoßen nachgab.

Es dauerte nicht lange, bis ich meine Mutter Salra ausmachte: Ihre burgunderroten Haare hatte sie zu einem seitlichen Zopf geflochten, die Küchenuniform präsentierte sich tadellos. Etliche weibliche Dunkelelfen standen in Reih und Glied an der Küchenzeile und vor den darauf thronenden Gerätschaften und bereiteten das Frühstück zu. Meine Mutter füllte gerade die Marmelade aus einer Rührschüssel in viele kleine goldene Schalen.

Als ihre weinroten Augen abschweiften und mich entdeckten, kam sie sofort auf mich zu und umarmte mich fest. Mit mütterlicher Wärme im Gesicht strich sie mir eine herausgerutschte Strähne hinter das Ohr.

»Kind«, sagte sie, »was machst du hier unten? Du bist doch eine Zofe.«

»Ich weiß, ich weiß«, beteuerte ich und zeigte ihr daraufhin, weshalb ich hergekommen war. »Kannst du mir bitte eine große Tasse heißes Wasser machen?«

»Für Prinz Joseph?«

Ich nickte.

Und hob sogleich die Mundwinkel an – sie sollte nicht merken, wie schwer es mir fiel, in seiner Nähe auch nur einen einzigen vernünftigen Gedanken zu bilden, geschweige denn seinen Anforderungen gerecht zu werden. Ich konnte von Glück reden, dass meine Dienstuniform fast meinen gesamten Körper verdeckte, damit die Schuppen nicht sofort auffielen.

Meine Mutter lächelte ebenfalls. Dann holte sie eine Teetasse mit geschwungenem Henkel und floralen Mustern an der Innenseite aus einem der vielen Schränke und füllte diese mit Wasser aus einem gläsernen Krug. Anschließend kehrte sie wieder zu mir zurück, wobei sie die Tasse mit beiden Händen hielt. Kurze Zeit später stieg heißer Dampf auf.

Meine Mutter grinste. »Selbst warmgemacht schmeckt es immer noch am besten«, versicherte sie und zwinkerte mir wissend zu. Und für einen winzigen Moment fühlte ich mich an einen anderen Ort versetzt – in unsere kleine Küche zu Hause. Dort, wo mich tagtäglich der Duft von frisch aufgebrühtem Rosentee aufgeweckt hatte.

Bis ein alles zerstörender Vollmond die Finsternis in meinem Herzen derart vergrößert hatte, dass diese zu einem reißenden Schlund wurde, der inzwischen alles Schöne, Gute und Helle verschlang.

»Thyra?«, holte mich eine Stimme wieder in die Realität zurück.

Ich blinzelte verwirrt. »Ja?«

Verwundert hob meine Mutter eine Augenbraue und hielt mir die Tasse entgegen. »Musst du das nicht wohin bringen?«

»Oh«, stieß ich aus, als ich mich erinnerte. »Danke.«

Eilig legte ich die Blätter der Vynx-Pflanze hinein und gab meiner Mutter noch einen Kuss auf die Wange, bevor ich nach dem Tee griff.

»Vorsicht, heiß!«, erinnerte sie mich.

Ich unterdrückte den Impuls, die Augen zu verdrehen. Mit Bedacht nahm ich die Tasse und verschwand aus der Küche. Vorsichtig, damit ich keinen einzigen Tropfen Tee verschüttete, lief ich die Treppenstufen hinauf zum Schlafgemach des Prinzen. Dabei stieg mir ein schwerer Geruch in die Nase und ein bitterer Geschmack lag mir auf der Zunge. Für einen Augenblick spähte ich in die Tasse: Das Wasser hatte sich schwarz gefärbt.

Wie passend, höhnte es in meinem Kopf.

Dann stand ich vor dem Zimmer des Prinzen. Trotz meines hämmernden Herzschlags öffnete ich seine Tür.

Der Raum lag in Dunkelheit, das Tageslicht fand lediglich durch einen winzigen Spalt zwischen den schweren Vorhängen seinen Weg ins Zimmer. Ich erkannte nur schemenhaft die Umrisse des Prinzen, dessen Oberkörper förmlich in den unzähligen Kopfkissen versank, der Rest war unter einer dicken Daunendecke verborgen.

Leise schloss ich die Tür, stellte dann den Tee auf einer Kommode ab und lief anschließend zu den Vorhängen. Es bereitete mir ein wenig Mühe, sie zur Seite zu ziehen, aufgrund ihrer enormen Länge und ihres Gewichts, aber ich schaffte es trotzdem.

Stolz darauf, an diesem Tag bisher keinen einzigen Fehler begangen zu haben, stemmte ich die Hände in die Hüften und staunte über die wahrlich atemberaubende Aussicht. Aus dieser Perspektive wirkte der hintere Teil des Palastgartens, als könnte man in einem Meer aus Blumen versinken. Es fehlte nur noch ein Sprungbrett. Hoffentlich gelang es mir, ein wenig Freizeit herauszuschlagen, damit ich wieder schwimmen gehen konnte. Noch viel lieber tauchte ich – mit der Lunge eines Basilisken schaffte ich es, länger als eine Stunde unter Wasser zu bleiben, ohne einmal Luft zu holen.

Mit einem Lächeln auf den Lippen drehte ich mich um.

Und erstarrte.

Denn Prinz Joseph stand keinen Fußbreit von mir entfernt. Das Licht badete ihn in einem sanften Schimmer. Die Muskeln seines Oberkörpers und der Arme, die er vor der Brust verschränkt hatte, zeichneten sich deutlich unter dem weißen T-Shirt ab. Die anthrazitfarbene Flanellhose, die seine nackten Füße locker umspielte, saß derart tief, dass sich seine Leiste abzeichnete. Unweigerlich schoss die Hitze in meine Wangen.

Seine Präsenz, die Aura, die er versprühte! Seine Augen, die mich unergründlich musterten! Sein gesamtes Erscheinungsbild! Es war so intensiv, so intensiv … zu intensiv. Derart durchdringend, dass mich unweigerlich das Gewicht an meinem Gliedern nach vorne zog.

Ich richtete mich auf und wich instinktiv zurück, hatte jedoch sogleich die Fensterfront in meinem Rücken. Das kalte, glatte Glas fühlte sich merkwürdig in meinem Rücken an; ich versteifte mich.

Der Prinz bewegte sich nicht. Sprach nicht. Sondern sah mich bloß an, während er seine Lippen an den Tassenrand setzte und einen Schluck von seinem Tee nahm.

Entsetzt blinzelte ich ihn an. Musste der Tee nicht unglaublich heiß sein?

Gleich einer Antwort bildete sich ein breites Grinsen auf seinem ebenmäßigen Gesicht. Seine unnatürlich leuchtend blauen Augen mit den silbernen Sprenkeln schienen Funken zu sprühen.

»Du bist pünktlich«, bemerkte er dann nach einer quälend langen Zeit, und für den Bruchteil einer Sekunde glaubte ich, aufatmen zu können. »Erwarte bloß keine Lobpreisung von mir.« Die schneidende Kälte in seinen Worten war unüberhörbar.

Er macht sich lustig über dich.

Sichtlich genervt von der Tatsache, dass dieser Schattenelf offensichtlich kein Hitzeempfinden besaß, brachte ich unter zusammengebissenen Zähnen hervor: »Selbstverständlich nicht, Eure königliche Hoheit.«

Der jüngste Königssohn nahm einen weiteren Schluck von seinem Tee.

Und noch einen.

Auf unerträglich langsame Weise.

Sehnlichst wünschte ich mir, dass die Zeit schneller voranschritt und er endlich aufhörte, mich zu beobachten. Es gefiel weder mir noch meinem basilisken Ich, wodurch ich meine Schuppen nur mit Mühe auf einige wenige Körperpartien zurückdrängte. Bestimmt würde sich mein Schutzpanzer sofort aktivieren, sobald der Prinz auch nur einen Schritt in meine Richtung wagte. Nur ein einziger Schritt … und ich würde hier in meiner Halbverwandlung stehen. Was machte er nur mit mir? Warum reagierte mein Basilisk bei anderen nicht auf diese Weise?

»Nun denn«, beschied der Prinz nach einer gefühlten Ewigkeit. »Ich werde mich geschwind frisch machen und umkleiden, da uns beiden noch eine wichtige Aufgabe vor dem morgendlichen Lesen bevorsteht.«

Fragend blickte ich ihn an. »Eine Aufgabe?«

»Die du noch zeitig genug erfährst«, gab er mir zu verstehen, bevor er in seinem Ankleidezimmer verschwand.

Und ich erneut ratlos in der Schwebe stand.

Wütend ballte ich die Fäuste. War es denn wirklich so schwer, mir wenigstens in seinen Terminplan Einsicht zu gewähren?

Hastig drehte ich mich zu seinem Bett um und begann mit meinen Aufgaben. Immerhin lenkten sie mich ab.

Nach einiger Zeit folgte ich dem Prinzen aus dem Zimmer und die Marmortreppen hinunter bis zum untersten Stockwerk. Dort schienen die Glühbirnen nur mit äußerster Mühe die Flure zu erhellen und eine schwere Feuchte hing im Gemäuer. Und so fand ich mich gleich an meinem dritten Arbeitstag mitten im Kerker des Palastes wieder.

Allerdings warteten nicht ausschließlich Dunkelelfen-Soldaten auf uns.

Wie willenlose Marionetten verharrten ungefähr drei Dutzend Menschen zusammengepfercht hinter Stahlgittern. Man sah ihnen an, dass in ihnen die schwarze Magie wütete: Tote Augen blickten mir entgegen – als würden mich unzählige leblose Puppen anstarren. Ihre ausgemergelten Körper wirkten, als hätten sie tagelang keine Nahrung zu sich genommen.

Der Prinz musterte die regungslosen Gesichter der Männer und Frauen. Er machte anscheinend keinen Unterschied zwischen jung oder alt. Was der jüngste Königssohn und seine Portal-Truppe allerdings mit den Kindern dieser Menschen gemacht hatten, wagte ich mir nicht vorzustellen.

»Nun«, begann der Prinz, »gab es irgendwelche Auffälligkeiten, Soldat Aves?«

»Nein, Eure königliche Hoheit«, ertönte es aus einer der hinteren Ecken des Kerkers. Die Person wurde samt krächzender Stimme regelrecht von der Dunkelheit verschluckt. Erst als Schritte ertönten und der Soldat näherkam, erkannte ich ihn: Es war Lloyd Aves – Familienmitglied der Dunkelphönixe und Vater von Valea, der Gärtnerin. An ihm waren jedoch nicht die Augen das Auffälligste, auch wenn sie durch die hervortretenden Wangenknochen deutlich größer wirkten. Lloyd sah aus, als könnte ihn der nächste Luftzug umstoßen.

»Ich habe die Ware persönlich überprüft«, ergänzte er, wobei er mit seinem dünnen Zeigefinger auf die Menschen wies. »Natürlich steht es Euch frei, mein Urteil zu überprüfen, Eure königliche Hoheit.«

Der Prinz sah zu den Gefangenen, musterte sie. »Gab es irgendwelche Habseligkeiten, die uns interessieren könnten?«

Soldat Aves schüttelte den Kopf. »Mobiltelefone, tragbare Computer, Kleidung, Bücher ohne nennenswerte Titel oder Inhalte, Eure königliche Hoheit.«

»Also keine neuen Erfindungen«, stellte der Prinz fest. »Und keine neuen oder brauchbaren Informationen.«

»Nein«, wiederholte der Anführer der Portal-Truppe. »Selbstverständlich könnt Ihr die Habseligkeiten durchsehen und entscheiden, ob eines dieser Dinge Eure Aufmerksamkeit wert ist.«

»Mobiltelefone haben innerhalb des Bermuda-Dreiecks keinen Empfang und für die Kommunikation benutze ich nach wie vor die Fähigkeiten der Feen. Einen tragbaren Computer besitze ich bereits in meinem privaten Schloss«, antwortete der Prinz und brachte sogar ein Lächeln zustande. »Diese Habseligkeiten überlasse ich dir und deinen Männern, Soldat Aves. Nehmt an euch, was euch gefällt oder euren Familien gefallen könnte.«

Die Männer verbeugten sich und bedankten sich höflich.

»Dennoch …«, ergriff Prinz Joseph wieder das Wort, während er mit verengten Augen abermals die Menschen betrachtete. »Auch wenn ich deinem Urteil vertraue, Soldat Aves, irgendetwas stimmt nicht, das fühle ich.«

Merkwürdigerweise spürte ich es ebenfalls. Aber was bei allen Naturgeistern war es? Instinktiv hoben sich meine Nasenflügel, als wollte mein Basilisk die Führung übernehmen. Ich erschnupperte … Schweiß. Irgendjemand schwitzte und der spezielle Geruch war mir keineswegs vertraut. Es roch anders …

Aus dem Augenwinkel erkannte ich, dass mich Prinz Joseph beobachtete und bemerkt hatte, wie meine Bestie auf die Gegebenheit reagierte. Er wusste, dass ich es auch spürte.

»Holt sie heraus!«, befahl er ohne Umschweife.

Lloyd nickte und wies die Dunkelelfen-Soldaten dazu an, die Gefängnisse aufzuschließen und die Menschen in einer Reihe hintereinander zu positionieren, um eine lückenlose Überprüfung zu gewährleisten.

Meine Hände fühlten sich klamm an, als sie seinen Worten Folge leisteten, Frauen und Männer an den Armen packten und diese einfach hinauszogen, ungeachtet der Tatsache, dass viele von ihnen dabei das Gleichgewicht verloren und zu Boden fielen. Wie nasse Säcke knallten sie auf dem schiefergrauen Gestein auf und zogen sich Platzwunden und andere Verletzungen zu.

Mit regungsloser Miene, den willenlosen Marionetten des *schwarzen Prinzen* nicht unähnlich, zogen die Soldaten die Menschen wieder auf ihre Beine. Erneut wurde mir bewusst, dass Mitleid – vor allem gegenüber Menschen – nicht existierte. Zumindest erschien es mir so.

Als würde mich mein Basilisk intuitiv in eine Richtung weisen, blickte ich nach hinten. Bildete ich mir das bloß ein oder hatte dieser junge Mann in der Kellneruniform tatsächlich meinen Blick erwidert?

Mit einem Mal stellten sich mir die Nackenhaare auf. Nur ganz langsam drehte ich meinen Kopf und erkannte den Grund: Es waren die Augen des Prinzen, die sich förmlich in mich hineinbohrten.

»Weiche mir nicht von der Seite!«, befahl er mir. »Ich benötige deine Sinneswahrnehmung.«

Ich nickte ergeben, und heftete mich nur widerwillig an seine Fersen, obwohl ich es eigentlich vermeiden wollte, nah bei ihm zu stehen. So nah, dass ich zwischenzeitlich sogar die Fadenstruktur der Jacke erkennen konnte, die sich über seine Schultern spannte. Prinz Joseph schritt jeden einzelnen Menschen, jedes einzelne Opfer, ab und musterte es genauestens.

Ich versuchte, meine Bewegungen an seine anzupassen, jeden meiner Schritte mit seinen gleichzusetzen und mich wie ein Schatten zu verhalten. Aufmerksamkeit war das letzte, was ich wollte.

Trotzdem kam ich nicht umhin, ein weiteres Mal meine Augen auf den womöglich einzigen Menschen zu richten, der gegen Prinz Josephs schwarze Magie immun war. Denn ich glaubte nicht daran, dass ich mir das lediglich eingebildet hatte. Dafür waren meine basilisken Sinne zu fein, zu differenziert. Der Mensch hatte ganz sicher meinen Blick erwidert. Dennoch schien er genug Verstand zu besitzen, sich unauffällig zu verhalten und angesichts der doch sehr makabren Szenerie nicht in Panik auszubrechen.

Trotzdem spürte ich seine Angst, vernahm seinen hämmernden Herzschlag. Unruhe schien sich in den braunen Iriden des Kellners ausbreiten zu wollen. Er konnte nicht viel älter sein als ich und sein dünner Körper ließ nur den Schluss zu, dass er tagelang nichts zu essen bekommen hatte. Wenn ich nur näher an ihn herankäme … dann könnte ich anhand seiner Atmung, seiner Nervosität, spüren, ob meine Ahnung einer Wahrheit wich. Womöglich kam von ihm der seltsame Geruch – Menschen verströmten ein ganz anderes Aroma als beispielsweise Dunkelelfen oder *Mondsklaven*. Es war … auffälliger.

Vorsichtig wanderte mein Blick zum Prinzen: Er betrachtete gerade einen älteren Mann mit schütterem, weißen Haar. Dass dieser draußen, im sogenannten ›Armenviertel‹, länger als eine Woche überleben würde, wagte ich zu bezweifeln. Die tiefen Falten in seinem Gesicht und die hervortretenden Adern auf seinen Händen bewiesen, dass er seine arbeitsreichen Tage längst hinter sich gelassen hatte.

Aber das interessierte den Schattenelfen herzlich wenig – er schritt einfach weiter. Und war nur noch drei Menschen von dem jungen Kellner entfernt.

Unruhe machte sich in mir breit. Ich musste diesen Unschuldigen irgendwie davor bewahren, an Ort und Stelle getötet zu werden. Oder gefoltert zu werden, damit sie herausfanden, aus welchem Grund er immun gegen die schwarze Magie war. Dass er allerdings tatsächlich eine Antwort darauf wüsste, wagte ich ebenfalls zu bezweifeln.

Zwei Menschen.

Die Stille des Kerkers war erdrückend. Jedes Atmen, jedes Husten, und selbst der vergleichsweise leise Gang des Prinzen hörten sich in dieser Stille viel zu laut an. Als würden Zwerge, die Baumeister Hérons, zeitgleich hier unten Wände einreißen und wiederaufbauen und mit Steinen um sich werfen, ähnlich einem Spiel.

Ein Mensch war noch übrig.

Gleich würde der *schwarze Prinz* bei dem jungen Mann sein.

Gleich würde er es *bemerken.*

Gleich würde er ihn in *töten.*

Gleich …

Ohne zu überlegen ließ ich mich fallen.

Sämtliche Augen richteten sich auf mich, sodass ich all meine Überzeugungskraft einzig und allein in dieses Theater steckte: Ich fasste mir an den Knöchel, sog scharf die Luft ein und wimmerte vor Schmerzen.

»Entschuldigt, Eure königliche Hoheit.« Mit verzerrtem Gesicht blickte ich zu ihm auf. »Ich bin leider mit dem Fuß umgeknickt.«

Der Prinz hob eine Augenbraue und blinzelte mich an. »Wie bei allen Naturgeistern hast du dies nur zustande gebracht?«

Ich entschuldigte mich ein weiteres Mal. Sollte er mich doch für den größten Tollpatsch in ganz Héron halten. Solange es ihn ablenkte und davon abhielt, die Qualen eines unschuldigen Opfers zu vergrößern.

Ich wimmerte noch einmal, sog ein weiteres Mal die Luft scharf ein. Vielleicht war es dumm. Ja, womöglich war es das Dümmste, was ich hätte tun können. Aber mir war in dieser kurzen Zeit nichts Besseres eingefallen.

Prinz Joseph holte tief Luft. »Soldat Aves?«

Lloyd eilte so schnell herbei, dass ich glaubte, er würde fliegen – oder zumindest schweben – so federleicht wie er aussah. »Jawohl, Eure königliche Hoheit?«

»Transportiert die Ware in den Armenring«, befahl der Königssohn mit einer wegwerfenden Handbewegung, bevor sich seine Augen wieder in mich hineinbohrten. »Ich werde dieses Missgeschick zu unserem Heiler bringen.«

Ich erstarrte. Den Heiler hatte ich völlig vergessen. Was sollte ich ihm bloß sagen? Ganz sicher würde er bemerken, dass mein Fuß nicht verletzt war.

Lloyd verbeugte sich. »Wie Ihr wünscht, Eure königliche Hoheit.« Dann gab er seinen Soldaten den Befehl, die Frauen und Männer einzusammeln und abzutransportieren.

Dass mein eigentlich zum Scheitern verurteilter Versuch bis hierhin funktioniert hatte, beruhigte mich nicht im Mindesten. Irgendetwas stimmte nicht. Warum glaubte mir Prinz Joseph?

Zu allem Überfluss beugte er sich auch noch zu mir herunter und bot mir seinen Arm an. »Ich nehme an, du kannst nicht alleine gehen?«

Jetzt konnte ich es erst recht nicht. Ich war wie gelähmt.

Mit rasendem Herzen und weichen Knien ergriff ich seinen starken Arm. Und kam nicht umhin, den Blick des Prinzen zu erwidern. Es war, als würde in diesem Moment die Zeit stillstehen, während er mich langsam auf die Beine zog.

Und trotzdem sagte mir etwas, dass er meinen Rausschmiss plante.

8

Ich stand von der Pritsche auf und überreichte Prinzessin Inuras Vater den Eisbeutel, nachdem ich mich theatralisch noch einmal über meine eigene Tollpatschigkeit aufgeregt hatte, um meiner Glaubwürdigkeit etwas mehr Gewicht zu verleihen. Der Heiler mit dem goldenen Haar und den ebenso goldenen Augen hatte mich zwar eine ganze Weile merkwürdig beäugt, aber nichts gesagt. Ob er wohl jemals sprach?

Ich machte einen kleinen Knicks. »Vielen Dank, Aylên«, sagte ich. »Ich denke, es wird sich vertreten.«

Er nickte bloß – sein Gesicht wirkte dabei wie aus Porzellan. Dann verstaute er das Eis wieder in einem Kühlbehältnis und setzte sich zurück an seinen Schreibtisch, auf dem sich Bücher über Heilungsmethoden aus Héron und der Menschenwelt bis an die Decke stapelten. Mich wunderte es, dass überhaupt noch Licht durch die Fenster in den kleinen Raum drang.

Unmerklich schüttelte ich den Kopf und drehte mich um. Zu einem zweihundert Jahre alten Elfen, der sich anscheinend seit ebenso langer Zeit nicht mehr bewegt hatte. Prinz Joseph saß in einem großen braunen Ledersessel, hatte die Arme auf die Lehnen abgestützt und die Hände verschränkt. Seit wir das Zimmer betreten hatten, schien er seine Position nicht *einmal* verändert zu haben.

Und jetzt betrachtete er noch immer meine Füße. Inzwischen befand sich jedoch eine Furche auf seiner Stirn. Ein ungutes Gefühl kroch meinen Nacken hinauf. Möglicherweise ahnte er etwas. Nein, er ahnte ganz sicher etwas, wusste es vielleicht sogar. Aber warum sagte er nichts?

Abrupt stand er auf.

»Folge mir«, waren die einzigen Worte, die er an mich richtete, bevor er aufstand und aus dem Zimmer ging. Ich eilte ihm hinterher und versuchte mit ihm Schritt zu halten; seine langen Beine machten es mir jedoch nicht gerade leicht.

»Eure königliche Hoheit«, fing ich an, ein paar Worte zu formen.

»Möchtest du etwas anmerken, Zofe Cerrejonensis?«, entgegnete er, wobei er seine Schritte trotzdem nicht verlangsamte.

»Nein … ja. Ich … ich wollte Euch fragen, ob-«

Jählings blieb er stehen und drehte sich äußerst langsam zu mir um. Auch wenn sein Gesicht emotionslos wirkte, glühte das Blau in seinen Augen wie züngelnde Flammen eiskalten Feuers.

Ich hörte mich viel zu leise, viel zu heiser an, als ich ergänzte: »Das Wochenende steht kurz bevor und ich frage mich … ob ich … bekomme ich einen Plan für Euer Wochenende, Eure königliche Hoheit? Gibt es eine Aufgabe, auf die ich mich vorbereiten soll?«

Der Anflug eines Lächelns erschien auf seinem Gesicht. »Nein.«

»Nein?« Ich stutzte, zog die Augenbrauen zusammen. »Ich verstehe nicht …«

»Bedienstete sollen auch nicht *verstehen*«, setzte er scharf an, »sie sollen *gehorchen.*«

Ich nickte und verbeugte mich. »Vergebung, Eure königliche Hoheit. Ich wollte Euch nicht lästig werden.«

Binnen weniger Herzschläge fühlte ich die Wärme, die sein Körper ausstrahlte, nicht mehr. Langsamer als zuvor setzten sich seine Füße in Bewegung. Mit gesenktem Haupt folgte ich ihm. In dieser Stille hörte sich das Klopfen meines Herzens viel zu laut an.

Noch einmal hob ich meinen Kopf.

Und stutzte. Blinzelte. Hatte er mich soeben angesehen?

Nein, das konnte nicht sein. Ich schüttelte den Kopf. Das bildete ich mir sicher bloß ein. Er hatte gewiss Besseres zu tun, als seine Aufmerksamkeit auf mich zu richten.

Nach einer Weile blieb er stehen und wandte sich seiner Zimmertür zu. Aber er ging nicht hinein. Stattdessen legte er seine Hand auf das Holz und strich über die floralen Schnitzereien und Muster.

Verwirrt sah ich Prinz Joseph an. Leider konnte ich seine Mimik nicht deuten. Warum tat er das? Und sollte er nicht längst in der Palastbibliothek studieren, seine Nase tief verborgen in schriftlichem Wissen?

Möglicherweise war dieses vergleichsweise winzige Puzzleteil auch nur ein weiteres Stück von dem gigantischen Gebilde seines Charakters, seiner Persönlichkeit. Mich ihm und seinen Bedürfnissen anzupassen, würde wohl mehr als nur eine einfache Herausforderung werden. Ich fragte mich, ob seine vorige Zofe, die erste Tochter der Arachnida-Familie, ebensolche Schwierigkeiten gehabt hatte. Verhielt er sich nur mir gegenüber auf diese Weise oder war es sein Naturell?

»Nun«, fing der jüngste Königssohn an, »ich denke, du solltest darüber in Kenntnis gesetzt werden, dass du Fehler begangen hast.«

Meine Gedanken rasten. In meinem Kopf überschlugen sich die letzten Stunden regelrecht, konnten aber kein konkretes Bild zusammensetzen. Welchen Fehler meinte er? Oder wollte er mich bloß an meine Unfähigkeit erinnern, mich im Palast zurechtzufinden?

Er hielt inne und wandte mir seinen Oberkörper zu, schien auf etwas zu warten. Ich nickte schnell, um dem Prinzen zu signalisieren, dass ich ihm zuhörte. Aufmerksam blickte ich ihn an. Hoffentlich bemerkte er nicht, dass ich nur deshalb die Hände hinter dem Rücken verschränkte, weil ich nicht wusste, wohin mit ihnen.

»Deine erste Aufgabe zu Beginn eines jeden Tages«, fuhr er fort, »besteht darin, mich mit einer Tasse frisch aufgebrühtem Tee zu wecken.«

Ich nickte ein weiteres Mal, obwohl Verwirrung in mir aufstieg. Ich wusste, dass ich gestern die Vynx-Pflanze nicht rechtzeitig zu ihm gebracht hatte, aber heute war ich doch pünktlich gewesen?

»Allerdings übersiehst du gekonnt die Tatsache, dass mein Schlafplatz jeden Tag wiederhergestellt werden muss.«

Meine Hände fühlten sich eiskalt an.

»Ich erwarte also von dir, dass du mein Bett herrichtest, während ich mich umkleide. Wirst du dies zustande bringen?« Seine Stimme hatte wieder diesen seltsam dunklen Unterton angenommen.

»Ich verstehe nicht ganz, Eure königliche Hoheit«, gab ich zu – ich hatte doch jeden Morgen seine Bettdecke zurückgeschlagen und seine Kissen aufgeschüttelt und auch sein Schlafgemach aufgeräumt sowie die schmutzige Wäsche aufgesammelt.

»Ich erwarte, dass du täglich mein Bett frisch beziehst«, antwortete er so routiniert, als wäre das eine völlig normale Aufgabe. »Ein neues Bettlaken, neue Bettwäsche und auch der Baldachin muss täglich neu gewechselt werden.«

Das konnte unmöglich sein Ernst sein.

»Die Utensilien hierfür findest du in einem der hinteren Wandschränke meines Ankleideraumes«, fuhr er fort.

Ich starrte ihn an. Aber Prinz Joseph machte keine Anstalten, seine Aussage zurückzunehmen. Wut stieg in mir auf. Ich ballte die Fäuste, obwohl ich spürte, wie die Schuppen wuchsen und sie in meine Handinnenflächen schnitten. Schmerz jagte durch meine Finger, meine Arme. Warme Feuchtigkeit bildete sich im Inneren meiner Fäuste. Aber das kümmerte mich wenig, war ich doch darauf bedacht, in jedem Fall meinen Basilisken zurückzudrängen. Selbst wenn es mir nur durch die physische Anwesenheit von Schmerz gelang.

Schließlich verbeugte ich mich. »Vergebt mir meinen Fehler, Eure königliche Hoheit. Ich werde Euren Schlafplatz von nun an jeden Tag neu beziehen.« Wenn ich nur wüsste, wann ich die Zeit dafür aufbringen sollte, neben all meinen anderen Pflichten – ich durfte dem Prinzen während meiner Schicht ja nicht von der Seite weichen.

»Gut«, sagte er gedehnt und ging anschließend in sein Schlafgemach. Mit langsamen Schritten näherte er sich dem Bett. Wieso war ausgerechnet *sein* Zimmer über und über bedeckt mit *meiner* Lieblingsfarbe? Und warum bei allen Naturgeistern fiel mir das erst jetzt auf?

Prinz Joseph nahm den seidenen Stoff der Bettdecke zwischen seine Finger, befühlte fast schon nachdenklich die Beschaffenheit. Nur sehr langsam ließ er den Stoff los und umgriff eine der vier abgerundeten Bettpfosten, über die der rauchblaue Baldachin gespannt war.

Nervös verlagerte ich mein Gewicht von einem Fuß auf den anderen. Unweigerlich drückte ich meine Fäuste fester zusammen. Die Schuppen schnitten tiefer. Schmerz suchte mich heim, versuchte außer meinem Körper auch meinen Verstand zu erobern.

Lass mich hinein, drängte die altbekannte Stimme in mir.

Nein! Mein inneres Feuer tobte, meine Brust hob und senkte sich in einem viel zu schnellen Rhythmus.

Lass dich fallen, versuchte sie es noch einmal.

Verschwinde!

Ich weiß, dass du lügst.

Verschwinde endlich aus meinem Kopf!, schrie es in mir, während ich nur noch stoßweise atmete. Ich durfte mein basiliskes Ich nicht die Oberhand gewinnen lassen, durfte nicht nachgeben. Nicht jetzt. Nicht hier. Und vor allem nicht, wenn ich einem unberechenbaren Prinzen als Zeitvertreib diente, der jeden Moment den Kopf verlieren konnte.

Aus dem Augenwinkel erkannte ich, dass er mich mit einem undefinierbaren Blick betrachtete. »Ich werde mich nun in meinen Ankleideraum begeben.«

Prinz Joseph sprach die Worte erstaunlich langsam aus, als hätte er alle Zeit der Welt und keinerlei Verpflichtungen. Obwohl ihm an meinem ersten Tag nichts wichtiger erschienen war als Pünktlichkeit. Inzwischen war ich fest davon überzeugt, dass er sich unterschwellig über mich lustig machte.

Die Wut in mir flammte stärker auf. Ich schluckte sie hinunter; mein Hals schmerzte. Ein stechender Schmerz zog sich durch meine Schläfe, als ich spürte, wie sich mein Mal veränderte. Trotzdem durfte ich mir nichts anmerken lassen. Ich musste weitermachen. Mein Körper fühlte sich an, als gehöre er nicht zu mir, als ich einen Schritt vortrat, mich daran erinnernd, was der jüngste Königssohn von mir erwartete. Wenn ich schnell genug war, konnte ich womöglich bereits die zahlreichen Kissen und die Decke vom alten Bettzeug befreien.

Ich hielt jedoch inne, als sich der Prinz zu mir umwandte. Ich sah an mir herunter – hatte ich von meinem Fall einen Riss davongetragen, der womöglich menschliche Haut entblößte? – und fasste mir verstohlen an die Schläfe. Ich erstarrte, als ich bemerkte, dass eine warme Flüssigkeit an meiner Wange herunterlief.

»Es klebt Blut an dir«, stellte er fest. »Was wolltest du damit anrühren? Ich hoffe doch sehr, dass es nicht meine äußerst teure Bettwäsche war, an die du dachtest.«

Ertappt biss ich mir auf die Unterlippe. Eilig spreizte ich meine Finger, wollte damit mein Gesicht bedecken. Und dann ins nächstgelegene Badezimmer flüchten, um das Blut von meinen Händen und meiner Schläfe zu waschen.

Doch der Prinz agierte schneller: In Windeseile packte er mein Handgelenk, bremste mich. Jetzt standen wir uns wie in einem Standbild gegenüber, das die letzte Szene einer Filmaufnahme zeigte. Als würden wir uns innerhalb des nächsten Herzschlags weiterbewegen oder aber für immer in dieser Position verharren.

»Nicht«, ermahnte er mich in leisem, sanften Ton. »Auf diese Weise vergrößert sich der Blutfleck bloß.«

Wieder betrachtete mich Prinz Joseph einen viel zu langen Moment, als versuchte er, mein Aussehen, meine Präsenz, einzufangen.

Ich war beinahe geneigt, bitter zu lachen.

Über meine grenzenlose Dummheit.

Gleich einer Antwort legte er seinen Kopf schief. In jenem Moment hätte ich schwören können, er hörte meine Gedanken. Verzweifelt betete ich zum Erdgeist, er möge mich doch bitte verschlucken. Und verfluchte mich im gleichen Atemzug dafür, dass ich nicht genug Abstand zu meinen Gefühlen halten konnte. Oder dass ich überhaupt welche gegenüber Prinz Joseph besaß. Dafür hätte ich mich ohrfeigen können.

Automatisch vergrößerten sich die Schuppen an meinem Handrücken, schossen hervor, ganz knapp am Ärmel meiner Bluse und den wertvollen Fingern des Prinzen vorbei. Ich sog scharf die Luft ein, während Prinz Joseph jedoch nicht einmal zusammenzuckte. Wieso ließ er mich nicht los? Wieso bewegte er sich nicht? Wieso sah er mich auf diese Weise an? Dass meine Hand noch immer blutete, bemerkte ich gar nicht.

»Bitte«, setzte ich an, aber die Stimme versagte mir. »Dürfte ich … mit Eurer Erlaubnis … das Bad aufsuchen?«

Der Prinz antwortete nicht. Sein Gesicht wirkte wie versteinert, als er nickte. Quälend langsam entzog ich ihm meine Hand, die er – wenn ich es nicht besser wüsste – anscheinend nur widerwillig losließ. Sofort, und ohne mich noch einmal umzudrehen, rannte ich aus dem Zimmer.

Etwas lief hier ganz und gar falsch.

In eine ganz und gar falsche Richtung.

Mit ganz und gar falschen Empfindungen.

Mein Brustkorb hob und senkte sich in einem viel zu schnellen Rhythmus, während ich mich an die Innenseite meiner Badezimmertür drückte. Mit zusammengekniffenen Augen ließ ich meinen Kopf nach hinten sinken. Immer und immer wieder flüsterte ich *nein, nein, nein*, wie in einem selbst erstellten Mantra an der Grenze zum Wahnsinn. Nicht zum ersten Mal glaubte ich, dass mein menschlicher Körper lediglich das Gefängnis meines wahren Selbst widerspiegelte. Dass nicht genug Platz zwischen all den Emotionen war.

Wie von Wahn gepackt stürzte ich zum Waschbecken und drehte den Wasserhahn bis zum Anschlag auf. Die Ärmel meiner Bluse schob ich bis zu den Ellbogen hoch und befreite meine Hände nicht nur von Blut – ich wollte mich auch von meinen Schuppen befreien und schrubbte wie eine Besessene über meine Arme.

Aber sie teilten bloß das Stück Seife in sauber abgetrennte Streifen.

Meine Gliedmaßen begannen zu zittern. Völlig außer Atem starrte ich das Bild im Spiegel an. Und musste erneut erkennen, wie wenig Selbstbeherrschung ich besaß. Schuppen über Schuppen bedeckten Wangen und Stirn – es war, als konnte ich dabei *zusehen*, wie sie sich mit jedem Herzschlag verdichteten.

Mit einem unterdrückten Schrei pfefferte ich die Seifenstücke ins Waschbecken. Wasser spritzte in alle Richtungen, nässte auch den Stoff meines Zofenkleides. Nur mit Mühe unterdrückte ich den Drang, den Spiegel abzureißen und ihn gegen die Wand zu schmettern. Und ich konnte nichts dagegen unternehmen, dass ich allmählich zu dem mutierte, was ich so sehr verabscheute und mit aller Macht zu verleugnen versuchte.

9

Wir hatten seit dem gestrigen Vorfall kaum mehr miteinander geredet. Es war, als hätte sich zwischen dem Prinzen und mir eine unüberwindbare Mauer aufgetan. Obwohl ich davon überzeugt war, dass es diese *Mauer* bereits schon zuvor gab – jetzt aber fühlte sich irgendetwas anders an. Etwas, das ich nicht genauer zu deuten vermochte.

Zwar hatte mich der Prinz aufgrund meines verletzten Fußes beim Training aussetzen lassen, das merkwürdige Gefühl in meiner Magengegend blieb jedoch bestehen. Zudem wollte mir der junge Kellner nicht mehr aus dem Kopf gehen. Die ganze Nacht über hatte ich mir Gedanken darum gemacht, ob er noch lebte – Schlaf hatte ich keinen gefunden. Ich konnte auch mit niemandem darüber reden, schließlich wollte ich meine Familie nicht in Schwierigkeiten oder gar in Gefahr bringen. Die Wände besaßen ohnehin Augen und Ohren, selbst wenn diese kaum erkennbar waren.

Ein Schauer fegte über meinen Körper. Möglicherweise beobachteten mich in diesem Augenblick zahllose kleine Wesen und übertrugen die Aufnahmen zu den Soldaten. Oder schlimmer: zu Prinz Joseph.

Meine Wangen erhitzten sich. Für einen kurzen Moment hielt ich inne. Ich wollte mir gerade die Haare zu einem Dutt binden, doch nun sah ich mich in dem kleinen luxuriösen Badezimmer um und versuchte durch meine basilisken Sinne feinste Bewegungen oder Gerüche wahrzunehmen. Ich erinnerte mich daran, dass Feen einen süßlichen Duft verströmten. Aber ich roch lediglich den vertrauten Duft der Lavendel-Handseife. Dennoch glaubte ich nicht daran, dass ich in keiner Weise überwacht wurde. Eine unberechenbare Bestie ohne Aufsicht? Ausgeschlossen.

Als ich mich im Spiegel betrachtete, fiel mir die Kette ins Auge. Seufzend musterte ich eine ganze Weile das kreisrunde, in sich ruhende Schlangenmal, bis ich meine Haare hochsteckte und wieder den Blick abwandte.

Dann begann ich meine morgendliche Routine: Der Palastgarten, die Palastküche und dann das Schlafgemach des Prinzen. Noch immer sprach er nur das Nötigste, trank seinen Tee aus, machte sich im Badezimmer frisch und kleidete sich danach um. Währenddessen versuchte ich eilig das Bett neu herzurichten, wobei ich mich mit dem Baldachin etwas schwertat. Aber mit einigen Verrenkungen schaffte ich es zumindest, das gesamte alte Bettzeug abzuziehen und öffnete eines der großen Fenster, damit die Kissen und die Decke auslüfteten.

Als der Prinz aus dem Ankleidezimmer heraustrat, drehte ich mich zu ihm um, darauf wartend, ob er mir andere Befehle gab.

Er gab sie mir nicht.

Den ganzen Tag über verhielt Prinz Joseph sich unverändert – er sprach nicht, sondern sah mich lediglich an. Beobachtend. Unter seinem wachsamen Blick gelang es mir kaum, *keine* Fehler zu begehen, so sehr ich auch versuchte, diese zu vermeiden: In der Palastbibliothek klopfte mein Herz viel zu laut und besonders während dem mittäglichen Mahl und der Teezeit schaffte ich es nicht, meine bebenden Hände unter Kontrolle zu halten. Nicht einmal die Anwesenheit der Königin, die mich liebevoll anlächelte, änderte etwas an dem Umstand.

Selbst bei seinem Geigenspiel richtete Prinz Joseph ungewöhnlich oft seine Augen auf mich. Ich war mir sicher, dass er nach irgendetwas suchte. Nach weiteren Fehlern, die ich möglicherweise noch begehen würde. Aber das war es nicht, was mit meinem Bauchgefühl übereinstimmte. Da war noch etwas, das sich anschlich und fest in meinem Nacken saß, wie der eisige Griff einer Statue.

Dass sich *seine* unnatürlich leuchtend blauen Augen mit den silbernen Sprenkeln selbst dann nicht von mir abwandten, als wir bereits auf dem Weg zu seinem nachmittäglichen Training waren, beunruhigte mich nicht weniger. Er versuchte nicht einmal es zu verstecken, sondern stierte mich regelrecht herausfordernd an. Unter diesen Bedingungen emotionslos zu wirken, war ein ganz und gar unmögliches Unterfangen: Mein bestialisches Ich rumorte in meinem Inneren. Ich fragte mich, was der jüngste Königssohn wohl damit bezwecken wollte. Es konnte sich inzwischen wohl kaum mehr um einen Scherz handeln.

Wir betraten den Trainingsraum und ich suchte mir sogleich einen Platz an der Wand. Als ich mich jedoch direkt neben der Eingangstür niederlassen wollte, befahl mir Prinz Joseph stehenzubleiben.

»Da du anscheinend wieder ohne jegliche Einschränkungen gehen kannst«, tat er kund, »befehle ich dir, gegen mich zu kämpfen.«

Ich erstarrte. Alles in mir schrie. Unweigerlich schossen vereinzelt Schuppen aus meiner Haut, zerschnitten die Ärmel meines Zofengewands. Gleich einer Antwort blitzte etwas in den Augen des Prinzen auf. Und auch wenn sich sein Gesicht nur minimal bewegte, bemerkte ich doch das Zucken seiner Mundwinkel.

Unversehens ballte ich die Fäuste. Es amüsierte ihn noch immer, mich aus der Fassung zu bringen. Das Schlimmste daran war jedoch nicht die Tatsache, dass es ihn belustigte. Nein. Weitaus schlimmer war, dass ich es überhaupt zuließ. Jedes Mal aufs Neue.

Unversehens machte ich einen Knicks – und fiel dabei absichtlich um. Und damit ich dem ganzen Schauspiel mehr Gewicht verlieh, sog ich scharf die Luft ein und hielt meinen Fuß. Schließlich musste ich glaubhaft darlegen, dass ich wirklich umgeknickt war. Er würde mich nicht zum Kämpfen bringen. Niemals.

»Es tut mir leid, Eure königliche Hoheit«, setzte ich noch nach, »so sehr ich mich auch bemühe, meinen schmerzenden Fuß zu ignorieren – ich schaffe es nicht mehr.«

Aber Prinz Joseph hob bloß ungerührt die Augenbrauen und lief zu einem Abschnitt des Raumes, der für ihn reserviert worden war. Drehte sich um. Wartete. Starrte mich an.

Ohne recht zu überlegen, blieb ich weiterhin sitzen. Und starrte ebenso demonstrativ zurück. Allerdings spürte ich bereits die Blicke der anderen Anwesenden auf mir. Die Dunkelelfen-Soldaten, die Zofe Arachnida und der Thronfolger hatten ihre Übungen unterbrochen – die Stille verriet es.

Mit einem Mal verschränkte der Prinz die Arme. »Nun«, begann er schließlich, »wenn du weiterhin beabsichtigst, auf diesen blauen

Matten zu verweilen, werde ich zwecks meiner Übungen wohl oder übel zu anderen Mitteln greifen müssen.«

Das verhieß nichts Gutes.

Hastig sprang ich auf.

Doch da war es bereits zu spät. Es dauerte nur Sekunden, bis ein Soldat aus der Tür verschwand und kurz darauf wieder eintrat. In Begleitung eines manipulierten Menschenmädchens.

Beinahe wie hypnotisiert verfolgte ich ihre Schritte bis zum *schwarzen Prinzen*. Und zuckte unmerklich zusammen, als ich bemerkte, wie besagter Schattenelf auf meine Bestürzung reagierte. Ein finsteres Lächeln hatte sich inzwischen auf seinem ebenmäßigen Gesicht ausgebreitet. Ein Lächeln, das keine Worte brauchte, weil es bloß eines aussagte: *Gegen* mich *bist du chancenlos.*

Das Menschenmädchen schien kaum einen Tag älter als ich und doch zeichneten ihr Gesicht bereits tiefschwarze Augenringe und der puppenhafte, tote Blick. Sie musste wohl schon länger unter dem Einfluss schwarzer Magie stehen.

»Nun«, setzte der Prinz erneut an, den Blick auf das Opfer gerichtet, »wenn *du* nicht mein Sparringspartner sein möchtest, dann …«

Das Feuer der Wut loderte in mir auf. Der Basilisk drang in meinen menschlichen Verstand, übernahm die Kontrolle. Und ich konnte nichts dagegen unternehmen – dafür brannte das Entsetzen über die Skrupellosigkeit des *schwarzen Prinzen* zu stark in meinem Inneren.

Augenblicklich spannten sich sämtliche meiner Muskeln an. Ahnend, dass gleich etwas passieren würde, weil sich der Dunkelelf-Soldat immer weiter von uns entfernte.

Dann griff der Prinz ohne Vorwarnung an.

Jählings preschte ich vor.

Warf mich vor das Mädchen.

Die Wasserschlangen schlugen zur Seite und zerbarsten in abertausende Kristalle. Blitzartig bildete sich Nebel, einer Explosion gleich. Ich konnte kaum mehr meine eigene Hand erkennen, geschweige denn den Raum oder die anderen Personen. Die Schwaden wirkten so dicht, als könne man sie mit einem scharfen Gegenstand zerteilen. Die Stille klingelte in meinen Ohren, das

Herz schlug viel zu schnell in meiner Brust, während meine Haut zum Zerreißen gespannt war.

Es dauerte einige Atemzüge, bis der Nebel durch Magie gebündelt und dann durch die Luftschächte nach draußen transportiert wurde. Blitzschnell erkannte ich wieder, wer vor mir stand. Es war, als hätte sich der Prinz nicht von der Stelle bewegt.

Ich sah hinter mich. Dem Menschenmädchen war nichts geschehen. Erleichtert atmete ich aus.

Mit einem Mal sprang mir meine von Schuppen übersäte Hand ins Auge. Mein Herz setzte für diesen winzigen Moment aus. Mit weit aufgerissenen Augen blickte ich an mir herunter und entdeckte Schuppen über Schuppen an meinem gesamten Körper. Buchstäblich alles an mir war damit überzogen, gleich einer gepanzerten Rüstung. Meine Hände begannen zu zittern, als ich erkannte, dass schon der Dornenkranz aus meinem Hals spross. Ich war in meiner Halbverwandlung angelangt – das äußerste Ausmaß während der vollmondfreien Tage und Nächte.

Mein Blick wanderte erneut zum jüngsten Königssohn, auf dessen Gesicht sich ein breites Grinsen abzeichnete. Angewidert verzog ich meinen Mund – es erheiterte ihn wohl, mich zu einem Wutausbruch zu verleiten, meine Emotionalität auszunutzen.

Der Prinz machte einen Schritt auf mich zu. »Ich ahnte bereits, dass deine Emotionalität deine größte Schwachstelle ist.« Ohne Vorwarnung hob er die Arme, winzige Scherben aus Eis wirbelten um seine Hände. »Möglicherweise bist du nun zu einem vernünftigen Kampf bereit.«

Und ohne, dass ich es wollte, übernahm der Basilisk die Kontrolle über meine Bewegungen. Als der Schattenelf zum Angriff überging, bewegte ich mich mit einem Mal derart schnell, dass die Umgebung um mich herum verschwamm. Mühelos wich ich den Attacken des Prinzen aus, schlug sogar Haken. Einige der zahlreichen Eisscherben prallten an meiner undurchdringbaren Haut ab und strebten in eine andere Richtung.

Ich kam dem Prinzen immer näher – das Ausweichen wurde schwieriger. Aber auch die anderen Eisscherben konnten meinem

Schuppenpanzer nichts anhaben. Ein metallischer Geruch stieg in meine Nase, brachte meinen Basilisken in Wallung. Irgendjemand musste verletzt worden sein.

Ich muss diesen Wahnsinn stoppen!, drang mein menschliches Ich hervor. Es war, als hätten die beiden Seelen nicht genug Platz in meinem Kopf, sodass sich ein ungeheurer Schmerz durch meine Schläfen bis zu meiner Stirn zog. Knurren und Fauchen schüttelten mich. Ich versuchte, meine Bewegungen zu verlangsamen. Inzwischen erschwerte mir der gleißende Schmerz meine Sicht, der Kampf schien verloren – für mein menschliches Ich.

Bis ich abrupt stehen blieb.

Keinen Fußbreit vom *schwarzen Prinzen* entfernt.

In dessen linker Wange ein tiefer Schnitt klaffte.

Dunkles Blut quoll daraus hervor, lief über seine makellose Haut und sammelte sich an seinem kantigen Kinn. Wie hypnotisiert beobachtete ich den Weg der roten Flüssigkeit und bemerkte erst, dass unzählige Speere auf mich gerichtet waren, als einer der Soldaten meinen Namen schimpfte.

Aber ich drehte mich nicht um. Stattdessen starrten der jüngste Königssohn und ich uns weiterhin an, auch wenn ich das Gift, mit dem die Soldaten ihre Pfeilspitzen getränkt hatten, riechen konnte. Der Schattenelf zeigte keinerlei Angst, sondern musterte mich fasziniert und machte sogar einen Schritt auf mich zu. Er wandte nicht einmal seine Augen ab, als er seine Warnung aussprach: »Niemand von euch rührt meine Zofe an!«, befahl er.

»Aber Prinz Joseph!«, hörte ich hinter mir einen der Soldaten protestieren. »Sie hat Euch verletzt, Eure königliche Hoheit.«

Ich zuckte zusammen.

Die Dunkelelfen rückten vor, ich erkannte es am metallisch schabenden Klang ihrer Rüstungen. Die Spitzen der Serpium-Speere waren nun gefährlich nahe an meiner rechten und linken Seite, dort wo die Schuppen nicht dicht genug anlagen und die Soldaten bis zu meiner menschlichen Haut vordringen konnten – ein Tropfen des Gifts würde bereits ausreichen, damit die Schuppen kleiner wurden, ihre Oberfläche verletzlicher.

Plötzlich wanderte der Blick des *schwarzen Prinzen* zu seinen Männern. Schwarzer Rauch bildete sich wie eine Klinge an seinen Händen. Abrupt blieben die Dunkelelfen stehen. Emotionale Kälte fand wieder in das Antlitz des Prinzen zurück.

»Ein Wort zu meinem Vater«, drohte er in einem derart dunklen Ton, dass mir das Blut in den Adern gefrieren wollte, »und ich schneide euch eure erbärmlichen Zungen heraus!«

Die anschließende Stille war so erdrückend, dass ich nur mit Mühe meinen Basilisken in Schach halten konnte. Es kostete mich enorme Kraft, meinen Körper an Ort und Stelle zu halten – Puls und Herzschlag stiegen rapide an, das Blut rauschte in meinen Ohren. Kalter Schweiß fand sich auf meiner Stirn wieder und rann meine pochenden Schläfen hinab.

»Soldaten. Zofe Arachnida«, ertönte eine mir nur allzu bekannte Stimme – Prinz Stevens sanftmütigen Klang würde ich überall wiedererkennen.

»Würdet ihr euch bitte hinaus in den Flur begeben? Ich möchte mit meinem Bruder alleine sprechen.«

Dies war keine Bitte.

Bevor die Soldaten jedoch allmählich abrückten, warf der Thronfolger noch etwas hinterher: »Wechselt eure Rüstungen und versorgt eure Wunden bei unserem Heiler und seinen Helfern. Niemand wird Verdacht schöpfen«, fügte er hinzu, »sofern ihr versichert, dass eure beschädigten Rüstungen und eure Verletzungen einzig und allein vom Training herrühren.«

Verstohlen blickte ich nach hinten.

Und erstarrte.

Denn die Rüstungen der Soldaten waren regelrecht demoliert: Schlitze und Einschnitte waren darin zu finden, und ein dünner Film aus Eis hatte sich über die violett-schwarze Färbung gelegt, sodass die Rüstungen im künstlichen Licht glitzerten. Einige von den Dunkelelfen hatten ebenfalls Verletzungen im Gesicht und an den Händen davongetragen.

In diesem Moment glaubte ich, keine erwachsenen Männer von über vierhundert Jahren vor mir stehen zu haben. Nein. In meinen

Augen waren es Kinder. Kleine Kinder, denen ich beinahe ihr viel zu kurzes Leben geraubt hätte.

Tränen brannten in meinen Augen, als ich mich wieder umdrehte. Nicht einmal die Tatsache, dass ich das Menschenmädchen verschont hatte, besänftigte mein Gemüt. Dass auch der Thronfolger keinerlei Schrammen davongetragen hatte, war nur auf den selbstlosen Einsatz seiner Männer zurückzuführen.

»Der Zustand deiner Halbverwandlung ist äußerst … *interessant*, Zofe Cerrejonensis«, ertönte die dunkle Stimme Prinz Josephs.

Damit bohrte er tiefer in der Wunde. Und nährte gleichzeitig die Kraft meines Basilisken. Denn mittlerweile drückten meine Zähne gegen den viel zu kleinen, menschlichen Kiefer. Ich drohte, völlig meinem bestialischen Ich zu verfallen, ihm die Führung meines Verstandes zu überlassen.

Mir blieb keine andere Wahl.

Ich musste das Gift nehmen.

Mit zitternden Händen gelang es mir kaum, das Gefäß von der Kette zu trennen. Mühevoll zwang ich mir den Rubinsonnentrank in den Mund, der wie Feuer brannte und ebenso brennend meine Kehle hinabfloss. Ich musste mich zusammenreißen, nicht laut loszuschreien. Es war, als würden sich meine Schuppen nur unter äußerster Gewalteinwirkung zurückziehen und sich förmlich unter meine menschliche Haut schieben.

Kurz darauf brach ich zusammen. Es gelang mir nicht einmal mehr, den Kopf zu heben, geschweige denn aufrecht zu sitzen. Immer tiefer zog es mich gen Boden. Ich widerstand dem Drang, der Schwerkraft völlig nachzugeben und bejammernswert auf dem Boden herumzurobben.

Ich war eine Schande.

Für mich und für meine Spezies.

Aber was noch schlimmer war: Ich war eine Schande für meine Familie.

»Du spielst mit dem Feuer, Joseph«, hörte ich den Thronfolger die Warnung aussprechen. »Du bist eindeutig zu weit gegangen.« Seine Stimme klang merkwürdig gedämpft.

Schläfrigkeit eroberte Stück für Stück meinen Kopf. Meine Sinne spielten verrückt. Ich roch nichts, noch schmeckte ich etwas – meine Zunge fühlte sich wie verbrannt an.

»Die ganze Zeit über habe ich mich nicht eingemischt«, setzte Prinz Steven nach, »weil ich glaubte, du wüsstest, was du tust.«

»Kümmere dich um deine eigene Zofe«, zischte Prinz Joseph. »Diese hier gehört ganz allein mir.«

»Überschätze dich nicht!«, warnte der Thronfolger seinen Bruder. »Es gibt Mächte, die selbst *deinen* Horizont übersteigen.«

Ich konnte förmlich hören, wie der jüngste Königssohn mit den Zähnen knirschte. Indessen wagte ich es nicht aufzusehen, oder mich irgendwie von der Stelle zu bewegen. Ich wartete nur noch auf mein Urteil – ausgeschlossen, dass er mich nach dieser Tat weiterhin als seine Bedienstete beschäftigte. Womöglich wollte der *schwarze Prinz* sogar höchstpersönlich meine Strafe vollstrecken. Es schauderte mich bei dem Gedanken daran.

»Mir ist bewusst, dass dies mein eigenes Verschulden war«, entgegnete der *schwarze Prinz* scharf. »Ich hätte wissen müssen, dass gewöhnliche Magie ihren Panzer nicht zu durchdringen vermag.«

Ich glaubte, mich verhört zu haben. Hatte er tatsächlich gerade einen … *Fehler* zugegeben? Irgendetwas stimmte nicht. Irgendetwas stimmte ganz und gar nicht.

»So beherrsche dich besser von nun an!«, wies der Thronfolger ihn zurecht – härter, als ich es von Prinz Steven gewohnt war. »Du weißt ebenso wie ich, dass Vater derartige Ausschweifungen äußerst ungern sieht.«

Sein jüngerer Bruder entgegnete nichts.

Eine ganze Weile blieb es still.

Bis die deutlich ruhigere Stimme des jüngsten Königssohnes das Schweigen unterbrach: »Würdest du mir bitte die Ehre erweisen und eine der anderen Räumlichkeit aufsuchen? Ich möchte alleine mit meiner Zofe sein.«

Der Thronfolger atmete tief ein, antwortete jedoch nicht darauf. Stattdessen hörte ich kaum noch seine ohnehin schon dumpfen Schritte, die das Gehen über die blauen Matratzen erzeugte. Dann schloss sich die Tür. Mir kam es beinahe so vor, als wäre ich in einer Seifenblase gefangen.

Es dauerte eine quälend lange Ewigkeit, bis der *schwarze Prinz* sich räusperte und mir befahl, ihn anzusehen. Nur mit Mühe hob ich meinen Kopf, der sich mittlerweile wie ein zentnerschweres Gewicht anfühlte.

Unsere Blicke trafen sich. Das blaue Feuer in seinen Augen flackerte kurz auf, bevor es wieder der eisigen Kälte Platz machte. Gleich würde er mir meinen Rausschmiss eröffnen. Gleich würde ich meine letzten Atemzüge getan haben. Gleich …

»Du wirst für den restlichen Tag freigestellt«, antwortete er zu meiner Verwunderung. »Ich benötige deine Dienste heute nicht mehr.«

Und obwohl ich mich eigentlich darüber hätte freuen müssen, dass er mir gegenüber gnädig war, wusste ich dennoch nicht, wie ich darauf reagieren sollte. Vor allem, da sich das ungute Gefühl in meinem Magen verstärkte und ich nicht wusste, ob dieser Schmerz von dem Gift herrührte oder von anderer Natur war. Und meine innere Stimme – mein menschlicher Verstand, denn meinen Basilisken würde ich eine ganze Weile nicht mehr fühlen – sagte mir, dass das so nicht sein durfte, nicht sein *konnte*.

Zumal mir etwas anderes ebenfalls Sorgen bereitete.

Das Menschenmädchen stand noch immer reglos da – wie eine perfekt manipulierte Marionette. Ein willenloses Spielzeug, das höchstwahrscheinlich nichts im Leben falsch gemacht hatte – und selbst wenn, gäbe es der Familie Aronos nach wie vor nicht das Recht dazu, über ein anderes Leben zu verfügen, wie es ihnen gerade beliebte – und trotzdem das Opfer eines sadistischen Schattenelfs wurde. Besser gelang es mir nicht, die Umstände zu umschreiben, auch wenn Sadismus eine gewisse Emotionalität verlangte. Dass sich nun rein gar nichts im Gesicht des Prinzen regte, machte mir Angst.

Trotzdem kämpfte ich mich nach oben und baute mich abermals vor dem Menschenmädchen auf. Mir gelang es kaum, auf beiden Beinen zu stehen, geschweige denn bedrohlich zu wirken. Aber das hatte ich auch gar nicht vor.

»Was … ist … mit dem … Mädchen?«, fragte ich. Selbst das Reden bereitete mir Mühe. »Was … passiert … mit ihr?«

Die Augen des Prinzen schweiften nur kurz zu ihr. Dann hob er die Brauen. »Ich werde sie sogleich in ihren Raum zurückbringen. Womöglich werde ich-«

»Nein!«, brach es aus mir heraus.

Augenblicklich schlug ich mir die Hand vor den Mund. Ich bereute, dass ich gegenüber dem Prinzen so laut geworden war und verbeugte mich daraufhin so tief, dass mir schwindelig wurde. Mehrmals bat ich um Vergebung.

Er ließ mich jedoch eine ganze Weile in dieser Position verharren.

Zumindest antwortete er mir nicht.

Und als ich wieder den Kopf hob, schien es, als schaute er durch mich hindurch. Der Prinz wartete, bis ich mich wieder halbwegs gerade aufgerichtet hatte. Ich blickte ihm direkt in die Augen – die in mir nach wie vor das Bedürfnis weckten, mich deutlich wärmer anzuziehen. In seinen Händen hielt er weiterhin die aus schwarzer Magie gefertigte Klinge. Ich schätzte, dass er sich womöglich nicht sicher genug fühlte, angesichts der Tatsache, dass ich ihn verletzt hatte.

Unerwartet öffnete der Prinz die Lippen, wollte etwas sagen. Kurz darauf verschloss er sie wieder, drehte sich um und verschwand wortlos aus dem Raum.

Später lag ich in meinem Bett und starrte den Baldachin an. Den gesamten Nachmittag über hatte ich mich weder bewegt noch gesprochen. Das Abendessen entfiel damit auch. Wie mein Vater wohl darüber dachte, dass ich heute nicht beim abendlichen Mahl zu Tisch war? Vielleicht würde er mich morgen darauf ansprechen.

Aber was sollte ich ihm sagen?

Dass ich nicht genug Willenskraft besaß? Dass ich über viel zu viele menschliche Schwächen verfügte? Was paradox war, da ich mich noch nie zuvor so wenig menschlich gefühlt hatte wie in jenem Augenblick.

In meinem Kopf tauchten immer und immer wieder die Bilder des Kampfes auf. Doch dieses Mal war ich nicht die Agierende.

Vielmehr beobachtete ich mein bestialisches Ich dabei, wie es kurz davor war, einen gewaltigen Fehler zu begehen.

Immer und immer wieder.

Mein Wesen war fehlerhaft, meine Handlungen waren fehlerhaft, mein Äußeres war fehlerhaft, meine Seelen … *Ich* war fehlerhaft.

Tränen schossen mir in die Augen und flossen meine erhitzten Wangen hinab. Schon zum vierten Mal an diesem Tage gelang es mir nicht, das verzweifelte Schluchzen zu unterbinden. Und obwohl ich mir eigentlich nichts Schöneres vorstellen konnte, als für eine Weile nicht in diesem verfluchten Körper zu stecken, vermisste ich dennoch das vertraute Ziehen meiner menschlichen Haut, die meinen Schuppen Platz machte, sobald die Gefühle die Oberhand gewannen.

Zitternd fanden sich meine Hände auf meinen geschlossenen Lidern wieder. Meine Unterlippe bebte. Inzwischen schüttelten heftige Schluchzer meinen gesamten Körper.

Schreiend flehte ich die Naturgeister an, dass sie mich bitte, bitte, *bitte* aus diesem Albtraum befreiten.

Aber sie erhörten mich nicht.

Wie schon viele Male zuvor.

10

Am späten Abend fielen mir öfter die Augenlider zu, so dass ich mich schlussendlich dazu entschied, aufzustehen und mein Zofengewand abzulegen. Immerhin würde ich am nächsten Morgen wieder von Prinz Joseph beansprucht werden. Allerdings wusste ich nicht, ob mir dies gefiel oder nicht. Zudem begann morgen das Wochenende – und ich wusste immer noch nicht, welche Aktivitäten der Prinz geplant hatte.

Als ich vor den Spiegel trat, wagte ich nur einen flüchtigen Blick hinein. Ich wollte mir nicht ansehen müssen, in welchem Zustand ich mich befand, wie meine Haare, mein Gesicht aussahen. Mit zitternden Händen öffnete ich die Kette mit dem mittlerweile leeren Gefäß. Morgen würde es wieder aufgefüllt werden, da ich erst in einigen Stunden abermals eine ernstzunehmende Gefahr darstellen würde. Wenn ich nur nicht die ganze Zeit über das Gefühl haben würde, dass mir der Kopf zu platzen drohte und ich nicht wusste, woher dieser merkwürdig faulige Gestank kam, oder dass selbst das Licht meiner winzigen Nachttischlampe mir viel zu hell erschien. Ansonsten würde ich diesen Zustand der Harmlosigkeit begrüßen – und mit Freuden jeden Tag Tropfen dieses Gifts einnehmen.

Seufzend begann ich allmählich, mich zu entkleiden, nachdem ich die Kette auf den Rand des Waschbeckens abgelegt hatte. Achtlos ließ ich die Kleidungsstücke zu Boden fallen und an Ort und Stelle liegen. Schließlich waren sie jetzt nur noch als bloße Putzlappen zu gebrauchen, denn meine Schuppen hatten zu viel von dem Stoff beschädigt.

Merkwürdigerweise fröstelte es mich in diesem Moment. Dabei war es gar nicht kalt hier drinnen. An einer ordentlichen Beheizung mangelte es dem Palast ganz sicher nicht. Sämtliche Räume wurden durch einen riesigen Zentralofen mit Feuermagie beheizt, wie ich erfahren hatte.

Nein, es war etwas anderes, das meine Nackenhaare aufstellen ließ.

Vorsichtig spähte ich nach draußen und schaute mich um. Aber niemand außer mir hielt sich in diesem Zimmer auf. *Natürlich nicht*, kam mir meine innere Stimme zuvor. *Du bist einfach paranoid.*

Genervt biss ich die Zähne aufeinander, ballte die Fäuste und war beinahe geneigt dazu, meiner inneren Stimme einen nicht ganz ernstgemeinten Dank auszusprechen. Doch dann entschied ich mich dazu, tief durchzuatmen und wieder in mein Schlafgemach zu treten.

Das ungute Gefühl saß nach wie vor in meinem Nacken.

Zu meinem Entsetzen bestätigte es sich auch noch.

Denn an der Klinke der Eingangstür hing ein seidenes *blaues* Nachthemd.

In diesem Moment gefror ich regelrecht zu Eis. Mit weit aufgerissenen Augen starrte ich dieses unheilvolle Stück Stoff an, das sich noch nicht hier drinnen befunden hatte, als ich das Bad betreten hatte. Meine Lippen fühlten sich an wie Sandpapier. Das Atmen fiel mir schwer, als beherbergte meine Lunge nun eine weitaus geringere Kapazität.

Das durfte nicht wahr sein.

Das *konnte* nicht wahr sein.

Eilig schloss ich die Augen und öffnete sie ebenso schnell wieder, nur um dann festzustellen, dass sich das *blaue* Nachthemd nicht von der Stelle bewegt hatte. Wann war *er* hier hereingekommen? Und derart leise, dass ich nicht einmal bei offener Badezimmertür etwas vernommen hatte?

In diesem Moment wünschte ich mir nichts sehnlicher, als dass sich meine vertrauten Schuppen um mich legten wie ein Panzer, den nichts durchdringen konnte.

Außer schwarze Magie, zischte eine Stimme in mir.

Ich fuhr zusammen. Die Stille in diesem Raum war derart erdrückend, als hätte ich nicht genug Platz hier drinnen. Das einzige, was ich vernahm, waren meine Atemzüge, die sich viel zu laut anhörten.

Unvorhergesehen klopfte es an der Tür. Wer konnte das zu solch später Stunde noch sein? Der Prinz höchstpersönlich? Wollte er etwa kontrollieren, ob ich das Nachthemd auch tatsächlich trug? Oder mich dafür bestrafen, dass ich es nicht tat?

Ich schaffte es kaum, meine Gliedmaßen zu bewegen. Und starrte nach wie vor die Tür an. Hitze stieg mir zu Kopf – aber die Schuppen blieben aus. Völlig schutzlos stand ich da, lediglich in meiner Unterwäsche bekleidet.

Als ich eine mir vertraute Stimme hörte.

»Thyra, mein Schatz, bist du noch wach?« rief meine Mutter Salra. »Geht es dir gut?« Und ganz plötzlich entspannte sich alles an mir.

Erleichtert atmete ich aus. Meine verkrampften Muskeln fühlten sich butterweich an und eine Gänsehaut legte sich über meine Arme, da mir wieder die angenehme Kühle des Schlafraums bewusst wurde.

Eilig zog ich den Bademantel über und öffnete die Tür. Dort stand jedoch nicht nur meine Mutter, mein Vater Thassillo war ebenfalls mitgekommen. Beide waren noch in ihre Uniformen gekleidet. Sie hielten etwas in den Händen – vom Geruch und vom Aussehen her etwas zu Essen und ein Buch. In mir brannte die Neugier, doch viel eher drängte es mich herauszufinden, wie sie es geschafft hatten, mich außerplanmäßig zu besuchen.

»Mama, Papa«, flüsterte ich freudig, in Anbetracht der Tatsache, dass unmittelbar neben uns das Zimmer des *schwarzen Prinzen* lag und ich schwören konnte, dass er vermutlich gerade an der Tür lauschte. »Wollt ihr nicht reinkommen?«, fügte ich hinzu.

Ich trat einige Schritte zurück, um mein Vorhaben zu unterstreichen. Meine Eltern folgten mir hinein und ich schloss die Zimmertür. Kurz darauf umarmten wir uns – für uns waren Gefühle wichtig, selbst wenn wir sie nicht offen zeigen durften aufgrund der Gesetzgebung.

Ein kleiner Kloß bildete sich in meinem Hals, während ich über mein früheres Leben nachdachte. In jenem Moment wünschte ich mir nichts sehnlicher als wieder sechzehn und noch nicht vollständig von diesem verfluchten Vollmond abhängig zu sein.

»Wir haben dir Essen mitgebracht«, holte mich meine Mutter aus meinen Gedanken zurück. »Heute Abend gab es gebackenen

Kürbis, gefüllt mit gedünsteten Spinatblättern, und dazu Kartoffelbrot und Johannisbeeren.«

Es wunderte mich nicht im Geringsten, dass noch so viel für mich übriggeblieben war, wusste ich doch, dass es beim Adel und den gehobeneren Kreisen üblich war, Reste übrig zu lassen – es gehörte in gewisser Weise sogar zu ihrer Etikette, einem guten Benehmen.

Und mit einem Mal bemerkte ich, dass ich die ganze Zeit über meinen schier unendlich großen Hunger verdrängt hatte. »Vielen Dank!«, rief ich glücklich aus.

Wir setzten uns alle drei auf mein Himmelbett. Binnen weniger Minuten schlang ich das Abendessen hinunter und trank danach mein Wasserglas aus, das ich immer in der Nähe meines Schlafplatzes platzierte.

Mit einem langgezogenen Seufzer bedankte ich mich noch einmal, stutzte jedoch, als ich sah, dass meine Eltern mich breit angrinsten. Mit hochgezogener Braue musterte mein Vater mich. »Ich dachte mir schon, dass du halb verhungert bist«, stichelte er und lenkte damit automatisch auf ein Thema, das ich gerne vermieden hätte: »Also, erzähl schon! Warum bist du heute Abend nicht aufgetaucht?«

»Ist etwas Schlimmes passiert, von dem wir wissen sollten?«, mischte sich meine Mutter ebenfalls in das Gespräch.

Ich spürte die Wärme meiner Wangen und suchte fieberhaft nach einer Antwort, wusste ich doch, dass sich meine Eltern immer viel zu viele Gedanken um meinen Bruder und mich machten. Sie hatten genug eigene Sorgen, da brauchten sie sich nicht noch zusätzlich meine aufladen.

»Ach, ich … ich hatte so viel Wäsche von Prinz Joseph«, log ich, »die ich waschen, bügeln und in seinen Kleiderschrank einsortieren musste. Da war keine Zeit mehr für das Abendessen.« Ich wartete einen Moment und ließ die Worte wirken. »Die Pflichten des Palastes gehen vor, das ist einer der obersten Regeln des Hauses Aronos«, ergänzte ich und hoffte, nicht allzu dick aufgetragen zu haben.

Meine Eltern sahen mich skeptisch an. Zumindest bemerkte niemand von ihnen, dass ich kurz zuvor in Tränen ausgebrochen war – wenigstens in dieser Hinsicht besaßen meine finsteren Augen einen, wenn auch recht kleinen, positiven Effekt.

Inzwischen hatte sich die Skepsis der beiden in zwei unterschiedliche Gesichtsausdrücke gewandelt: Während meine Mutter bekümmert und zugleich verständnisvoll wirkte, zeichnete sich auf dem Gesicht meines Vaters Ärger ab – wenn auch nur in geringem Maße. Ich wusste, dass ihm die Situation ganz und gar nicht gefiel, er sich aber zusammenriss. Erneut kam in mir das Gefühl auf, die Wände würden Augen und Ohren besitzen.

»Achte darauf, genug zu essen, *Kind*!«, warnte er und betonte vor allem das letzte Wort, obwohl ich mich weit näher an der Achtzehn bewegte – und damit am Erwachsenenalter – als an der Fünf.

»Ich schaffe das schon«, versicherte ich und sah den beiden fest in die Augen. »Macht euch bitte nicht so viele Sorgen. Ich muss mir eher Gedanken darum machen, wie ihr es geschafft habt, nach Dienstschluss zu mir zu kommen.« Dabei zog ich mit gespielter Strenge meine rechte Braue hoch und signalisierte mit meinem Blick, dass ich definitiv auf eine Antwort bestand. Vor allem, da meine Augen für einen langen Moment auf dem Buch lagen, das mein Vater Thassillo während der ganzen Zeit über in den Händen gehalten hatte.

»Taktik ist alles«, zwinkerte er mir verschwörerisch zu.

Während meine Mutter jedoch die Augen verdrehte: »Sag ihr doch einfach, dass wir uns an ihnen vorbeigeschlichen haben.«

»Damit nimmst du die ganze Spannung aus der Geschichte.«

»Ja, genau … *das* ist der Fehler.«

Ich musste mich zusammenreißen, um nicht laut loszulachen. Und auch meine Eltern grinsten sich an. Die Aufmerksamkeit der Königsfamilie wollte jedoch niemand von uns, weshalb wir uns zusammennahmen.

Ich räusperte mich und lenkte das Gespräch in eine andere Richtung. »Papa, was ist das?«

Mit einem Mal wandelten sich seine entspannten Züge. Konzentriert sah er sich im Raum um. Schließlich schob er mir das Buch herüber und flüsterte: »Erinnerst du dich noch an die Legenden und Sagen der Drachen?«

Mein Mund öffnete sich automatisch vor Erstaunen. Ich konnte es gar nicht fassen. »Wo … wie … hat dich denn niemand gesehen?«, flüsterte ich ebenso leise.

Mein Vater schüttelte den Kopf. »Es steht sowieso in dem Abschnitt der Bibliothek, der kaum benutzt wird.«

Mit klopfendem Herzen betrachtete ich den liebevoll gestalteten, reinweißen Umschlag, dessen Überschrift mit silberner Tinte gedruckt worden war. »Aber ja. Natürlich«, antwortete ich auf die zuvor gestellte Frage. »Du hast mir diese Geschichten vor dem Schlafengehen erzählt, als ich noch klein war.«

Mein Vater nickte. »Die ganzen Geschichten hatte ich alle aus diesem Buch.« Er zeigte darauf, um seinen Worten mehr Gewicht zu verleihen. »Manchmal erlaubte mir der König, selbst etwas zu lesen während der Studienzeit.«

Ich kam nicht umhin, über den ledernen Einband zu streichen. Als ich die erste Seite aufschlug, war ich vollkommen überwältigt von der liebevoll und detailliert gestalteten Drachenzeichnung, die zu meiner Verwunderung äußerst stark den Basilisken ähnelte. Lediglich hinsichtlich der Gliedmaßen unterschieden wir uns augenscheinlich von ihnen.

Plötzlich bewegte sich das Bett. Ich hob meinen Kopf. Meine Eltern standen auf. »Wir müssen gehen«, erinnerte mich meine Mutter daran, dass ihrer beider Verschwinden bald auffallen würde. In Windeseile verabschiedeten wir uns, wobei ich mir die Umarmungen auf keinen Fall nehmen ließ.

So viel Wärme wie ich in der Nähe meiner Familie empfand, so viel Kälte erfüllte mich, sobald sie den Raum verlassen hatten und ich wieder alleine war. Mit einem Stück Stoff, ausgewählt vom *schwarzen Prinzen* höchstpersönlich.

Sofort heftete sich mein Blick wieder auf das Nachthemd. Unter keinen Umständen würde ich dieses Kleidungsstück jemals anziehen.

Fast wie von selbst durchzuckten mich die Bilder des Tages und jedes neue Bild wirkte wie ein Schlag in die Magengrube.

Niemals.

Innerhalb des nächsten Herzschlags wandte ich mich ab, schlüpfte aus meinem Bademantel und zog ein Unterkleid an. Danach schloss ich die Vorhänge, ließ aber einen Spalt offen, da ich es mochte, wenn Mondlicht in das Zimmer fiel. Es beruhigte mich in gewisser Weise, bis ich einschlief und damit meinem Basilisken mehr Kraft verlieh.

Normalerweise.

Bestürzt sah ich auf meine Hände. Ich hätte nie gedacht, dass mir mein Basilisk einmal fehlen könnte. Und doch spürte ich einen Schmerz, als hätte man mir meine Schuppen gewaltsam abgerissen – meine Haut brannte und kribbelte merkwürdig.

Die Erschöpfung trieb mich zum Himmelbett. Ich löschte das immer noch viel zu grelle Licht an meiner Nachttischlampe und schloss die Augen. Eine angenehme Stille umfing mich. Ich dachte gar nicht mehr daran, dass mich Prinz Joseph womöglich mit Hilfe der Feen beobachtete.

Allerdings währte dieser Moment des Friedens nur kurz.

Jählings schlug ich die Augen auf und starrte auf das Nachthemd, das trotz der Dunkelheit regelrecht zu leuchten schien. Als wäre es seine tiefste Absicht, mich vom Schlafen abzuhalten.

Also stand ich auf und näherte mich dem Kleidungsstück. Nach einer gefühlten Ewigkeit entschloss ich mich, es im zu klein geratenen Kleiderschrank zu verstauen, in den sowieso nur das Nötigste hineinpassen würde. Aber ich besaß ohnehin keine persönlichen Gegenstände mehr.

Für einen kurzen Moment schielte ich zum Buch der Drachen. Ich sollte es zumindest im Nachttisch verstauen und nicht so offensichtlich herumliegen lassen, als wolle ich damit etwas provozieren.

Schließlich packte ich das Nachthemd.

Umklammerte den Kleiderbügel.

Biss mir auf die Unterlippe.

Und entschied mich schlussendlich dazu, es doch anzuziehen. Zu groß war die Sorge darüber, dass *ihm* eine Verweigerung meinerseits sauer aufstoßen könnte. Vielleicht wollte er mich auf die Probe stellen. Inwieweit ich ihm wohl gehorchte.

Seufzend entkleidete ich mich und zog den seidenen Stoff über. Während ich vor dem Spiegel des Kleiderschranks stand, fühlte ich nichts.

Außer Kapitulation.

11

Ich hatte die ganze Nacht über kein Auge zugemacht.

Zu vieles ging mir durch den Kopf.

Nicht zuletzt deshalb, da das Nachthemd wie ein zentnerschweres Gewicht an meinen Gliedmaßen hing und mich regelrecht in die Matratze drückte. Mit dem ersten Sonnenstrahl erhob ich mich. Meine Kopfschmerzen waren zum Teil verschwunden. Ganz im Gegenteil zu dem Kribbeln, das sich durch meinen Körper zog.

Mein Basilisk eroberte allmählich seinen Platz zurück. Und er war wütend. Das verriet das Rumoren in meinem Bauch. Ich musste schleunigst das Gift wiederbekommen.

Wie auf Stichwort klopfte es an meiner Tür. Aus Sorge, ich könnte jeden Moment falsch auftreten, lief ich besonders vorsichtig und flehte den Mondgeist an, er möge meinem gefallenen Drachen weniger Kraft verleihen, damit ich auch diesen Tag überlebte.

»Zofe Cerrejonensis?«, ertönte es, noch bevor ich die Türklinke herunterdrückte. Es war *seine* Stimme.

Ich erstarrte augenblicklich zu Eis. Meine Hand verharrte über dem Edelstahl des Griffs. Nur ganz langsam atmete ich aus.

Die Minuten verstrichen.

In diesem Nachthemd konnte ich ihn unmöglich empfangen. Aber vielleicht erwartete er genau das? Weshalb sollte er sonst derart früh auftauchen und an meine Zimmertür klopfen?

Ich schluckte. Ich wollte ihm nicht öffnen. Alles in mir sträubte sich dagegen.

Aber er ließ mir keine Wahl.

»Ich vernehme deine Atemzüge«, drang es durch das massive Holz. »Mir ist bewusst, dass du wach bist und hinter dieser Tür stehst.«

Hastig öffnete ich Prinz Joseph. Schaute zu ihm hoch. Zu dem *Gift*, das er mir entgegenstreckte. Wortlos. Allerdings war dieses Mal etwas anders: Er musterte mich nicht. Ganz im Gegenteil, es wirkte vielmehr, als würde er durch mich hindurchsehen.

Nichtsdestotrotz machte ich einen Knicks und nahm den Rubinsonnentrank an mich. Demütig wandte ich meinen Blick ab, als ich den Schnitt in seiner Wange mit dem mittlerweile getrockneten Blut entdeckte, und bedankte mich kleinlaut bei ihm. Diese Verletzung war ganz sicher nicht übersehen worden. Und mir blieb nichts anderes übrig als die Naturgeister anzuflehen, dass Prinz Joseph sein Wort gehalten hatte. Und niemand wusste, wer wirklich die Schuld an diesem fatalen Fehler trug.

Ein Stich fuhr durch meinen Brustkorb.

Ich wusste nicht, wie lange wir uns gegenüberstanden, schweigend und wie mit dem Boden verwurzelt. Inzwischen hatte sich das Tageslicht stärker zwischen die schweren Vorhänge gekämpft.

Aber ich bemerkte erst, dass mich Prinz Joseph anschaute, als er das Wort an mich richtete und ich mich wieder traute, meinen Blick zu heben: »Dürfte ich bitte eintreten?«

Ich blinzelte verwundert. Hatte er gerade tatsächlich gefragt, ob er einen Raum betreten durfte, der unter seiner Herrschaftsgewalt stand?

»Natürlich, Eure königliche Hoheit«, antwortete ich und trat ehrfürchtig zur Seite.

»Vielen Dank«, entgegnete der *schwarze Prinz.*

Mir klappte fast die Kinnlade herunter.

»Bitte verschließe die Tür«, fügte er hinzu und ich tat wie befohlen.

Dann wies er auf mein Bett: Es war völlig durcheinander aufgrund meines ständigen Herumwälzens in der Nacht. »Dürfte ich Platz nehmen?«

Träume ich etwa gerade? Ich kam nicht umhin, mir die Augen zu reiben und mir in den Arm zu kneifen. Doch es war kein Traum. Ich befand mich noch immer hier und der jüngste Königssohn ebenfalls. *Was will er?*

»D-dürfte ich …« Ich hielt inne und setzte erneut an. Die Nervosität verlagerte sich auch auf meine Hände, inzwischen zitterten sie. »Dürfte ich Euch ein Glas Wasser anbieten?«, fragte ich, obwohl ich nur ein einziges Glas besaß und dieses sich bereits in Benutzung befand.

»Vielen Dank«, durchquerte seine samtene Stimme meine Gedanken, »ich würde sehr gerne ein kühles Wasser genießen.«

Ich schluckte. »Aber … aber ich habe davon getrunken, Eure königliche Hoheit. Ich-«

»Ich weiß«, unterbrach er mich.

Wo war bloß all der Sauerstoff, wenn ich ihn brauchte? Ich spürte, wie mein Puls in die Höhe schoss. »Wie Ihr wünscht, Eure königliche Hoheit.«

Und mit diesen Worten eilte ich zu meinem Nachttisch, nahm das halbvolle Wasserglas und wollte es zumindest ein wenig ausspülen, bevor ich dem *schwarzen Prinzen*, dem wertvollsten Gut des héronischen Königs, mein schmutziges Trinkgefäß anbot.

»Halte ein!«, befahl mir der Prinz.

Ich verharrte mitten in der Bewegung, wagte nicht einmal zu atmen, geschweige denn meine Augen auf ihn zu richten. Hatte ich schon wieder einen Fehler begangen?

»Wohin eilst du mit dem Getränk?«, wollte er wissen.

Ich blinzelte verwirrt.

»Reiche es mir!«, verlangte er sogleich und ließ mir keine Zeit zu antworten. Oder gar um anders zu handeln.

Das ist ein Test!, schrie es in mir. *Gib es ihm nicht!*

Und wenn er es wirklich möchte?, hakte eine andere Stimme nach.

Sofort schoss mir die Hitze in die Wangen. Mein Herzklopfen wurde lauter und lauter. Der Prinz konnte es unmöglich überhören. Hastig überreichte ich ihm das Wasser und versuchte, meine Gedanken abzuschütteln oder auf etwas anderes zu lenken.

Allerdings gelang es mir nicht. Es gelang mir ganz und gar nicht.

Denn als Prinz Joseph seine Hand ausstreckte, um das Glas zu nehmen, öffneten sich seine Lippen. Seine Lider waren gesenkt, die Wimpern warfen lange Schatten auf seine ebenmäßigen Wangen: »Meine Verlobte beehrt uns an diesem Nachmittag mit ihrem Besuch.« Hatte ich mich verhört oder war tatsächlich eine gewisse Kälte in seinen Worten mitgeschwungen? »Wir haben seit deiner Anstellung im Palast noch kein Gespräch geführt. Ich kann nicht einschätzen, wie sie auf dich und deine Präsenz reagieren wird.«

Unerwartet legten sich seine Augen auf mich. Meine Knie wurden weich. Plötzlich spürte ich die Berührung.

Unsere Finger lagen übereinander.

Die Luft schien wie elektrisch aufgeladen. Haut auf Haut. Es kribbelte und brannte gleichermaßen und so sehr ich es auch wollte, ich schaffte es nicht, mich der Berührung des Prinzen zu entziehen.

Ebenso wenig wie er.

Wir starrten uns an. Sprachen nicht. Bewegten uns nicht. Ich wusste nicht einmal, ob er atmete. Inzwischen wärmte sich das Glas ebenfalls auf. Die Hitze in meinem Körper wurde so unerträglich, dass sich mit jedem weiteren Atemzug ein immer dichter werdender dunkler Film über meine menschliche Haut legte.

Ich ließ so ruckartig los, als hätte ich mich verbrannt.

Nur mit Mühe atmete ich die viel zu dünne Luft ein, die uns umgab. Meine Hände zitterten und ich wusste nicht, wie ich sie verbergen sollte. In diesem Augenblick wünschte ich mir nichts sehnlicher als bereits in meiner Zofenuniform vor ihm zu stehen. Und nicht in diesem Nachthemd.

Wie hypnotisiert beobachtete ich den Prinzen dabei, wie sich seine Lippen ausgerechnet an die Stelle des Glasrandes legten, wo zuletzt meine gelegen hatten. Er schluckte das Wasser fast schon genüsslich hinunter und leckte sich zu allem Überfluss noch die Lippen.

Augenblicklich ballte ich meine Hände zu Fäusten. Schmerz. Ich musste Schmerz fühlen, um meine Gedanken zu untergraben. Ich konnte von Glück sagen, dass Prinz Joseph nicht in meinem Kopf vordringen konnte – obwohl ich der Überzeugung war, dass er sehr wohl meine Mimik deutete und zu seinem Vorteil auslegte.

»Nun«, durchbrach der Prinz endlich diese unerträgliche Stille, »kleide dich bitte entsprechend um. Mein Tagesplan beginnt in Kürze.«

Anschließend erhob er sich und gab mir das Glas zurück. An der Tür, die Hand schon auf die Klinke, hielt er inne. Drehte sich um. Sah erst mich an, dann das Nachthemd. Meine Augen. Das Nachthemd. Meine Augen. Das Nachthemd.

Ohne ein Wort verschwand er.

12

Das Frühstück und die Zeit in der Palastbibliothek hatten inzwischen beinahe etwas Vertrautes. Als sich jedoch der Mittag ankündigte, verkrampfte sich in mir alles. Denn ich glaubte nicht daran, dass der Prinz mich noch länger verschonen würde. Auch wenn etwas an ihm anders war, bekam ich trotzdem keinen Bissen hinunter. Heute würde er mir ganz sicher wieder den Befehl geben, gegen ihn zu kämpfen – und ich wusste nicht, wie weit er wohl noch gehen würde.

Als sich die Königsfamilie nach dem Mittagessen erhob, ließen sich nicht einmal meine Beine bewegen. Und auch meine Hände klammerten sich regelrecht an den Stuhl. Ich konnte nicht wieder in den Trainingsraum gehen. Nicht nach allem, was passiert war. Ich wusste, ich würde den Prinzen noch einmal verletzen. Oder gar schlimmer … aber daran wollte ich gar nicht denken.

Als mit einem Mal eine ganz und gar sanfte Stimme an mein Ohr drang. »Joseph und Thyra-Fiah, werdet ihr beiden noch nachkommen? Steven ist bereits mit seiner Zofe vorgegangen.«

Ich blinzelte verwirrt. Die Königin hatte mich höchstpersönlich angesprochen – mit meinem *Vornamen*. Prinz Joseph nickte nur kurz, bevor seine Mutter mit ihrer Zofe hinausging. Ich hatte nicht einmal gemerkt, dass der Speisesaal mittlerweile vollkommen leer und ich mit dem jüngsten Königssohn alleine war.

Ich sprang augenblicklich auf.

Woraufhin mich der Prinz amüsiert belächelte. »Stach dich etwa eine Biene?«

»Geht Ihr nicht trainieren, Eure Hoheit?«, versuchte ich von der Tatsache abzulenken, dass sich meine Wangen erhitzten.

Für einen ganz kleinen Moment verengten sich die Augen von Prinz Joseph, bevor er auf meine Frage einging. »Nein. Freitags verhält sich mein Tagesplan ein wenig anders.« Er nickte in Richtung Ausgang. »Folge mir!«

Nur wenig später fand ich mich in einem Raum wieder, der einzig und allein aus einem extra langen und besonders großen goldfarbenen Sofa zu bestehen schien, das vor allen vier Wänden stand. Das dicke Polster und die zahllosen violetten, mit Schmucksteinen verzierten Kissen luden zum gemütlichen Beisammensein ein. Aus einem Grammophon in der Mitte ertönten sanfte Klänge und rundeten diese wohlig-warme Stimmung ab.

Wie selbstverständlich kam in mir der Wunsch auf, mich mit einer Wolldecke und einem heißen Tee in eine Ecke zu verziehen und nicht einmal daran zu denken, diesen Raum je wieder zu verlassen. Ich ertappte mich dabei, dass ich die Königin lächelnd beobachtete, wie sie in ihrem bauschigen, waldgrünen Kleid an der gegenüberliegenden Wand saß und zum Fenster hinaussah. Das lange, goldene Haar war zu einem lockeren Dutt zusammengesteckt worden, ein paar Locken hingen an den Seiten herunter und fielen auf ihre Schultern.

Prinz Steven saß nicht weit von ihr entfernt und lauschte mit geschlossenen Augen der Musik, während er das Sonnenlicht auf sein Gesicht scheinen ließ. Auch die beiden Zofen hatten sich in eine Ecke des Raumes gesetzt, die Tochter der Kristallspinnen hatte sogar ihren Kopf auf die Schulter der älteren Frau und Nachfahrin der Rauchbären gelegt. Die beiden wirkten so vertraut, dass es mich schmerzte.

Und gleichzeitig verwirrte.

Aber sie waren nicht die einzigen, die gegen das Gesetz verstießen, weil sie sich *emotional* verhielten. Als ich einen weiteren Blick auf die in meinen Augen wunderschöne Königin erhaschte, strich sie gerade ihrem ältesten Sohn eine goldene Locke aus der Stirn und streichelte anschließend seine Schläfe. Auf dem Gesicht des Thronfolgers bildete sich ein zufriedenes Lächeln. Dann spähte er zu seiner Mutter und grinste.

Mein Blick schweifte zum *schwarzen Prinzen*. »Was ist das hier für ein Raum?«, flüsterte ich aus Gewohnheit und vor allem, weil ich diese intime und ruhige Atmosphäre nicht stören wollte.

Zu meiner Überraschung lächelte er mich an. »Dies ist der Mutter-Kind-Raum. Wir kommen jeden Freitag hierher, um zu … *entspannen.*«

Ich ersparte mir die Frage, ob es auch einen *Vater*-Kind-Raum gab. Allein bei dem Gedanken daran, mit König Askeelan in diesem doch sehr persönlichen Raum zu sein, lief es mir eiskalt den Rücken herunter.

Eilig schüttelte ich den Kopf, um das Bild loszuwerden, und richtete meine Aufmerksamkeit wieder auf Prinz Joseph, der mir mit einer Geste einen Platz zuwies. Direkt neben seiner Mutter.

Ich hatte mich in meinem Leben noch nie so geehrt gefühlt.

Mit einem tiefen Knicks bedankte ich mich und suchte meinen Platz auf – allerdings achtete ich darauf, einen respektvollen Abstand einzuhalten. Prinz Joseph verstand dies jedoch als Aufforderung sich neben *mich* und nicht neben seinen Bruder zu setzen. Es war unvermeidbar, dass sich unsere Schultern und Arme berührten – ich fühlte mich, als stünde meine gesamte linke Hälfte in Flammen, und achtete deshalb tunlichst darauf, ihn *nicht* anzusehen.

Mein Puls stieg rapide an, während ich versuchte, ein wenig von ihm wegzurücken. Doch da bemerkte uns seine Mutter und drehte sich zu uns um. Gleich darauf breitete sie ihre Arme aus, zog ihren jüngsten Sohn an sich heran und umarmte ihn. Lange und fest. Und Prinz Joseph schien es sichtlich zu genießen, so als fehlte ihm jegliche Zärtlichkeit und Berührung in der übrigen Zeit. Als würde er sie nur hier und nur in diesem Moment bekommen.

Nachdem sich die beiden voneinander gelöst hatten, betrachtete die Königin ihn noch eine Weile und sagte dann: »Mein Joseph. Mein wunderschöner Joseph«, während sie über den Schnitt an seiner Wange strich. Diese Verletzung würde ganz sicher eine Narbe geben.

Ich sank in mich zusammen.

Prinz Joseph hingegen lächelte, schloss für einen Moment die Augen und wirkte dabei nicht mehr wie ein zweihundert Jahre alter Elf, sondern vielmehr wie ein kleiner Junge. Doch etwas an den grünen Iriden von Königin Susanna ließ mich stutzen, als sie einen Blick zu mir warf. Als wüsste sie über einen Teil in mir Bescheid, den nicht einmal ich kannte. Ihr Gesichtsausdruck wirkte traurig und voller Schmerz.

Als Prinz Joseph wieder seine Mutter anschaute, zogen sich ihre Mundwinkel wie von selbst nach oben. Doch das Lächeln war nicht echt. Und das ließ mir keine Ruhe.

Nur wenige Zeit später hatten sich die Königin und Prinz Joseph in ein Gespräch vertieft. Es ging um Freizeitaktivitäten und vor allem darum, welches Musikinstrument der *schwarze Prinz* als Nächstes in Angriff nehmen und bis zur Perfektion erlernen wollte. Und während die beiden darüber debattierten, ob das Klavier oder die Klarinette die bessere Wahl wären, lehnte ich mich zurück und schloss meine Augen. Wenigstens in diesem Augenblick wollte ich mich ein wenig erholen, bevor sich wieder der alltägliche Wahnsinn fortsetzte.

Denn es dauerte nicht lange, bis am frühen Nachmittag Prinz Josephs Verlobte den Palast erreichte. So mussten wir beide den Raum verlassen und seine Zukünftige vor der großen Eingangstreppe des Palastes empfangen. Während seine Verlobte das Treppchen an der Kutsche hinunterstieg, umspielte ihr Kleid die filigranen Gliedmaßen mit atemberaubender Wirkung. Die Kutsche und die wunderschönen Pferde waren ebenso reinweiß wie ihr Haar, das nur im Licht der Sonne blond wirkte und ein einziges wadenlanges Kunstwerk bildete, in dem pastellfarbene Perlen und Bänder mit einzelnen Strähnen verflochten worden waren. Ihre Augen besaßen einen hellen Grauton. Sie war schön, gütig und elegant.

Und sie verachtete mich von der ersten Sekunde an, in der sie mich erspähte. Ich erkannte es an ihrem Blick. Sie konnte es nicht verstecken. Jedenfalls nicht vor mir.

Ich selbst stand am Ende der Eingangstreppe, die Hände vor der Schürze gekreuzt, und verbeugte mich tief. Der Regen von letzter Nacht hatte die Temperatur heruntergekühlt. Eine Gänsehaut legte sich über mich.

Mit hoch erhobenem Kinn und kerzengeradem Rücken schritt Prinz Joseph zur Kutsche. Sein Gesicht zeigte keinerlei Regung. Seine Verlobte hingegen schien derart fixiert auf mich zu sein, dass sie gar nicht bemerkte, wie ihr zukünftiger Ehemann ihr die Hand hinhielt. Ihr Gesicht wirkte wie versteinert, während ihre Augen mittlerweile eher einem herannahenden Gewitter glichen denn einem seichten Regentag.

Ein Teil in mir wollte absichtlich zurückstarren, während der andere Teil mich dazu zwang, meinen Blick abzuwenden und demütig und respektvoll auf den Boden zu schauen. Ich vernahm, wie die Anwesenheit von Prinz Josephs Verlobter offiziell verkündet wurde: Mychelle Talisz, Himmelselfe, Lehrbeauftragte im Bereich Literatur und Musik und Tochter der Hohepriesterin.

Natürlich, schoss es mir durch den Kopf. *Natürlich ist sie all das.*

Ich hob erst meinen Kopf, als ich die Stimme des jüngsten Königssohns hörte: »Liebste, wir wollen sogleich speisen.«

Mir kam der gebackene Kürbis vom Vortag hoch.

»Danach werden wir im Viertel der Waldelfen Einkäufe tätigen und anschließend – vermutlich gegen Abend – im Stadtteil der Nachtelfen einkehren. Wie klingt dieses Vorhaben für deine Ohren?«

Da er sie direkt angesprochen hatte, schien die Himmelselfe nun mehr oder minder dazu gezwungen, ihren Blick auf ihn zu richten. Nur ganz langsam hoben sich ihre Mundwinkel zu einem Lächeln. »Das klingt vorzüglich, mein Lieb-« Ihre Mimik erstarrte, als sie dem Prinzen direkt ins Gesicht schaute. »Woher stammt diese Verletzung?«, fragte sie ihn geradeheraus.

Das Blut rauschte in meinen Ohren. Für den Bruchteil einer Sekunde schweiften *seine* Augen zu mir. Zu schnell, zu gering, damit seine Verlobte es bemerkte.

»Nun«, begann er schließlich, »Steven verletzte mich bei unserem gemeinsamen Training.«

Für einen winzigen Moment verengte die Himmelselfe ihre Augen, blickte ihren Verlobten prüfend an. Kurz wanderte ihr Blick zu mir – und in diesem Moment hätte ich schwören können, dass sie etwas ahnte. Ich fuhr unmerklich zusammen.

Doch dann richtete Mychelle ihre Aufmerksamkeit wieder auf den Prinzen. »Achte nächstes Mal besser auf dich!«, sprach sie ihre Sorge – oder Drohung – aus. »Dir ist sicherlich bewusst, dass Makel den Wert einer Person mindern.«

Ich riss die Augen auf. Hatte sie ihn gerade beleidigt?

Allerdings überhörte Prinz Joseph dies gekonnt und forderte Mychelle und mich auf, ihn zu begleiten. Er bot ihr sogar seine Hand an, so als hätten die Worte seiner Verlobten ihn nicht erreicht. Allerdings schien es, als schaute er sie nicht direkt an, vielmehr durch sie hindurch. Wo war er heute bloß mit all seinen Gedanken? Womöglich musste ich ganz besonders auf ihn achten, damit ihn nicht noch eine Kutsche anfuhr, wenn er später derart unkonzentriert die Straßen überquerte. In diesem Augenblick war ich dankbar dafür, dass wir die Fahrzeuge der Menschen – die sogenannten Autos – nicht in Héron übernommen hatten. Sie waren eindeutig zu gefährlich und darüber hinaus verpesteten sie die Luft, die wir atmeten.

Mychelle hob eine Braue und räusperte sich, darauf hinweisend, dass ich ihren zukünftigen Ehemann zu lange angesehen hatte. Zumindest fiel mir kein anderer Grund ein, weshalb sie auf diese Weise reagierte, und als ich meinen Blick abwandte, legte sie ihre Hand in die seine. Wenig später schritten die beiden an mir vorbei und ich folgte ihnen.

Als wir die unzähligen Treppenstufen hinaufstiegen und durch die Flure liefen, fiel mir eines ganz besonders auf: Das Paar umarmte sich nicht, küsste sich nicht und zwischen ihren beiden Körpern befand sich ein handbreiter Abstand, der nur durch die simple Berührung ihrer beider Hände überbrückt wurde.

Es war absurd.

Ich an ihrer Stelle würde …

Hastig bremste ich mich aus, bevor meine Gedanken eine Richtung einschlugen, die ich ganz sicher noch bereuen würde.

Endlich erreichten wir den Speisesaal, pünktlich zur Teezeit. Ich entdeckte meinen Vater, der bereits saß, so wie die Mitglieder der Königsfamilie, die königlichen Berater und die Leibwächter.

Ich lächelte meinem Vater zu und er erwiderte es. Dann verbeugten Mychelle und ich uns vor der Aronos-Familie, woraufhin sich König Askeelan erhob und seine zukünftige Schwiegertochter begrüßte: »Willkommen, Mychelle! Genieße Speis und Trank und die Anwesenheit unseres Sohnes – an der Seite einer Cerrejonensis wirst du dich gewiss sicher fühlen.«

Unvermittelt traf mich ihr stechender Blick. Intuitiv wandte ich mich sogleich meinem Sitzplatz zu, denn als Leibwache musste ich natürlich neben meiner Schutzperson sitzen. Allerdings sah dies seine Verlobte ein *klein* wenig anders.

Dagegen protestieren konnte sie jedoch nur mit Blicken, die, wären sie wirklich tödlich gewesen, mich schon in diesen wenigen Minuten ein halbes Dutzend Mal atomisiert hätten. Es bereitete mir ernsthaft Mühe, meine Schadenfreude zu verstecken, während Prinz Joseph wie selbstverständlich seinen Platz aufsuchte – direkt in der Mitte von uns Zweien. So blieb weder ihr noch mir die Chance auszuweichen, sodass ich mich auf meinen Platz niederließ, während sich Mychelle widerwillig auf den Stuhl setzte, der für sie gesondert aufgestellt worden war.

Die Teezeit war noch nie so konversationsarm gewesen.

Als wir uns danach auf den Weg zum ersten Ring machten, sah ich durch das kleine Fenster der Kutsche und betrachtete die Burumas. Ihr Fell glänzte wie schwarze Seide und ihr Schritt war elegant. Leider war es mir nie vergönnt gewesen, reiten zu lernen. Nicht nur, dass dieses Privileg den Adeligen vorbehalten war, die Pferde würden in meiner unmittelbaren Nähe ohnehin nicht stillhalten. Dass ich jetzt trotzdem in einer Kutsche sitzen konnte, verdankte ich dem geschlossenen Raum, der meine gesamte Präsenz einschloss.

Seufzend wandte ich mich um und entdeckte, dass Mychelle aus dem Fenster zu ihrer Rechten hinaussah. Prinz Joseph hingegen schaute in meine Richtung. Wie gerne ich wissen würde, was zwischen seinen spitzen Elfenohren vor sich ging. Woran er dachte, wenn er mich ansah.

Automatisch erhitzten sich meine Wangen. Mich drängte es, meinen Mantel zu öffnen. Nachdem wir das Palasttor passiert hatten, fuhren wir eine ganze Weile, bis wir beim Waldelfen-Viertel ankamen. Ich hatte völlig vergessen, dass die Benennung ›Viertel‹ irreführen konnten, waren diese doch so groß wie Städte und die einzelnen Ringe so groß wie Länder. So mussten die *Mondsklaven* schon mindestens einen Tag vor Vollmond ihre Reise zum dunklen Wald Tenerest antreten. Und weil dadurch der Palast ungeschützt bliebe, mussten die Bewohner des ersten Rings – der Adel – währenddessen einen freiwilligen Schutzdienst ableisten. So barst der Palast in dieser Zeit praktisch von Elfen über.

Die Kutsche stoppte und ich stieg zuerst aus. Dann schlüpften der Prinz und seine Verlobte hinaus. Zielstrebig steuerten die beiden eine Straße an und ich folgte ihnen. Darauf bedacht, Prinz Joseph im Auge zu behalten, falls er erneut mit seinen Gedanken abschweifte.

Allerdings hatte ich zusätzlich noch ganz andere Sorgen: Inmitten all dieser hochehrwürdigen Elfen fühlte ich mich umso mehr wie eine Aussätzige – vor allem, da sie die Straßenseite wechselten, sobald ich ihnen näher als zwanzig Schritte kam. Ganz zu schweigen von dem Starren, das sie kaum zu verbergen vermochten.

Ich atmete tief ein und rief mir die Worte meines Vaters in Erinnerung. Ich musste Ruhe bewahren. Ausharren. Meinen Kopf hinhalten. Gehorsam leisten. Befehlen folgen. Meine Gefühle ausschalten …

Wenn das nur so einfach wäre, dachte ich, als meine Augen erneut auf das zukünftige Ehepaar fielen. Die Beiden spazierten nebeneinander her durch die breiten Gassen des Einkaufsviertels, umsäumt von hohen, schmalen Gebäuden in den unterschiedlichsten Grünschattierungen. Zwischen einzelnen Häusern verschönerten gepflegte Parks mit Brunnen und Spielplätzen die Straßen. Ranken waren um die Laternen drapiert worden, während weit ausladende Laubbäume die Wege säumten.

Das Paar wirkte im Zusammenspiel mit der Umgebung wie ein Gemälde.

Ein Seufzen entrang sich mir. Lediglich ein einziges Mal war ich durch dieses Viertel gegangen. Der Grund war ein Schulausflug gewesen. Für die *Sklaven des Mondes* war der Besuch des teuersten und exklusivsten Stadtteils zwar nicht verboten, allerdings sah uns niemand von den Adeligen hier gerne. Wir gehörten einfach nicht dazu.

Nichtsdestotrotz versuchte ich mich abzulenken, indem ich über meine Zeichnungen nachdachte, die wahrscheinlich in meinem ehemaligen Kleiderschrank vor sich hinvegetierten. Wie gerne ich jetzt einen Stift in der Hand halten, den Geruch eines neuen Blattes einatmen und den Graphitstaub zwischen meinen Fingern zerreiben würde. Und ebendiesem Blatt Papier all die Emotionen *aufzwängen*, die ich nirgendwo zur Schau stellen durfte.

Ausgerechnet jetzt, wo meine Fingerspitzen zu kribbeln begannen, gingen wir an einem gigantischen Künstlergeschäft vorbei. Mir blieben nur wenige Sekunden, um all die Utensilien – die Leinwände, die Ölfarbflaschen, die Papierbögen, die Graphit- und Buntstifte und all das andere Material – zu betrachten und als Gesamtbild in meinem Kopf abzuspeichern.

Dass ich dabei von einer Person beobachtet wurde, fiel mir erst auf, als sich mir die Nackenhaare aufstellten.

Meine Augen schweiften vom Schaufenster weg.

Zu Prinz Joseph.

Unsere Blicke streiften sich einen Wimpernschlag lang. Ich wusste nicht, was das zu bedeuten hatte. Künstlerisch tätig zu sein war ja nicht verboten, es unterlag bloß strengen Regeln. Und woher sollte er auch wissen, dass ausgerechnet *ich* diese Regeln *nicht* befolgte?

Trotzdem wurde ich das Gefühl nicht los, dass der *schwarze Prinz* mehr wusste, als er preisgab. Und als sich Mychelle für eine Boutique entschieden hatte, waren es nicht die teuren Stoffe – der Tüll, die Seide oder der Satin – die in mir ein Unbehagen auslösten. Nein, es war vielmehr die Tatsache, dass mit einem Mal der Prinz derart fixiert auf mich schien, dass es wirkte, als registrierte er jede Bewegung, gar jeden Atemzug von mir.

Seine Verlobte hingegen schien völlig in ihrer *Aufgabe* aufzugehen und durchsuchte mit Hilfe der Verkäufer die gesamte Boutique nach Kleidern, während ich mich schon seit geraumer Zeit nach meinen Hosen sehnte – aber das schickte sich nicht für Mädchen und Frauen in Héron. Welche Absurdität!

Als die Himmelselfe aus unserem Blickfeld und in einer Umkleidekabine verschwand, drehte sich der Prinz unerwartet zu mir. Ich schluckte, während er langsam auf mich zukam. Für einen kurzen Moment strichen seine Finger über die zusammengelegten

Seidenblusen, die unweit von mir auf einem Ebenholztisch ausgelegt waren. Dabei verfolgte er den Weg seiner Finger mit den Augen und stoppte erst, nachdem er bei mir angelangt war. Keinen Fußbreit von mir entfernt hob er seine Lider, das Blau in seiner Iris schlug Flammen, so intensiv wie er mich anstarrte.

Hitze und Kälte wechselten sich in einer Odyssee in meinem Körper ab, ließen weder mir noch meinem Basilisken Ruhe. Abermals ballte ich meine Hände zu Fäusten und krallte meine Nägel tief in meine Haut. Ich versuchte, meine Atmung zu verlangsamen.

Doch es gelang mir nicht.

Natürlich nicht.

Dafür stand der Prinz viel zu dicht vor mir. Sein Duft verströmte sich zwar nur ganz leicht, aber dieser ließ meinen gefallenen Drachen regelrecht durchdrehen – warum bei allen Naturgeistern roch er nach Tannennadeln und Holz?

Ich blinzelte. *Das kann unmöglich sein.*

Trotzdem fing es an, in meinem Magen zu rumoren. Auch mein Hals kratzte so stark, dass ich mich räuspern musste. Wenn ich nicht aufpasste, entwich mir noch ein Knurren oder gar ein Brüllen. Mein Basilisk roch den Wald, wähnte sich in einer vertrauten Umgebung.

Und wenn er das absichtlich macht?

Ich erstarrte.

Um dich zu reizen?

Verengte die Augen.

Damit du wieder ausbrichst?

Argwöhnisch biss ich die Zähne aufeinander, knirschte mit dem Kiefer. Prinz Joseph hingegen leckte sich die Lippen und begann, Worte zu formen: »Äußerst interessant«, bemerkte er, ergänzte jedoch nichts, sondern legte seinen Kopf zur Seite und sah mich mit unbewegter Miene an.

Plötzlich beugte er sich nach vorne. Ich zuckte zusammen. Spürte seinen warmen Atem ganz nah an meinem Ohr. Augenblicklich legte sich eine Gänsehaut über meine Glieder. Das Herz schlug schmerzhaft schnell in meiner Brust und ich spürte, wie sich die Haut an meinen Händen und Füßen verzog.

»Normalerweise gelingt es mir nicht«, fuhr er flüsternd fort, »mich außerhalb der Palastmauern derart frei zu bewegen.«

Ich drehte meinen Kopf.

Zeitgleich mit seinem.

Die Lippen des Prinzen befanden sich gefährlich nahe an meinen. Es war, als existierte der dünne Luftfilm überhaupt nicht zwischen uns. Ich wagte nicht, mich zu bewegen oder zu atmen.

Seine Mundwinkel zuckten nach oben, nur kurz, aber das reichte aus, damit ich die Fäuste ballte. »Deine Art ist äußerst … *nützlich*, Zofe Cerrejonensis.«

Mit anderen Worten: Solange ihn die Bestie aller Bestien begleitete, rührte ihn niemand an noch suchte irgendjemand seine Gegenwart auf.

Ich atmete zitternd ein und versuchte den Stich, den Schmerz in meiner Brust zu unterdrücken.

13

Es war mitten in der Nacht, als es an meiner Zimmertür klopfte.

Aufgrund meines leichten Schlafs war ich sofort wach. Kerzengerade saß ich in meinem Bett und fragte mich, wer mich um ein Uhr morgens sprechen wollte?

Es klopfte ein zweites Mal. Diesmal energischer.

Meiner Familie ist etwas zugestoßen. Oder jemand anderem. Durch die Hand meiner Familie.

Hastig warf ich die Beine über die Bettkante, eilte ins Badezimmer und warf mir den Morgenmantel über. Fast schon panisch lief ich zur Tür und schloss sie auf. Und traute meinen Augen nicht.

»Pr-Prinz Joseph?« Ich blinzelte. »Was macht Ihr so spät hier?« *Und vor allem: Wo war seine Verlobte? Warum war sie nicht bei ihm?*

»Ich möchte deine Dienste für den heutigen Tag bereits jetzt in Anspruch nehmen«, gab er bekannt, ohne näher auf meine Frage einzugehen.

Langsam beruhigte sich mein Puls wieder. Ich nahm den Befehl nur widerwillig an, doch war ich darauf bedacht, keine weiteren Fehler zu begehen. Unerwartet kroch eisige Kälte meinen Nacken hinauf, als sich eine böse Vorahnung in meinen Gedanken breitmachte. Möglicherweise war ein weiteres Schiff mit Menschen eingelaufen und sollte nun überprüft werden. Und ich sollte den *schwarzen Prinzen* begleiten. Mich schauderte allein beim Gedanken daran, ahnte ich doch, dass Prinz Joseph meine *Tollpatschigkeit* kein weiteres Mal entschuldigen würde.

Obwohl sich etwas an ihm verändert hatte.

Oder er.

»Du solltest dich möglicherweise umkleiden«, holte mich der Prinz aus meinen Gedanken zurück. »Der Frühling hat zwar begonnen, dennoch birgt die Kälte der Nacht einige beißende Winde.«

»Vielen Dank für Eure Fürsorge.« Verwundert verbeugte ich mich vor ihm.

Nachdem ich mich umgezogen hatte, folgte ich dem Schattenelfen nach draußen in den Garten.

Ich runzelte die Stirn. Was wollte der jüngste Königssohn ausgerechnet hier von mir? Warum konnte das nicht bis morgen früh warten?

Selbst die diensthabenden Soldaten schauten uns perplex an. Ich konnte mir vorstellen, was sie dachten … das würde sicherlich die nächsten Tage für reichlich Gesprächsstoff sorgen.

Noch mehr Aufmerksamkeit, die ich nicht gebrauchen kann.

Natürlich bemerkte das auch der Prinz und drehte sich sogleich zu den Soldaten um. Allerdings gab er ihnen einen Befehl, der mich mindestens genauso verwirrte wie sie: »Sammelt sämtliche Wachen des Palastgartens ein und verbringt eine ruhige Nacht in eurem Aufenthaltsraum – ich beabsichtige bis zum Morgengrauen nicht gestört zu werden.«

Zunächst bewegten sich die Dunkelelfen nicht, tauschten nur hier und da ein paar Blicke miteinander aus. Auch ich wusste nicht, was ich antworten sollte – ich sehnte mich nur in die wohlige Wärme meines Bettes zurück. Betreten zog ich den Mantel enger um mich.

Einer der Soldaten machte einen Schritt auf uns zu. »Aber Eure königliche Hoheit, Euer Schutz und der Schutz des Palastes stehen an oberster Stelle!«

»Entlang der Palastmauern sind genügend Soldaten stationiert«, antwortete der Prinz. »Und was *meinen* Schutz betrifft …« Er machte eine Pause und wandte seinen Kopf zu mir. »Eine Cerrejonensis begleitet mich. Niemand wird sich mir auch nur auf eine Entfernung von fünfzig Metern nähern.«

Ganz plötzlich überkam mich das Gefühl, über mir die gleißenden Strahlen der Sonne zu spüren und nicht den Wind, der mir im Minutentakt die Haare durcheinanderwirbelte. Hitze stieg mir zu Kopf, brachte meinen Basilisken in Wallung. Ich spürte die Schuppen an meinen Beinen.

Einige Augenblicke später verbeugte sich das halbe Dutzend Soldaten vor dem Prinzen und verschwand mit den Worten »Wie Ihr wünscht, Eure königliche Hoheit« hinter der nächsten Palastecke.

Unvermittelt verschränkte Prinz Joseph die Arme, legte den Kopf auf die Seite und schien zu überlegen. »Ich möchte, dass du mich bei einem Spaziergang begleitest.«

»Ein Spaziergang?«, fragte ich.

Er nickte.

»Das ist alles?«

Er runzelte die Stirn. »Ja. Stellt das ein Problem dar?«

Ich hatte Mühe, meinen Ärger – und damit meinen Basilisken – zu kontrollieren, geschweige denn zu unterdrücken. Ich war so müde, dass ich nicht einmal sicher war, welcher Verstand zurzeit die Oberhand in mir hatte.

Ich würde ihm am liebsten sagen, dass er seinen verdammten-

Augenblicklich bremste ich mich. Bevor meine Wut noch größere Ausmaße annahm und ich womöglich den Prinzen in Grund und Boden schrie. Für einen kurzen Moment glitten meine Augen gen Himmel. Ungehindert ließ der Mond sein silbriges Licht auf mich herabscheinen, als wollte er sagen – nein, *provozieren* –, dass ich den jüngsten Königssohn Stück für Stück auseinanderriss. Dann schweifte mein Blick zu Prinz Joseph, wohlwissend, dass sich die Bestie inzwischen auch zu meinem Gesicht vorgekämpft hatte. Meine linke Schläfe pochte.

»Natürlich nicht, Eure königliche Hoheit«, antwortete ich mit einer Verbeugung und versteckte damit mein finsteres Lächeln – das erste Mal in meinem Leben fühlte sich das Zusammenspiel zwischen meinem menschlichen Ich und meiner Bestie *gut* an, es fühlte sich *stark* an, *gewollt, überlegen.*

Ich erstarrte. Und besann mich darauf, dass ich mich nicht zu sicher fühlen durfte. Merkwürdigerweise glaubte ich genau in diesem Moment, dass uns jemand beobachtete. Allerdings meinte ich damit *nicht* die Feen.

Mein Kopf schnellte herum. Ich konnte nichts dagegen unternehmen, dass ein Brummen in meiner Brust ertönte, während ich die Umgebung beobachtete: Mein Basilisk war in höchster Alarmbereitschaft, zum Angriff bereit. Aber ich entdeckte niemanden. Warum also war mein gefallener Drache derart aufgewühlt?

Der Prinz hob verwundert eine Augenbraue. »Erschnuppert dein Basilisk etwa die Hasen in unserem Garten?« Ein amüsiertes Lächeln umspielte seine Lippen.

Ich hingegen blickte ihn möglichst emotionslos an. Ich war ganz sicher nicht zum Scherzen hier. Was wollte er wirklich von mir? Der Spaziergang konnte unmöglich alles sein. Er sollte endlich seine wahren Absichten verraten.

Allerdings spazierten wir eine gefühlte Ewigkeit über den Kieselsteinweg, vorbei an den Phönixen und Burumas, die sich unruhig verhielten, sobald ich nur in Riechweite war. Prinz Joseph schien das aber weder zu verwundern noch zu erstaunen. Er sprach nicht, drehte sich nicht einmal um. Fast schien es, als suchte er nach einem speziellen Platz, um … ich wusste wirklich nicht, was er damit beabsichtigte.

Wir liefen weiter durch die unzähligen Weiden und Blumenbeete. Als wir den Palast umrundeten, versuchte ich mich vorzutasten, auch wenn ich vor Neugier platzte: »Eure königliche Hoheit, dürfte ich Euch eine Frage stellen?«

Er hielt inne und wandte seinen Kopf zu mir. »Stelle sie ruhig.«

»Wo ist Eure Verlobte?«, fragte ich geradeheraus, da ich mich daran erinnerte, wie sie noch bei ihm war, als ich bereits Dienstschluss hatte. »Warum begleitet *sie* Euch nicht?«

Doch er beantwortete mir diese Frage nicht. *Natürlich nicht.* Stattdessen schaute er mich bloß an. Als würde er ausharren.

Wir waren zwei Fremde, keine Freunde. Niemand von uns würde dem anderen seine Geheimnisse preisgeben. Zumindest nicht freiwillig. Und trotzdem wollten wir den jeweils anderen lesen wie ein offenliegendes Tagebuch. Doch warum wurde ich das Gefühl nicht los, dass wir beide Tagebücher mit längst gewaltsam aufgebrochenen Schlössern waren?

Die Augen des Prinzen wanderten zu einem Farn, der neben uns spross. Nachdenklich nahm er ein Blatt zwischen seine Finger, zog ein wenig daran und befühlte die Beschaffenheit, die Oberfläche, die Struktur der Pflanze.

Anschließend sah er in eine Richtung und lief in ebendiese. Ich folgte ihm stumm. Auf diese Weise umrundeten wir den Garten mehrere Male. Einige regenschwangere Wolken brauten sich am Himmel zusammen und verdunkelten den allmählich beginnenden Tag. Ich konnte mich vor Müdigkeit kaum mehr auf den Beinen halten.

Kurz darauf fielen die ersten Regentropfen auf mein Gesicht. Erst zögerlich, dann immer mehr. Ich wollte den Prinzen ansprechen, ihn bitten, dass wir wieder hineingingen. Als wir ein weiteres Mal an der Eingangstreppe des Palastes ankamen und der Prinz plötzlich innehielt.

Ohne Vorwarnung drehte er sich in einer so schnellen Bewegung um, dass ich beinahe zur Seite gesprungen wäre.

»Existiert in deinem Leben eine Person, der du versprochen wurdest?«, fragte er mich geradeheraus. Inzwischen regnete es in Strömen, die Tropfen durchnässten unsere Kleidung.

Warum fragte er mich das? Worauf wollte er hinaus? Ich wusste überhaupt nicht, was ich darauf entgegnen sollte.

Jählings machte er einen Schritt auf mich zu und packte meine Handgelenke. Und ignorierte die sich vermehrenden Schuppen. Seine Pupillen waren geweitet, sein Blick forsch. Das feuchte Haar klebte an seiner Haut, und einzelne Tropfen perlten von seinen Lippen, als er sprach: »Du gewährst mir keine Antwort?«

Ich stotterte und gab nur verwirrte Laute von mir, da ich mich überwältigt – ja geradezu *überrollt* – von seiner Frage fühlte.

»Dann lasse es mich anders formulieren«, machte er weiter, wobei seine Stimme lauter wurde, fordernder. »Gibt es jemanden, dem du dein *Herz* vergeben hast?«

Donnergrollen erreichte uns.

Der Prinz rückte näher an mich heran. Packte meine Handgelenke fester. Aber ich spürte den Griff schon gar nicht mehr: Der Schuppenpanzer, der sich über meine Hände gelegt hatte, unterdrückte jegliches Feingefühl.

Ich sah den Prinzen an, schluckte mühsam den Kloß in meinem Hals herunter. Stellte er mir diese Frage, um mich zu verunsichern? Außerdem war Liebe doch etwas Verbotenes – vor allem innerhalb der Palastmauern. Beziehungen sollten offiziell nur dazu dienen, um die Bewohner von Héron nicht aussterben zu lassen.

Vielleicht war dieses *Verhör* eine Art Falle.

Vielleicht wollte er mich bloß testen.

Also tat ich das einzig Vernünftige: Ich schüttelte den Kopf und verneinte.

Eine ganze Weile sah der Prinz mich an. Unergründlich. Suchend. Nach Antworten, Wahrheiten, Lügen und Fragen. In diesem Moment wünschte ich mir nichts sehnlicher, als seine Gedanken lesen zu können.

Dann räusperte sich der jüngste Königssohn und wies mit seinem Kopf auf den Eingang. »Du bist entlassen. Ich werde deine Dienste für den heutigen Tag nicht mehr benötigen.«

Ich war derart erstaunt, dass mir beinahe die Kinnlade heruntergefallen wäre. Ich war tatsächlich für den gesamten Tag freigestellt? Das konnte unmöglich sein!

»Ihr scherzt«, brach es aus mir heraus, während ich versuchte, gegen den Lärm des Sturmes zu sprechen, der uns einhüllte. »Habe ich Recht, Eure königliche Hoheit?«

Aber er lachte nicht. Ganz im Gegenteil. Seine Gesichtszüge waren wie gelähmt, während der Regen in Rinnsalen an seinem Gesicht und seiner Kleidung herunterlief.

»Euer Vater …«, setzte ich an, verbesserte mich allerdings schnell, als ich das Zucken in seinen Lidern bemerkte. »*Ich* kann es nicht zulassen, dass Ihr ohne eine Leibwache seid. Zumindest nicht den ganzen Tag, Eure königliche Hoheit.«

Doch sein strenger Unterton ließ keine Widerrede zu: »Aber *ich* befehle es!«

Widerwillig verbeugte ich mich. »Wie Ihr wünscht, Eure königliche Hoheit.«

Und mit diesen Worten verabschiedete ich mich von meinem Dienst und machte auf dem Absatz kehrt, um mein Zimmer aufzusuchen. Ich sehnte mich nach den weichen Kissen meines Bettes und würde wohl den gesamten Tag verschlafen. Aber das war mir gleichgültig, denn ich fühlte mich völlig ausgelaugt. Der Kampf gegen meine erstarkte Bestie hatte mich eine Menge Kraft gekostet. Dabei hatte ich nicht einmal gemerkt, dass ich permanent versucht hatte, sie zu bändigen. Inzwischen war es wohl so eine Art Reflex geworden.

»Thyra-Fiah.«

Es klang wie eine Melodie, nur für mich bestimmt.

Langsam drehte ich mich um und schaute dem Prinzen direkt in die Augen. Er erwiderte meinen Blick und stand immer noch im strömenden Regen. Etwas in mir wollte seine Hand nehmen und ihn in die Wärme des Palastes ziehen. Doch ich unterdrückte diese Gefühlsregung.

Mir gelang es nicht, seine Mimik zu deuten, als er sagte: »Ich möchte mich aufrichtig bei dir für deine äußerst angenehme Gesellschaft bedanken.«

Ich schaffte es lediglich, mich zu verbeugen und leise auszusprechen: »Immer zu Euren Diensten, Eure königliche Hoheit.«

Und da war es: ein Lächeln. Von ihm. Dem *schwarzen Prinzen.* Er lächelte mich tatsächlich an. Und es war eines, das seine Augen erreichten. Diese unendlich traurigen Augen …

Ich schüttelte den Kopf und besann mich wieder. Meine Mundwinkel zuckten nur kurz nach oben, danach hastete ich so schnell die Treppenstufen hinauf, dass mir zwischenzeitlich die Luft auszugehen drohte. Aber ich rannte weiter, bis ich mein Schlafgemach erreichte. In Windeseile verschloss ich die Tür hinter mir. Und lehnte mich vollkommen erschöpft dagegen. Meine Beine zitterten so sehr, dass ich unmittelbar an ihr hinabsank. Ich ignorierte das schmatzende Geräusch meiner Kleidung und atmete nur noch stoßweise. Mein Herz klopfte laut, so laut, und das Blut rauschte in meinen Ohren: Was bei allen Naturgeistern war das bloß gewesen?

14

Ich hatte die Nacht über nicht geschlafen.

Natürlich nicht.

Schließlich war mein Schlafrhythmus völlig durcheinander. Aber das war das kleinste meiner Probleme. Das derzeitige Verhalten des *schwarzen Prinzen* machte mir Angst. Mir war es lieber, er griff mich offensiv an, anstatt sich derart merkwürdig zu verhalten. Und ich konnte mir beim besten Willen nicht ausmalen, aus welchem Grund er sich so verhielt.

Seufzend stand ich vor dem Badezimmerspiegel und betrachtete die dunklen Ringe unter meinen ebenso dunklen Augen. Mein Gesicht wirkte auch wesentlich blasser als sonst. Für gewöhnlich trug ich kein Puder, Rouge oder Wimperntusche, doch jetzt wünschte ich mir den Schminkkoffer meiner Mutter her, damit ich nicht wie ein lebloses Wesen der Nacht aussah. Zu allem Übel schimmerten hier und da immer wieder einzelne Schuppen hervor. Die Müdigkeit schwächte mein menschliches Ich und machte es angreifbar.

Heute mache ich wohl meiner Abstammung alle Ehre ...

Ich richtete noch die letzten Strähnen meines erdfarbenen Haars, damit zumindest meine Frisur tadellos saß und stellte außerdem zufrieden fest, dass dies auch für meine Zofenuniform galt. *Immerhin etwas.*

Nichtsdestotrotz wusste ich nicht, wie ich den heutigen Tag überstehen sollte. Meine stechenden Kopfschmerzen ließen manchmal sogar meine Sicht verschwimmen.

Reiß dich zusammen!, befahl ich mir selbst. *Menschliche Schwächen haben innerhalb der Palastmauern nichts zu suchen.*

Allerdings graute es mir vor dem Zusammentreffen mit meinen Eltern. Sie hatten mich gestern den ganzen Tag über nicht gesehen. Weder beim morgendlichen Pflücken der Vynx-Pflanze noch bei einer der Mahlzeiten. Wie sollten sie auch? Ich hatte buchstäblich den gesamten Tag verschlafen und mich am Abend nicht getraut, mir außerhalb meines Dienstes etwas zu Essen zu besorgen.

Aber noch mehr graute es mir vor Mychelle Talisz. Heute war Sonntag und daher würde sie wohl vermutlich ein weiteres Mal zu Besuch kommen. Dabei könnte ich gerade heute Ruhe gebrauchen.

Gewöhne dich lieber daran, giftete mein Inneres. *Du wirst niemals ein ruhiges Leben führen.*

Ich atmete tief durch und versuchte, meine innere Stimme zu ignorieren. Dann legte ich die Hand auf die Türklinke und schritt hinaus in den Flur. Erhobenen Hauptes lief ich an den aufgereihten Soldaten vorbei und die zahlreichen Treppenstufen hinunter bis zum Garten. Auch wenn ich die ganze Zeit über das Gefühl hatte, dass mir die Angestellten des Palastes wesentlich mehr Aufmerksamkeit widmeten als normalerweise, ließ ich mir meine Unsicherheit nicht anmerken. Ich konzentrierte mich lieber darauf, dass ich gleich meiner Mutter gegenübertreten und sie wahrscheinlich davon überzeugen musste, dass gestern nichts Besonderes vorgefallen war.

Ich lachte verächtlich auf. *Das glaubt sie mir niemals!*

Während ich durch den Palastgarten lief, achtete ich darauf, möglichst viel Abstand zu den Reit- und Flugtieren einzuhalten, um diese nicht unnötigem Stress auszusetzen. Vor allem wollte ich nicht noch mehr Aufmerksamkeit auf mich ziehen, die ich nicht gebrauchen konnte.

Ich ging geradewegs auf die Teepflanze zu. Nachdem ich einige Blätter gesammelt hatte, eilte ich wieder zurück in den Palast. Als ich jedoch am Fuße der Treppe stand, die in das erste Untergeschoss führte – und damit in die Küche – traute ich mich kaum, die erste Stufe zu nehmen. Ich wusste beim besten Willen nicht, was ich meiner Mutter sagen sollte.

Nichtsdestotrotz konnte ich hier keine halbe Ewigkeit herumstehen. Also raffte ich die Schultern und spazierte in die Palastküche. Zahllose Angestellte bereiteten gerade das Frühstück vor: Sie liefen umher oder rührten und hackten etwas, das verdächtig nach Frischkäse und Petersilie roch. Von meinem Standpunkt aus erkannte ich ein Dutzend Brotlaibe, die im mannshohen Ofen aufgingen.

Meine Mutter spazierte in meine Richtung, während sie gedankenverloren die Hände an einem Geschirrtuch abwischte, das an ihrer schwarzen Schürze hing. Als sie mich entdeckte, lächelte sie mich diesmal nicht an.

Ich hatte es befürchtet.

Ihr Blick verriet, dass sie *es* bereits wusste.

»Möchtest du mir vielleicht etwas sagen?« Nahe vor mir blieb sie stehen, die Hände in die Hüften gestemmt und mit erhobenen Augenbrauen. Ihre geringe Größe machte sie allemal mit ihrem stierenden Blick wett, der durch die roten Iriden nur noch verstärkt wurde. Und obwohl ihre Augen normalerweise eher hellen Weinreben ähnelten, schien es nun, als spien sie Feuer.

»Mama ...«, setzte ich leise an, da ich nicht wollte, dass sämtliche Mitarbeiter der Küche mit anhörten, was ich mit meiner Mutter besprach. »Es ist nicht das, was du denkst.«

Jählings machte sie einen Schritt nach vorne. »Was ist es dann?«, zischte sie. »Kannst du mir das mal erklären?«

Aber ich konnte nicht.

Stattdessen stammelte ich vor mich hin: »I-Ich … e-er … w-wir … es war ein … B-Befehl.« Schon wieder fühlte sich mein Hals viel zu trocken an.

»Ein Befehl«, wiederholte sie. »Aha.«

Sie glaubte mir nicht.

Natürlich nicht, ich würde mir nicht einmal selbst glauben, wenn ich es nicht mit *eigenen Augen* gesehen und vor allem selbst *erlebt* hätte.

»Es stimmt aber!«, verteidigte ich meinen Standpunkt mit Nachdruck und ließ mich zu temperamentvolleren Ausschweifungen hinreißen. »Hätte ich etwa den Befehl verweigern sollen? Weißt du, was das dann für mich bedeutet hätte? Und als ob ich die ganze Nacht nichts Besseres zu tun hätte, als Prinz Joseph im Regen hinterherzulaufen und dafür den gesamten Tag zu verschlafen!«

Doch nur eine Sekunde später bereute ich es.

»Achte auf deine Zunge, Fräulein!«, warnte mich meine Mutter und ich entschuldigte mich augenblicklich bei ihr.

Das erweichte ihr Herz. Seufzend sagte sie: »Kind, Kind, Kind, was machst du nur für Sachen?«

»Ich kann doch nicht in seinen Kopf gucken«, erinnerte ich sie mit gesenkter Stimme. Dann atmete ich einmal tief ein und fragte sie vorsichtig: »Hat König Askeelan etwas gesagt?«

Meine Mutter blies die Backen auf, schüttelte aber den Kopf. »Nein. Jedenfalls habe ich nichts von Thassillo erfahren.«

Ich atmete auf, verspürte ein Gefühl von Erleichterung.

Doch die Vorsicht meiner Mutter dämpfte es: »Er spricht es vielleicht heute an. Auf der Versammlung.«

Ich runzelte die Stirn. »Es gibt eine Versammlung?«

»Jeden Sonntag.«

»Und *was* wird dort besprochen?«

Meine Mutter öffnete den Mund, um zu antworten, als ihre Augen abschweiften. »In zehn Minuten müssen die Mitglieder der Königsfamilie geweckt werden! «, erinnerte sie mich und eilte in der nächsten Sekunde zu den Teekannen, die für das Frühstück bereitgestellt worden waren. Schnell goss sie heißes Wasser in eine Tasse und überreichte mir diese. Dann legte ich die Blätter der Vynx-Pflanze hinein.

»Los!«, forderte sie mich mit Nachdruck auf, wobei sie mich bereits nach draußen schob. »Du kommst sonst zu spät.«

Ich bedankte mich und gab ihr noch schnell einen Luftkuss. Dann rannte ich die Treppen hinauf. Und konzentrierte mich darauf, nichts zu verschütten. Es beruhigte mich und meinen Basilisken und lenkte mich davon ab, mir einzubilden, vereinzelt verächtliches Schnauben zu hören. Mein Verstand spielte mir wohl wieder mal einen Streich.

Als ich jedoch den Flur erreichte, der zum Schlafgemach des *schwarzen Prinzen* führte, erstarrte ich inmitten der Bewegung. Denn mein Vater war hier oben, umrundet von einer Gruppe Dunkelelfen. Einer von ihnen stand ihm direkt gegenüber, sein langes, pechschwarzes Haar war zu einem Pferdeschwanz gebunden. Lachend warf dieser seinen Kopf zurück, das dreckige Lachen war kaum zu überhören: »Sag schon, Cerrejonensis, wie fühlt es sich an, eine Tochter zu haben, die an ihrem Vorgesetzten klebt wie Fliegen an süßem Honig?«

»Genau!«, bestärkte ein anderer Dunkelelf. »Sie soll die Befehle des ehrwürdigen Prinzen befolgen und ihn nicht bezirzen wie eine Dirne!«

In diesem Moment brannten bei meinem Vater die Sicherungen durch. Blitzschnell packte er den Soldaten mit dem Pferdeschwanz. Zog ihn nahe an sich heran. Die Beine des Mannes baumelten ein Stück über dem Boden. Zeitgleich richteten die anderen Dunkelelfen ihre Waffen auf meinen Vater.

Aber Thassilo war längst nicht mehr er selbst. »Sag das noch einmal«, sprach eine viel zu dunkle Stimme, die unmöglich menschlichen Stimmbändern entsprang, »und du wirst es bereuen.«

Unversehens stoben die Männer auseinander. Sie verspürten Angst. Ich konnte es riechen. Instinktiv blähten sich meine Nasenflügel auf, so als würde meine Bestie es genießen.

Erschrocken schüttelte ich den Kopf, besann mich auf meine Menschlichkeit und lief geradewegs zwischen den Soldaten hindurch zu meinem Vater. Nur wenige Schritte blieb ich vor ihm stehen. »Papa?«

Gleich einer Antwort ließ er den Dunkelelfen los, der taumelte und wie ein nasser Kleidersack zu Boden fiel. Völlig außer Atem blieb er erst einmal liegen.

»Thyra?« war das einzige, was mein Vater hervorbrachte.

Dann schauten wir uns an. Für wie lange, wusste ich nicht.

Keiner von uns bewegte sich, nicht einmal die Soldaten. Selbst das Atmen der einzelnen Personen wirkte viel zu laut und durchdringend.

Plötzlich stürzte mein Vater nach vorne und umarmte mich fest.

Aus Reflex ließ ich die Teetasse fallen. Aber das war mir in diesem Augenblick völlig gleichgültig.

»Es wird alles gut«, flüsterte er an mein Ohr. »Das verspreche ich dir.« Dann ließ er mich los und schaute mich noch einen Moment lang an, bevor er sich anschickte weiterzugehen, um seine Patrouille fortzuführen. Aber er hielt inne, drehte den Kopf.

Ich folgte seinem Blick.

Und entdeckte Prinz Joseph, der in seinem Türrahmen stand und uns anstarrte. Mein Vater starrte zurück. So, als wollte er sagen – nein, *drohen* – dass der Prinz sich besser von mir fernhielt.

Mit geweiteten Augen beobachtete ich das Spektakel, das sich hier mit minimalen Bewegungen und Worten abspielte. Und doch klopfte mein Herz so schnell, brachte meinen Puls dermaßen hoch, dass ich kaum klar denken konnte.

Als mein Vater ging, sah ich ihm so lange nach, bis er hinter der nächsten Ecke verschwunden war. Danach sammelte ich mit klammen Händen die Teetasse auf, in der sich nur noch ein winziger Schluck Tee befand. Anschließend wandte ich mich zum Prinzen um, der mich mit einem undefinierbaren Gesichtsausdruck musterte.

Und ich wusste beim besten Willen nicht, was ich sagen sollte.

15

Die Soldaten gingen nach und nach wieder auf ihre Plätze an den Wänden zurück. Wortlos. Denn für ihren Gehorsam brauchte es nur einen Blick, ein leises Räuspern des jüngsten Königssohnes.

Betreten schaute ich auf meine Hände, die Tasse, den Boden. Biss mir auf die Unterlippe. »Eure königliche Hoheit, ich möchte mich aufrichtig bei Euch für das Verhalten meines Vaters entschuldigen«, sprach ich und verbeugte mich dabei tief. »Es war sicherlich nicht seine Absicht, einen Streit auszulösen.«

Er war nicht einmal er selbst.

Der Prinz reagierte nicht auf meine Worte. Seit dem Vorfall hatte er sich keinen Millimeter gerührt. Sein Gesicht wirkte versteinert. Er sah weder wütend noch finster aus, eher ... *verstört*. Es schien, als wäre er mit den Gedanken weit, weit fort. Warum wurde ich das Gefühl nicht los, dass er schon weit mehr gesehen hatte als die bloße menschliche Hülle meines Vaters? Dass er wusste, welche Ausmaße dessen Bestie annehmen konnte – und das ohne die helfenden Hände des Mondgeistes?

Wortlos machte Prinz Joseph auf dem Absatz kehrt und ging in sein Schlafgemach. Ich folgte ihm. Verschloss die Tür. Wartete. Beobachtete ihn.

Allerdings gab er noch immer keinen Ton von sich. Er stand wie mit dem Boden verwurzelt neben dem Ende seines Bettes und sah aus dem Fenster.

Stille umfing uns.

Doch sie war alles andere als angenehm.

Und das ließ mich mein gefallener Drache auch spüren: Das flaue Magengefühl und das vertraute Ziehen meiner Haut an Händen und Füßen waren vergleichsweise harmlos im Gegensatz zu meinen Zähnen, die sich inzwischen dermaßen verändert hatten, dass ich Blut schmeckte.

Ich versuchte, meinen Herzschlag zu verlangsamen, indem ich mich auf das Ein- und Ausströmen der Luft in meine Lunge konzentrierte, um die förmlich übermannende Hitze in meinem Körper zurückzudrängen.

Dann räusperte ich mich und sprach Prinz Joseph direkt an: »Was steht am heutigen Tag auf dem Plan?« Meine Stimme hörte sich viel zu leise an, trotz der unerträglichen Stille im Raum. Das rostige Kratzen in meinem Hals erinnerte mich daran, dass mein Basilisk das Sprechen für mich übernehmen wollte.

Es dauerte eine gefühlte Ewigkeit, bis sich der Prinz umdrehte. Seine Lider waren gesenkt, als suche er etwas. Dann sah er nach oben und lächelte mich mit schief gelegtem Kopf an. Und es war nicht das höhnische Lächeln, das ich von ihm kannte. Nicht das kurze Zucken der Mundwinkel, das er ab und an zeigte. Oder das Lächeln von der Nacht des Spaziergangs. Dieses hier war ein Spiegelbild des Wahnsinns, der nun in seinen Augen lag.

Ich hatte mich in meinem Leben noch nie so gefürchtet.

Intuitiv machte ich einen Schritt rückwärts. Vielleicht überlegte er gerade, wo er meinen abgetrennten Kopf aufstellen könnte? Wahrscheinlich neben dem verbrannten Leichnam meines Vaters.

Schreckensszenarien liefen vor meinem inneren Auge ab. Und sie alle endeten damit, dass mein Vater und ich den nächsten Morgen nicht mehr erlebten.

Mit einem Mal runzelte Prinz Joseph die Stirn. »Bereitet dir etwas Sorgen? Dein Gesicht wirkt recht blass.«

Ich erstarrte. Wagte es nicht einmal, zu atmen.

»Nein, gar nicht«, sagte ich schnell, viel zu schnell, und vergaß beinahe den höflichen Zusatz. »Eure königliche Hoheit.«

Er glaubte mir nicht. Ich sah es an dem merkwürdigen Funkeln in seinen unnatürlich leuchtend blauen Augen mit den silbernen Sprenkeln.

Aber er beließ es dabei und fuhr stattdessen mit seiner Tagesplanung fort: »Nach dem morgendlichen Mahl werden wir gemeinsam mit meiner Familie, ihren Leibwächtern und den Räten meines Vaters den Versammlungssaal aufsuchen.«

Ich machte einen kurzen Knicks und bedankte mich für diese Ehre, jedoch brannte mir noch eine Frage auf der Zunge. »Aus welchen Gründen wird die heutige Versammlung stattfinden, Eure königliche Hoheit?«

»Sie findet jeden Sonntag statt, um neue Erkenntnisse, Ereignisse und Beobachtungen aus der Menschenwelt zu besprechen.«

»Ihr beobachtet die Menschenwelt?« Ich hatte nicht gewusst, dass auch dort Feen stationiert waren.

Der Prinz schnaubte ungläubig. »Natürlich. Wie könnten wir sonst derart viele Schiffe in die Irre führen?«

Ich verdrängte schnellstmöglich die Erinnerungen an die manipulierten Menschen und den jungen Kellner, der unmöglich noch am Leben sein konnte. Spätestens am zweiten Tag müsste er der königlichen Armee aufgefallen sein – niemand konnte sich so lange willenlos geben. Überdies benötigte er Nahrung und Wasser – die Opfer hingegen wurden durch schwarze Magie zumindest so weit genährt, dass es sie am Leben hielt, wie bei einer vollkommen grotesken Symbiose.

»Außerdem«, führte Prinz Joseph weiter aus, »müssen wir schließlich informiert sein, für den Fall, dass die Menschen aus unerfindlichen Gründen von uns erfahren.« Er machte einen Schritt auf mich zu, sodass ich unweigerlich mit dem Rücken an die Wand stieß. »Und uns mit ihren neu erfundenen Waffen *zerstören* wollen«, fügte er hinzu.

Sein Blick schien mich durchdringen zu wollen, so als wollte er mich auf etwas hinweisen. Womöglich darauf, dass ich unter Beobachtung stand? Die Narbe in seiner Wange schimmerte. Sie war noch nicht verheilt und würde auch nie richtig verschwinden.

Ich schluckte und räusperte mich abermals. »V-vielen Dank f-für diese I-Informationen, Eure k-königliche Hoheit« war das Einzige, was mir in diesem Moment einfiel. Ich war schon längst nicht mehr Herr über meine Zunge, deren Spitze inzwischen anfing, sich zu teilen – wenn ich sie gegen meine Zähne drückte, spürte ich die Einbuchtung.

In den Augen des Prinzen spiegelte sich ein merkwürdiger Ausdruck. Verlangend, gar lüstern starrte er mich an. Und da war kein Lachen, kein verächtliches Schnauben oder gar ein herabwürdigendes Grinsen. Er sah mich lediglich an. Mit diesem Blick. Und ich wusste beim besten Willen nicht, was ich sagen oder tun, wie ich mich bewegen, wie *atmen* sollte.

Mit einem Mal klopfte es.

Beinahe wie in Zeitlupe richtete der Prinz seine Augen auf die Tür. Es gefiel ihm nicht, dass er – *wir* – gestört wurden. Es gefiel ihm ganz und gar nicht.

»Wer wünscht mich zu sprechen?«, bellte er.

»Dein Bruder«, ertönte eine harte Stimme auf der anderen Seite der Tür. »Öffne mir!«, befahl sie. »Wir haben zu reden.«

Das klang alles andere als gut.

Und alles nur wegen einem nächtlichen Spaziergang?

»Soll ich mich entfernen, Eure königliche Hoheit?«, fragte ich leise.

Der jüngste Königssohn sah mich noch einen Moment lang an, bevor er den Kopf schüttelte und sich anschickte, die Tür zu öffnen. Der Thronfolger stürmte jedoch derart schnell ins Zimmer, dass er fast gegen seinen Bruder gerannt wäre. Prinz Joseph hingegen schloss in aller Ruhe die Tür hinter dem Besucher.

Ich versuchte, möglichst unsichtbar zu bleiben und drückte mich gegen die Wand, als wolle ich mit ihr verschmelzen.

Prinz Steven starrte seinen Bruder an. Seine laubgrünen Augen schienen zu glühen, als würde ein Sturm durch die Blätter des Waldes toben.

»Joseph«, fing er dann nach endlos langen Minuten an, »kannst du mir erklären, welchen Zweck du verfolgtest als du sämtliche diensthabenden Soldaten des Palastgartens in den Keller verbannt hast, um *alleine* mit deiner *Zofe* zu sein?« Er zeigte auf mich, wobei sein Arm in einem perfekten 90-Grad-Winkel von seinem Körper abstand. »Und das mitten in der Nacht!«

Ich schluckte. Dass Prinz Steven derart laut und herrisch werden konnte, hatte ich mir nicht vorstellen können. Nichts war mehr übrig von seiner freundlichen Miene und seiner zuvorkommenden Art. Das verschmitzte Lächeln, der Glanz in seinen Augen … all das wich Unverständnis und Fassungslosigkeit.

Prinz Joseph hingegen hatte die Fäuste geballt und drehte sich mit eiserner Miene zu seinem Bruder um: »Die Müdigkeit hatte mich noch nicht erreicht. Also genehmigte ich mir diesen Spaziergang, um endlich den ersehnten Schlaf zu finden. Ich glaube nicht, davon Kenntnis zu haben, dass dies verboten sei.«

Eine Ader trat auf der Stirn des Thronfolgers hervor. Sein rechtes Auge zuckte unkontrolliert. »Hüte deine Zunge!«, warnte er. »Ich habe dich sicherlich nicht aus unberechtigten Gründen aufgesucht. Es wandern zahllose Gerüchte durch unsere Flure. Unter anderem auch Worte darüber, dass zwischen euch beiden weit mehr herrscht als ein bloßes Dienstverhältnis.«

Für den Bruchteil einer Sekunde schnellten die Augen des Prinzen zu mir.

Eilig wandte ich meinen Blick ab und entdeckte, dass uns der Thronfolger anstarrte. Mich drängte es, etwas zu sagen, aber ich bezweifelte, dass ich mit meiner unkontrollierbaren Zunge überhaupt auch nur einen einzigen Satz bilden konnte.

Ein paar Mal öffnete Prinz Steven seinen Mund und schloss diesen wieder, nur um im nächsten Augenblick seinen Bruder – oder besser gesagt *uns* – zu warnen: »Vater wird dich nach der Versammlung sprechen wollen, da bin ich mir sicher. Vor allem in diesen Zeiten.«

Erst die zahlreichen Soldaten, dann die Gerüchte und jetzt die Worte von Prinz Steven … was hat das alles zu bedeuten?

Schließlich steuerte der Thronfolger die Tür an, blieb allerdings stehen und schaute uns noch einmal an. »Das morgendliche Mahl beginnt gleich. Ihr solltet euch demnächst dorthin begeben. Ansonsten durchwandert schon bald das Gerücht, ihr könntet die Hände nicht mehr voneinander lassen, ebenfalls unsere Mauern.«

Ich betete zum Erdgeist, dass der Boden mich bitte verschlucken möge.

Erschöpft senkte ich meinen Kopf gegen die Wand. Schloss angestrengt die Augen. *Atmen!*, befahl ich mir. *Du musst atmen!* Ein und aus. Ein und aus. Ein und aus …

Die Tür fiel ins Schloss.

Zeitgleich riss ich die Augen auf.

Mein Herz raste, während mich der *schwarze Prinz* ansah. »Ich kleide mich nun um«, sagte er so langsam, als wäre er darauf bedacht, mich mit keinem seiner Worte verschrecken zu wollen. »Anschließend werden wir uns zum Speisesaal begeben.« Er war im Begriff sich umzudrehen, stoppte aber noch einmal und fügte hinzu: »Sofern dich jemand bezüglich des … *Abends* befragen sollte, erwarte ich absolutes Stillschweigen von dir. Ich werde diese … *Dinge* selbst regeln.«

Meine Lider senkten sich ehrfürchtig, respektvoll verbeugte ich mich. »Selbstverständlich, Eure königliche Hoheit.«

Dann verschwand er im Ankleidezimmer.

Und ich rutschte an der Wand entlang zu Boden. Meine Beine konnten mich längst nicht mehr halten.

16

Die Stille im Speisesaal war unerträglich. Einzig und allein das Klirren und Schaben der Bestecke war zu vernehmen. Ich hörte nicht einmal, dass irgendjemand kaute oder an einem Getränk nippte. Die ganze Zeit über traute ich mich nicht, von meinem Teller aufzublicken, geschweige denn zu atmen. Das noch warme Brot, die weißen Trauben und der Käse lagen unberührt vor mir. Hunger verspürte ich keinen. Ganz im Gegenteil, mir war speiübel. Das Zurückdrängen meines Basilisken kostete mich enorme Kraft, und trotz allem zeichneten sich vereinzelt Schuppen an meinen Händen ab.

Eine Pause von all den aufwühlenden Ereignissen bekam ich nicht.

Schon bald machten wir uns in den Festsaal auf: Die Königsfamilie und ihre Leibwachen sowie die Räte des Königs und natürlich ich. Direkt an der Seite des *schwarzen Prinzen*.

Ich verlangsamte absichtlich meinen Schritt, während wir durch die Flure liefen, um so viel Abstand wie möglich zwischen ihn und mich zu bringen. Die Situation war ohnehin angespannt und ich wollte keine weiteren Gründe liefern, wegen denen sich mein Vater in die sichere Verbannung stürzen würde.

Als ich den Festsaal betrat, kamen auf einen Schlag die Erinnerungen zurück: Wie ich vor ungefähr einem halben Jahr am Rand, nahe der enorm hohen Fenster, gestanden und ehrfürchtig und zugleich neidvoll die tanzenden Gäste beobachtet hatte. Niemand hatte mich aufgefordert – *natürlich nicht* – und so war ich alleine geblieben, während meine Eltern ihren Diensten nachgegangen waren. Mein Bruder Maykil hingegen war alles gleichgültig gewesen, sodass er sich lediglich am Buffet bedient hatte. Er selbst hielt nicht viel vom Königshaus, er verabscheute es sogar, aber davon wusste nur ich.

Jetzt, da ich die goldenen Kristalllüster, das ebenso güldene Parkett und die zahllosen Spiegel sah, empfand ich weitaus mehr Selbstverachtung als noch zu früheren Zeiten. Denn die verspiegelten Wände – drei an der Zahl, damit der Saal deutlich größer erschien und sich die Wachen sprichwörtlich *verdreifachten* – versteckten nichts.

Plötzlich bemerkte ich, dass Prinz Joseph ebenso in den Spiegel starrte wie ich. Und in diesem winzigen Augenblick glaubte ich zu erkennen, dass er sich alles andere als wohl fühlte. Täuschte ich mich oder blitzte in seinen Iriden so etwas wie Schmerz auf?

Binnen eines Wimpernschlags wandte er sich wieder ab und ging den anderen hinterher, die sich längst zum runden Tisch begeben hatten. Ich schätzte, dass man diesen bei den Festen zu einer Art Erhöhung umfunktionierte, um die Familie Aronos von den anderen Bewohnern Hérons abzuheben.

Als ob das nötig ist, giftete meine innere Stimme, während ich den anderen folgte und mich hinter meiner Schutzperson positionierte. Leider musste ich meiner inneren Stimme Recht geben: Die Mitglieder der Königsfamilie waren … *perfekt*. Ihr Äußeres, ihre Haltung, wie sie sich bewegten, sich ausdrückten, sogar wie sie atmeten wirkte beinahe so, als wäre es stundenlang eingeübt worden.

Ausgeschlossen, dass sie auch nur einen einzigen Makel besaßen.

Und doch nagte da etwas in meinem Inneren, das diesem *Schauspiel* nicht ganz glauben wollte. Ich war mir sicher, dass sich noch mehr unter der perfekten Fassade verbarg. Allerdings war ich mir nicht sicher, ob ich tatsächlich herausfinden wollte, was da schlummerte.

Ich sah zu meinem Vater Thassillo, der heute vollkommen geistesabwesend wirkte. Seine Augen waren starr auf den Boden gerichtet und bewegten sich, so als suchten sie etwas. Womöglich Antworten oder gar Lösungen?

Dennoch traute ich mich nicht, meinem Vater die Hand auf die Schulter zu legen, geschweige denn ihn zu umarmen oder ihm zuzuflüstern, dass ich für ihn da war. Ich musste mehr denn je darauf achten, wie ich mich verhielt oder ausdrückte. Jede unserer Bewegungen wurde nun deutlich mehr beobachtet – die Augen der Soldaten hafteten förmlich an uns.

Insbesondere die Himmelselfe, die mich am ersten Tag in meinen Beruf eingeführt hatte, schien nun alles andere als freundlich. Ganz im Gegenteil, sie stierte mich an. Höchstwahrscheinlich hatten die Gerüchte auch ihre Ohren längst erreicht. Und natürlich stand sie auf der Seite ihrer Tochter, der Verlobten des *schwarzen Prinzen.*

Ich atmete tief ein und aus und richtete meine Aufmerksamkeit auf den König, der endlich das Wort ergriff. Alle Blicke lagen auf ihm, während er sich räusperte und zum Tagesthema überging: »Meine werte Familie, Berater und Leibwachen, ich begrüße euch zur wöchentlichen Versammlung.« Meine Nackenhaare stellten sich auf, da seine Stimme eisig klang. »Wie mir durch die Feen-Überwachung zu Ohren gelangte, kochen die Gemüter in der Menschenwelt deutlich hoch. Sie unterdrücken, morden und zerstören mehr denn je den Planeten, den auch wir bewohnen. Ohne Rücksicht auf Verluste und nur, um ihre Gier nach materiellen Dingen und Macht zu stillen. Um ihre fehlerhaften Persönlichkeiten auszuleben und ihre niedersten Bedürfnisse zu befriedigen.« Sein Blick wanderte über die Teilnehmer der Versammlung. »Und es scheint mir, als färbte dieses Verhalten auf Unseresgleichen ab.«

Stille.

Die Anwesenden schauten sich nur flüchtig an. Schauten dann wieder weg. An die Decke, auf den Boden. Falteten ihre Hände, räusperten sich, rückten ihren Stuhl zurecht, verlagerten ihre Sitzposition. König Askeelan hatte wohl einen Nerv getroffen.

Und wenn er auf dich und deinen Vater anspielt?, ertönte es in meinem Inneren. Unweigerlich schweiften meine Augen zu der verspiegelten Wand, und es war, als sähe ich nicht *mich* darin, sondern den gefallenen Drachen, die *Bestie*, die in mir hauste.

Du weißt, dass es stimmt, bohrte sie weiter in der Wunde.

Fast wie auf Stichwort lagen die Augen des Königs auf mir.

Und auch Prinz Joseph schaute in den Spiegel, den Blick auf mein Gesicht gerichtet.

In diesem Moment spürte ich meine Beine nicht mehr.

Hastig wandte ich meinen Blick ab. Das Blut rauschte in meinen Ohren, während ich meine Aufmerksamkeit voll und ganz dem Boden widmete und begann, die Holzfasern der einzelnen Streifen zu zählen.

»Nun«, fuhr König Askeelan fort, »ich werde dies im Auge behalten. Zwar haben die Menschen bisher nur einen minimalen Einfluss auf Unseresgleichen, aber dieser wuchs innerhalb der letzten Jahrzehnte derart schnell, dass ein Überkochen der Gemüter auch hier geschwind die Oberhand gewinnen würde.«

Atmen.

Ein und aus.

Schon wieder beherrschte diese quälende Stille den Saal. Das lag wohl in der Familie, kannte ich das doch schon von Prinz Joseph. Als würden sie es genießen, die Unsicherheit ihrer Gäste zu schüren. Dieses Mal wirkten auch Königin Susanna, Prinz Steven und Prinzessin Inura wie Statuen. Kein Lächeln, keine aufgeschlossene Mimik … es war, als hätte man sie ausgetauscht.

Der König machte unbeirrt weiter: »Die aktuelle Lage erfordert daher härtere Maßnahmen. Die logische Konsequenz all dieser Verfehlungen ist demnach die Manipulation der gesamten Menschheit. Für ein neues Zeitalter des Friedens und für den Wiederaufbau der Erde.«

Mir stockte der Atem. Hitze und Kälte wechselten sich in einer grausamen Odyssee ab. War König Askeelan größenwahnsinnig geworden? Dieses Vorhaben konnte er unmöglich in Angriff nehmen. Das waren weit über sieben Milliarden Personen!

Ein Raunen ging durch den Saal. Die königlichen Räte wirkten nicht so, als ob sie hinter seiner Entscheidung stünden. Die Königin wirkte gefasst, Prinzessin Inuras Mimik konnte ich allerdings nicht deuten. Prinz Joseph hingegen starrte mit aufgerissenen Lidern auf den Tisch. Einzig und allein die Augen seines Bruders lagen auf ihm, sonst beachtete ihn niemand. Dafür waren sie zu aufgebracht.

»Wie soll dies zustande gebracht werden, Eure Majestät?«, erklang die erste Frage. Sie kam von der Repräsentantin der Nachtelfen.

»Ganz zu schweigen von dem Platz, den wir nicht haben, Eure Majestät«, erinnerte der Repräsentant der Waldelfen.

Der Magier mit dem ergrauten Bart und dem haarlosen Kopf stand so plötzlich auf, dass sein Stuhl wackelte. »Eure Majestät, denkt bitte an unseren Nachwuchs.« Ich spürte, dass er sein hitziges

Gemüt stark in Zaum halten musste. »Die Menschen werden all ihre Krankheiten zu uns bringen, wie sie es auch schon viele Jahre zuvor geschafft haben. Seitdem klagen unsere Kinder über Fieber, Husten, Schüttelfrost und Gliederschmerzen.«

»Ganz genau, Eure Majestät!«, warf nun auch der Zwerg ein. »Niemand von uns ist je zuvor an irgendeinem körperlichen Gebrechen erkrankt. Und doch liegt unsere Sterberate jetzt höher als je zuvor und-«

Der Zwerg verstummte, als der eisige Blick des Königs ihn traf. Er benötigte keine laute Stimme, musste keine Ruhe einfordern. Er bekam sie. Jederzeit. »*Ich* fälle diese Entscheidung«, entgegnete er scharf. »Und *ich* habe auch das letzte Wort.«

Kurz war es still.

Dann erklang ein synchrones »Jawohl, Eure Majestät!« von den Räten.

»Ihr braucht euch nicht zu sorgen«, fuhr der König fort, das Kinn stolz erhoben. »Für meinen Plan werde ich eine äußerst fähige Person in den Außendienst schicken: Mein Sohn Joseph soll mit seiner Leibwächterin Cerrejonensis und seiner Verlobten Mychelle Talisz in der Menschenwelt stationiert werden.«

In mir schrie alles. Und mein Basilisk erschnüffelte buchstäblich, wie der Prinz zu schwitzen begann. Für einen Augenblick sahen mein Vater und ich uns an – seine Gesichtszüge spiegelten Sorge und Ratlosigkeit wieder. Ich hatte Mühe, normal zu atmen. Mein einziger Gedanke galt dem Vollmond, mit dessen Auftauchen ich ganz sicher jeden Monat aufs Neue ein Blutbad anrichten würde.

In diesem Augenblick glaubte ich, ebendieses Blut an meinen Händen kleben zu sehen. Panisch versteckte ich sie hinter meinem Rücken.

Mit zittriger Stimme meldete sich nun auch die Himmelselfe zu Wort: »Eu-Eure Majestät, verzeiht mir, wenn ich dazwischengehen muss, aber unter diesen Umständen erwäge ich, die Verlobung zwischen meiner Tochter und Eurem Sohn zu annullieren.«

Nur ganz langsam drehte sich der König zur Rätin um. Kurz zuckten seine Mundwinkel nach oben, doch gleich darauf wirkten seine Züge wieder wie erstarrt. »Wenn du diese Entscheidung fällen möchtest, dann halte ich dich nicht davon ab!«, tat er lautstark kund. »Es warten bereits zahllose andere heiratswillige junge Frauen, die ihre Seele an den Geist der Unterwelt verkaufen würden, nur um an die Stelle deiner Tochter zu treten. Zumal du dich ebenfalls nach einer neuen Arbeitsstelle umsehen müsstest, denn eine Rätin, die nicht kooperiert, nützt mir nichts.«

Die Hohepriesterin sog scharf die Luft ein, gab jedoch keinen weiteren Kommentar von sich. Allerdings beugte sich nun Prinz Joseph höchstpersönlich zu seinem Vater und flüsterte ihm etwas zu. Ich verstand es nicht, aber kurz darauf bat uns der König, allesamt den Raum zu verlassen. Um alleine mit seinem Sohn zu reden.

17

Mein Vater und ich gingen nervös vor den Türen des Festsaals auf und ab. Keiner von uns beiden sprach auch nur ein Wort. Die anderen Teilnehmer der Versammlung hatten sich längst in alle Richtungen verstreut. Nur wir beide warteten noch auf unsere Schutzpersonen.

Mein Unbehagen stieg ins Unermessliche. *Warum dauert das so lange?*

Aus dem Augenwinkel erkannte ich, dass die Sonne bereits hoch am Himmel stand und selbst aus dieser Entfernung – die Küche war ein ganzes Stockwerk unter uns – erschnupperte ich den Lachs in der Kapern-Senf-Soße und das Mousse au Chocolat, die für das anstehende Mittagessen zubereitet wurden. Mit jedem Ein- und Ausatmen wechselte sich meine menschliche Haut mit den Schuppen meiner Bestie ab. Das Ziehen schmerzte inzwischen sosehr, dass ich die Zähne aufeinanderbeißen musste, um es auszuhalten.

»Ob die beiden wohl über uns reden?«, ertönte unerwartet die Stimme meines Vaters neben mir.

Automatisch schweifte mein Blick zu ihm, als hätten sämtliche Sinne meiner Wahrnehmung einzig und allein auf ein Zeichen von ihm gewartet. Wir sahen uns an. Ich öffnete die Lippen, um etwas zu sagen, da umarmte er mich plötzlich.

Verwundert erwiderte ich die Umarmung, die keine war. Denn mein Vater flüsterte mir etwas ins Ohr: »Thyra, ich brauche deine Hilfe.«

Ich nickte, wenn auch verzögert, und behielt die umstehenden Dunkelelfen im Blick, die uns beobachteten, während mein Vater mit seiner Bitte fortfuhr. »Sobald der König und ich aus deiner Sichtweite sind, musst du fliehen. Lauf so schnell du kannst.«

Ich schluckte und atmete zitternd ein. »Wohin?«

»Zum dunklen Wald Tenerest.«

Mein Herzschlag beschleunigte sich und das Gewicht an meinen Armen und Beinen wurde schwerer und schwerer. Ich traute mich nicht zu fragen, aus welchem Grund er das von mir verlangte. Stattdessen versuchte ich es auf Umwegen. »Das sind fast sechs lange Tagesmärsche.«

Mein Vater drückte mich noch fester an sich. »Ich weiß, mein Kind, ich weiß. Aber du musst den *schwarzen Prinzen* von hier weglocken.«

»Wieso?« Meine Stimme bebte, aber ich konnte nicht anders als zu fragen. »Was hast du vor?« Aber ich wurde jählings unterbrochen. Die Tür sprang auf und der König eilte heraus.

Wir fuhren sofort auseinander. In herrischem Ton kommandierte der König meinen Vater ab, und ohne zu zögern folgte er seinem Befehlsgeber. Mit schnellen, festen Schritten liefen die beiden an mir vorbei. Mein Vater warf mir noch einen letzten Blick zu, bevor er hinter der nächsten Abbiegung verschwand.

Lauf so schnell du kannst. Zum Wald Tenerest, hallten die Worte in meinem Kopf nach. *Du musst den schwarzen Prinzen von hier weglocken.* Mein Herz hatte noch nie so heftig geschlagen.

Ich sah zur Tür, wartete. Traute mich kaum, die Finger um die goldene Fassung zu legen, geschweige denn in den Saal hineinzusehen. Ich wollte nicht wissen, was der König und sein zweitgeborener Sohn besprochen hatten. Wollte nicht herausfinden müssen, dass mein eigener Vater womöglich in diesem Moment zur Rechenschaft gezogen wurde und mich dasselbe erwartete.

Mit einem Mal erschien Prinz Joseph in der Tür und wandte mir sein Gesicht zu. Just in diesem Moment erstarrte ich. Denn der Schattenelf, der nun vor mir stand, war kaum mehr wiederzuerkennen: Er sah derart verstört aus, dass ich glaubte, der König habe ihm eine Ohrfeige verpasst.

Ich wusste abermals nicht, was ich sagen, wie ich mich bewegen oder überhaupt verhalten sollte. Zumal mir Prinz Joseph deutlich machte, dass er meine Dienste für den restlichen Tag nicht mehr benötigte.

Doch ich bewegte mich nicht vom Fleck. Ich war wie gelähmt, während immer und immer wieder die Worte meines Vaters in meinem Kopf auftauchten.

»Wie Ihr wünscht, Eure königliche Hoheit«, war jedoch das einzige, was ich noch von mir gab, bevor ich mich von ihm abwandte und die ersten Schritte Richtung Marmortreppe machte – ob zu meinem Zimmer oder in Richtung des dunklen Waldes Tenerest hatte ich noch nicht entschieden.

Aber so weit kam es nicht. Denn mit einem Mal erklangen stampfende Schritte, die von schabendem Metall begleitet wurden. Soldaten. Überall. Der gesamte Flur barst regelrecht über von ihnen.

Doch sie rannten nicht an mir vorbei.

Nein, sie umzingelten mich und richteten ihre Waffen in meine Richtung. Als hätte ich es vorausgesehen, überraschte mich ihr Auftauchen nicht. Mein gefallener Drache reagierte sofort und legte binnen eines Wimpernschlags seinen gesamten Schuppenpanzer über meine Gliedmaßen, meinen Oberkörper, meinen Kopf … selbst die Dornen sprossen aus meinem Hals.

Womit ich jedoch nicht gerechnet hatte, war Prinz Joseph.

»Schert euch weg von ihr!«, rief er drohend. Mit erhobenen Händen lief er auf die Gruppe von Dunkelelfen zu, während schwarze Magie einen immer dichter werdenden Nebel um seine Finger bildete.

Die Soldaten wichen zurück, wobei sie mich automatisch nach hinten drückten. Näher an die Waffen der hinter mir stehenden Dunkelelfen. In mir zog sich alles zusammen, als das Aroma des Rubinsonnentranks in meine Nase stach.

Mein Basilisk reagierte erneut.

Ein Knurren stahl sich aus meiner Kehle, ließ die Soldaten mit ihren Speeren, Schwertern und Hellebarden noch enger zusammenrücken. Die schwarze Magie des Prinzen hatte sich inzwischen zu einem riesigen Zweihandschwert verfestigt. »Lasst sie frei!«, schrie er. »Sie untersteht einzig und allein *meinem* Befehl!«

Ich hatte ihn noch nie so wütend erlebt, so … *emotional.*

Und ich ahnte es, bevor es passierte.

Niemand von den Bediensteten wich zur Seite. Der Prinz holte in einer so schnellen Bewegung aus, dass er den vordersten Mann traf. Das Schwert schnitt mühelos durch die Rüstung und tief in die Beuge zwischen Hals und Arm. Unter entsetzlichen Gebärden sank der Dunkelelf zu Boden, darunter mischte sich das unerträgliche Zischen, das die schwarze Magie auslöste. Sie brannte sich wie Säure durch die dunkle Haut des Soldaten.

Mit weit aufgerissenen Lidern und erstarrten Gliedmaßen schaffte ich es nicht, wegzusehen, geschweige denn mich umzudrehen. Meine Atmung beschleunigte sich. Ich hatte das Gefühl, zu kollabieren. Der faulige Gestank, der von den nun freiliegenden Rippen des Soldaten aufstieg, ließ mich würgen.

Die Nasenflügel des Prinzen bebten. Sein Blick ähnelte mehr dem eines Wahnsinnigen als einem Mitglied des Königshauses. Gleich einer Antwort verzogen sich seine Lippen zu einem breiten Grinsen, während er dabei zusah, wie das Licht in den Augen des Dunkelelfen erlosch.

Niemand bewegte sich.

Niemand sagte etwas.

Der Schrei des Sterbenden hallte noch Minuten in meinem Kopf nach.

Mein Blick schoss nach oben. Kollidierte mit den flammend blauen Augen des Prinzen. Er starrte mich mit schiefgelegtem Kopf an. Das irre Lächeln galt nun *mir*.

Ich wollte den Männern zurufen, dass sie wegrennen sollten, so weit laufen, wie ihre Beine sie trugen. Damit nicht noch mehr von ihnen ihr Leben verloren.

Aber sie zogen sich nicht zurück.

Stattdessen richtete die vorderste Front ihre Waffen auf den Prinzen. Allein diese Handlung würde ihnen normalerweise den Kopf kosten. Aber diese Art von Vorschrift schien nun außer Kraft gesetzt zu sein.

»Der König befiehlt alle *Mondsklaven* in den Thronsaal«, herrschte einer der Dunkelelfen den Prinzen an. »Mit sofortiger Wirkung!«

Kurz darauf wurden Schilder nach vorne gereicht. In Windeseile hatten die Soldaten eine Formation gebildet und mich im Inneren eingeschlossen. Dunkelheit umfing mich. Und der Duft des Rubinsonnentranks.

Mein Brustkorb hob und senkte sich in einem viel zu schnellen Rhythmus – ich hatte nicht genug Platz, hatte das Gefühl zu ersticken, wollte hinaus. Meine Zunge hatte sich längst verselbstständigt und geteilt, und auch meine Zähne waren spitzer und schärfer geworden. Mittlerweile bohrten sich sämtliche Speere in meine Schuppen, sodass sie mir keinerlei Bewegungsfreiheit ließen. Sollte ich mich rühren, gelang es ihnen womöglich noch zwischen die millimeterdünnen Lücken meiner Schuppen vorzudringen – denn nicht an allen Stellen meines Körpers lag der Schutzpanzer eng an meiner darunterliegenden menschlichen Haut an.

Als sich die Bediensteten in Bewegung setzten, lief ich daher automatisch mit. Ich hörte meinen Namen. Irgendjemand rief mich. Nein, irgendjemand *schrie* nach mir. War es die Stimme des jüngsten Königssohnes?

Ich wusste es nicht. Und ich hatte noch ganz andere Sorgen: Denn der Basilisk in mir drohte, die Kontrolle über meinen Verstand zu übernehmen. Das konnte und wollte ich nicht zulassen – niemand sollte durch mich verletzt werden. Nicht einmal die Soldaten, die blind den Befehlen des Königs folgten.

Bilder holten mich ein. Rückblenden der vergangenen Tage. Zeugnisse meiner abscheulichen Taten. Die Taten einer Bestie.

Plötzlich löste sich die Formation auf. Die Dunkelelfen rückten von mir ab, Licht traf meine Augen und frische Luft gelangte in meine Lunge. Vor mir zeichnete sich der überfüllte Thronsaal mit all den anderen *Mondsklaven* und dem König ab, der vor seinem Platz stand und mich anstarrte.

Neben ihm: Soldat Eion Crassas, Oberhaupt der Palasttor-Wache. Was hatte er dort oben zu suchen?

Mittlerweile zeigte sich auch der gefallene Drache im Inneren meines Vaters durch gewaltige Schuppen, so groß wie eine Männerhand und einem Dornenkranz, der mehr einem Waffenarsenal glich als einer bloßen Zierde. Er stand nicht weit vom König entfernt und wurde von einer Gruppe seiner eigenen Angestellten umzingelt.

Wir wechselten einen Blick. Unsicherheit schwang in seinem mit. Nichtsdestotrotz suchte er den Raum mit den Augen ab, suchte nach einem Hilfsmittel, um die Schar an abertausenden Soldaten zurückdrängen zu können, hielt möglicherweise sogar Ausschau nach einer Fluchtmöglichkeit.

Plötzlich zwangen mich die Soldaten unsanft auf die Knie. Zeitgleich mit meinem Vater und den anderen *Mondsklaven*. Danach legte mir einer der Dunkelelfen Handschellen an. *Magische* Handschellen. Verzaubert durch die Elemente Feuer und Erde. Wenn ich mich bewegte, würden sie enger werden und zu glühen beginnen.

Unter diesen Umständen meine zitternden Hände zu beruhigen, stellte eigentlich ein unmögliches Unterfangen dar. Aber ich war nicht die Einzige, die ein Problem damit hatte, ihre Bestie zurückzuhalten: Denn während Anwa damit zu kämpfen hatte, dass ihre Krallen wuchsen und sie stetig fauchte, überzog Valea inzwischen ein schwarzrotes Federkleid. Ihrem Vater, Soldat Aves, gelang es zwar, sein bestialisches Ich – bis auf ein paar dunkelrote Federn – zurückzudrängen, weniger jedoch das Krächzen, das aus seinem Rachen erklang.

Prinz Steven und Prinzessin Inura erreichten erst jetzt den Thronsaal. Auch sie schienen nicht zu wissen, was geschehen war und warum wir *Mondsklaven* hierher gebracht worden waren. Der Thronfolger wollte zum König, allerdings versperrten die Soldaten ihm den Weg. Vollkommen verwirrt lief er außerhalb der Formation auf und ab.

»Vater!«, rief er aufgebracht. »Was ist geschehen?«

Aber der König antwortete nicht.

Prinzessin Inura bedeckte ihren schreckgeweiteten Mund mit den Händen und stand wie gelähmt in einer Ecke des Raumes. Nur wenige Minuten später fand auch die Stimme des jüngsten Königssohns in den Saal. »Was beabsichtigst du mit diesem Aufstand, Vater?«

Mein Kopf fuhr herum. Ich sah, wie Prinz Joseph versuchte, sich durch die Menge zu drängen. Das aus schwarzer Magie geschaffene Zweihandschwert war jedoch nicht mehr zu sehen.

Plötzlich begannen die Handschellen, enger zu werden und sich zu erwärmen. Jede weitere Bewegung würde die Temperatur nur erhöhen. Ich musste mich ruhig verhalten, wenn ich meine Hände nicht verlieren wollte. Lange würden die Schuppen der immer stärker werdenden Hitze nicht standhalten können.

Wo in aller Welt waren meine Mutter und mein Bruder? Hielt man sie mit den anderen Familienmitgliedern in einem Nebenraum gefangen? Auch fiel mir auf, dass eine Zofe fehlte, eine letzte *Mondsklavin.*

Und Königin Susanna.

Meine Augen weiteten sich. Eine böse Vorahnung breitete sich in meinem Kopf aus. Irgendetwas musste passiert sein. Etwas *Grauenhaftes.*

Ich schaute ohne Umschweife hoch zu Soldat Crassas, auf dessen Gesicht sich ein süffisantes Lächeln ausgebreitet hatte. Wie er dort stand und auf alle hinabblickte – als wären wir nicht mehr wert als der Dreck unter seinen Sohlen.

Der König jedoch richtete den Blick auf seinen zweitgeborenen Sohn. »Du wirst sogleich die gesamte Tragweite dieses sogenannten *Aufstandes* verstehen, Joseph.« Der König verengte die unnatürlich leuchtend blauen Augen mit den silbernen Sprenkeln. »Und dann wirst du deinen Widerstand bereuen.«

Eine weitere Gruppe Dunkelelfen, gefolgt von der alten *Zofe Arachnida*, erschien. Die Mutter der ehemaligen Leibwache des *schwarzen Prinzen.* Und im Gegensatz zu uns anderen *Mondsklaven* war sie in Ketten gelegt worden: Verzauberte Handschellen, Fußfesseln und ein Band aus Eisen lag um ihren Hals. In ihren Gesichtszügen zeigte sich jedoch keinerlei Reue, vielmehr Gleichgültigkeit und fast schon eine berechnende Grausamkeit. Mit unbewegter Miene ließ sie ihre tiefschwarzen Augen durch den Raum schweifen, was durch ihren geschorenen Kopf umso grotesker wirkte. Zu meiner Überraschung hatte sie scheinbar keine Probleme damit, ihre Kristallspinne unter Kontrolle zu halten.

Als die Soldaten sie vor den König positionierten, verstummten alle Anwesenden. Es war als hielten sämtliche *Sklaven des Mondes* die Luft an. Und zum ersten Mal in meinem Leben entdeckte ich, dass sich Hass und Verachtung im Gesicht des Königs spiegelten – die einzigen Emotionen, die ich je an ihm erblickt hatte.

Dann ergriff er wieder das Wort: »Ihr *Mondsklaven* habt euch des Mordes schuldig gemacht. Und des Versuches eines Attentats auf meine Familie – mich eingeschlossen.« Dann lauter, fast schon brüllend: »Ich weiß aus sicherer Quelle, dass dies schon lange zuvor geplant war!«

Alle anwesenden *Mondsklaven* starrten Soldat Crassas an, dann folgte eine quälend lange Stille. Warum hatte ich nichts von diesem Plan gewusst?

»Euch ist sicherlich bewusst«, fuhr der König fort, »dass dies die Höchststrafe nach sich ziehen wird.«

Doch die Antwort darauf war bloß ein verächtliches Lachen der alten Zofe Arachnida. »Du widerlicher Tyrann!« Um ihrer Aussage mehr Gewicht zu verleihen, spuckte sie König Askeelan vor die Füße – angewidert wich er zurück. »Eure Blutlinie existiert nur wegen eines hinterhältigen Plans. Eure Vorfahren haben den *Tag des schwarzen Mondes* ausgenutzt, um uns aus dem Hinterhalt zu überwältigen.« Dann machte die Zofe einen Schritt nach vorne und schrie: »*Wir* sind die rechtmäßigen Erben Hérons! *Wir* sogenannten *Sklaven des Mondes* – diesen Namen habt ihr uns gegeben! – sollten über euch herrschen und nicht-«

»Du hast meine Frau ermordet!«, ging der König brüllend dazwischen.

In diesem Augenblick ertönte ein markerschütternder Schrei.

Nur ganz langsam drehte ich mich um. Die Angst kroch unaufhörlich meinen Nacken hinauf. Mein Puls schoss in die Höhe, als ich erkannte, dass dieser Ausfall von Prinz Joseph höchstpersönlich stammte: Er atmete unregelmäßig und viel zu schnell und wirkte vollkommen verstört. Seine Gesichtszüge waren verzerrt, schwarzer Nebel waberte unkontrolliert aus seinem Körper heraus.

Vorsichtig trat sein Bruder an ihn heran. Mit schreckgeweiteten Augen und gesenkter Stimmlage bat er ihn darum, sich zu beruhigen. Aber in diesem Moment schien es, als wollte der *schwarze Prinz* uns alle vergiften. Denn er ließ sich keineswegs beruhigen.

Stattdessen setzte er einen Fuß vor den anderen. Mit Blick auf die Attentäterin. Immer schneller werdend. Die Soldaten stoben förmlich auseinander. Keiner von ihnen wollte mit der Substanz, die den Schattenelfen nun wie eine dicke schwarze Wolke umgab, in Berührung kommen, geschweige denn sie einatmen.

Das Darauffolgende passierte derart schnell, dass keiner der Anwesenden einzugreifen vermochte: Prinz Joseph stürzte sich auf die Zofe. Diese riss sich im selben Moment mit einem Ruck von den Dunkelelfen los. Blitzschnell drehte sie sich um ihre eigene Achse. Mehrfach. Versuchte auf diese Weise, den Prinzen mit den Ketten zu verletzen. Allerdings war er derart von Wut erfüllt, dass ihn nicht einmal das abhielt. Die Eisenketten schlugen aus, trafen seine Arme und Beine und drohten, auch sein Gesicht zu treffen. Doch er passte zwei von ihnen ab. Ergriff die Ketten so, dass diese mehrmals wie Schmuckstücke seine Arme umschlangen. Jetzt hielt er die Zofe fest. Und sie konnte sich nicht befreien.

Die schwarze Magie kroch in ihre Richtung. Panik zeichnete sich auf ihrem Gesicht ab. Doch die Zofe hatte noch einen Trumpf in der Hinterhand, denn ihre Bestie war noch nicht erweckt worden: Sie ließ sich fallen und zog damit den überraschten Schattenelfen zu Boden. Als er wieder aufsprang, hatte er keinen Menschen mehr in seinem Griff, sondern lediglich eine *menschenähnliche* Gestalt mit einem kristallinen Panzer und riesigen Klauen zwischen dem Kiefer. Mit einem Ruck riss sie dem Prinzen die Ketten aus den Händen. Rote Schlieren prangten nun an seinen Armen, die durch das eingerissene Hemd durchschienen. Der Schattenelf zuckte nicht einmal zusammen.

Der bestialische Kampfschrei der alten Zofe Arachnida klingelte in meinen Ohren und veranlasste die anderen *Mondsklaven* automatisch dazu, gleich einer Antwort zu brüllen, fauchen, krächzen und rasselähnliche Geräusche von sich zu geben. Meine Zunge verselbstständigte sich derart, dass ich glaubte, mich übergeben zu müssen. Es gelang mir nicht, mein Brüllen zurückzuhalten.

Die Dunkelelfen fuhren zusammen und richteten sogleich ihre Waffen gegen uns, drückten wieder gefährlich nahe zwischen meine Schuppen, gegen die verletzbare menschliche Haut. Die Handschellen verengten sich weiter. Erhitzten sich mehr und mehr. Schweiß rann meinen Nacken hinab.

Prinz Joseph hingegen wirkte wie im Rausch. Als würde er von dem wahnsinnigen Geist der Unterwelt geritten, erhob er seine blutenden Arme. Seine Finger zuckten.

Kurz darauf zersprangen die Gefäße um unsere Hälse. Reflexartig schreckten wir *Mondsklaven* zurück. Ich schrie auf, als sich die Hitze der Handschellen langsam aber sicher durch meine Schuppen zu brennen drohte. Und nicht nur ich bekam Probleme mit den Fesseln, einige andere *Mondsklaven* wurden panisch, da lediglich ihr Fell oder ihre Federn sie schützten – beinahe mühelos brannten sich die Handschellen in ihre darunterliegende menschliche Haut.

Die Arme des Prinzen bewegten sich in einer fließenden Bewegung, wodurch er sämtliche Gefäßinhalte zu einer geballten flüssigen Masse verband. Während er sich auf die Zofe Arachnida zubewegte, begann der Rubinsonnentrank sich mit der schwarzen Magie zu vermischen und färbte sich bedrohlich dunkel.

Die Mörderin preschte vor. Öffnete ihre Klauen. Ein rasselähnlicher Kampfschrei ertönte aus ihrem Kiefer. Aber der Prinz ließ sich davon nicht einschüchtern. Stattdessen griff er an und rannte auf sie zu. Führte seine Hände zusammen.

Und zwang ihr das Gift zusammen mit der schwarzen Magie in den Rachen.

Ihre Tochter schrie qualvoll auf.

Hastig wandte ich meinen Blick ab, wollte nicht sehen, wie es die Zofe von innen nach außen verätzte. Mir lief es eiskalt den Rücken hinunter, das Zischen tat sein Übriges. Das Frühstück kam mir hoch. Nur mit Mühe hielt ich es zurück. Die junge Zofe Arachnida weinte bitterlich.

»Das hättet ihr nicht tun sollen!«, erklang noch ein letztes Mal die viel zu tiefe und bestialische Stimme der alten Zofe Arachnida. »Das werdet ihr alle noch bereuen, ihr Ungläubigen!«

Nur wenige Minuten später breitete sich erneut eine grauenhafte Stille aus.

Ich suchte die Augen meines Vaters. Sie waren vor Schreck weit aufgerissen, er wirkte wie erstarrt. Prinz Joseph stand heftig atmend vor der toten *Mondsklavin* – deren Oberkörper teilweise aufgelöst war – und hielt sich die Seite. Fast schien es, als würde er jeden Moment vornüberkippen. Der Gestank von Fäulnis breitete sich im Raum aus. Ich würgte erneut.

»Durchsucht den Palast!«, befahl der König kurzerhand. »Findet ihre Familienmitglieder und bringt sie hierher!« Ungefähr die Hälfte der Soldaten rückte sofort ab, die anderen jedoch näher an uns heran. Mit dem Blick auf meinen Vater gerichtet fuhr der König bedrohlich fort: »Wir haben euch die Chance gegeben, euch zu integrieren. Ich habe all die hohen Stellungen mit Deinesgleichen besetzt und so dankt ihr es mir?«

Mein Vater wich seinem Blick nicht aus, sondern starrte ihn an. Ein bedrohliches Knurren kam aus ihm hervor.

Als Antwort darauf gab der König den Befehl: »Ergreift sie!«

Panisch sprang ich auf. Die anderen *Mondsklaven* duckten sich weg oder zogen an ihren Ketten, um die Soldaten zu Fall zu bringen. Schreie und Blut. Überall Blut. Und diese unerträgliche Hitze an meinen Handgelenken. Trotzdem versuchte ich, mich loszureißen.

Einer der Speere traf mich in die Seite. Ich schrie auf.

»Nein!«, war das Einzige, was ich noch von meinem Vater verstand. Darauf folgten unverständliche Drohgebärden und Gebrüll. Er war nicht mehr er selbst. Das war nicht mehr *seine* Stimme. Sondern die seines gefallenen Drachen. Er brüllte, schlug mehrfach aus und warf sich mit seinem ganzen Gewicht gegen die Soldaten. Die Waffen knickten weg und die Soldaten stürzten nieder. Mein Vater befreite sich, rannte auf mich zu.

Als mit einem Mal sämtliche Anwesenden im Raum zusammenbrachen. *Sklaven des Mondes*, Mitglieder der königlichen Familie, Soldaten … alle wanden sich am Boden, stöhnten vor Schmerz. Ein gleißender Stich zog sich wie eine glühend heiße Nadel durch meine Schädeldecke und explodierte förmlich in meinen Schläfen. Mir gelang es nicht einmal mehr, meine Augenlider offen zu halten. Das Licht im Raum war viel zu hell.

Dann wurde alles schwarz …

18

Schreie zerrissen die Luft. Der Geruch von verkohltem Stoff stieg mir in die Nase. Und noch etwas anderes … Ich öffnete sofort die Augen, als mein Basilisk es erschnupperte: Es war verkohltes *Fleisch*. Und Blut.

Ich setzte mich behutsam auf und hielt mir den Kopf, als meine Sicht verschwamm. Warum war mir so schwindelig? Und warum schmerzte mein Kopf so sehr? Es dauerte einen Moment bis ich registrierte, dass ich mich inmitten des Palastes befand – irgendwo in den obersten Stockwerken, direkt neben dem Marmortreppengeländer, das beschädigt war. Außerdem entdeckte ich rote Striemen an meinen Handgelenken.

Als ich versuchte aufzustehen, brach ich zusammen. Ich sog scharf die Luft ein und hielt mir die linke Seite. Dann kämpfte ich mich wieder nach oben. Sah mich um. Drehte mich um. Und entdeckte, dass die Gardinen durch umgestoßene Gaslampen Feuer gefangen hatten, die Fenster eingeschlagen waren, Teppiche zerrissen und Stücke aus dem Geländer und den Säulen, die die Decke hielten, herausgebrochen worden waren. Draußen herrschte Finsternis.

Das Schlimmste jedoch waren nicht die Schreie, die mich bis hierher erreichten, und die nicht abebbten. Nein, das Schlimmste waren die unzähligen Dunkelelfen, die mit durchtrennten Gliedmaßen vor mir lagen.

Blut.

Es war überall.

Auch auf mir.

Mit zitternden Händen verdeckte ich meinen schreckgeweiteten Mund, Tränen brannten in meinen Augen. Ich schmeckte das Blut an meinen Lippen. Es war frisch. Und es war das unumstößliche Zeugnis meiner Verwandlung.

Ich hatte das getan.

Ich hatte sie alle getötet.

Panisch sprang ich auf, versuchte mir im Wahn die Reste des Zofenkleides vom Leib zu reißen, das über und über mit dunkelroten Sprenkeln versehen war. Schmerz kannte ich nicht. Ich musste es ausziehen, diese Schande von mir waschen und fliehen. Ja, fliehen … das klang nach einem guten Plan. Im dunklen Wald Tenerest würden sie nicht nach mir suchen, geschweige denn sich dort hinein trauen.

Aber was ist mit meiner Familie?

Ich erstarrte. *Ich muss sie finden.*

Das Feuer breitete sich aus. Die Flammen züngelten gefährlich nahe an mir und meiner Kleidung. Mir blieb keine Zeit zu überlegen. Ich wusste ja noch nicht einmal, wo ich suchen sollte.

Ich rannte den Flur entlang. Der sonst so makellose Marmorboden bot nun ein Bild des Grauens – er war blutgetränkt. Unzählige Glasscherben glitzerten im zerstörerischen Feuer wie Tau in der Sonne.

Übelkeit stieg in mir hoch. Ich wollte weiterrennen. Doch ich bremste scharf ab, strauchelte. Betonstücke bröckelten von meinen Füßen durch ein riesiges Loch im Boden. Ich starrte in die Dunkelheit, aus der kein Aufprall zu hören war.

Langsam kamen die Erinnerungen der letzten Stunden zurück und erhärteten meinen verwirrten Zustand. All das konnte unmöglich von mir alleine stammen, die anderen *Mondsklaven* mussten sich auch verwandelt haben. Doch aus welchem Grund? Es war mitten am Tag gewesen und der letzte Vollmond war fast eine Woche her – gerade dann war seine Kraft normalerweise am schwächsten, da der Mond erst abnahm, bevor er wieder zunahm und mehr an Energie gewann.

Vor allem fragte ich mich, warum ich mich alleine hier oben befand. Wo waren die anderen *Mondsklaven*? Die Königsfamilie? Es gab ganz sicher noch Überlebende, sonst würde mich nicht ein solcher Lärm erreichen.

Aber ich irrte mich.

Denn ich war nicht allein.

Und in diesem Moment schien es, als würde die Zeit stillstehen. Die Treppe des Palastes hatte in jedem Stockwerk vier Zugänge und der *schwarze Prinz* stand höchstpersönlich an einem von diesen – direkt gegenüber von mir.

Unsere Blicke trafen sich. Seinen Gesichtsausdruck zu deuten, war mir unmöglich. Keinerlei Regung zeigte sich in seinen Iriden, kein Zucken der Mundwinkel. Er stand bloß da wie eine Statue und atmete.

Das gefiel mir nicht.

Ganz und gar nicht.

Dieser starke Kontrast zu vorher. Nach dem Attentat war er so emotional gewesen. Doch jetzt schien das Feuer in seinen Augen gezügelt worden zu sein und war einer berechnenden Gleichgültigkeit gewichen. Als würde er jeden Moment angreifen und mir all die Qualen zufügen, die er durch uns erleiden musste. Seine Mutter war getötet worden. Von einer von *uns*. Das würde er mir nie verzeihen.

Rechts von mir das Feuer und links von mir das gigantische Loch … mir blieb nichts anderes übrig als ihm direkt in die Arme zu laufen, wenn ich auch nur eine minimale Chance auf ein Wiedersehen mit meiner Familie haben wollte. Vielleicht gelang es mir, ihm zu entkommen, ihn auf irgendeine Art und Weise abzuhängen. Aber dafür musste ich schneller sein. Schneller als *er*.

Ich rannte los. Die Treppenstufen hinunter. Aber der Prinz holte auf. Umgeben von schwarzem Rauch hatte er schon das Plateau des unteren Stockwerks erreicht. Das Adrenalin, das durch meine Adern schoss, spornte mich an.

Ich rannte schneller. Mein Puls beschleunigte sich. Hitze. Überall diese unerträgliche Hitze. Der Prinz kam näher, beide Hände erhoben, auf mich gerichtet. Intuitiv schlug ich Haken, wich ihm aus und hastete an ihm vorbei, die Treppen weiter hinunter.

Kurz wähnte ich mich in Sicherheit, aber nur einen Herzschlag später war er bereits dicht hinter mir. Schwarzer Nebel kitzelte an meinen Wangen, drohte in meine Nase, meinen Mund zu gelangen. Stimmen erreichten meine Ohren. Die Schatten wollten mich zu ihnen locken. Mittlerweile fühlte sich mein Brustkorb an, als wäre er mit abertausenden Nadeln befüllt. Mein Basilisk zeigte sich aber nicht. Keine Schuppen, kein Dornenkranz, nicht einmal ein

Knurren … Ich konnte mich jetzt einzig und allein auf meinen *verletzten*, menschlichen Körper verlassen.

Trotzdem rannte ich weiter. Im Lauf packte ich eine der herumliegenden Metallstangen und ein zersplittertes Stück Holz und warf sie blind hinter mich. Zu meiner Überraschung trafen ihn die Gegenstände. Der Prinz strauchelte und fiel, rappelte sich jedoch im nächsten Moment wieder auf. Merkwürdigerweise wirkte er dabei wie ein stark betrunkener Mann – schwankend und um einiges langsamer lief er hinter mir her, wobei er sich den Kopf hielt. Die schwarze Wolke lichtete sich allmählich.

Doch der Rauch in den Fluren verdichtete sich. Ich hustete und krümmte mich, konnte kaum mehr etwas erkennen. Aber das war mir egal. Meine Familie musste hier irgendwo sein.

Abermals hob ich Bruchstücke auf und warf sie hinter mich.

Allerdings wich der Prinz dieses Mal aus. Und jetzt zeichnete sich Wut auf seinem Gesicht ab. Er holte auf. Der schwarze Nebel auch.

Hektisch bog ich in den ersten Stock hinein. Lief den nächsten Gang entlang, entfernte mich immer weiter von Prinz Joseph. Zur Sicherheit schlug ich weitere Haken. Mir gelang es jedoch kaum mehr, aufrecht zu stehen. Meine Lunge brannte wie Feuer und mein Kopf fühlte sich an, als würde er gleich explodieren. Die Verletzung unterhalb meines Brustkorbs pulsierte unangenehm. Ich bemerkte die sich am Stoff ausbreitende Feuchtigkeit und das Blut, das an meiner linken Hüfte herunterlief. Ich musste eine Pause einlegen und die Wunde versorgen.

Als ich Prinz Joseph nicht mehr sah, suchte ich nach einem Badezimmer. Ich erreichte eines und verschloss die Tür. Eilig riss ich das Fenster auf und kontrollierte die Höhe und eventuelle Auffangmöglichkeiten, für den Fall, dass ich hinunterspringen musste. Direkt unterhalb des Fensters befand sich die Weidenallee.

Keuchend schleppte ich mich zum Waschbecken und hielt mich mit zitternden Händen fest. Ich versuchte meine Atmung zu beruhigen, und drehte den Wasserhahn auf, um meine erhitzten Wangen zu kühlen und meinen Durst zu löschen. Dann drehte ich ihn wieder zu. Hob meinen Kopf. Sah in den Spiegel hinein …

Ich konnte nicht einmal schreien.

Da packte mich der Prinz bereits, öffnete gewaltsam meinen Mund und zwang mir den Rubinsonnentrank in den Rachen. Ich hustete und würgte. Reflexartig hielt ich meinen Hals, als Prinz Joseph von mir abließ. Mein Blut fühlte sich an, als gefröre es in diesem Moment zu Eis, während mein Puls schlagartig sank. Ich hatte Mühe, mein Gleichgewicht zu halten. Ich umklammerte das Waschbecken hinter mir.

Ich starrte ihn an. Er hatte mir den Trank verabreicht, obwohl ich meine Verwandlung längst hinter mir hatte und sich nicht einmal Schuppen auf meiner Haut zeigten – welche Auswirkungen das auf mich und meinen gefallenen Drachen hatte, wusste ich nicht. Zumal die Dosis, die er mir verabreicht hatte, eindeutig zu hoch gewesen war. Der Inhalt von drei Gefäßen wanderte durch meinen Körper.

Eine böse Vorahnung machte sich in mir breit: Der jüngste Königssohn wollte mir keinen schnellen Tod gewähren. Er wollte mich *leiden* sehen.

Ich dachte nicht einmal daran, zu fliehen. Dafür stand er viel zu dicht vor mir. Außerdem drehte sich der Raum um mich.

Der Prinz fixierte mich noch immer mit seinem Blick, musterte mich von meinem Gesicht bis zu den Fußspitzen, bevor er das leere Gefäß achtlos zu Boden warf. Er schien außer Atem und sein Oberkörper krümmte sich leicht, als verspürte er starke Magenschmerzen.

Der Schattenelf verengte seine Augen. Das weiße Hemd war über und über mit Blut bespritzt und an den Armen zerrissen, an denen sich breite, rote Schlieren abzeichneten. Keuchend stützte er sich an dem Waschbecken hinter mir ab und verringerte damit den Abstand zwischen uns. Luft war das einzige, was in diesem Augenblick noch zwischen uns passte.

»Warum hast du mir das angetan?«, fragte er mit belegter Stimme. Dann lauter, fast schon brüllend: »Ich habe dir *vertraut!*«

Unwillkürlich zuckte ich zusammen. Ich schwieg. Ich wusste, dass eine Antwort ihn weder von meiner Unschuld überzeugen noch davon abhalten würde, mich zu töten.

Unmittelbar schloss er zu mir auf, umfasste mein Gesicht mit den Händen. »Antworte«, drängte er, »wenn dein Prinz es dir befiehlt!«

»Ich bin eine Gesetzlose«, entgegnete ich, obwohl meine Stimme zitterte, und riss mich von ihm los. »Euch gehorche ich nicht mehr.«

Schlagartig veränderte sich sein Gesichtsausdruck. Die Iriden schienen ein wesentlich dunkleres Blau anzunehmen, während sich sein Kiefer sichtbar anspannte. Auch wenn mich just in diesem Moment anscheinend der wahnsinnige Geist der Unterwelt ritt, starrte ich ihn erhobenen Hauptes an und ignorierte den nagenden Schmerz in meiner Seite, der mich dazu zwingen wollte, wieder einzusacken.

Mit einem Mal zuckten die Mundwinkel des Prinzen nach oben. »Zurzeit bist du für mich keine Bedrohung.« Er lachte, woraufhin ihm schwarzer Rauch aus der Nase entwich. »Möchtest du deine Aussage eventuell revidieren?«, fragte er, während rauchige Krallen über meine Wangen strichen.

Ich schluckte und wagte es nicht, etwas zu erwidern.

Der Prinz atmete aus. Sein Gesicht näherte sich dem meinen. Sein erhitzter Atem streifte mein Gesicht. »Du besitzt nicht einmal den *Hauch* einer Chance.«

Mein Magen rebellierte, während das Blut immer schneller durch meinen Kreislauf zirkulierte – mein Basilisk spürte die Gefahr, trotz der Sinnestäuschungen, die mit dem Gift einhergingen. Ein gefährliches Knurren entrang sich mir, dass sich leider viel zu mickrig und viel zu leise anhörte.

Der Prinz schob mich verächtlich schnaubend gegen das Waschbecken, schmerzhaft drückte es gegen meinen unteren Rücken. Ich besaß keine Kraft mehr in meinen Armen und Beinen. Trotzdem versuchte ich, ihn von mir zu schieben. Aber Prinz Joseph bewegte sich keinen Millimeter.

»Es war nicht unsere Schuld!«, rief ich aus. »Ihr könnt nicht sämtliche *Sklaven des Mondes* für etwas verurteilen, das eine Einzelne von uns getan hat.«

»Ich bin keineswegs einfältig!«, zischte er. »Ihr seelenlosen Bestien habt diesen Hinterhalt geplant. Ihr wolltet uns alle töten.

Du wolltest *mich* töten! Nur aus diesem Grund suchtest du immer und immer wieder meine Nähe.«

»Nein!«, widersprach ich. »Das ist eine Lüge! Ich-«

»Es ist die Wahrheit!«, brüllte er dazwischen. »Und jetzt liegt mein Heim in Trümmern. Und das ist allein eure Schuld!«

»Ist es nicht!«, hielt ich dagegen. »Wir haben keine Kontrolle über unsere Verwandlungen, können uns nicht einmal an das erinnern, was wir getan haben.«

Prinz Joseph lachte verächtlich auf. »Welche Lügen willst du mir weißmachen? Du törichte Sklavin!« Er spuckte die Beleidigung regelrecht aus. »Du wirst mich nicht von meinem Vorhaben abbringen, euch alle grausame Qualen erleiden zu lassen. Um euch wenigstens einen Bruchteil von dem zurückzugeben, was ich nun hundertfach verspüre!«

In Windeseile wanderte seine Hand zu meinem Haaransatz. Wahnsinn blitzte in seinen Augen auf, als er meinen Kopf zurückzog. »Ihr wolltet uns auslöschen, um den Thron zu besteigen. Einzig und allein ihr unwürdigen Sklaven tragt die Schuld am Tod der Königin«, fauchte er, »meiner *Mutter*!«

Ich sog scharf die Luft ein. Es fühlte sich an, als würden unzählige winzige Nadeln meine Kopfhaut durchdringen. Ich spürte, wie der Basilisk gegen das Gift ankämpfte, als hätte das Blut nicht genug Platz in meinen Adern.

»Ihr *Mondsklaven* werdet die Geister anflehen und darum beten, dass euch die Soldaten meines Vaters zuerst finden.« Ein abscheuliches Grinsen zeichnete sich auf seinem Gesicht ab. »Vor *mir*.«

Pfeilschnell drang die schwarze Magie in meinen Mund, ließ mich würgen und husten und in mir das Gefühl aufkommen, hier und jetzt qualvoll zu ersticken. Sie umhüllte meinen Kopf. Ich sah nichts mehr, fühlte nichts mehr.

Als mit einem Mal ein markerschütternder Schrei ertönte und ich vornüberfiel. Ich hielt mich auf allen Vieren und würgte all die schwarze Magie wieder aus. Gequältes Stöhnen hallte von den Wänden des Badezimmers wieder. Nur verzögert kehrte mein Augenlicht zurück. Mein Kopf schnellte hoch und meine Augen vergrößerten sich. Direkt vor mir lag ein zweihundert Jahre alter, im Kampf erprobter und der schwarzen Magie fähiger Schattenelf und wand sich vor Schmerzen.

»Warum spüre ich nichts mehr?«, krächzte der Prinz. »Was hast du mit mir gemacht?«

Doch ich antwortete nicht, sondern starrte ihn bloß an. Starrte auf meine Hände. Auf ihn. Meine Hände. Ihn. Meine Hände … kämpfte mich hoch, setzte mich auf die Fensterbank und hängte meine Beine nach draußen. Ein letzter Blick zurück. Der Prinz versuchte, nach mir zu greifen.

Dann ließ ich mich fallen.

19

Ich stürzte in eine der Weiden. Holz und Blätter schürften an meiner Haut, ein gleißender Schmerz zog sich durch meinen Körper. Panisch versuchte ich, nach den dünnen, biegsamen Ästen zu greifen. Der Kieselsteinweg kam immer näher.

Mir gelang es zwar, mich festzuhalten. Doch ich rutschte weiter ab und knallte unsanft auf dem Boden auf. Ich sog scharf die Luft ein, krümmte mich zusammen. Meine Arme und Beine brannten wie Feuer, ich spürte, wie sich das Blut an meiner Seite weiter ausbreitete. Mein Zofenkleid wies erhebliche Risse und Löcher auf. Über mir hörte ich den *schwarzen Prinzen*, der verzweifelt meinen Namen rief.

Das machte einige der umherrennenden Soldaten auf mich aufmerksam – schabendes Metall und stampfende Schritte näherten sich mir. Mir blieb keine andere Wahl: Ich musste aufstehen und weiterrennen, wenn ich überleben wollte.

Ich kämpfte mich nach oben. Meine Uniform würde mich beim Laufen nur behindern. Ich raffte den unteren Saum mit der einen Hand, umfasste ein großes Loch mit der anderen. Und riss mit einem Ruck ein gutes Stück meines Kleides ab, das mir jetzt nur noch bis zum Knie ging.

Hastig sammelte ich das Stück Stoff ein – um keine Spuren zu hinterlassen – und rannte weiter. Auch wenn ich aufgrund der Schmerzen kaum einen klaren Gedanken fassen konnte, biss ich die Zähne zusammen und kämpfte mich durch die Weidenallee.

Ich strauchelte, fing mich jedoch rechtzeitig und legte weitere Meter zurück. Die Sinnestaubheit, die durch die hohe Dosis des Gifts ausgelöst wurde, begann stärker zu wirken – es wurde zunehmend schwerer für mich, einen sicheren Schritt zu machen. Die Soldaten, die immer näher kamen, hörte ich nur dumpf.

Mein Basilisk schien wie in einem Tiefschlaf – wie sollte ich mich auf diese Weise nur verteidigen? Und wo sollte ich bloß meine Familie suchen? Sie könnten in alle Richtungen verstreut sein oder schlimmer … Aber daran wollte ich nicht denken.

Plötzlich klatschte ich der Länge nach hin. Zog mir weitere Schürfwunden zu. Keuchte. Versuchte, mich aufzustützen, dann aufzusetzen, aber es misslang mir. Mein Kopf fuhr herum. Ein Dutzend Soldaten umkreiste mich, der Anführer der Gruppe wies mit einem Schwert auf mich. »Es hat keinen Zweck zu fliehen. Wir sind eindeutig in der Überzahl.«

Panisch drehte ich mich auf den Rücken. Griff kopflos nach dem Stück Stoff und riss die Arme hoch. Ich wusste nicht einmal, was ich damit tat – ich konnte ja noch nicht einmal aufstehen. Kampflos aufgeben wollte ich dennoch nicht.

Jählings trat einer der Soldaten vor. Und trennte mit einem gekonnten Schlag seines Schwertes den Kopf des Anführers von dessen Körper. Noch bevor die anderen Männer darauf reagieren konnten, stach der Angreifer zwei weitere nieder. Erst jetzt schienen die Soldaten aus ihrer Schockstarre zu erwachen und gingen auf ihren vermeintlichen Kameraden los. Zwar streiften sie ihn einige Male, doch auch sie gingen nach ein paar gezielten Schlägen zu Boden. Bewusstlos oder tot … ich wusste es nicht.

Der einzige noch stehende Dunkelelf lief auf mich zu. Hastig versuchte ich, von ihm wegzurobben. Aber er erreichte mich natürlich und kniete sich neben mich. »Thyra? Du bist verletzt! Geht es dir gut?« Eine viel zu hohe Stimme erreichte mein Gehör – lag es an dem Gift, das meinen Verstand vernebelte oder beugte sich gerade eine *weibliche* Dunkelelfe über mich?

Ich blinzelte mehrfach, da meine Sicht verschwamm. »W-wer bist du? Warum hilfst du mir?«

»Das erkläre ich dir später, zuerst müssen wir … Thyra? Thyra! Hörst du mich? Bleib bei mir!«

Binnen Sekunden umhüllte mich Finsternis. Alle Geräusche verebbten bis mich lediglich Stille umfing. Dann verlor ich das Bewusstsein … Erneut.

20

Ich hörte das Rauschen und Brechen von Wellen, noch bevor ich meine Augen öffnete. Salzluft stieg mir in die Nase. Etwas juckte. Dann musste ich so heftig niesen, dass ich meine Lider aufriss und prompt aufrecht saß – im Sand, den Blick auf das Meer gerichtet und das mitten in der Nacht, die von einem sternenklaren Horizont begleitet wurde.

»Den Naturgeistern sei Dank, du bist endlich wach.«

Ich sprang auf.

Atemlos starrte ich auf einen Elf, der wortwörtlich mit der Dunkelheit verschmolz, und auf einen Phönix, der mit seinem rötlich-orangefarbenen Gefieder im Gegensatz dazu wie ein Leuchtfeuer wirkte. Auf seinem armlangen Schnabel saß eine Fee und selbst in seiner liegenden Position überragte er mich mit seinem Schwanenhals.

»W-wer b-bist du?«, fragte ich mit zittriger Stimme, während ich versuchte, mich zu orientieren und meine Möglichkeiten für eine Flucht abzuwägen. Aber ich wusste nicht, wo ich war, noch wusste ich, wer hier vor mir saß. Einzig und allein helle, violette Iriden in dem dunklen Gesicht des Elfen konnte ich ausmachen, und eine Rüstung in derselben Farbe, die im Licht der Gestirne schimmerte. Also musste ich es mit einem von König Askeelans Soldaten zu tun haben.

Der Dunkelelf verlagerte sein Gewicht und griff hinter sich. Reflexartig machte ich einen Satz nach hinten. Kein Ziehen, keine Schuppen, kein Rumoren in meiner Magengegend oder ein Knurren, das in meiner Kehle wartete … meine innere Bestie schien wie bewusstlos. Wie sollte ich mich nur auf diese Weise verteidigen?

»Was hast du mit meinem Basilisken gemacht?«, brachte ich unter zusammengebissenen Zähnen hervor. Ballte die Fäuste. Jeder meiner Muskeln war angespannt und trotzdem … als wäre die Verbindung zwischen meinen beiden Seelen gekappt worden.

Zu meiner Verwunderung hielt der Dunkelelf jedoch ergeben seine Hände hoch und erhob sich nur mit äußerster Vorsicht aus dem Sand. In der einen Hand hielt er etwas, das verdächtig nach einem Stück Kartoffelbrot roch. »Ich weiß nicht, was mit dir – mit *uns* – passiert ist. Ich habe dich erst im Palastgarten gefunden und deinen Allerwertesten vor den Marionetten des Königs gerettet. Erinnerst du dich?«

Ich erinnerte mich *nicht*.

Zumindest nicht im Ganzen, sondern nur bruchstückhaft.

»Maijin. Mein Name ist Maijin. Und du hast bestimmt Hunger.«

Ich blinzelte verwirrt. Frauen waren zwar Bedienstete des Palastes, aber kein Teil der königlichen Armee. Warum war ausgerechnet eine weibliche Dunkelelfe mit mir im sprichwörtlichen Nirgendwo? »Ich kenne niemanden mit diesem Namen«, antwortete ich und machte einen großen Schritt zurück. Ich verkrampfte, als mein Magen – dieser Verräter – zu knurren begann.

Die Dunkelelfe näherte sich noch ein wenig und blieb erst dann stehen, als das Licht des abnehmenden Mondes ihre Gestalt erhellte. Dann nahm sie ihren Helm ab – sie wirkte androgyn, was durch die kurzen, schwarzen Haare noch verstärkt wurde, die ihr in Fransen in die Stirn fielen. »Die Königin wurde ermordet. Von der alten Zofe Arachnida«, erklärte sie. »Prinz Joseph hat daraufhin den Verstand verloren und sie getötet. Und dann … ich habe ehrlich gesagt keine Ahnung, was dann passiert ist«, erzählte sie schulterzuckend weiter und grub sich damit immer tiefer in meine Erinnerungen hinein. Als wolle sie eine längst verschlossene Wunde wieder aufreißen, und schmerzhaft Stück für Stück meine Erinnerungen freilegen. »Ich bin irgendwann aufgewacht, habe dir – wie gesagt – deinen Hintern gerettet, nachdem du … es sah so aus, als wärst du aus einem Fenster gesprungen, nicht weit von mir entfernt.«

Ich schüttelte den Kopf. Atmete viel zu schnell, während ich an mir heruntersah und die gerissene Zofenuniform erkannte, deren Stoff mir nur noch bis zu den Knien reichte. Jetzt sah ich auch die Schnitte, die Blutergüsse, die Schürfwunden … mit einem Mal kam all der Schmerz wieder zurück.

Doch er rührte nicht *ausschließlich* von den Verletzungen.

Abrupt fiel ich in mich zusammen und schrie.

In die Hand der Dunkelelfe hinein, die mich fest umklammerte und immer wieder flüsternd wiederholte, dass ich nicht alleine sei, dass sie bei mir sei, für mich sorge. Nur dass ich doch bitte, bitte, *bitte* aufhören solle. Mich beruhigen solle. Bevor uns die Soldaten des Königs fänden.

Oder schlimmer.

Bevor der *schwarze Prinz* uns fand.

Mein Herz schlug so laut, so laut, so laut … ich hatte das Gefühl, gleich zu kollabieren. Panisch schubste ich Maijin von mir weg, wollte wie im Wahn davonrennen. Doch sie hielt mich fest, redete wieder auf mich ein – mit denselben Worten.

Ich zitterte am ganzen Körper.

»Ich muss sie finden, Maijin!«, erklärte ich heiser und versuchte mit aller Kraft, ihr meinen Arm zu entziehen. Aber sie war stark. Zu stark für jemanden, der bloß die häuslichen Pflichten des Palastes, wie schmutzige Wäsche zu waschen, übernommen hatte.

Und sie verstand mich nicht, obwohl ich der festen Überzeugung war, dass sie wusste, wovon ich sprach. Verwundert zog sie ihre Brauen zusammen. »*Wen* musst du finden, Thyra?«

Einen ganzen Augenblick lang sagte ich nichts, da ich meine Stimme nicht wiederfand. »Meine Familie.« Für den ersten Moment glaubte ich sogar, ich hätte diese zwei Worte nur in meinem Verstand gehört.

Aber Maijin schüttelte den Kopf. »Du kannst sie nicht finden, wenn du nicht einmal weißt, wo du suchen sollst.«

»Sie sind im Wald Tenerest, ganz sicher.« Schon wieder überschlug sich meine Stimme. Hitze stieg mir zu Kopf und Schwindel ereilte mich. Trotzdem zog ich weiter, wollte mich unbedingt aus ihrem Griff befreien. »Ich muss-«

»Du kannst da nicht hin!« Die Dunkelelfe packte jetzt auch mein anderes Handgelenk, umgriff dann meine Schultern und brüllte beinahe, als sie mich schüttelte. »Thyra, beruhig dich! Wir können sie nicht suchen. Wir müssen uns verstecken! Prinz Joseph hat Teile des ersten Rings unter einer riesigen Nebelschicht aus schwarzer Magie begraben.«

Ich erstarrte. Wagte es nicht, mich zu bewegen. »Was …?«, war das einzige, was ich in diesem Moment über meine Lippen brachte. Es fühlte sich an, als wäre mit einem Mal nichts mehr in mir … keine Trauer, keine Wut, keine Verzweiflung … bloß Leere.

Nur ganz langsam ließ Maijin mich los und wartete einen Moment. Beobachtete mich, bevor sie wiederholte. »Klee hat die anderen Feen kontaktiert, die nach Überlebenden suchen.« Doch ihre Mimik verriet, dass sie nicht einmal selbst daran glaubte. »Bisher weiß aber niemand, wo die anderen *Mondkinder* sind.« Das war das erste Mal, dass mich jemand mit dieser Bezeichnung betitelte. »Prinzessin Inura und ihr Vater Aylên sind auch verschwunden. So wie Morlock, der Vorstand der Zwerge. Zumindest hat man ihre Leichen nicht gefunden.«

Ich wusste nicht, was ich zuerst ansprechen sollte. Wo ich beginnen, wo aufhören sollte. Erschöpft sank ich zu Boden und versuchte Worte zu finden, mit einer Zunge, die keine aussprechen wollte.

Also machte mein Gegenüber einfach weiter und erzählte so viel und so schnell, dass es sich zwischenzeitlich wie das Rauschen des Meeres anhörte. Sie erklärte mir, dass wir uns am südlichsten Punkt im freien Land Arûn befanden. Es war das einzige Gebiet neben dem dunklen Wald Tenerest, in dem es nur die unberührte Natur mit ihren Bewohnern – den Burumas, Phönixen, Nebelwölfen und Schattenkatzen – gab. Maijin hatte seit dem Vorfall im Palast nicht einmal geschlafen – und das war jetzt zwei Tage her. Aber an Schlaf war auch gar nicht zu denken, schließlich waren wir auf der Flucht. Und schon wieder hielt sie mir das Stück Kartoffelbrot hin und beteuerte, ich müsse wieder zu Kräften kommen. Weil sie mich brauche. Weil ich am Leben bleiben müsse, um noch größeres Unheil abzuwenden. Nur widerwillig biss ich in das trockene Brot hinein, das ich mehrmals zerkauen musste, bevor ich es mit einem großen Schluck Wasser aus einer Flasche herunterschluckte.

Ich hatte mich noch nie im meinem Leben so hilflos gefühlt.

So ratlos.

So … *menschlich.*

Und dann erzählte sie mir von den *Friedensphönixen*: »Für uns seid ihr die *Kinder des Mondes*, nicht seine Sklaven. Eure Kräfte sind ein Geschenk, keine Bestrafung. Und ihr seid die Verbindung zwischen den Menschen und uns besonderen Wesen. Ihr erhaltet das Gleichgewicht. Deshalb müsst ihr beschützt werden. Euer Tod bedeutet auch für uns das Ende.«

Verbittert lachte ich auf. Für mich klangen ihre Ausführungen so, als hätte sie sie geradewegs einem Märchenbuch entnommen. »Das meinst du nicht ernst, oder?«

Die Dunkelelfe blinzelte. »Wieso sollte ich dich anlügen?«

»Warum habe ich noch nie etwas von diesen *Friedensphönixen* gehört?«

Die Dunkelelfe schnaubte. »Glaubst du wirklich, der König will, dass jemand von uns weiß? Auch über die Rebellen gab es Geschichten – bis alle Bücher über die *Friedensphönixe* verbrannt wurden.«

Ich konnte noch immer nicht glauben, was ich in diesem Moment hörte. Mir gelang es nicht einmal, die Informationen richtig einzuordnen. Alles schien sich zu widersprechen. »W-warum hat mir mein Vater nie etwas gesagt?« Ich schüttelte den Kopf. »Er hat nicht einmal *versucht*, seine Unschuld zu verteidigen.«

»Es stimmt. Er war …« Ich zuckte zusammen und Maijin verbesserte sich sofort. »… *ist* ein *Friedensphönix*. Wie all die anderen erwachsenen *Mondkinder.*« Dann jedoch seufzte sie. »Eigentlich war geplant, dass – wenn etwas schiefgehen sollte – trotz allem die Blutlinien der einzelnen Familien fortbestehen.«

Die Verbitterung meinerseits verstärkte sich. Ich verschränkte die Arme. »Natürlich. Die anderen haben sich sicher darum *gerissen*, die Cerrejonensis-Blutlinie aufrechtzuerhalten.«

Maijin kratzte sich verlegen am Hinterkopf. »Manche haben eben Angst vor dem, was sie nicht kennen. Aber ihr *Mondkinder* seid auf gewisse Weise miteinander verwandt«, versuchte mein Gegenüber zu erklären. »Und sie halten lieber zusammen, als sich zu einem wahnsinnigen König zu bekennen, der ebenso wahnsinnige Kinder hat und das ganze Volk mit seinem Wahnsinn kontrolliert.«

Mir blieb beinahe die Luft weg. »Das heißt, das war tatsächlich ein Himmelfahrtskommando?«

»Eigentlich nicht.«

»Was meinst du damit?«

Die Dunkelelfe rollte mit den Augen. »Niemand hat *geplant*, bei diesem Attentat draufzugehen.« Ihr Mund verzog sich zu einer dünnen Linie. »Aber Crassas ist uns in den Rücken gefallen. Dabei wollten wir genau dann angreifen, wenn sie es am wenigsten erwarten. Kurz vor Vollmond ist der Palast ja voll mit irgendwelchen dahergelaufenen Adelsfritzen, weil sie mit einem Angriff rechnen.«

Erneut verkrampfte sich alles an mir, als ich an den Thronsaal zurückdachte und wie der Nachfahre der Skorpixe neben König Askeelan gestanden und auf uns alle herabgeblickt hatte.

Die Dunkelelfe schnaubte und schüttelte den Kopf, schien fast schon mit sich selbst zu reden. »Ich kapiere das nicht ... wieso hat er so lange darauf gewartet? Warum hat er uns nicht gleich verraten?«

Inzwischen hatte sich auch Klee zu uns gesellt. »Möglicherweise um des Chaos' Willen«, rätselte sie mit ihrer glockenhellen Stimme. Die braunen, krausen Locken wirkten, als würde die Fee fast nur aus Haaren bestehen. Sie war nicht einmal so groß wie meine Hand.

Eine ganze Weile verfielen wir in Schweigen. Gedankenverloren musterte ich den Phönix, der sich verdächtig ruhig verhielt. Lag es vielleicht daran, dass die Verbindung zu meinem Basilisken getrennt war? Ein kalter Schauer fegte über mich, als ich mich an die letzten Stunden mit Prinz Joseph erinnerte – und daran, dass mein Vater Thassillo mich kurz zuvor um etwas gebeten hatte.

»Bei dem Attentat sollten alle Mitglieder der Königsfamilie getötet werden.« Das war keine Frage gewesen, und es auszusprechen fühlte sich merkwürdig an. Mein Herzschlag beschleunigte sich. Immer mehr Bilder des *schwarzen Prinzen* tauchten in meinem Inneren auf. Wie er mich anstarrte, wie nah ich neben ihm stand, wie unsere Finger sich berührten ... ich spürte seine Präsenz derart stark, als säße er direkt neben mir.

»Ja, alle«, bestätigte Maijin und holte mich damit wieder aus meinen Gedanken zurück. Meine Finger erkalteten immer mehr.

»Deshalb sollte ich Prinz Joseph zum Wald Tenerest bringen«, sprach ich weiter. »Weil er nicht mehr hinausgefunden hätte.«

Maijin nickte. »Es ist die einzige Möglichkeit, jemanden wie *ihn* zu töten. Mit Hilfe der Waldbewohner.«

Und damit meinte sie höchstwahrscheinlich weder die Kristallspinnen noch die Skorpixe oder die Rauchbären.

»Aber warum sollte ausgerechnet *ich* ihn weglocken?«

Die Dunkelelfe runzelte die Stirn. »Es kann doch nicht sein, dass dir nie aufgefallen ist, wie er dich angeschaut hat.« Ich spürte, wie meine Wangen feuerrot wurden und war dankbar dafür, dass es dunkel um uns herum war. »Die anderen *Mondkinder* haben nicht nur dich allein beobachtet. Sondern euch beide. Uns allen war von Anfang an klar, dass du diese Aufgabe übernehmen musst. Du hattest eine ganz eigene Wirkung auf ihn …«

Das Blut rauschte in meinen Ohren. Ich fixierte nur noch den Boden. Mir war so warm, so warm, so unendlich warm … Hastig versuchte ich, das Thema zu wechseln und lenkte wieder auf das ursprünglich geplante Attentat.

Ich bemerkte, wie die Dunkelelfe und die Fee mich musterten, bevor Erstere fortfuhr: »Eigentlich wollten wir Prinz Steven sogar verschonen, wenn er sich ergeben hätte. Er ist das einzige Königsmitglied mit Verstand und Herz. Wie Inura, die sowieso auf unserer Seite ist – genauso wie Aylên. «

Mit einem Mal ging mir ein Licht auf: Deshalb hatte der Heiler nichts angemerkt, als ich den Prinzen wegen meines angeblich verletzten Knöchels angelogen hatte. Ich konnte einfach nicht glauben, dass es tatsächlich Personen gegeben hatte, die zu mir hielten und mir halfen.

Plötzlich wurde mir ganz mulmig zumute. »Warum habt ihr die Königin nicht verschont?«

Mein Herz zog sich zusammen bei dem Gedanken an die Zeit im Mutter-Kind-Raum. Es war, als klaffe in meiner Brust eine riesige Lücke, die ich nie wieder zu flicken vermochte. Als wäre es meine eigene Mutter gewesen, die der alten Zofe Arachnida zum Opfer gefallen war.

Irgendetwas stimmte nicht. Warum fühlte ich einen so entsetzlichen Schmerz, wenn ich an Königin Susanna dachte?

Mein Gegenüber jedoch winkte bloß ab. »Wenn du wüsstest, was sie vor deiner Zeit getan hat, würdest du anders denken. Aber das ist jetzt nicht mehr wichtig. Susanna ist tot und ihre Taten sind über fünfzig Jahre her.«

Klee nickte zustimmend. Und ich traute mich nicht, nachzufragen. Vielleicht aus dem Grund, weil Maijins Worte keine Widerrede zuließen.

Vielleicht lag es aber auch vielmehr daran, dass ich es nicht wissen wollte. Dass ich nicht wollte, dass mein Bild dieser herzlichen und aufgeschlossenen Frau zerstört wurde. Außerdem gab es jetzt es Wichtigeres.

»Wo fliegen wir hin?«, hakte ich nach, den Blick auf den Phönix gerichtet.

»Zum Nubilates-Gebirge im Osten«, antwortete Maijin wie selbstverständlich. »In den tiefen Höhlen der verschneiten Berge findet uns niemand. Die Rebellen wohnen da schon eine halbe Ewigkeit, weil alles außerhalb von den Ringen als unbewohnbar gilt, was natürlich nicht stimmt.« Lächelnd zwinkerte sie mir zu. »Wir haben sogar William retten können.«

Fast wie von selbst stahl sich das goldene Geflecht an ihrem Ringfinger in mein Blickfeld. »Meinst du deinen Mann?«

Verwundert hob Maijin ihre Brauen und lachte, während ich noch immer ihre rechte Hand musterte. »Ich habe keinen Mann. Dieser Ring ist ein Geschenk von Prinzessin Inura.«

Jetzt starrte ich die Dunkelelfe an.

»Was? Die Thronfolgerin und du …«

»… sind verheiratet. Ganz genau«, ergänzte sie grinsend. »Steven und sie führen nur eine Scheinehe. Wir lieben uns und haben uns unter dem Segen des Hohepriesters der *Friedensphönixe* getraut.«

»Und Prinz Steven …« fing ich den Satz in der Hoffnung an, jemand würde es ergänzen. Das übernahm dann auch die Fee: »Es ist Nole.«

Meine Augen vergrößerten sich. »Nole Lupus? Der Thronfolger liebt einen *Mondsklaven*?«

Sowohl Klee als auch Maijin nickten zustimmend.

Und dann erzählten sie mir von William: Dem Menschen, den ich mit meinem absolut schlechten Schauspiel gerettet hatte. Der Mensch, der eigentlich manipuliert sein sollte, es aber nicht war.

Weil er immun war.

Gegen die schwarze Magie.

Ich fand keine Worte, keine Stimme für das, was ich fragen, was ich wissen wollte. Zu viel. Zu viele Informationen. Es waren viel zu viele Informationen, die mir leider nicht Stück für Stück preisgegeben, sondern regelrecht in meinen Schädel eingehämmert wurden.

Nichtsdestotrotz redeten Maijin und Klee weiter. Sie sprachen von dem Morgen, an dem Prinz Joseph und ich in den Kerker heruntergekommen waren und die neu manipulierten Menschen überprüft hatten. Und wie ich gemerkt hatte, dass etwas nicht stimmte.

Maijin tätschelte ihren Helm. »Ich habe mich bei den Soldaten, die für die Transporte zuständig waren, eingeschlichen. Ich habe es gesehen. Euren Blickkontakt.«

Abermals wurde mir ganz mulmig zumute. Ich kniff die Augen zusammen und rieb mir die Schläfen. Als ich jedoch die Lider wieder öffnete, zuckte ich zusammen. Direkt neben mir saß der junge Kellner mit dem kurzen blonden Haar und den vertrauenerweckenden braunen Augen, die merkwürdigerweise an ein scheues Reh erinnerten. Selbst seinen Geruch, die Schweißperlen gepaart mit seinem fruchtigen Parfüm, nahm ich wahr.

Hastig rieb ich mir die Augen. Das bildete ich mir ganz sicher ein. Er war nicht hier. Konnte nicht hier sein. Schließlich waren wir auf einem freien Feld. Es gab keine Bäume, die ihn hätten verdecken können, bloß Sandhügel, hinter denen wir uns versteckten.

Ich schloss ein weiteres Mal meine Augen und öffnete sie erneut. Und erkannte, dass tatsächlich niemand neben mir saß. Ich blinzelte noch eine Weile in die Dunkelheit hinein, bevor ich Maijin darum bat, mir noch etwas von dem Wasser zu geben.

»Wie hast du ihn dort herausgeholt?«, versuchte ich von der Tatsache abzulenken, dass mir mein Verstand immer heftigere Streiche spielte – jetzt glaubte ich sogar, genau zwischen dem *schwarzen Prinzen* und William zu sitzen. Sie beide sahen mich an.

Nur mit Mühe unterdrückte ich das Bedürfnis, loszuschreien.

Die Dunkelelfe bemerkte, dass ich krampfhaft den Sand vor mir anstierte. »Alles in Ordnung, Thyra?«, hakte sie nach und rückte vorsichtig an mich heran.

Abwehrend hob ich eine Hand. »Bitte, komm mir nicht zu nah«, warnte ich sie. »Ich … glaube, das sind die Nachwirkungen des Gifts. Ich …« Ich schüttelte den Kopf. »Bitte … sprich weiter. Lenk … lenk mich bitte ab.«

Doch mit einem Mal kam es über mich. Ich konnte nichts dagegen unternehmen, dass mir Tränen in den Augen brannten. Es war zu viel. Viel zu viel. Immer und immer wieder schüttelte ich den Kopf; konnte nicht aufhören zu fragen, warum das alles passiert war. Und egal, wie sehr ich es wollte, ich konnte einfach nicht aufhören zu weinen.

Der Tränenschleier ließ meine Sicht verschwimmen, aber ich spürte, wie mich jemand umarmte. Es musste Maijin sein, die mir beruhigende Worte zuflüsterte. Dankbar, dass ich jemandem vertrauen konnte, erwiderte ich die Umarmung, während mich heftige Schluchzer schüttelten und ich nicht wusste, ob ich wohl jemals meine Familie wiedersehen würde.

21

Vor Erschöpfung musste ich schließlich eingeschlafen sein. Es war kein tiefer Schlaf, und doch fand ich nur mühevoll hinaus. Trotzdem mussten wir weiterfliegen, als die ersten blassgelben Sonnenstrahlen über den Horizont krochen. Der Sand verschob sich mit jedem meiner Schritte, die sich anfühlten, als wäre ich einhundert Jahre nicht mehr gelaufen.

Maijin half mir auf ihren Phönix, nachdem sie ihm das Zaumzeug angelegt hatte, das auch bei den Burumas verwendet wurde. Danach stieg sie hinter mir auf, drapierte die Zügel um meinen Körper und verstaute Klee behutsam in ihrem Beutel, damit sie beim Flug nicht davongeweht wurde – eine kleine Luftöffnung ermöglichte der Fee genug Sauerstoff.

Die Dunkelelfe gab ein paar knackende Geräusche von sich, woraufhin der Phönix mit einem Krächzen antwortete, sich erhob und seine gigantischen Flügel ausbreitete. Er schüttelte sich und begann loszulaufen. Ich spürte die seidenweichen Federn unter mir, die im Licht der aufgehenden Sonne wie ein flammendes Meer glänzten. Beim Anlauf wurde ich von einer zur anderen Seite geworfen, krampfhaft hielt ich mich an den Zügeln fest und drückte mich an Maijin.

Dann schoss der Vogel in die Höhe. Der Wind fegte durch meine Haare. Und der Geschmack von Wolken schien an meiner Haut zu kleben.

Zu Beginn des Fluges konnte ich noch Teile des freien Landes Arûn entdecken – die Sanddünen, die hohen Gräser und einzelnen Bäume mit ihren ausufernden Baumkronen –, doch je weiter wir kamen, desto weniger sah ich, was sich unter mir befand. Inzwischen wirkten die Wolken schwer und regenschwanger.

Plötzlich verloren wir an Höhe. So schnell wie vor unseren Augen eine Gesteinswand auftauchte, so schnell war Maijins Phönix in eine Felsspalte gestürzt. Aber er strauchelte derart, dass er der Länge nach hinfiel. Der Dunkelelfe gelang es, rechtzeitig abzuspringen und die

Fee schwebte wie von selbst aus der Taschenöffnung nach oben. Ich hingegen kullerte vom Rücken des Vogels herunter und landete mit der Nase voran auf dem Gesteinsboden.

Mit schmerzverzerrtem Gesicht drückte ich mich nach oben. »Was … wie … ist *das* denn passiert?«

Maijin eilte zu mir und half mir auf. »Runa hat zu spät abgebremst.« Seufzend verdrehte sie die Augen. »Immerhin sind wir endlich da!«

Klee schwebte mittlerweile zwischen unseren Köpfen, wobei mich Maijin um mindestens einen überragte. Ich würde mich wohl nie richtig daran gewöhnen, wie *groß* Elfen waren.

»Schneller als gedacht«, beteuerte Klee. »Wir haben von Arûn nur einen halben Tag hierher gebraucht.«

Ich blinzelte verwundert. »Hierher?«

»Bereit für das Lager der Rebellen?«, fragte die Dunkelelfe und zog mich lächelnd weiter in die Felsspalte hinein. Die Wände ragten bis hoch in den Himmel und ließen kaum mehr das Tageslicht hinein. Zwischenzeitlich wurde es so dunkel, dass ich die eigene Hand vor Augen nicht mehr erkannte. So tappten wir eine ganze Weile im Dunkeln und ich fragte mich, wie tief wir bereits in den Berg vorgedrungen waren.

Kurz darauf erreichte uns wieder mehr Licht, sodass ich einen gelben Vorhang ausmachen konnte, dessen Farbe bereits stark verblichen war. Eilig schob Maijin ihn beiseite und präsentierte mir … nein, es war definitiv *kein* Lager. Das, was ich vorfand, ähnelte fast schon einer Stadt. Die Zwerge hatten mit ihren Erdbaufähigkeiten ganze Arbeit geleistet: Zahllose Steinhäuser ragten aus dem Boden und an ihren glaslosen Fenstern waren Vorhänge drapiert worden, deren Farben darauf schließen ließen, wer in besagtem Haus wohnte. Elfen jeglicher Art, Zwerge, Magier und Feen … sie alle lebten in friedlicher Eintracht miteinander auf ein und demselben begrenzten Raum.

Als mich einige der Bewohner bemerkten, drehten sie sich vollständig zu mir um, verdeckten mit ihrer Hand das linke Auge und nickten einmal, bevor sie wieder ihren Weg fortsetzten.

Erstaunt blieb ich stehen und fragte Maijin, was diese Begrüßung bedeutete.

Auch sie blieb stehen, stemmte die Hände in die Hüften und grinste: »Das verdeckte Auge soll euer auffälligstes Merkmal darstellen und das Nicken beweist, dass sie ein Teil eurer Anhängerschaft sind – die Anhänger der *Mondkinder.*«

Ich runzelte die Stirn. »Ich … Aber …« Mir fielen nicht die richtigen Worte ein, um angemessen darauf zu reagieren. Zumal weitere Personen an uns vorbeiliefen und ebenfalls ihr linkes Auge verdeckten. So als würden sie es vom Licht, das durch mehrere Öffnungen in der Decke fiel, abschirmen wollen und mit der Dunkelheit nähren.

Und während mich Maijin durch das Lager der *Friedensphönixe* führte, kam ich aus dem Staunen nicht mehr heraus. Die Ausläufer eines Flusses führten direkt hinein, wodurch es immer frisches Wasser zum Waschen, Kochen und Trinken gab. Das angebaute Gemüse und Getreide, das zwischen den ganzen Behausungen wuchs, wurde durch die Öffnungen in der Decke mit Sonnenlicht und Regenwasser versorgt. Maijin erklärte mir außerdem, dass sich nichts an den zugewiesenen Aufgaben geändert hätte: Die Lichtelfen zum Beispiel taten noch immer das, was sie am besten konnten – heilen. Die Wald- und Nachtelfen kümmerten sich um Nahrung und Wasser, und die Magier sorgten für ausreichend Wärme im Winter. Ich entdeckte auch einige Himmelselfen, die – laut Klee und Maijin – mit ihren Luftfähigkeiten die größten Stürme vom Lager abhielten und ihr umfangreiches Wissen weitergaben. Zudem gab es ein Steinhaus mit einem Dutzend Kristallkugeln, die von den Dunkelelfen bewacht wurden.

»Schließlich müssen wir ja auf dem Laufenden bleiben«, erklärte Maijin. »Du glaubst gar nicht, wie lange wir dieses Attentat geplant hatten.« Abermals verdrehte sie die Augen. »Es hat *ewig* gedauert, bei den königlichen Säcken überhaupt einen Fehler zu finden … es war, als ob sie uns immer einen Schritt voraus wären.«

Das kommt mir irgendwie bekannt vor …

Schnell schüttelte ich den Gedanken ab, da ich schon wieder das Gefühl hatte, der *schwarze Prinz* stünde direkt neben mir. Augenblicklich stellten sich mir die Nackenhaare auf.

»Warum lebt ihr in einem Berg und flüchtet nicht zu den Menschen?«, fragte ich.

»Ist das nicht offensichtlich?«, entgegnete Maijin und strich sich dabei das dunkle Haar aus ihrer Stirn. »Wir sind alle hier aufgewachsen. Héron ist unsere Heimat und die geben wir nicht einfach kampflos auf!«

Aus Scham biss ich mir selbst auf die Zunge. Wie konnte ich nur so etwas Einfältiges fragen? Natürlich war Héron auch die Heimat der Rebellen – aus welchem Grund sollten sie sich von hier vertreiben lassen?

Als wir vor einem Steinhaus mit braun-violetten Vorhängen hielten, winkte uns Klee zum Abschied und flog nach oben direkt in ein Loch hinein. Perplex sah ich ihr nach und wunderte mich laut darüber, wo sie hingeflogen war.

»Nach Hause«, antwortete Maijin wie selbstverständlich und musste lachen. »Die Feen brauchen kaum Platz und wohnen in den Wänden.« Anschließend zeigte sie auf die zahlreichen Öffnungen, die sich direkt über unseren Köpfen befanden.

»Und wer wohnt hier?«, hakte ich nach, während ich die Tür betrachtete, auf deren Holz der Name *Tin* geschrieben stand. In meinem Kopf bewegte sich etwas. Ich assoziierte jemanden mit diesem Namen, allerdings wollte mir nicht einfallen, wen.

Bis mir Maijin auf die Sprünge half. »Mein vollständiger Name ist Maijin Tin. Und hier wohnt meine Oma Marla. Die Mutter von Morlock Tin, dem Vorstand der Zwerge.«

Mir blieb wortwörtlich der Mund offenstehen.

Neben mir stand eine hochgewachsene Dunkelelfe, die nicht nur die Frau einer *Licht*elfe war, sondern auch die Tochter des Mannes, der einer der Berater des Königs war. Und ein Zwerg. Ein *Zwerg*! Bis auf die spitzen Ohren hatten die beiden eigentlich nichts gemeinsam.

»A-aber w-wie …« Ich schüttelte den Kopf, wusste nicht, wie ich meine Frage richtig formulieren sollte. »Wie ist das möglich? Du bist … und er ist …«

Maijins Grinsen wurde breiter und breiter. »Bevor dein Kopf raucht, sage ich dir lieber, dass ich adoptiert bin.«

Ich lachte auf. »Das macht es nicht gerade einfacher.«

Schließlich hatte sie als Elfe eine Lebensspanne von eintausend Jahren, während die Zwerge hingegen höchstens einhundertfünfzig Jahre alt wurden.

»Ich weiß«, beteuerte sie und lächelte noch immer. »Sagen wir … ich bin schon etwas *länger* in dieser Familie.«

Dann öffnete sie mit einem Augenzwinkern die Tür und präsentierte einen großen Allzweckraum mit drei Matratzen, einer Küchenzeile und ein halbes Dutzend Sitzkissen auf dem Boden. Eine weitere Tür musste wohl zu einem Badezimmer führen. Es war recht rustikal und spärlich eingerichtet, aber ich fühlte mich gleich wie zu Hause. Das musste wohl dem Geruch geschuldet sein, der in der Luft lag. Es duftete vertraut nach Rosentee und frisch gebackenem Streuselkuchen.

Eine Zwergin mit einem noch dampfenden Blech trat in mein Blickfeld. Als sie ihre Enkelin entdeckte, die soeben die Tür hinter uns zugezogen hatte, hellte sich ihre von tiefen Falten gekennzeichnete Miene auf. »Mai, meine Liebe, du bist wieder zurück!« Eilig stellte sie den Kuchen auf der Küchenzeile ab und umarmte die Dunkelelfe geschwind – oder besser gesagt ihren Bauch, denn selbst auf Zehenspitzen war sie nicht viel größer. Das graue Haar hatte sie lediglich zu einem schnellen Dutt zusammengebunden, während ihre Bluse ordentlich in einem bodenlangen, weiten Rock steckte. Allerdings wies ihre Haut die Farbe von rötlicher Erde auf, während ich mich daran erinnerte, dass Morlocks Haut eher wie braunes Gestein gewirkt hatte.

Auch Maijin umarmte sie kurz und herzlich und schob sie dann vorsichtig von sich, um mich vorzustellen. Zufrieden wies sie mit dem Kinn auf mich: »Ich habe jemanden mitgebracht, Oma. Das ist Thyra-Fiah Cerrejonensis.«

»Eine Nachfahrin der gefallenen Drachen!«, ergänzte Marla freudestrahlend und umarmte mich so heftig, dass sie mich beinahe umgestoßen hätte. Auch wenn Zwerge wirklich klein waren, so machten sie es allemal mit ihrer Kraft und ausdauernden Energie wieder wett.

Verwundert umarmte ich sie ebenfalls, obwohl ich nicht einmal wusste, wie mir geschah. Dass sich jemand derart freute, mich zu sehen, war bisher nur in meiner Familie vorgekommen.

Ein Stich fuhr durch mein Herz. Automatisch sackten meine Hände nach unten und ich spürte, wie ich mich versteifte. Plötzlich hatte ich das Gefühl zu ersticken, während mich die Zwergin umarmte. Es tat weh, so weh …

Als sie mich endlich losließ, atmete ich auf.

»Es ist unwahrscheinlich schön, zu sehen«, sprach sie mit ihrer etwas nasalen Stimme, »wenn es euch *Mondkindern* gut geht!« Da war er schon wieder – dieser Ausdruck. In mir sträubte sich alles.

Und als wir auf den Sitzkissen Platz nahmen und Marla Kuchen und Tee verteilte, fand ich heraus, von wem Maijin sich das ständige Bedürfnis nach Kommunikation abgeschaut hatte.

»Langsam findet ein Umdenken statt«, erklärte Marla. »Vor gut fünfzig Jahren erwachten nämlich die Fähigkeiten des *schwarzen Prinzen* und niemand traute sich mehr, für seine oder ihre Rechte einzustehen und aufzubegehren!« Sie machte eine kurze Pause und biss in den Streuselkuchen hinein, aber das hielt sie trotzdem nicht davon ab, mit vollem Mund weiterzureden: »Einige der *Friedensphönixe* haben sich damals von ihren Freunden abgewandt und sind freiwillig wieder zu den Ringen zurückgekehrt. Es herrschte eine unfassbare Angst vor der schwarzen Magie! Schließlich wusste niemand, ob diese überhaupt eine Schwachstelle hat. Nimmst du beispielsweise einem Nachtelfen das Wasser, ist er machtlos. Oder schicke einen Magier zum nördlichsten Punkt von Héron und er wird keine Flamme zustandebringen. Aber schwarze Magie?« Sie zuckte mit den Schultern, während sie einen Schluck Tee trank. »Zu dieser Zeit hatten die Rebellen auch noch keine Unterstützung von Euresgleichen, denn auch sie hatten immer noch Angst.« Und mit einem Mal wurde Marlas Blick ganz glasig. Sie schaute nicht mehr uns an, sondern lediglich den Boden unter ihren nackten Füßen – aus der Schule wusste ich noch, dass das typisch für Zwerge war, da sie auf diese Weise wesentlich besser den Erdgeist spürten, der darin hauste und ihnen ihre Kräfte verlieh.

Ich traute mich kaum, die Worte auszusprechen. Der heiße Tee konnte meine kalten Finger nicht erwärmen. »*Wovor* hatten sie Angst?«

Aber nicht Marla antwortete mir – sie schien vollkommen geistesabwesend –, sondern Maijin: »Erinnerst du dich noch an die Worte der alten Zofe Arachnida?«

Ich nickte zögernd.

»Sie sprach vom *Tag des schwarzen Mondes.* Hast du jemals von der Geschichte gehört?«

Ich schüttelte den Kopf. »Nein, nie. Was ist an diesem Tag passiert?«

Plötzlich, wie aus dem Nichts, sprach Marla weiter. Erzählte mit geweiteten Augen von jenen sieben Minuten, in denen sich die *Kinder des Mondes* nicht mehr verwandeln konnten und deshalb in ebendieser Zeit von den Anhängern der Aronos-Familie überwältigt worden waren – mit Hilfe des Rubinsonnentranks, dessen letzte Zutat nur in jenen sieben Minuten hinzugefügt werden konnte. Durch das Gift und den Rohstoff Serpium waren die *Mondsklaven* plötzlich verwundbar wie jedes andere Lebewesen auch. Ihre Anhänger schwanden stetig und schlossen sich der Familie Aronos und ihren Untergebenen an.

»Die *Mondkinder* hatten Sorge, dass das noch einmal passiert«, ergänzte Marla. »Selbst wenn dieser Vorfall und die Machtübernahme der Familie Aronos durch Askeelan vor über dreihundert Jahren stattgefunden hat.« Sie holte tief Luft, bevor sie fortfuhr: »Aber nachdem sämtliche erwachsenen *Mondkinder* getötet wurden, waren ihre noch viel zu jungen Kinder so verängstigt, dass sie sich freiwillig ergaben. Sämtliche Bücher über die *Mondkinder* wurden zerstört. Außerdem wurde allen Bewohnern ein manipuliertes Wissen aufgezwungen – Lehrbücher wurden ersetzt und die wahre Geschichte umgeschrieben. Nur wenige behielten die Wahrheit weiterhin im Herzen.«

»Bei den Naturgeistern …«, rutschte es mir heraus. Mir wollte einfach nicht in den Kopf, was ich gerade gehört hatte. Dass wir *Mondsklaven* tatsächlich einmal die Herrscher dieses Kontinents gewesen sein sollten und dass der jetzige König nur durch einen hinterhältigen Plan an diese Machtposition gekommen war.

»Ich … ich glaube, ich brauche etwas Wasser …«, sagte ich geistesabwesend, während sich vor meinem inneren Auge abertausende Bilder jagten. Als sähe ich den *Tag des schwarzen Mondes* genau vor mir.

Ich hörte die Stimmen der anderen nicht mehr, sie erreichten meine Ohren nur noch gedämpft, während ich mich vorsichtig erhob, da der Boden unter meinen Füßen schwankte.

Maijin bot mir ein Glas Wasser an, aber ich befürchtete, dass das nicht ausreichte, um mein immer stärker rumorendes Inneres zu besänftigen. Ich musste ins Badezimmer – hoffentlich hatten sie dort eine Art Waschbecken, an dem ich meinen Kopf unter das kühle Nass halten konnte.

Schwankend lief ich zu der Tür neben dem Kühlschrank und wollte gerade meine Hand auf die Klinke legen, als sie sich unerwartet öffnete. Und mir einen jungen Mann zeigte. Sein blondes Haar war nass und einzelne Tropfen landeten auf dem gewebten Stoff seines olivfarbenen Pullovers.

Als sich unsere Augen trafen, stutzte er. »Ich kenne dich.« Ich bemerkte, wie sich die Räder in seinem Kopf in Bewegung setzten – zeitgleich mit meinen. »Du hast mir das Leben gerettet.«

22

»Will!«, begrüßte ihn Maijin und winkte ihm grinsend zu. »Lange nicht mehr gesehen!«

Und auch er begrüßte sie lächelnd. »Wie ich sehe, hast du es geschafft, meine Retterin zu retten.« Das Lächeln wanderte zu mir.

Ich konnte nichts dagegen unternehmen, dass sich meine Mundwinkel wie von selbst nach oben zogen.

»Tja, damit bin ich wohl die Retterin der Retter«, witzelte Maijin noch, bevor sie ausgiebig gähnte. »Und genau aus diesem Grund muss ich mich jetzt hinlegen.« Erschöpft ließ sie sich auf eine der Matratzen fallen.

Marla hingegen erhob sich ächzend von ihrem Sitzkissen und wies mit dem Finger auf mich: »Ich werde mich nach einer Matratze für dich umsehen und vor allem nach anderer Kleidung.« Sie stemmte die Hände in die Hüften und seufzte. »Schätzchen, diese Zofenuniform muss ja schrecklich unbequem sein. Was lassen die euch da im Palast nur tragen?«

Und bevor ich darum bitten konnte, dass sie sich keine allzu großen Umstände machen sollte, war sie schon aus dem Haus verschwunden. Ich blickte ihr noch eine Weile nach, bis die Tür ins Schloss fiel. Danach drehte ich mich zu William und Maijin, letztere gab ein lautes Schnarchen von sich.

Das ging jetzt schnell.

William öffnete seine Lippen, um etwas zu sagen, schaute dabei aber verlegen zu Boden: »Soll ich dir das Lager zeigen?«

Es dauerte einen Moment, bis es mir gelang, darauf zu antworten. In meinem Kopf drehten sich die Rädchen unaufhörlich weiter – trotzdem konnte ich nicht begreifen, dass der junge Mann aus dem Kerker tatsächlich *lebend* vor mir stand. Ausreichend genährt und ohne dunkle Schatten unter seinen Augen.

Ich habe ihm das Leben gerettet.

Aber das ist nur von kurzer Dauer, hörte ich die andere Stimme süffisant lachen. *Prinz Joseph wird dich finden.*

Wird er nicht!, versuchte ich dagegenzuhalten.

Doch das war nur ein mickriger Widerstand im Vergleich zu der Wahrheit, die die andere Stimme verkündete: *Er wird dich finden. Dich und William. Und ihn vor deinen Augen töten.*

William räusperte sich. »Thyra?«, fragte er flüsternd. »Alles in Ordnung mit dir?«

Inzwischen stand erneut der *schwarze Prinz* in meiner unmittelbaren Nähe, die Arme verschränkt und überheblich auf mich hinabblickend. Das Blau in seinen Augen schien erkaltet, wie Eis, doch die silbernen Sprenkel blitzten vereinzelt auf.

Ich blinzelte mehrmals, um das Trugbild aus meinem Sichtfeld zu verbannen, und nickte zögernd. »Ja … nein … ich … brauche dringend Wasser.« Und mit diesen Worten eilte ich ins Badezimmer.

Ich schloss die Tür hinter mir und lehnte mich mit hämmerndem Herzen dagegen. Das Blut rauschte in meinen Ohren. Ich atmete nur noch stoßweise, während ich mit Entsetzen feststellte, dass sich das Ziehen meiner menschlichen Haut wieder bemerkbar machte. Selbst der schwarze Film zeigte sich bereits auf meinen Händen – als würde er nur auf ein Zeichen warten, um sich wieder zu meinen schweren Schuppen materialisieren zu können.

Ich rückte so schnell von der Tür ab, als hätte ich mich verbrannt. Völlig außer Atem betrachtete ich die gefüllten Wassereimer, wobei zwei von vier leer waren. Eine Art Toilette aus Stein gab es hier anscheinend auch – die Rebellen waren besser ausgestattet als ich dachte.

Als ich jedoch das Zofenkleid ablegen wollte, erstarrte ich mitten in der Bewegung. Meine Finger verkrampften sich in dem Baumwollstoff. Es gelang mir einfach nicht, die Uniform auszuziehen. Konnte ich tatsächlich einen Teil meiner Vergangenheit ablegen, einen Teil von *mir*?

»Dir wird es nicht gelingen, mich zu vergessen.«

Hektisch durchsuchten meine Augen den Raum nach der Person, die zu dieser Stimme gehörte. Aber niemand außer mir befand sich hier drin. Doch warum hörte ich dann ausgerechnet *seine* Stimme?

Meine Augen schweiften zu der großen, spiegelnden Scherbe. Ich zuckte zusammen und klatschte mir die Hand vor den Mund. Unterdrückte einen Schrei. Denn direkt hinter mir stand Prinz Joseph.

Ich drohte zusammenzubrechen. Es war zu viel, zu viel … Mein Puls schoss in die Höhe und meine Körpertemperatur spielte vollkommen verrückt.

Das ist nur eine Illusion, versuchte ich mich zu beruhigen. *Es ist nicht echt.*

Bist du dir sicher?

Prinz Joseph kann nicht-

Du kennst weder die schwarze Magie, noch das Ausmaß seiner Fähigkeiten, schürte die andere Stimme meine Angst. *Vielleicht ist er bereits hier. Ganz in deiner Nähe.*

»Ich werde dich zu mir zurückholen«, drohte der Prinz. »Bald. Sehr bald.«

Von Wahn gepackt riss ich das Kleid entzwei. Hastig sprang ich in die Duschecke und übergoss mich mit einem Eimer Wasser. Die eisige Kälte brannte auf meiner Haut, aber das war mir egal. Wenigstens verschwand auf diese Weise der Schmerz in meinem Inneren.

Und Prinz Joseph.

Ich wollte so schnell wie möglich wieder aus diesem Badezimmer hinaus. Lange hielt ich es nicht mehr allein mit meinen Gedanken aus. Also schüttete ich in Windeseile etwas Badeöl über mich und seifte mich ein. Ebenso eilig kippte ich dann den zweiten Wassereimer über meinem Kopf aus – die Kälte spürte ich schon gar nicht mehr.

Schwer atmend schnappte ich mir eines der Handtücher, wickelte es um meinen Körper und rannte hinaus. Direkt in die Arme von Marla. Zitternd stand ich nun vor ihr, das Haar tropfnass, und versuchte nicht zu weinen.

»Bei den Naturgeistern!«, rief sie erschrocken aus. »Was ist denn mit dir passiert?«

Bevor es mir gelang mit meiner zittrigen Stimme zu antworten, drehte sich Maijin stöhnend auf die andere Seite und informierte uns halb murmelnd, halb schimpfend darüber, dass der Rubinsonnentrank bald vollständig aus meinem Organismus verschwunden und die Nebenwirkungen nicht absehbar wären.

Und dass das womöglich eine der Nebenwirkungen war.

Marla stellte sich auf die Zehenspitzen und griff mit der rechten Hand eine meiner klatschnassen Haarsträhnen. In der linken Hand hielt sie ein Bündel Stoff. »Du bist ja eiskalt!«, stellte sie mit gerunzelter Stirn fest. »Aber warum hast du nicht gewartet, bis ich einen Magier holen konnte, damit er das Wasser aufwärmt wie bei William, Liebes?«

Ich wusste nicht, was ich darauf antworten sollte, weshalb ich bloß stumm vor ihr stand. Wie sollte ich nur erklären, dass mich Abbilder des *schwarzen Prinzen* heimsuchten?

Unerwartet sprang William für mich ein. Schnappte sich das Stoffbündel und gab es mir, während er der Zwergin erklärte, dass er mich am besten gleich zu dem Abschnitt der Lichtelfen brachte.

Verdutzt nickte sie und fügte hinzu, dass sie nun das Abendessen vorbereiten wolle. Gedankenverloren wischte sie die Hände an ihrer Schürze ab, obwohl diese gar nicht schmutzig waren.

Mir gelang es ebenfalls nicht, klar zu denken. Das Antlitz des jüngsten Königssohnes wollte einfach nicht aus meinen Gedanken verschwinden. Überall, wo ich hinsah, entdeckte ich *seine* Augen. Überall dieser kristallene Bergsee in seinen Iriden.

Und zu allem Überfluss war das nicht mein einziges Problem.

Ich sah den jungen Kellner teilweise verschwommen, dann wieder klar, verschwommen, klar … Ich schüttelte den Kopf, schnappte mir das Stoffbündel und verschwand torkelnd wieder im Badezimmer.

Wie in Trance lief ich danach mit William durch das Lager und hörte nur gedämpft, dass er mir davon erzählte, wie Maijin ihn gerettet hatte. Anscheinend hatte sie die anderen Soldaten ablenken können und war dann Hals über Kopf mit ihm geflohen. Mit der einzigen Person in ganz Héron, die gegen schwarze Magie immun war.

Mir gelang es nicht einmal, mich über die Tatsache zu freuen, dass ich endlich wieder ein Paar Hosen trug. Auch wunderte es mich nicht, dass sich ein Mensch überhaupt in meine Nähe traute.

Und dass ich von nun an in einem Ort lebte, wo ich sein durfte, wie ich war.

Doch ich wagte zu bezweifeln, dass das noch lange anhielt.

Als wir am Steinhaus der Lichtelfen mit den goldenen Vorhängen anklopften, öffnete mir eine Elfe, die Prinzessin Inura erstaunlich ähnlich sah: schmale Gesichtszüge, Augen wie flüssiges Gold und eine geringe Körpergröße. Aber ich hakte nicht weiter nach. Dafür ging mir zu vieles im Kopf herum. Ich musste erst die anderen Informationen einsortieren und mich neu sammeln.

Stattdessen versuchte ich, aufrichtig zu lächeln, nachdem man mich wieder so begrüßte wie bei meiner Ankunft: Sämtliche Lichtelfen und auch die Patienten – zwei jugendliche Magier, die sich wohl gestritten hatten, da es verdächtig nach versengten Haaren roch – verdeckten ihr linkes Auge und nickten einmal. Ich wusste nicht, was ich darauf erwidern sollte, also nickte ich zurück zum Zeichen der Anerkennung und Dankbarkeit.

Anschließend setzte ich mich auf die mir zugewiesene Pritsche, während William draußen wartete. Als mir Blut abgenommen wurde, starrte mich niemand an, noch schien die behandelnde Heilerin, die Prinzessin Inuras Schwester hätte sein können, Angst vor mir zu haben.

»Ich nehme an, dass die schwerwiegendste Nebenwirkung hohes Fieber sein wird.« Ihre Ausdrucksweise musste aus einem höhergestellten Stand stammen. Der Verdacht, dass sie tatsächlich mit Prinzessin Inura verwandt war, erhärtete sich.

»Kennt Ihr die Thronfolgerin?«, platzte es aus mir heraus.

Sie lächelte sanft, während sie kurz den Einstich abtupfte, der sich sofort verschloss. »Du musst mich nicht derart förmlich ansprechen. Und ja, sie ist meine kleine Schwester. Uns trennen über sechzig Jahre.«

Ich musste ebenfalls lächeln. »Ich mag sie. Sie war freundlich zu mir.«

Doch dann trat ein trauriger Ausdruck in ihr Gesicht. »Wir haben immer noch kein Lebenszeichen. Auch nicht von meinem Vater Aylên. Meine Mutter macht sich große Sorgen.« Ich spähte an ihr vorbei und entdeckte unter all den anderen Heilern eine in die Jahre gekommene Lichtelfe, die ihr ähnlich sah.

Der Kloß in meinem Hals saß zu fest, um ihn herunterzuschlucken. Mit rauer Stimme sprach ich mein Mitgefühl aus. Den Rest der Untersuchung führten wir schweigend durch. Zum einen, weil sich die Heilerin wohl stärker konzentrieren musste. Zum anderen, da ich nicht wusste, was ich sagen sollte. Und ein belangloses Gespräch über das Lager oder andere Themen kamen mir viel zu banal vor.

Nach dem Abendessen – einem stärkenden Bohneneintopf mit Weißbrot – hielt ich es nicht mehr länger aus. Und obwohl ich derart müde war, dass mir bereits die Augen zufielen, wollte und konnte ich mich nicht neben Maijin auf die neue Matratze legen.

Ich entschuldigte mich bei den Anwesenden und flüchtete nach draußen. Es dauerte nicht lange, bis ich den gelblichen Vorhang wiederfand und durch den Felsspalt ging. Und obwohl etliche Dunkelelfen Wache standen und einigen anderen Lagerbewohnern verboten hinauszugehen, hielten sie mich nicht auf.

Natürlich nicht.

Niemand wollte den Zorn eines gefallenen Drachens auf sich ziehen.

Vielleicht wussten sie aber auch, dass es besser war, wenn ich Abstand von ihnen hielt. Sitzend an eine Felswand angelehnt, mit dem Blick in die weite Ferne, wo im Licht des sichelförmigen Mondes einige gigantische Vögel kreisten und Wolfsgeheul erklang.

Ich traute mich aber nicht gänzlich hinaus. Irgendwie hatte ich Sorge, dass mich einer von König Askeelans Männer entdecken würde. Also blieb ich dort sitzen, wo mich der Schatten des Berges versteckte.

Vorsichtig streckte ich die Hand aus. Das Mondlicht liebkoste meine Haut und die Schuppen, die sich wie eine schimmernde Illusion darauf abzeichneten und wieder verschwanden, als ich die Hand zurückzog. Für diesen einen Moment genoss ich die Ruhe in mir und schloss die Augen.

Bis mich eine Stimme die Lider aufschlagen ließ: »Ich kann immer noch nicht glauben, dass ich hier bin.«

Unerwartet ließ sich der ehemalige Kellner neben mir nieder. So nah, dass sich unweigerlich unsere Schultern berührten. Intuitiv schob ich mich ein ganzes Stück von ihm weg.

William blickte verwirrt zu mir, rückte jedoch nicht auf, da er verstand. Betreten schaute er zu Boden und schien nicht zu wissen, was er mit seinen Händen machen sollte, weshalb er wohl mit einem kleinen Stein spielte.

Perplex beobachtete ich ihn dabei und wunderte mich darüber, warum er so oft meine Nähe suchte. Die Schulter, die die seine berührt hatte, fühlte sich mit einem Mal furchtbar kalt an. Und erneut dachte ich an meine Familie. *Ich muss sie finden.*

»Vermisst du dein zu Hause nicht?«, fragte ich geradeheraus, ungeachtet der Tatsache, dass ich wahrscheinlich einen Nerv damit treffen würde.

William schaute mich noch immer nicht an, als er sagte: »Vielleicht hört sich das komisch an, aber ich vermisse gar nichts.«

Ich stutze. »Hast du keine Familie? Niemanden, der sich-«

»Ich bin Vollwaise«, platzte er heraus. Und ich bereute sofort, dass ich überhaupt diese Frage gestellt hatte. Mit seiner Antwort wuchs das Verlangen, mich wieder mit meiner Familie zu vereinen.

»Das tut mir leid«, entgegnete ich leise und vermied es, weitere Fragen zu stellen. Er wollte anscheinend nicht über seine Vergangenheit reden, und ihn darüber auszufragen, wie Prinz Joseph das Schiff und somit ihn entführt hatte, ließ in mir eine Eiseskälte aufkommen. Sofort stellten sich mir die Nackenhaare auf. Schnell schob ich den Gedanken beiseite und versuchte mich einzig und allein auf William zu konzentrieren.

Dieser räusperte sich unerwartet, kratzte sich am Hinterkopf und sah mir kurz darauf in die Augen – mit diesen unglaublich hellen und warmen Iriden.

»Ich wollte mich noch offiziell bei dir bedanken«, erklärte er. »Dafür, dass du mir das Leben gerettet hast.«

Meine Gedanken fingen wieder an zu wandern. Angestrengt versuchte ich, präsent zu bleiben und antwortete: »Jeder hätte so gehandelt.«

Doch William lachte auf und schüttelte den Kopf. »Nein, ganz sicher nicht.«

Ich wusste nicht, was ich darauf entgegnen sollte, also schwieg ich. Allerdings schien das meinem Gegenüber weniger zu gefallen.

»Wart …«, setzte er an, brach jedoch ab und räusperte sich, bevor er erneut ansetzte: »Wart ihr ein Paar? Ich meine, du und dieser Prinz.«

Ich fuhr zusammen. »Nein, bei allen Naturgeistern, wie kommst du bloß darauf? Er war mein Vorgesetzter und ich seine Zofe.«

Williams Wangen liefen rot an, während er abermals betreten zu Boden sah und etwas in der Richtung murmelte, dass das für ihn aber ganz anders ausgesehen hatte.

Und schon wieder tauchte vor meinem inneren Auge Prinz Joseph auf.

Nur mit Mühe atmete ich langsam weiter. »Warum sitzt du eigentlich noch hier?«, fragte ich gereizter als beabsichtigt. »Ich bin nicht die einzige Person in diesem Lager.«

»Aber die einzige Person, die mich fasziniert.« Er hatte es so leise ausgesprochen, dass ich es beinahe überhört hätte.

Meine Augen vergrößerten sich. Ich wusste nicht, was ich darauf antworten sollte, während ich erkannte, dass Williams Kopf hochrot angelaufen war und er im Begriff war zu gehen.

Doch ich hielt ihn an seinem Pullover fest. »Bitte, geh nicht«, flehte ich. »Es … es tut mir leid. Ich wollte nicht …« Alles war besser, als mit meinen Gedanken vollkommen allein zu sein. Voller Sorge darum, zurückgewiesen zu werden, beschleunigte sich mein Herzschlag.

Zu meiner Verwunderung zögerte er jedoch keine Sekunde und antwortete mit erstaunlich fester Stimme: »Ich bleibe, so lange du möchtest.«

Erleichtert sprach ich ihm meinen Dank aus, worüber ich ihn anscheinend erneut in Verlegenheit brachte. Unsicher blickte er weg und sagte: »Keine Ursache.«

Und dann, ganz wie von selbst, begannen wir über Héron zu sprechen.

Darüber, dass die besonderen Wesen und auch wir *Mondsklaven* ursprünglich von den Menschen abstammten – allerdings waren wir eine Art Mutation. Auf diese Weise ließ sich auch erklären, warum uns William verstand, da sich unsere Sprache mit der Weltsprache der Menschen entwickelt hatte. So glich auch die Flora und Fauna bis auf einige wenige Ausnahmen – wie beispielsweise der Wald Tenerest – der Flora und Fauna der Menschenwelt. Es gab auch hier Wildschweine und Hirsche oder Hasen, aber auch Pferde ohne Hörner oder kleine Vogelarten und Schlangen, Eidechsen, Frösche und viele, viele Insektenarten.

Unsere Kräfte hatten uns die Naturgeister und die Geister der Gestirne verliehen, so besagten es die Legenden. Sie erzählten auch darüber, dass sich wohl vor vielen hundert Jahren jemand von Unseresgleichen in das ›Bermuda-Dreieck‹ verirrt hatte.

»Wie Kolumbus«, erklärte ich lachend.

»Moment! Du kennst die Geschichte von Christoph Kolumbus?« Jetzt lachte auch William und wollte mehr darüber wissen.

»Unsere Schulen in Héron unterscheiden sich nicht so sehr von denen der Menschen«, ergänzte ich. »Wir lernen nicht nur etwas über unsere eigene Geschichte, sondern auch etwas über eure. Und wir haben zum Beispiel auch Mathe und Physik.«

William kam aus dem Staunen nicht mehr heraus. »Aber wenn ihr euch gleichzeitig zu uns Menschen entwickelt habt, was ist dann mit der ganzen Technik? Der Luft- und Raumfahrt? Warum habt ihr keine Handys oder Autos?«

Ich zuckte mit den Schultern und begann ebenfalls, mit einem Stein zu spielen. »Nun ja, wir kennen zwar all diese Gerätschaften und einige von ihnen benutzen wir auch selbst, wie beispielsweise Computer – also, zumindest der Adel. Aber den Rest brauchen wir nicht. Das Gesetz schreibt vor, dass die Bewohner von Héron im Einklang mit der Natur leben sollen.«

»Und warum gibt es dann diese Mauer?«

Wie aus dem Nichts heraus traf es mich.

Mit dieser Frage hatte ich nicht gerechnet.

Etwas zerriss in mir.

Ich schaffte es nicht mehr, dem Menschen ins Gesicht zu sehen. Nur mit Mühe brachte ich die Antwort hervor. Jedes einzelne Wort schnitt dabei tiefer und tiefer. »Wegen meiner Familie. Den Basilisken.«

23

Ich hatte die ganze Nacht über kein Auge zugemacht.

Aber das war zu erwarten gewesen. Schließlich geisterte noch immer Prinz Joseph in meinem Kopf herum und schien darin um einen Platz mit William zu streiten – es war mehr als verwirrend. Auch behielt die Heilerin Recht: Meine Körpertemperatur stieg zwischenzeitlich so weit an, dass ich selbst in dem dünnen Leibchen die Decke zurückschlagen musste und trotzdem schwitzte.

Am Morgen saß ich dementsprechend gerädert auf einem der Sitzkissen und hielt angestrengt die Augen offen, während ich in einen Pfannkuchen biss und Maijin dabei zuhörte, wie sie mit Marla über Morlock sprach. Auch bemerkte ich, wie William mich beobachtete.

Natürlich tat er das.

Schließlich zeigten sich wieder die Schuppen auf meinem Gesicht. Ich spürte, wie meine Züge mehr und mehr erlahmten. Vielleicht lag es aber auch an meinen tiefschwarzen Augen, die jegliches Licht im Raum verschluckten. Oder an meinem sich ständig verändernden Mal. Es gab zu vieles an mir, was man anstarren und als Fehler erkennen konnte.

Mein Magen verkrampfte sich. Ich wollte nicht, dass er mich so ansah.

Das tut er nur, weil du nicht normal bist. Und das, obwohl ich neben einer Dunkelelfe und einer Zwergin saß.

In diesem Augenblick war ich unendlich dankbar dafür, dass ich nicht dem gesamten Lager vorgestellt wurde. »Hoffentlich meldet er sich bald«, holte mich die Zwergin wieder aus meinen Gedanken zurück. »Ich mache mir langsam wirklich Sorgen um meinen Sohn.«

»Er ist bestimmt schon auf dem Weg«, versuchte Maijin ihre Oma zu beruhigen. »Vielleicht kann er sich nicht melden, weil keine Fee mehr bei ihm ist.«

Und wenn sie unter der schwarzen Magie begraben wurden?, ertönte es in meinem Inneren.

Ich versteifte mich. »Wir sollten sie suchen.«

Maijin blinzelte verwirrt. »Wen?«

»Alle«, antwortete ich. »Meine Familie, Morlock, Prinzessin Inura, Aylên, die anderen *Mondsklaven* … eben alle.«

Maijin machte ein abwertendes Geräusch. »Wir können nicht Hals über Kopf mit der Suche loslegen, wenn wir keinerlei Hinweise haben, wo die anderen sind. Vor allem, da Plan B lautet, dass wir – wenn etwas schiefgehen sollte bei dem Attentat – uns innerhalb von vierzehn Tagen hier im Nubilates-Gebirge treffen. «

Unvermittelt sprang ich auf. »Und wenn das schiefgeht?« Ich verengte die Augen. »Ihr wollt doch nicht einfach nur herumsitzen und nichts tun? Gestern hast du noch mit voller Überzeugung davon gesprochen, dass ihr eure Heimat wieder zurückerobern wollt.«

»Das wollen wir auch immer noch«, entgegnete die Dunkelelfe viel zu ruhig. »Wir müssen aber den richtigen Moment abwarten.«

»Den gibt es nicht!«, rief ich verzweifelt aus. »Wann versteht ihr das endlich? Der Vollmond rückt immer näher und-«

»Ja, und deshalb musst du dich kontrollieren können«, grätschte Maijin angesäuert dazwischen.

»Aber-«, versuchte ich erneut anzusetzen.

»Schluss jetzt mit den Streitereien!«, mischte sich nun auch Marla ein. »Das ist das Letzte, was wir brauchen!«

Ich hielt mich zwar zurück, aber funkelte die Dunkelelfe unverhohlen an. Ihr giftiger Blick traf mich wie ein Dolchstoß. »Ich muss gleich meine Schicht bei den Kristallkugeln antreten.« Sie stand auf und wies mit dem Finger auf mich. »In der Zwischenzeit rate ich dir, den Bereich der Himmelselfen aufzusuchen. Meditation kann wahre Wunder bewirken – selbst bei so einem Hitzkopf wie dir.«

Ich ballte die Fäuste so fest, dass sich meine Handinnenflächen feucht anfühlten. Ich musste mich verletzt haben, aber ich spürte den Schmerz nicht. Zu sehr wütete der Basilisk in meinem Inneren. Äußerst widerwillig musste ich Maijin zustimmen. Ich würde ihnen gar nichts nutzen, wenn ich nicht bald lernte, mich besser zu kontrollieren.

Plötzlich zog jemand neben mir scharf die Luft ein.

Die nächsten Sekunden spielten sich wie in Zeitlupe ab: Ich drehte meinen Kopf zu William, der verkrampft seine Hände nach oben hielt und zitterte. Blut sammelte sich an den Schnittwunden in seinen Handinnenflächen und lief an den Seiten herunter.

Wie betäubt starrte ich darauf.

Und öffnete meine geballten Fäuste.

Wo ich an exakt denselben Stellen Schnittwunden vorfand.

»Nein, nein, nein!« In einer sich endlos wiederholenden Schleife schüttelte ich den Kopf und weigerte mich zu akzeptieren, was ich sah.

»Was zum-« Auch Maijin verschlug es die Sprache. Sie hielt inne und lief auf mich zu. Nahm meine rechte Hand und legte ihren Finger auf die Wunde, um sie zu verschließen – zur gleichen Zeit stoppte auch das Blut bei Williams Schnitt. Als sie wieder losließ, sammelten sich erneut Tropfen in seiner rechten Handinnenfläche.

Wie gelähmt stand ich neben William, der mich mit großen Augen anstarrte. Ich spürte, wie sich seine Nervosität vergrößerte. Nur mit Mühe unterdrückte ich den Drang, die Zähne zu blecken und zu knurren. Je mehr seine Furcht wuchs, desto mehr stachelte es meine Bestie dazu an, aufzubegehren.

Was bei allen Naturgeistern passierte hier gerade? Unzählige Gedanken jagten durch meinen Kopf. Versuchten, die Puzzleteile zusammenzufügen, die nicht zu ein und demselben Bild gehören wollten.

Die Zwergin hingegen sprach wie in Trance davon, dass das nicht wahr sein konnte, nicht wahr sein *durfte*. Mir lief es eiskalt den Rücken hinunter. Ich ahnte, dass sie mehr wusste. Dennoch graute es mir davor, nachzufragen. Ich wollte nicht herausfinden müssen, dass es von jetzt an nur noch schlimmer werden würde.

Maijin war weniger zurückhaltend und drängte Marla, sich zu erklären. Zunächst sah uns die Zwergin abwechselnd an, schluckte geräuschvoll und musste sich mehrfach räuspern, bevor sie sagte: »Es beginnt.«

»Was meinst du damit?«, hakte Maijin nach, während ich ihr zuschreien wollte, dass sie es bitte, bitte, bitte *nicht* tat.

Aber ich konnte nicht.

Meine Zunge fühlte sich an, als gehörte sie nicht zu mir.

Mit rasendem Herzen sah ich dabei zu, wie die Zwergin eine Schublade der Küchenzeile herauszog und ein kleines Holzkästchen präsentierte. Mit fahrigen Händen öffnete sie es und fischte ein zerknittertes und vergilbtes Stück Papier heraus.

»Oma …?«, fragte die Dunkelelfe mit dünner Stimme. »Was … ist das?«

»Das, mein Kind«, antwortete sie, »wurde vor langer Zeit aus der Palastbibliothek entwendet.« Im gleichen Atemzug faltete sie das Papier vorsichtig auseinander. »Es erzählt von jener Legende, in der der Tod eines *Mondkindes* einen Fluch auslösen wird. Einen Fluch, der die gesamte Bevölkerung der Welt – Menschen wie besondere Wesen – von den *Kindern des Mondes* abhängig machen wird und …«

»Und … was?«, fragte die Dunkelelfe aufgeregt, wobei sie die violetten Augen weit aufgerissen hatte und verängstigt wirkte. »Was bewirkt der Fluch sonst noch?«

Doch die Zwergin zuckte bloß mit den Schultern und schüttelte den Kopf. »Das weiß ich nicht. Der Rest der Legende liegt im geheimen Bereich der Palastbibliothek, für den nur der König selbst den Schlüssel hat. Dass unsere Vorfahren überhaupt etwas daraus entwenden konnten, spricht für großes Glück.«

Es dauerte nur einen Augenblick.

Die Dunkelelfe reagierte sofort. »Wir müssen die anderen informieren und unsere eigenen Bücher durchsehen.« Atemlos starrte sie mich an. »Bevor uns die Zeit davonläuft!«

Dann rannte sie hinaus. Fast zeitgleich hörte ich reges Treiben von draußen und Stimmengewirr. Binnen weniger Minuten hatten sich zahllose Rebellen vor unserem Haus versammelt und redeten durcheinander, während William und ich mehr oder minder hinausgezerrt und von allen Seiten gemustert wurden.

Während ich mich im Mittelpunkt des Geschehens befand, drehten sich die Rädchen in meinem Kopf unaufhörlich weiter. Bis sie sich mit einem Mal zusammenfügten und eine beängstigende Vorahnung heraufbeschworen: Vor meinem inneren Auge tauchte die Erinnerung an jene Nacht unmittelbar nach dem Attentat auf. In diesem Moment schien es, als sähe ich Prinz Joseph direkt vor mir liegen und sich vor Schmerzen winden.

Es fühlte sich wie ein Schlag in die Magengrube an.

Wie erstarrt stand ich da und hörte die Stimmen um mich herum nur noch gedämpft. Die Umgebung verschwamm, während ich nur den einen Namen aussprechen wollte.

Und es nicht konnte.

Hoffentlich beging ich gerade keinen riesigen Fehler.

24

»Uns bleibt nichts anderes übrig«, schlussfolgerte Maijin. »Wir müssen in die Palastbibliothek einbrechen.« Sie stand von ihrem Sitzkissen auf und lief unruhig im Steinhaus der Tins auf und ab.

»Das ist Irrsinn!«, konterte Marla. »Du bist erst vor gut einer Woche geflohen und jetzt willst du ausgerechnet dorthin wieder zurück?«

»Wir brauchen den Rest von diesem Stück Papier«, hielt die Dunkelelfe an ihrer Überzeugung fest. »Ohne das Buch über die Legenden der *Mondkinder* wissen wir nicht, was auf uns zukommt. Wir müssen uns doch vorbereiten!«

»Und dafür dein Leben riskieren?« Die Zwergin schüttelte den Kopf.

»Das habe ich doch schon riskiert, als ich mich in den Palast geschlichen und als Soldat ausgegeben habe«, fing sie an, ihre halsbrecherischen Aktionen aufzuzählen. »Und ich habe es riskiert, als ich Will befreit habe. Und Thyra.«

»Es muss noch eine andere Möglichkeit geben.«

Fast wie von selbst schweiften die violetten Augen der Dunkelelfe zu mir. Auch William sah mich an, allerdings deutlich nervöser. Ich spürte, dass er etwas sagen wollte, möglicherweise sie sogar anflehen wollte, mich nicht wieder in den Palast zurückzuschicken, wo die Wahrscheinlichkeit, dass ich im Kampf fiel, horrend hoch war.

Und er würde mit mir fallen.

Trotzdem schwieg er weiterhin und schien jetzt vielmehr in seine Gedanken zu versinken. Es war, als hätte er mit einer völlig anderen Person die Persönlichkeit getauscht.

Aber das war nicht das einzige Problem.

»Mir sind die Hände gebunden«, antwortete ich auf Maijins fragenden Blick. »Ich habe noch nicht genug Kontrolle über mich selbst.« Ich besuchte erst seit zwei Tagen den Meditationskurs der Himmelselfen – von Fortschritten konnte noch nicht die Rede sein. Die Lichtelfen hatten in meinem Blut noch keine Hinweise auf weitere oder langanhaltendere Nebenwirkungen des Giftes gefunden – bis auf das Fieber in den ersten Tagen zeigte ich keinerlei Symptome.

Allerdings schüttelte Maijin den Kopf. »Nein, nein, das steht auch überhaupt nicht zur Debatte. Immerhin hängen an deinem Leben wer weiß wie viele andere Leben mit dran!« Sie schwieg einen Moment und ich vernahm deutlich, wie der Mensch neben mir erleichtert ausatmete. Doch die verengten Augen der Dunkelelfe und ihr nachdenkliches Gesicht ließen in mir ein ungutes Gefühl aufkommen. »Ich habe gerade einen anderen Plan im Kopf«, bestätigte sie diese Vermutung im nächsten Moment.

Ich schluckte geräuschvoll und traute mich kaum, nachzufragen. »Was für einen Plan?« Meine Stimme hörte sich viel zu rau und viel zu leise an. Ich hatte ihnen noch nichts von meiner Vermutung erzählt, dass Prinz Joseph ebenso von mir abhängig sei wie William, und jetzt hatte ich die Befürchtung, dass Maijin bereits mehr wusste als sie zugab.

Auch Marla musterte ihre Enkelin verwirrt.

»Thyra wird sich ab sofort um die Beschattung des *schwarzen Prinzen* kümmern«, eröffnete die Dunkelelfe ihren Plan und mir rutschte beinahe das Herz in die Hose.

»Was?«, fragte ich geöffnetem Mund. »Warum?«

»Weil er das einzige Hindernis für unseren zweiten Angriff ist – sobald die anderen Überlebenden nachgekommen sind«, antwortete sie. »Du und der Prinz, ihr hattet gewissermaßen eine Verbindung zueinander. Du weißt, worauf du achten musst.«

Ich schüttelte den Kopf, stand ebenfalls von meinem Sitzkissen auf und wich zurück. Sie sprach von Prinz Joseph – konnte sie überhaupt die gesamte Trageweite des Problems ermessen?

»Mai, ich denke nicht, dass wir zu nahe an ihn herangehen sollten«, kam mir jetzt auch Marla zur Hilfe. »Die Königsfamilie aus sicherer Entfernung zu beobachten ist eine Sache. Speziell *den* Schattenelfen zu beobachten, der der schwarzen Magie mächtig ist, ist allerdings eine ganz andere.«

»Oma …« Entnervt rieb sich die Dunkelelfe die Schläfen. »Bitte, misch dich nicht in meine Pläne ein!«

Allmählich wurde es der Zwergin zu bunt; sie fuchtelte mit dem Schneebesen herum. »Nicht in diesem Ton, junge Dame! Ich bin immer noch das älteste Oberhaupt der *Friedensphönixe* und habe somit das letzte Wort!«

Genervt rollte Maijin mit den Augen und verschränkte die Arme. »Erstens, bin ich zweihundertsechzig Jahre alt und damit wesentlich älter als du. Und Zweitens, habe ich schon zig Pläne erstellt.«

»Ja, und dein letzter Plan hat ja *hervorragend* funktioniert«, stichelte Marla und hob dann amüsiert eine Augenbraue. »Weshalb sich Thyra-Fiah auch hier bei uns und nicht auf dem Thron befindet.«

Stöhnend warf Maijin ihre Arme in die Luft. »Wie hätte ich auch wissen können, dass uns Crassas in den Rücken fällt?«

Die Zwergin atmete hörbar ein und wieder aus, verschränkte dann die Arme und schüttelte den Kopf. »Du hast ja Recht«, lenkte sie ein. »Aber das mit der Beschattung des Prinzen gefällt mir nicht.«

Mir auch nicht, wollte ich am liebsten schreien, aber meine Zunge war wie gelähmt. Einzig und allein die Tatsache, dass William mich ansah, ließ mein Herz ein wenig langsamer schlagen. Irgendwie schien er nun um einiges ruhiger und gefasster zu sein. Wie von selbst sank ich wieder auf mein Sitzkissen.

Er lächelte mich schüchtern an, und ich lächelte zurück. Behutsam schob er seine Hand zu mir, zog sie allerdings gleich wieder zurück und schaute mit erröteten Wangen überall hin, nur nicht zu mir.

Doch dann räusperte er sich und brachte sich unerwartet in das Gespräch mit ein. »Kann ich auch irgendwie helfen?«

Plötzlich hellte sich das Gesicht der Dunkelelfe auf. »Deine Fähigkeit!«

Niemand schien zu verstehen, worauf sie hinauswollte. Fragend schauten wir sie an. Bis sie eröffnete: »Will, du bist doch immun gegen seine schwarze Magie.«

»Ja …?«, fragte er gedehnt, während er derart langsam aufstand, als würde jede schnelle Bewegung dazu führen, dass das Gespräch abbrach.

»Du kannst seine Versuche, uns nachzuverfolgen und aufzuspüren, blocken.«

»Das funktioniert?«, fragte nun auch Marla skeptisch.

Die Dunkelelfe schwenkte ihren Kopf hin und her. »Ich bin mir nicht ganz sicher, aber ja, es sollte funktionieren.« Jetzt grinste sie sogar verschwörerisch. »Lasst uns am besten sofort anfangen!«

Abwechselnd sah uns Marla in die Augen, ihr Blick blieb jedoch schlussendlich an mir hängen. »Sofern Thyra-Fiah dazu bereit ist.« Ich brauchte mir nichts vorzumachen – Gefühle zu verstecken, gehörte nicht zu meinen Stärken. Und in diesem Augenblick verspürte ich mehr Angst denn je.

»Der Prinz ist das einzige Familienmitglied, das wir noch nicht beschattet haben«, versuchte Maijin, mich zu überzeugen. »Vielleicht finden wir mit eurer Hilfe eine Schwachstelle bei ihm. Und können auf diese Art auch schneller handeln. Wir dürfen nicht so lange warten.«

Ihr braucht gar nicht weiter zu suchen, hörte ich die dunkle Stimme meines bestialischen Ichs. *Denn* ich *bin seine Schwachstelle.*

25

Angestrengt rieb ich mir die Schläfen. Warum bei allen Naturgeistern hatte ich nichts gesagt? Keiner der *Friedensphönixe* würde mich tatsächlich opfern wollen, nur um Prinz Joseph fallen zu sehen. Ganz zu schweigen von der Tatsache, dass mein Verdacht bisher eben nur ein Verdacht war und ich keinen Anhaltspunkt dafür hatte, dass er tatsächlich von mir abhängig war.

Nichtsdestotrotz saß ich nun seit Stunden vor der Kristallkugel und beobachtete mit William den *schwarzen Prinzen* – einige von den Spionen der Rebellen, die Feen, hielten dort noch immer die Stellung und überwachten weiterhin unbemerkt die Königsfamilie. Wahrscheinlich war es allein ihren Flugfähigkeiten zu verdanken, dass sie nicht von der schwarzen Magie untergraben worden waren.

Inzwischen schmerzten mir die Gelenke und das obwohl ich auf einem gepolsterten Kissen saß. Auch William musste schon mehrmals seine Hände ausschütteln, da er sie permanent an die Seiten der Kristallkugel gelegt hatte.

Umgeben von kahlen Steinwänden saßen wir in einem speziellen Raum, der nur der Beschattung des Prinzen vorbehalten war. Denn während draußen in dem großen Zimmer rund ein halbes Dutzend Kristallkugeln von Dunkelelfen bewacht wurden, saßen der junge Kellner und ich in einem wesentlich kleineren Zimmer, das zudem mit diversen Schutzzaubern der Lichtelfen abgeschirmt wurde. Und das alles nur, damit Prinz Joseph unsere Versuche, ihn zu beobachten, nicht nachverfolgen konnte, falls er die Fee entdeckte, die uns half.

Blieb nur zu hoffen, dass dies nicht passieren würde.

Und trotz allem stand ich nicht einfach auf und verweigerte die Aufgabe, so sinnlos sie auch in meinen Augen schien. Der Prinz besaß keine offensichtliche Schwachstelle, dessen war ich mir sicher.

Aber du hast es mit eigenen Augen gesehen, erinnerte mich eine Stimme daran. *Du weißt, dass es stimmt.*

Lass mich in Ruhe!, verlangte ich und strengte mich an, meinen gefallenen Drachen stärker zu unterdrücken. Meine

Körpertemperatur stieg, Schweiß bildete sich in meinem Nacken. Ich spürte, wie mein Magen rumorte und meine linke Schläfe pochte. Immer mehr Stimmen tauchten in meinem Kopf auf, lauter und lauter. Als würden sie sich in einer Schlacht bekämpfen, in der es keinen Sieger geben konnte. Es klingelte in meinen Ohren und trieb mich schier in den Wahnsinn.

»Fassen wir also zusammen«, versuchte ich, ein Gespräch zu beginnen, in der Hoffnung, Williams Stimme würde all die anderen in mir zum Schweigen bringen, »bisher haben wir keinen einzigen Hinweis auf eine Schwachstelle.«

Lachend hob mein Gegenüber eine Augenbraue. »Wir sitzen nicht mal *einen* Tag hier. Natürlich haben wir noch keinen Hinweis.«

Merkwürdigerweise gab sich der Prinz so, als wäre das Attentat auf seine Mutter nie geschehen. Selbst der Palast glänzte wieder in seiner alten Schönheit – alles wurde repariert. Selbstverständlich gab es keine Leibwachen mehr, aber immer noch genügend Soldaten – allerdings mischten sich nun unter die Dunkelelfen auch einige Nachtelfen, Himmelselfen, Magier und Zwerge. Nun hatten sie nicht nur Magie- und Energieblocker – die Dunkelelfen – auf ihrer Seite, es waren auch sämtliche Elemente vertreten. Ein ungutes Gefühl machte sich in meiner Magengegend breit. Irgendetwas sagte mir, dass dies noch ganz andere Folgen mit sich bringen würde.

Der Tagesablauf hatte sich nicht verändert. Zwar blieb die Verlobte des Prinzen am heutigen Samstag dem Palast fern, dennoch gab uns Prinz Joseph keinerlei Anlass zu denken, dass sich auch nur irgendeine Kleinigkeit verändert hatte.

Das Problem an all dem war, dass uns die Aufnahmen der letzten Tage fehlten. Denn erst seit gestern war es den Rebellen wieder möglich gewesen, Kontakt zu den Feen in der Nähe des Palastes herzustellen. Mit Hilfe von Zwergen, die nicht auf der Seite der Rebellen standen, hatte die Königsfamilie alles wiederaufbauen können und das innerhalb dieser wenigen Tage. Höchstwahrscheinlich hatten sie das Chaos auch dazu genutzt, wichtige Informationen zu besprechen, die uns *Mondsklaven* betrafen. Doch das alles bekamen wir jetzt nicht mehr mit. Es war nicht zu übersehen, dass sie wohl damit rechneten, überwacht zu werden. Aber sie wollten uns keinerlei Schwäche zeigen – natürlich nicht – und so kam es nur mir so vor, als klaffe durch Königin Susannas Tod eine riesige Lücke in der Familie. Doch von Emotionalität, von menschlicher *Schwäche*, fehlte jegliche Spur.

Wir wussten nicht einmal, wie viele Überlebende es tatsächlich gab. Der erste Ring wirkte wie tot – niemand lief draußen herum, lediglich die Soldaten standen wieder auf ihren Positionen – und nur einige beleuchtete Behausungen gaben einen Hinweis darauf, dass zumindest vereinzelte Elfen den Angriff des *schwarzen Prinzen* überlebt haben mussten.

»Ich werde das Gefühl nicht los«, sprach ich meine Befürchtung aus, »dass sie wissen, dass wir sie beobachten. Ganz besonders Prinz Joseph.«

»Meinst du damit, dass wir die Beschattung besser abbrechen sollten?«, folgerte William und sah mich aufmerksam an.

Ich zuckte mit den Schultern. »Keine Ahnung.«

Inzwischen beobachteten wir den Prinzen dabei, wie sich seine Brust langsam hob und senkte, während er schlief. Er lag schon seit über einer Stunde im Bett. Nicht einmal Albträume suchten ihn heim und das, obwohl es in meinen Fingern nur so vor Nervosität kribbelte. Vielleicht war die Nacht nach dem Attentat bloß ein Zufall gewesen.

»Dann wird das hier wohl noch sehr lange dauern«, ergänzte William und gähnte. »Es ist schon spät. Ich finde, wir sollten-«

Doch ich biss mir auf die Unterlippe und schüttelte meinen Kopf. »Wenn wir das hier tatsächlich fortführen, denkst du nicht, dass gerade vielleicht in der Nacht etwas passiert, mit dem wir nicht gerechnet hätten?«

»Dir ist aber schon klar, dass wir irgendwann schlafen *müssen.*«

»Du vielleicht. Ich nicht.« Schließlich hatte mich mein Basilisk noch nie in Ruhe schlafen lassen – möglicherweise half mir dieses Mal die Unruhe, um bei der Beobachtung länger wachzubleiben.

Mein Gegenüber grinste mich an. »Das soll wohl ein Witz sein. Auch *du* brauchst mal eine Mütze voll Schlaf.«

»Wenn du weißt, wo es diese Mütze zu kaufen gibt, dann sag mir Bescheid.« Jetzt musste auch ich grinsen. Schon wieder erfüllte mich Wärme, sobald ich den Menschen auch nur ansah – trotz der drohenden Gefahr, die wie ein Damoklesschwert über uns schwebte.

Du lässt ihn zu nah an dich heran, ertönte es in meinem Kopf. Mein Grinsen erstarb auf der Stelle. *Stoß ihn von dir weg oder er wird den nächsten Vollmond nicht überleben.*

Ich werde rechtzeitig das Weite suchen, wenn der Tag der Verwandlung näher rückt, antwortete ich grimmig. *Also, verschwinde endlich aus meinem Kopf!*

»Alles in Ordnung?«, fragte William. »Du bist auf einmal ganz blass.«

Ich rückte von ihm ab und nickte zur gleichen Zeit. »Ja, ich … wir sollten uns wieder auf unsere Aufgabe konzentrieren.« Am liebsten würde ich ihn bitten, den Raum zu verlassen. Ich traute mir nicht. Und einen zweihundert Jahre alten Schattenelfen zu verletzen war eine Sache, aber einen Menschen zu verletzen hieß, ihn womöglich tödlich zu verwunden.

Er blinzelte. »Er schläft doch gerade. Und ich glaube nicht, dass wir viel verpassen, wenn wir uns unterhalten.«

»Vielleicht aber doch«, versuchte ich es weiter.

Doch er ließ sich nicht abwimmeln, sondern schien meine Antwort vielmehr als Stichelei zu verstehen. »Dann wird wohl die Welt untergehen, wenn ich dir verrate, dass ich achtzehn Jahre alt bin, und dass ich dich auch nach *deinem* Alter fragen wollte«, scherzte er weiter.

Ich spürte, wie sich der Kloß in meinem Hals vergrößerte. Aber vielleicht wollte er mich bloß etwas ablenken, indem er mich aufmunterte. Obwohl ich spürte, dass er mindestens genauso nervös war wie ich. Trotzdem überspielte er es – oder versuchte es zumindest.

»Warum tust du das?«, fragte ich geradeheraus, wobei ich es jedoch nicht schaffte, ihn anzusehen und stattdessen die Kristallkugel musterte und nebenbei registrierte, dass Prinz Joseph sich nun auf die Seite gedreht hatte.

Ich hörte Williams unsicheres Lachen – es klang wie ein Glockenspiel. »Ich … weiß es nicht«, antwortete er schließlich. »Ich mag dich irgendwie und möchte nicht, dass es dir schlecht geht.«

Mein Kopf fuhr hoch. Mit großen Augen sah ich ihn an. »Du *magst* mich?«

Schon wieder fand sich die Schamesröte auf seinen Wangen. »Ja.« Verlegen kratzte er sich am Hinterkopf, knetete seine Hände und erschrak, als er bemerkte, dass er kurzzeitig die Kristallkugel losgelassen hatte.

Hastig legte er seine Hände wieder darum und schaute zur Seite. »Ich finde dich unheimlich faszinierend. Und damit meine ich weder deine Schuppen noch deine Augen oder das Schlangenmal an deiner Schläfe.«

Das war zu viel.

Es war zu viel für mich.

Wieso sagte er das? Ausgerechnet in diesem Moment und unter diesen Umständen? Wir kannten uns doch erst seit wenigen Tagen. Außerdem hatte ich ihn wesentlich schüchterner eingeschätzt und jetzt platzte er einfach damit heraus, dass er mich mochte.

Ich wusste nicht, was ich darauf entgegnen sollte. Denn alles, was ich ihm sagen würde, wäre, dass er nicht das kannte, was ich so verzweifelt versuchte zu untergraben.

»Du irrst dich«, wies ich ihn zurück. »Du kennst nicht mein wahres Ich.«

»Und wenn ich fest davon überzeugt bin, dass ich es doch tue?«

Unsere Blicke trafen sich. Aber dieses Mal schaute keiner von uns weg. Der Ausdruck in seinen Augen war weich und einfühlsam – ganz anders als Prinz Josephs, dessen unnatürlich leuchtend blaue Iriden mit den silbernen Sprenkeln jedes Mal aufs Neue versuchten, die Seele zu durchforsten. Nicht nach Stärken, nein, sondern nach Schwächen.

Schweigend saßen wir nun da und starrten auf eine Kristallkugel, die uns wohl in den nächsten sechs Stunden lediglich einen schlafenden Schattenelfen zeigen würde.

Und mehr tat sie auch nicht.

Zwischenzeitlich fielen sowohl William als auch mir immer wieder die Lider zu, sodass wir die Beschattung nur schwerlich fortsetzen konnten. Außerdem brach das Bild für einen Moment ab und nur Schwärze zeigte sich uns, bevor eine andere Fee ihre Schicht antrat.

Auch mir wurde jetzt klar, dass ich keine andere Wahl hatte, mich wenigstens für ein paar Stunden schlafenzulegen. Vorsichtshalber holte ich mir dafür aber zuerst die Erlaubnis von Maijin ein, damit ich nicht ihren Plan zunichtemachte. Das Einzige, was sie darauf entgegnete, war, dass durch uns immerhin die Chance bestand, tatsächlich eine Schwachstelle zu finden. Selbst, wenn diese Chance noch so klein war. Also schliefen William und ich in möglichst kleinen Etappen und zu unterschiedlichen Zeiten, da auch Marla davon überzeugt war, nachts könnte womöglich etwas passieren.

Und auch wenn es noch immer lediglich darum ging, wann Prinz Joseph zu den Menschen geschickt werden sollte, um nach und nach die Kontrolle über sie zu übernehmen … war die Versammlung dennoch gänzlich anders: Die Räte waren allesamt ausgetauscht worden – bis auf die Hohepriesterin. Und auch wenn die Königsfamilie sich augenscheinlich nichts anmerken ließ, weil auch Prinzessin Inura und Aylên fehlten, so glaubte ich nicht daran, dass es ihnen nichts ausmachte. Allerdings gingen unsere Spione nicht nahe genug heran, damit ich die Mimik des Prinzen besser erkennen konnte. Doch meine innere Stimme war sich bei einer Sache ganz sicher: Seine tote Mutter war ein Anhaltspunkt, den wir nicht aus den Augen lassen sollten.

William und ich wechselten weiterhin nur spärliche Worte miteinander, da ich ihn noch immer auf Abstand hielt, aus der Sorge heraus, ich würde irgendwann nicht mehr sein Lächeln sehen können. Dabei war es das einzige im Moment, dass mich davon abhielt, vollkommen durchzudrehen, weil ich nicht wusste, wo meine Familie war. Ich wusste nicht, warum ausgerechnet *sein* Lächeln mich den Lichtblick in mir selbst finden ließ und meinen gefallenen Drachen beruhigte. Ganz anders als Prinz Joseph, der meine innere Dunkelheit umso mehr verdichtete. Bilder von ihm ließen mich nicht mehr in Ruhe. Immer wieder war es, als säße er neben mir und schaute mich an. Mit diesen unendlich traurigen Augen …

Ich bemerkte kaum, dass schon wieder eine Nacht vergangen war, in der wir vor der Kristallkugel gesessen hatten – die Sonne ging bereits am Firmament auf. Angestrengt rieben wir uns die Augen, obwohl wir zuvor abwechselnd einige Stunden geschlafen hatten. Der Prinz hingegen lag noch immer in seinem gigantischen Himmelbett und wirkte so friedlich, harmlos und unschuldig, dass es mich beinahe hypnotisierte.

Ich stutzte. Warum fiel mir erst jetzt auf, dass er mit offenen Vorhängen schlief? Normalerweise wurde sein Zimmer regelrecht von der Dunkelheit verschluckt, doch jetzt bildeten vorbeiziehende Wolken tanzende Schattengebilde auf dem dicken Teppich. Zudem wälzte sich der Prinz heute öfters in seinem Bett umher als in den letzten Nächten.

Abermals wechselte er die Seiten, sein Gesicht wirkte verkrampft. Jetzt bewegte er sogar die Lippen, aber ich konnte seine Worte nicht verstehen. Hatte er gerade einen Albtraum? Oder schreckliche Schmerzen? Ich wusste es nicht. Es schien beinahe so, als würden sich meine Vermutungen überschneiden.

Ohne zu überlegen legte ich mein Ohr an die Kristallkugel und versuchte zu verstehen, wovon der *schwarze Prinz* sprach. Vielleicht beinhalteten seine murmelnden Sätze Hinweise auf den Abhängigkeitsfluch.

Ein Schrei.

Abrupt sprang ich auf. Mein Gegenüber ließ die Kugel so schnell los, als hätte er sich verbrannt. Atemlos starrte er sie an. Mein Herz klopfte wie wild.

Kurz darauf erklang ein Name.

»Thyra-Fiah.«

In diesem Moment schien die Zeit stillzustehen. Es war, als könnte ich nicht mehr atmen, mich nicht bewegen, keinen klaren Gedanken fassen. Erschrocken klatschte ich mir die Hand auf den Mund. Aus dem Augenwinkel bemerkte ich, dass William mich anstarrte.

Prinz Joseph saß kerzengerade in seinem Bett. Seine Brust hob und senkte sich in einem viel zu schnellen Rhythmus. Panisch sah er sich in seinem Zimmer um. In Windeseile schlug er die Bettdecke zurück und sprang auf. Wie ein von Adrenalin getriebenes Tier tigerte er durch das Schlafgemach, als wäre er darin gefangen und könne nicht jeden Moment aus seiner Tür stürzen. Dabei murmelte er wieder etwas, was wir unmöglich verstehen konnten – noch näher an ihn heranzugehen, wagte die Fee nicht.

Immer wieder schüttelte der Prinz den Kopf und fuhr sich durch sein pechschwarzes Haar. Bis er abrupt vor der Fensterfront stehen blieb und sich schwer atmend daran abstützte. In dieser Position blieb er nur für einen Augenblick, bevor er sehr langsam seinen Kopf drehte und die Tür anstarrte.

Eine gefühlte Ewigkeit lang.

Ich stutzte, als ich glaubte, so etwas wie elfische Schriftzüge auf seinem Bauch zu erkennen. Sein T-Shirt, das er zum Schlafen trug, war ein wenig hochgerutscht, sodass ich freie Sicht auf einen Teil seiner nackten Haut hatte. Hatte ich damals im Trainingsraum also doch keine Halluzinationen gehabt? Doch seit wann schmückte der jüngste Königssohn seinen Körper mit Tattoos? Oder steckte womöglich mehr dahinter?

Wir sollten das im Auge behalten …

Plötzlich stürzte der Prinz zum Sessel neben seinem Bett, packte seinen Morgenmantel und schien wie besessen nach etwas zu suchen. Heftig schüttelte er ihn aus.

Bis etwas zu Boden fiel.

Langsam, fast schon behutsam, beugte er sich hinunter und hielt nur Sekunden später eine Art Fläschchen in der Hand, das jedoch leer war. Verstört beobachtete ich, wie sich Wut auf seinen ebenmäßigen Zügen abzeichnete, während sich in meinem Kopf allmählich die Puzzleteile zusammenfügten.

Ich wusste es, noch bevor die Kristallkugel William und mir die unumstößliche Wahrheit präsentierte.

Als würde ihn noch immer der Geist der Unterwelt reiten, riss Prinz Joseph die Türen zu seinem Ankleidezimmer auf und stürmte hinein. Ebenso ungehalten zog er aus dem hintersten Schrank sämtliche Kleidung heraus. Ging hinein. Und … öffnete einen weiteren Schrank.

Gefüllt mit zahllosen Fläschchen mit einer dunkelroten Flüssigkeit.

Der Rubinsonnentrank.

Das Gift der *Mondsklaven*.

Mit zitternden Händen packte er eines der gefüllten Fläschchen, öffnete es und schüttete den Inhalt in sich hinein. Seine Manieren vergessend wischte er sich die letzten Tropfen in den Mundwinkeln mit dem Handrücken ab.

»Was ist das?«, fragte William ausgerechnet die Frage, von der ich gehofft hatte, dass er sie nie stellen würde. Und die in mir nur noch weitere Fragen auslöste: Wenn William ebenso von mir abhängig war wie der Prinz, wieso benötigte er dann keinen Rubinsonnentrank? Wieso bei allen Naturgeistern schien es, als beeinflusste mein bestialisches Ich den *schwarzen Prinzen* mehr als einen harmlosen Menschen? Womöglich war dies auch der Grund, warum er vor einigen Tagen noch im ersten Ring gewütet hatte – weil er seine Magie von nun an ebenso wenig unter Kontrolle hatte wie ich meine dunkle Seite.

Was das für die *Friedensphönixe* und die Menschen bedeutete, wagte ich kaum in Worte zu fassen. Und der Vollmond tauchte bereits in weniger als sieben Tagen auf.

26

»Thyra?« William berührte meine Schulter. »Thyra!«

Doch ich schaffte es nicht ihn anzusehen, starrte weiterhin in die Kristallkugel und beobachtete den Prinzen dabei, wie er sich fertig umgezogen aus dem Zimmer begab.

»Thyra, was war das?«, fragte der junge Kellner nun deutlicher.

»Der Rubinsonnentrank«, antwortete ich so leise, dass ich für einen Moment glaubte, er konnte es unmöglich gehört haben.

»Der Rubinsonnentrank?«

Ich nickte. Nur ganz langsam hob ich meinen Kopf und sah ihn an. Versuchte, den dicken Kloß in meinem Hals hinunterzuschlucken. William erschrak, als er meinen Gesichtsausdruck sah.

»Sag mir bitte nicht«, folgerte er, »dass dieser Trank seine Kräfte verstärkt?«

»Der Trank verstärkt sie nicht.« Warum nur konnte ich nicht den Mund halten? Warum nur beließ ich es nicht dabei und machte ihn glauben, dass ich nicht wusste, welchen Inhalt die zahllosen Fläschchen im Geheimschrank des Prinzen bargen?

Er würde es ohnehin durch Maijin erfahren, erklang die altbekannte Stimme in meinem Kopf. *Oder durch jeden anderen. Denn jeder weiß, wozu dieser Trank gebraucht wird.*

Ich machte mir nichts vor. Ich musste ihm die Wahrheit sagen. Wenigstens entfernte er sich dann weiter von mir. Es war gut so, dann würde er nicht verletzt werden. »Es ist das Gift der *Mondsklaven*. Normalerweise brauchen wir ihn, um unsere Bestien in Zaum zu halten«, sagte ich schließlich und bemerkte, wie alle Farbe aus Williams Gesicht wich und er seine Hand sinken ließ – unmerklich machte er einen Schritt rückwärts.

»W-warum b-braucht d-denn ausgerechnet *er* das G-gift der *Mondsklaven*?« Vor lauter Verwirrung stotterte er – es brachte meinen Basilisken in Wallung. Hoffentlich hielt er mein Knurren für ein Schnauben.

Er tat es *nicht.*

Natürlich tat er es nicht.

Binnen eines Wimpernschlags war er aufgesprungen und drückte sich jetzt mit dem Rücken an die gegenüberliegende Felswand. Sein Herz pochte so laut, dass sogar ich es hörte. Das schnelle und flache Atmen machte es nur noch schlimmer – meine Zähne spitzten sich mehr und mehr zu.

Konzentriert schloss ich die Augen und atmete tief ein und aus. Versuchte, mich daran zu erinnern, was ich bisher in dem Meditationskurs der Himmelselfen gelernt hatte.

Und auch wenn sich das Rumoren in meinem Magen allmählich legte, so brachte ich es dennoch nicht über mich, William zu beruhigen und ihm zu sagen, dass ich ihn niemals verletzen würde. Denn ich würde es ganz sicher irgendwann tun. Es war nur eine Frage der Zeit.

Mit Blick auf die Kristallkugel – wo ich kaum registrierte, dass Prinz Joseph Richtung Empore ging anstatt zum Speisesaal – sagte mein Gegenüber mit belegter Stimme: »Wir müssen es Mai sagen!«

Dann sah William mich an. Und auch wenn ich wollte, dass er Abstand zu mir hielt, schmerzte es in meiner Brust, als ich seine angsterfüllten Augen erblickte.

»In Ordnung«, murmelte ich und machte auf dem Absatz kehrt, als ich mit einem Mal am Arm festgehalten wurde. Ich erstarrte mitten in der Bewegung.

»Es … es tut mir leid«, brachte William unerwartet hervor. »Ich wollte nicht … du hast …«

Ich sah hinter mich, er schüttelte den Kopf und ließ mich los. »Das ist noch alles neu für mich. Bitte, glaube mir! Meine Reaktion … sie war nicht so gemeint.«

Natürlich war sie das und das weißt du.

Müde blickte ich ihm ins Gesicht. Müde von den letzten Tagen, müde von meinem ewigen Kampf mit meiner inneren Bestie. Und vor allem war ich müde zu erkennen, dass es niemanden gab, der sich *nicht* vor mir fürchtete.

Niemanden.

Außer Prinz Joseph höchstpersönlich.

Die Erkenntnis traf mich wie ein Schlag ins Gesicht, und erinnerte mich gleichzeitig daran, dass wir noch etwas Dringendes zu erledigen hatten.

Ich wirbelte herum und stürmte hinaus. Hinter mir hörte ich William etwas rufen, aber den Inhalt verstand ich schon gar nicht mehr. Denn ich war direkt in die Arme von Maijin gelaufen. Der Ausdruck in ihrem Gesicht verriet nichts Gutes.

»Der König lässt alle gefangenen Rebellen öffentlich hinrichten«, eröffnete sie uns, wobei mir das Blut in den Adern gefror.

Meine Familie!, schoss es durch meinen Kopf, während ich gleichzeitig die Dunkelelfe an den Armen packte und schrie: »Wo wird es übertragen? Zeig es mir! Bitte!«

Maijin nickte bloß mit schmerzerfülltem Gesicht, so als würde sie wissen, dass mich diese Hinrichtung womöglich endgültig über den Rand des Wahnsinns schubsen würde.

Sie zog mich durch die Menge an Rebellen ganz nach vorne, wo die Übertragung mit Hilfe von einem Dutzend Feen von mehreren Kristallkugeln auf eine große Wand projiziert wurde. Dieses Mal begrüßte mich keiner mit einem speziellen Gruß, dafür war ihre Aufmerksamkeit zu sehr auf die Szenerie, die sich ihnen bot, gerichtet.

Ängstlich klammerte ich mich an die Dunkelelfe, während sie auch Marla an der Hand hielt, die kaum mehr zu atmen schien. Zuerst erkannte ich König Askeelan: Die aschegraue Haut, das pechschwarze lange Haar und die gleichen kristallenen Iriden mit den silbernen Sprenkeln, die mich ein bisschen zu sehr an Prinz Joseph erinnerten. Auf seinem Kopf thronte die gezackte, schwarz-violette Krone, deren spitze Enden an einen unüberwindbaren Wall erinnerten, und natürlich hatte er sich auch heute wieder in ein prächtiges Gewand aus schwarzer und silberner Seide gekleidet.

Mit hoch erhobenem Kopf schritt er auf der Empore zum Geländer und blickte mit ausdrucksloser Miene auf eine Masse an Personen herunter. Die beiden Söhne flankierten ihren Vater. Ich bemerkte, dass Prinz Joseph anscheinend noch immer neben sich stand.

Die Menge unter der Empore jubelte, manche von ihnen mussten sogar von den zahlreichen Wachen zurückgehalten werden, die rund um den Palast aufgestellt waren. Die Besucher strömten aus beiden Ringen hierher; die Feen hatten Mühe, das Gesamtbild einzufangen. Direkt unter der Königsfamilie war eine Erhöhung erbaut worden, auf denen einige Personen mit Schlingen um den Hals standen. Es mussten die Rebellen sein. Allerdings stand neben ihnen eine Person mit einer tief ins Gesicht gezogenen Kapuze – sie war auffallend groß.

Panisch suchte ich mit den Augen nach meiner Familie. Aber ich kannte von den Rebellen nur eine einzige Person: Die alte Zofe Ursidae stand zwischen Elfen jeglicher Art. Es waren fünf an der Zahl.

Trotz dessen, dass Erleichterung mein Herz erfüllte, umso stärker hörte ich die Menge hinter mir, wie sie scharf die Luft einsogen und lautstark protestierten. Manch einer fluchte, einige andere schluchzten. Während ich die Hoffnung auf ein Wiedersehen mit meiner Familie bewahrte, mussten sich andere von ihrer verabschieden.

Die Finsternis in mir vergrößerte sich mit dem zunehmenden Hass, den ich gegenüber König Askeelan und seiner Familie verspürte.

Die jubelnde Menge unter der Empore verstummte erst, als der König sich räusperte und in das Horn hineinsprach, das seine Stimme verstärkte:

Bewohner Hérons, hört mich an!
Die Rebellen durchstreifen weiterhin unseren wunderschönen Kontinent. Sie bringen Unruhe in unsere beschaulichen Leben, beeinflussen uns mit ihrer Emotionalität und reißen unsere Familien entzwei. Und vor allem begehen sie Lästerung gegenüber den heiligen Naturgeistern, womit sie die ehrwürdige Krone in Frage stellen.

Die Menge begehrte auf, reckte ihre Fäuste in die Höhe und brüllte verachtende Worte. Sie waren in erster Linie gegen uns *Mondsklaven* gerichtet. Auch wenn ich jede einzelne Beleidigung mindestens schon einmal gehört hatte, zuckte ich zusammen. Heute schienen die Gesetze von Héron außer Kraft gesetzt zu sein, denn so emotional hatte ich die Bewohner noch nie erlebt.

Ich riss mich zusammen, um nicht jeden Moment die Kristallkugel zu packen und sie gegen die Wand zu schleudern. Es würde nichts nützen – damit würde ich die zum Tode verurteilten Rebellen nicht retten können.

Die Mondsklaven *und ihre mickrigen Truppen sollen wissen, wo ihr Platz ist!*

Gleich einer Antwort erklangen ohrenbetäubende Jubelrufe. Übelkeit stieg in mir hoch. Ich konnte kaum meine Augen auf die Rebellen richten, die mit leerem Blick auf der Erhöhung standen, die Hände hinter dem Rücken gefesselt, und mit dem Leben bereits abgeschlossen hatten.

Ich glaubte, meinen Herzschlag nicht mehr zu spüren. Eine Vorahnung machte sich in mir breit. Ich konnte den Blick nicht von dem Henker losreißen. Warum nur erwärmten sich meine Fingerspitzen, sobald ich ihn ansah? Etwas stimmte nicht. *Wer* war diese Person?

Der Henker umgriff den Hebel, spreizte seine Finger, umgriff ihn wieder. Unruhig wippte er auf den Zehenspitzen vor und zurück.

Alle Anwesenden im Lager hielten die Luft an.

Der König hob seine rechte Hand und schloss für einen Moment die Augen, genoss die auffordernden Rufe der Menge, bis die Stimmen unter der Empore langsam verebbten und schließlich völlig verstummten. Seine Söhne standen wie perfekte Statuen neben ihm und rührten sich nicht. Obwohl … jetzt schien auch dem *schwarzen Prinzen* aufzufallen, dass etwas mit dem Henker nicht stimmte. Er verengte die Augen und musterte ihn. Ein nervöses Zucken ging durch seine Hände. An seinen Fingern bildeten sich winzige, dunkle Wölkchen.

Plötzlich stürmte ein halbes Dutzend Personen durch die Menge. In Windeseile erhoben sie ihre Hände und bildeten um sich eine Feuerwand, die sowohl die Menge als auch die Soldaten auf Abstand hielt. Magier. Und sie alle trugen dieselben Kapuzen wie der Henker.

In meinem Kopf drehten sich unaufhörlich die Rädchen. Es lag mir auf der Zunge, irgendwo tief verborgen wusste ich, wer sich hinter diesen Kapuzen versteckte.

Mit einem Mal hielten die Rebellen die Feuerwand so niedrig, dass man ihre nun freien Gesichter sehen konnte. Ich kannte sie alle: Es waren Klassenkameraden von Maykil – diejenigen, die durch eine Heirat ihrer Eltern nicht im Gebiet der Magier wohnten, sondern im Bereich der Lichtelfen, wie auch wir *Mondsklaven* dies getan hatten. Entsetzt schlug ich mir die Hand vor den Mund, als sich meine Vorahnung bewahrheitete.

Plötzlich zog auch der Henker seine Kapuze.

Maykil!, schrie es in mir so laut, dass sich binnen eines Herzschlages meine Glieder erschwerten – die Schuppen mussten sich nun beinahe auf meinem ganzen Körper befinden. *Was macht er dort oben?*

»Ihr werdet uns niemals vernichten!«, brüllte er und schnitt im gleichen Atemzug die Seile der zum Tode verurteilten Rebellen durch.

Ich fürchtete mich vor dem, was nun kommen würde.

Denn schon im nächsten Augenblick stürzten sich sämtliche Soldaten in den Kampf – inzwischen hatten einige andere Soldaten Armbrüste aus der Waffenkammer geholt, womit sie einfach durch die Feuerwand schießen konnten, ohne sich zu verbrennen.

Ich zuckte bei jedem Schuss zusammen.

Und dieses Mal waren die Wachen besser aufgestellt, differenzierter. Vor allem die Nachtelfen würden Maykil und seinen Klassenkameraden zum Verhängnis werden: Sie waren der Wassermagie fähig.

Schreie erfüllten die Luft. Im Bild wechselten sich Feuer, Waffen und Eis in immer kürzeren Abständen ab. Es war ein einziges Chaos, in dem ich nicht erkennen konnte, ob Maykil bereits getroffen worden war.

Eine gefühlte Ewigkeit dauerte der Kampf, bei dem ich nichts tun konnte, außer mit anzusehen, wie ein Rebell nach dem anderen fiel. Es war kein Trost, dass dabei einige der Soldaten bei lebendigem Leib verbrannten.

Ich schaute weg und suchte nach meinem Bruder.

Als mit einem Mal keine Schüsse mehr erklangen und sich das Feuer und der Staub allmählich legten. Und nur noch einer stand: mein Bruder. Er atmete schwer, die Fäuste geballt, und mit wutverzerrtem Gesicht starrte er hoch zur Empore – umzingelt von mehr als fünfzig Soldaten, Dunkelelfen wie Nachtelfen. Die Menge, die zur Belustigung hergekommen war, verstummte nun vollends.

Wartet!, verlangte der König und hob eine Hand.

Bringt ihn zu mir!

In diesem Moment knickten mir die Beine weg.

Maykil spie Feuer und schickte eine Flamme nach der anderen aus seinem Rachen. Doch gegen den kalten Atem der Nachtelfen, der ihn mit einer Schicht Eis überzog, hatte er kaum eine Chance. Eiszapfen bildeten sich an seinen flammend roten Haaren und seine Lippen hatten bereits eine gefährlich blaue Färbung angenommen. Seine Fähigkeit, Feuer zu bilden, versiegte für einen Moment, wodurch er angreifbar wurde. Einige gezielte Schläge der Dunkelelfen in seine Wirbelsäule und den Bauch und ihm gelang es kaum mehr, aufrecht zu stehen – sie hatten seine Fähigkeit, Feuer zu kontrollieren, und somit einen Teil seiner Lebensverbindung geblockt.

Die Wachen des Königs fesselten Maykils Hände und schleppten ihn die Eingangstreppe hoch in den Palast hinein, während er verzweifelt versuchte, das Gleichgewicht wiederzufinden.

Der König drehte sich nur kurz um, als die Dunkelelfen wenige Momente später mit ihrem Gefangenen hinter ihm auf der Empore auftauchten. Maykil sank auf die Knie, stützte sich mit den Händen ab und atmete schwer.

Ich glaubte sogar zu sehen, wie sich seine Lippen bewegten … Oder bildete ich mir das nur ein, aufgrund der Entfernung, die die Feen als Sicherheitsabstand einhielten?

Die beiden Söhne des Königs drehten sich nicht um. Allerdings verwirrte mich das weit weniger als die Tatsache, dass die Hände von Prinz Joseph zu Fäusten geballt waren. War es aufgrund der Abhängigkeit oder hingen seine verkrampften Gesichtszüge mit etwas anderem zusammen?

König Askeelan wandte sich wieder der Menge zu und erhob die Arme. Das schwarzsilberne Gewand schimmerte heftig im Licht der frühmorgendlichen Sonne.

Ihr Unwürdigen werdet die heiligen Natur-
geister um Gnade anflehen. Aber sie werden euch
nicht erhören. Euer Platz ist in der Unterwelt!

Schon wieder jubelte die Menge unter der Empore. Doch der Lärmpegel schien dieses Mal enorm anzusteigen. Dann richtete sich die Aufmerksamkeit der Feen wieder auf den König, der sich mittlerweile zu seinem jüngsten Sohn gewandt hatte. Ein abscheuliches Lächeln breitete sich auf seinem Gesicht aus.

Töte ihn.

27

Zwei Worte.

Zwei kleine Worte reichten aus, um mich einen markerschütternden Schrei ausstoßen zu lassen. »Nein! Nein, bitte nicht!« Tränen schossen in meine Augen, ließen meine Sicht verschwimmen. Ich spürte nur, wie mich die Arme von jemandem umschlangen und so daran hinderten, dass ich mich auf die Kristallkugel stürzte und sie auf dem Boden zerschmetterte.

Immer mehr Stimmen sprachen beruhigend auf mich ein.

Aber ich wollte mich nicht beruhigen.

Maykil war meine Familie! Wie sollte ich da jemals wieder zur Ruhe kommen? Der Schmerz in meinem Inneren war derart unerträglich, dass ich nicht aufhören konnte zu wimmern.

Ich hatte mich kaum mehr unter Kontrolle. Ich spürte, wie sich meine menschliche Haut verzog und zum Reißen gespannt war. Nach und nach bildeten sich die Schuppen – sie lagen wie ein Schutzpanzer um meine Glieder.

Sofort ließ man mich los.

Hastig blinzelte ich die Tränen weg, brauchte mich jedoch nicht einmal umzusehen: Aus dem Augenwinkel erkannte ich, dass ich Maijin und Marla verletzt hatte – tiefe Schnittwunden klafften an ihren Armen. Meine Schuppen hatten sie so mühelos verwundet, als wäre ihre Haut gar nicht vorhanden.

Ich erkannte auch William.

Und wie er mich mit weit aufgerissenen Augen ansah.

Es war gut, dass er Abstand hielt. Er sollte wissen, wozu ich fähig war, wozu mich meine mangelnde Kontrolle trieb. Und ich hatte nicht vor, mich zu beruhigen.

Ganz im Gegenteil.

Die Dunkelheit in meinem Inneren vergrößerte sich und übernahm immer stärker die Führung. Und ich ließ es zu. Ich gab mich der Dunkelheit hin, ließ mich in sie hineinfallen. Absichtlich. Denn meine Grenze war erreicht.

»Bringt mich zu ihm!«, brüllte ich nun mehr als dass ich schrie.

»Das ist unmöglich!«, grätschte Maijin dazwischen – ihre Züge waren so verzerrt, dass ich glaubte, sie erleide ebenso Schmerzen wie ich. »Er ist tot, bevor wir ankommen. Thyra, bitte, beruhige dich!«

»Das ist mir egal!«, sagte ich mit einer inzwischen viel zu dunklen Stimme, die unmöglich meinen menschlichen Stimmbändern entspringen konnte. »Bringt mich zu ihnen! Ich will *Rache*!«

Joseph?

Ich erstarrte. Sämtliche Anwesenden verstummten. Niemand bewegte sich oder schien zu atmen. Maijin, die ein weiteres Mal kurz davor war, mich bei den Schultern zu packen, erstarrte mitten in der Bewegung. Alle blickten wie gebannt auf die Steinwand, auf die das Bild der Kristallkugel projiziert wurde.

Ich traute meinen Augen nicht: Maykil war noch am Leben. Zwar konnte er seinen Kopf nur mit Mühe aufrecht halten, geschweige denn sich selbst – zwei Dunkelelfen stützten ihn seitlich, damit er stand und nicht wie vorhin auf dem Boden kniete –, aber sein von Hass erfüllter Blick war fest auf Prinz Joseph gerichtet. Den Schattenelfen, der dafür bekannt war, weder Kompromisse einzugehen noch zu zögern.

Und trotzdem stand er vor meinem Bruder und bewegte sich keinen Millimeter. Obwohl er seine rechte Hand bereits erhoben hatte, starrte er Maykil bloß an.

»Ja, verehrter Vater?«, fragte Prinz Joseph schließlich. Seine Haltung wirkte derart verkrampft, dass ich glaubte, jemand müsse ihn mit einem Zauber belegt haben.

Der König hob verwundert eine Augenbraue. »Du zögerst. Habe ich mich etwa missverständlich ausgedrückt?«

Es dauerte erneut bis Prinz Joseph antwortete: »Nein, verehrter Vater.« Er sah ihn noch immer nicht an, sondern starrte weiterhin meinen Bruder an.

Für den Bruchteil einer Sekunde glaubte ich zu sehen, wie Maykil seine Lippen bewegte. Und dass sich daraufhin Entsetzen in den Augen des *schwarzen Prinzen* spiegelte. Warum zögerte er?

Inzwischen ging ein Raunen durch die Menge, das allmählich zu wildem Flüstern ausartete und immer lauter wurde. Aber Prinz Joseph rührte und rührte sich nicht. Was *tat* er da? Und warum in aller Welt bewegte Maykil schon wieder seine Lippen? Was sagte er zu ihm? Es konnte sich nur um eine Drohung handeln.

Oder?

Aber normalerweise sollte das Prinz Joseph nicht aus der Fassung bringen.

Der König hingegen räusperte sich, verschränkte die Hände hinter dem Rücken und schritt zu seinem jüngsten Sohn – auf gefährlich langsame Weise.

Erst ganz nah an seinem Ohr hielt er inne.

Doch er flüsterte nicht.

Sondern brüllte: »Vollbringe es endlich!«

Prinz Joseph zuckte zusammen. Sogleich bildete sich schwarzer Nebel um seine Fingerspitzen. Binnen eines Wimpernschlages presste er seine rechte Hand auf das Gesicht meines Bruders. Pfeilschnell drang das Gift in dessen Nase und Mund, hüllte fast vollständig Maykils Kopf ein.

Im nächsten Herzschlag ließ Prinz Joseph von ihm ab. Der leblose Körper meines Bruders sackte nach vorne, seine Augen waren geschlossen, sein Brustkorb hob sich nicht mehr.

Dann brach das Bild ab.

In diesem Moment fühlte ich nichts.

Außer Leere.

Keine Wut, keine Trauer, keine Verzweiflung. Bloß noch Leere füllte mich aus. Nährte die Dunkelheit in mir.

Nur ganz langsam, als würde die Zeit nicht wie trockener Sand unaufhaltsam durch meine Finger rieseln, stand ich auf und drehte mich ebenso langsam zu den anderen um. Sie waren ein ganzes Stück von mir gewichen. Maijin hielt sogar mit einem Arm William hinter sich, damit er nicht zu nahe an mich heranging. An ihren Wangen liefen Tränen herunter, und auch Marla weinte.

Ich spürte mein Herz nicht mehr.

Dort befand sich nur noch ein großes Loch.

Und als ich mich wieder umdrehte und hinausrannte – so weit weg vom Lager der *Friedensphönixe* wie nur möglich – wusste ich nicht, welcher winzig kleine Lichtblick in mir mich dazu angehalten hatte, nicht alles in diesem Lager in Schutt und Asche zu legen.

28

Es dauerte fast einen ganzen Tag, bis sich jemand auch nur in meine Nähe traute. Obwohl die Sonne bereits unterging und nur noch ein rötlicher Streifen am Horizont aufflammte, wollte ich nicht, dass sie nach mir suchten. Ich versteckte mich schließlich nicht ohne Grund zwischen den kargen Tannen am Fuße des gigantischen Nubilates-Gebirge.

Zwar hatten sich die Schuppen inzwischen zurückgebildet, aber ich glaubte nicht an ein Wunder: Dies war bloß die Ruhe vor dem Sturm – ich war nichts anderes als eine tickende Zeitbombe.

Resigniert blickte ich über das freie Land Arûn und fragte mich, wie lange ich wohl zu Fuß zum dunklen Wald Tenerest bräuchte. Maijin rief meinen Namen. Flehte darum, dass ich irgendeinen Laut von mir gab. Aber ich antwortete nicht, überlegte sogar für einen kurzen Moment, ob ich nicht aufstehen und weitergehen sollte.

Und trotzdem machten ihre Füße neben mir Halt, nachdem sie mit knirschenden Geräuschen über das schroffe Felsgestein und lose Kiesel gestampft waren. Erst jetzt fiel mir auf, wie hart und bestimmt ihre Schritte waren und dass das womöglich daherkam, weil sie sich eine Weile als Soldat ausgegeben und deren Verhaltensweisen übernommen hatte.

»Thyra …« Der Klang ihrer Stimme war weich und versöhnlich. Und erinnerte mich ein bisschen an meine Mutter Salra. Maijin seufzte. »Bitte, komm wieder mit mir zurück.«

Kopfschüttelnd heftete ich meinen Blick auf den Boden. Ich schlang die Arme um meine angewinkelten Knie und legte mein Kinn darauf. »Ich werde euch verletzen. Oder schlimmeres«, entgegnete ich leise.

Maijin antwortete nicht darauf, sondern ließ sich neben mir auf dem Boden nieder. Aus dem Augenwinkel erkannte ich, dass sie in die gleiche Richtung schaute wie ich – allerdings mit einem verwirrten Gesichtsausdruck.

»Hörst du das?«, fragte ich deshalb und sah die Dunkelelfe an.

Sie blinzelte verwundert. »Nein, was meinst du?« Doch dann vergrößerten sich ihre violetten Augen. »Bei den Naturgeistern!«, rief sie aus. »Wo sind die ganzen Steinböcke, Murmeltiere und Adler, die hier eigentlich leben?«

Ich wandte meinen Blick ab. »Sie fürchten sich. Vor mir. Genau aus diesem Grund solltest auch du nicht hier sein.« Verstohlen sah ich auf ihre Arme, die bedeckt waren aufgrund der Kälte hier draußen – oder weil sie mir nicht direkt vorhalten wollte, wie sehr ich sie verwundet hatte.

Maijins Antwort war ein weiteres langgezogenes Seufzen. »Was mache ich nur mit dir?« Ich zuckte zusammen, als sie mich in den Arm nahm und fest an sich drückte. Die Wärme und Geborgenheit, die sie ausstrahlte, trieben mir Tränen in die Augen. Wie gerne ich in diesem Moment weinen wollte.

Aber ich durfte nicht.

Ich musste mich zusammenreißen und Maijin davon überzeugen, dass sie mich fortgehen ließ. Der Vollmond würde in wenigen Tagen auftauchen und ich wusste: Hier konnte ich unmöglich bleiben.

Das Bild des *schwarzen Prinzen* geisterte zwar immer noch in meinem Kopf herum, allerdings zeigte sein Gesicht nur eine einzige Regung: Die geweiteten Augen, nachdem mein Bruder ihm scheinbar etwas zugeflüstert hatte. Mein Verstand wollte und wollte nicht darauf kommen, was den Prinzen derart schockiert haben mochte.

»Du kannst nicht hierbleiben«, stellte die Dunkelelfe fest und holte mich aus meinen Gedanken zurück. »Ich hätte es besser wissen müssen.« Sie schüttelte den Kopf. »Das Lager ist wie ein Käfig für dich, dabei brauchst du die Freiheit.«

Ich zuckte mit den Schultern. »Dann werde ich gehen.« Das hatte ich ohnehin vorgehabt. Den Weg zum dunklen Wald Tenerest würde ich finden – ich war mir sicher, dass mich mein Basilisk dort hinleiten würde. Aber wie stellte ich es an, dass ich mich an den Wachen des Königs vorbeischleichen konnte? Sie bewachten die Mauer zu Hunderten. Hinein kam man nur durch zwei direkt aufeinanderfolgende Tore, ebenso wie hinaus. Über die Mauer zu klettern war genauso unmöglich wie einen Tunnel zu graben.

»Das werde ich nicht zulassen«, beantwortete Maijin meine Gedankenfragen.

Doch ich blieb hartnäckig und sah ihr fest in die Augen. »Der Tenerest-Wald ist meine einzige Möglichkeit.«

»Ist er nicht«, hielt Maijin dagegen. »Außerdem werden die Soldaten mit dir rechnen, da bin ich mir sicher.« Sie holte tief Luft, bevor sie ergänzte: »Und vor allem Prinz Joseph.«

Die Erkenntnis traf mich wie ein Blitz.

Jählings sprang ich auf.

»Oh, beim allmächtigen Geist der Unterwelt!«, rief ich entsetzt.

Die Dunkelelfe schreckte hoch. »Was? Was ist los, Thyra?«

»Und wenn all dieses unauffällige Verhalten nur eine Tarnung ist?«, sprach ich meine Befürchtung aus. »Wenn Prinz Joseph längst weiß, wo wir uns befinden?«

Mit großen Augen blickte sie mich an und schüttelte zögernd den Kopf, so als hielte sie mich für verrückt. »Thyra«, sprach sie vorsichtig aus, so als glaubte sie, ich könnte bei einer zu hektischen Bewegung implodieren. »Was meinst du damit?«

Und dann erzählte ich ihr alles. Ich berichtete davon, was mir vor unserer Flucht widerfahren war: Dass ich glaubte, der Prinz wäre von mir ebenso abhängig wie William und vor allem schilderte ich ihr, was ich heute Morgen gesehen hatte – kurz bevor das Desaster eintrat.

Heftig packte Maijin mich bei den Schultern. »Wir müssen sofort von hier weg! Hier draußen sind wir ein leichtes Ziel für ihn! Und wir müssen die anderen warnen – *jetzt!*«

Anfangs stolperte ich ihr hinterher und schaffte es nicht, einen vernünftigen Stand zu erreichen, geschweige denn das Gleichgewicht zu finden. Doch nach einiger Zeit hielt ich mit ihr Schritt. Als wir das Lager erreichten, war es bereits finstere Nacht. Meine Lunge brannte, ich stützte mich auf den Oberschenkeln ab und hustete so ziemlich alles aus mir heraus, das meine Lunge zu verstecken schien.

Maijin hingegen wirkte, als hätte sie gerade einen Spaziergang gemacht und wäre nicht gerannt – sie atmete bloß schneller als sonst. Sofort eilte sie zu einer Gruppe von Dunkelelfen, die den Eingang bewachten, und wies sie an, alle *Friedensphönixe* zum Versammlungspunkt zu schicken.

Ich richtete mich gerade wieder auf und wollte mich ebenfalls auf den Weg machen, als mich die Aussage einer Wache innehalten ließ: »Irgendetwas stimmt mit den Kristallkugeln nicht. Vor ungefähr zwei Stunden haben sie angefangen, zu vibrieren und verzerrte Geräusche von sich zu geben, weshalb wir sie aus dem Steinhaus geräumt haben. Wir bekommen kein Bild mehr zustande.« Dann zeigte er mit seinem ausgestreckten Arm in die Richtung des Versammlungspunktes. »Die meisten sind noch dort und untersuchen die Kristallkugeln.«

Maijin und ich tauschten nur einen kurzen Blick aus.

Dann rannten wir los.

Als wir beim Versammlungspunkt ankamen, war selbst sie außer Atem und hielt sich die Seite. Aufgeregt drehte sie ihren Kopf in alle Richtungen, verschaffte sich einen Überblick.

Und auch ich starrte bloß auf die Kristallkugeln, deren Vibrieren immer stärker wurde, dass es sich wie ein ohrenbetäubendes Knurren meiner Selbst anhörte. In ihrem Innern waberte *schwarzer Rauch.*

Er *tut das*, dämmerte es mir. *Prinz Joseph greift uns an!*

Wie aus dem Nichts kehrte Stille ein. Weder die Kristallkugeln noch die Anwesenden gaben einen Laut von sich. An die Steinwand projizierte sich wie von selbst ein Bild: Das Schlafgemach des *schwarzen Prinzen* – und es war ein Dutzend Mal in allen anderen Kristallkugeln zu sehen.

Verstört starrte ich auf die Szenerie, die sich mir bot: Der Prinz saß auf der Bettkante und wiegte sich wimmernd vor und zurück, vor und zurück, vor und zurück. Das Wimmern wurde immer lauter, ähnelte mehr und mehr einem Schluchzen. Dann einem merkwürdigen, kehligen Laut.

Plötzlich warf er seinen Kopf in den Nacken, lachte laut, und richtete dann seinen Blick auf … *mich.* Ohne Zweifel. Er sah mich direkt an, als sich seine Lippen zu einem finsteren Lächeln verzogen. »Mir ist bewusst, dass ihr mich beobachtet. Ich kenne deinen Standort, Thyra-Fiah Cerrejonensis.« Mein Herz setzte aus. »Flieh – solange du noch kannst.«

Ein ohrenbetäubender Lärm erfüllte den Raum.

»Runter!«, schrie ich.

Als mit einem Mal die Kristallkugeln explodierten und in abertausende, winzige Splitter zerstoben.

29

Maijin reagierte sofort: Als eine der ersten rappelte sie sich auf. Unzählige Splitter steckten in ihrer Haut – ich erkannte es an den blutigen Punkten und dem Glitzern, wenn sie sich im Schein der Wandkerzen bewegte –, doch sie ignorierte die Verletzungen. Mit geballten Fäusten und einem von Wut verzerrtem Gesicht rief sie: »Ich werde nicht zulassen, dass dieser verdammte Prinz alles kaputt macht, wofür wir so hart gekämpft haben!«

Um mich herum standen alle auf. Manche von ihnen sogen scharf die Luft ein, einige Rebellen waren derart stark getroffen worden, dass das Blut ihre Kleidung tränkte. Allerdings schien sich niemand darum zu kümmern. Stattdessen reckten sie alle ihre Fäuste in die Höhe und stimmten der Dunkelelfe zu. Inzwischen entdeckte ich auch Marla, die völlig unversehrt neben ihrer Enkelin stand – Maijin musste sich auf sie geworfen haben.

Doch wo war William?

Als ich mich nach oben drückte, verspürte ich keinerlei Schmerzen. Vielleicht lag es an meinem schockierten Zustand. Allerdings entdeckte ich auch kein Blut. Und während ich mich langsam umdrehte, erschloss sich mir der Grund. Denn dieser stand direkt vor mir: Der Mensch war nicht verletzt, obwohl er ebenso wie alle anderen mittendrin gestanden hatte, als die Kristallkugeln explodiert waren.

Ich hatte ihn geschützt.

Mit meinen Schuppen.

Mit geweiteten Augen starrte er mich an und schaffte es nicht, einen vernünftigen Satz zustande zu bringen. Immer wieder stammelte er etwas von einem »Danke« und dass ich ihm schon wieder das Leben gerettet hatte – weil er das auf keinen Fall als Mensch hätte überleben können.

»Thyra und ich werden gehen und diesem verwöhnten Nichtsnutz in den Allerwertesten treten!«, ergänzte Maijin und zog damit wieder meine gesamte Aufmerksamkeit auf sich. »In fünf Tagen ist

Vollmond – der geballten Macht eines Basilisken wird er nichts entgegensetzen können!«

Die Rebellen jubelten und brüllten Worte der Freude. Mir hingegen blieb regelrecht das Herz stehen: Sie wollte, dass ich den Prinzen nicht einfach nur tötete. Mit der Macht des Vollmondes würde ich ihn *in Stücke reißen.*

Das gefiel mir.

Es gefiel mir sogar außerordentlich gut.

Und das machte mir Angst. Ich wollte zwar meinen Bruder rächen, aber mich dabei nicht völlig in meiner dunklen Seite auflösen. Wer wusste schon, ob ich jemals wieder dort herausfand.

Aber mir blieb keine Wahl. Hierbleiben konnte ich nicht – ansonsten würde alles nur in einem Blutbad enden. Die einzige andere Möglichkeit war, zum nordöstlichsten Punkt von Héron zu reisen, um in meiner vollständig verwandelten Gestalt in den Wald Tenerest zu gelangen. Die finstere Stimme in mir war der festen Überzeugung, die Soldaten würden mir aus Angst freiwillig die Tore öffnen.

Unerwartet fand William seine Stimme wieder. »Ich werde mit euch kommen!«, verkündete er fest entschlossen. »Prinz Joseph kann mir mit seiner schwarzen Magie nichts anhaben.«

Ich war versucht, ihm zu sagen, dass es weit mehr brauchte, um den *schwarzen Prinzen* zu stoppen – schließlich hatte er zweihundert Jahre lang Zeit gehabt, sich körperlich fit zu halten und die Kontrolle über seine beiden anderen Elemente, Wasser und Luft, zu perfektionieren –, doch so weit kam ich gar nicht. Denn die nächste Stunde verging derart schnell, dass ich glaubte, sie wäre lediglich eine Momentaufnahme gewesen: In Windeseile hatten wir das Nötigste zusammengepackt und uns von den anderen verabschiedet – nachdem sich Maijin von den Lichtelfen sämtliche Splitter herausnehmen und die Wunden desinfizieren lassen hatte. Danach hinterließ sie noch einige Anweisungen für die *Friedensphönixe*: Auch wenn die Chance hoch war, dass wir Prinz Joseph mit meiner Hilfe in den dunklen Wald Tenerest locken würden, so mussten die Rebellen dennoch auf jegliche Vorkommnisse vorbereitet sein.

Schließlich hatten wir es mit Prinz Joseph zu tun und nicht nur ich traute ihm alles zu.

Die Rebellen versprachen, sich in Gruppen aufzuteilen, ihre Waffen aufzurüsten und sich nach und nach im Land Héron zu verteilen, um den anderen Verbündeten auf halbem Wege entgegenzukommen – jetzt nützte kein ausgefeilter Plan mehr, wir mussten direkt angreifen. Und auf diese Weise *musste* der Prinz mir folgen. Denn was die anderen, William eingeschlossen, noch nicht wussten, war, dass ich die Existenzgarantie des *schwarzen Prinzen* darstellte und er alleine schon deshalb den Weg zu uns Dreien einschlagen würde.

Zumindest hoffte ich das.

Niemand wusste, ob er nicht absichtlich die Zeit für sich spielen ließ und zuerst die anderen Rebellen ermordete und mich erst nach meiner Verwandlung in meiner verwundbaren, menschlichen Gestalt aufsuchen würde.

Wie sollte ich ihm entgegentreten? So lange er von mir abhängig war, konnte er mich nicht töten – aber demütigen. Auf jede erdenkliche Art und Weise.

Es schauderte mich bei dem Gedanken daran, sodass ich nicht einmal richtig registrierte, wie sehr Marla beim Abschied weinte. Schon wieder schienen alle anderen Stimmen viel zu weit entfernt, als dass ich sie wirklich verstehen konnte.

Und dann schulterten wir die Rucksäcke mit dem Proviant, schlüpften durch den Vorhang, gingen durch die hochaufragenden Felsen hindurch und trafen am Eingang auf Runa, den Phönix von Maijin. Doch auf ihr zu fliegen war einerseits nicht ganz ungefährlich, weil man uns leichter entdecken konnte. Zum anderen konnte sie keine drei erwachsenen Personen tragen. Doch zur Verteidigung bei einem Angriff – sei es durch ein wildes Tier oder einen Soldat des Königs – war sie uns allemal eine Hilfe. Auch wenn sie einen gewaltigen Abstand zu mir hielt und unruhig wurde, sobald sie mir zu nahe kam. Schließlich war mein gefallener Drache wieder erwacht.

Während wir wanderten, hielt Runa Ausschau nach potenziellen Gefahren und kommunizierte mit ihrer Reiterin über Laute, die ich nicht zu entziffern vermochte. Während der nächsten vier Tage sprachen Maijin, William und ich nur das Nötigste, um Kräfte zu sparen. Wir liefen, bis uns die Füße wehtaten, machten nur sporadisch Pausen und beobachteten mich dabei, wie sich immer mehr Schuppen auf meinem Körper zeigten – Schuppen, die ich *nicht* durch meine Emotionalität zu kontrollieren vermochte.

Meine Gedanken wurden nur durch eine einzige Sache bestimmt: Ich wollte meinen Bruder rächen, kostete es, was es wolle. Und ich würde meine Eltern retten. Ich würde sie nach meiner Verwandlung suchen – und nicht mehr die gleichen Fehler begehen.

Das freie Land Arûn bot nicht viel für das Auge, außer hier und dort einige ausufernde Laubbäume, auch wenn wir querfeldein liefen, entlang des Flusses und gefährlich nahe am Armenviertel vorbei, das von manipulierten Menschen nur so wimmelte – alles andere war von hohem Gras durchzogen, das uns oftmals bis zu den Hüften reichte. Wir duckten uns ganz tief hinein und schlichen mehrmals an umherwandernden Dunkelelfen-Soldaten vorbei, die hier und dort stationiert waren, um die Feldarbeit der Menschen zu überwachen. Jedes Mal klebte Schweiß an meinen Schläfen und mein Herz pochte so laut, dass ich zwischenzeitlich das Gefühl hatte, sie würden uns ganz sicher bemerken. Wir hörten ihre festen Schritte, wenn sie umhermarschierten und bewegten uns nur dann, wenn sie es auch taten.

Als die Sonne zum vierten Mal unterging, blieb die Dunkelelfe unerwartet stehen, packte die Karte von Héron in ihre Hosentasche und setzte sich mit den Worten hin: »Lasst uns noch eine allerletzte Rast einlegen, bevor wir die Mauer erreichen. Wir brauchen nur noch eine Viertelstunde Fußmarsch dorthin.«

Schon aus dieser Entfernung erblickte ich die imposante Größe der Mauer. Und ihr Anblick rief Erinnerungen in mir wach. Erinnerungen an meine erste Verwandlung. Wo ich Hals über Kopf durch das riesige, schwarze Tor gestürzt war, kurz davor mich zu verwandeln. Gerade noch rechtzeitig hatte ich genug Abstand zwischen mich und die Soldaten der Mauer sowie die Bewohner des zweiten Rings gebracht, als ich mein menschliches Bewusstsein verlor. Ich erinnerte mich nur noch daran, wie ich wieder erwacht und auf der Suche nach dem Ausgang barfuß durch den Wald gestolpert war und wie mich dann eine Kutsche wieder in mein Elternhaus zurücktransportiert hatte.

Ich schüttelte den Kopf so heftig, als würde ich auf diese Weise die Gedanken abschütteln können, und ließ mich erschöpft ins Gras fallen. Im Sitzen überragten uns die Gräser ein gutes Stück.

Auch William ließ sich auf dem Boden nieder und begann damit, Äpfel zu schneiden und diese zu verteilen. Dasselbe tat er auch mit dem Laib Brot – sein Rucksack war der letzte, der noch mit Proviant gefüllt war. Doch was aßen wir, wenn nichts mehr übrig war? An Wasser mangelte es uns aufgrund des nahen Flusses nicht – die Flaschen, die wir eingepackt hatten, konnten wir wieder auffüllen. Aber Essen würde definitiv schwierig werden. Im Wald Tenerest gab es nichts Essbares – zumindest nichts, was ein Mensch oder eine Elfe essen konnten. Zumal sie sich ohnehin nicht dort hineintrauen würden, da einige Gewächse des Waldes allein schon bei einer simplen Berührung heftige Brandblasen verursachen würden.

Ich wagte es nicht, den Gedanken fortzuspinnen.

»Wenn alles nach Plan verläuft«, begann Maijin kauend, »sollten wir uns danach sofort auf den Weg zum Palast machen. Die anderen Rebellen werden auf uns im zweiten Ring warten. Im Untergrund der Feenstadt.«

Ich wollte protestieren. Wollte ihr klarmachen, dass ich unmittelbar nach meiner Verwandlung keinen geraden Schritt zustande bringen würde – zumal es sicherlich kein leichtes Unterfangen wäre, uns an den Soldaten vorbei zu schleichen. Doch ich schwieg und stellte mir stattdessen vor, wie ich meine Eltern fand und sie aus den toten Händen des Königs entriss – ich war mir sicher, dass sie längst nach mir suchen würden, wenn sie frei wären. Sie zu suchen und zu finden besaß oberste Priorität.

»Und wenn nicht alles nach Plan verläuft?«, hörte ich mich fragen. Daran hatte ich nie bewusst gedacht. Was würden wir dann tun? Möglicherweise war diese ganze Mission auch zum Scheitern verurteilt.

William schien meinem Blick auszuweichen, während Maijin tief einatmete und mit einer derartig nüchternen Ernsthaftigkeit antwortete, dass mir das abgebissene Stück Brot beinahe im Hals stecken blieb: »Dann werden wir wohl tot sein.«

Darauf entgegnete ich nichts.

Möglicherweise würde es schiefgehen.

Aber daran wollte ich nicht denken.

Als allmählich die Dunkelheit hereinbrach und der Mond und die Sterne die Umgebung erhellten, meldete ich mich freiwillig zur ersten Wache. Mir gelang es ohnehin nicht zu schlafen. Zu vieles ging mir durch den Kopf. Zudem verhielt sich mein Basilisk unruhig, so als erwartete er eine Bedrohung. Mein Pulsschlag erhöhte sich, sämtliche meiner Muskeln waren angespannt – vielleicht lag es aber auch daran, dass beinahe mein gesamter Körper von einer Schicht Schuppen ummantelt war.

Die Dunkelelfe hingegen schien bereits tief und fest zu schlafen. Ihr Phönix hatte sich auf einem hervorstehenden Felsen in sicherer Entfernung niedergelassen. William jedoch wechselte ständig seine Position – bis er es schließlich aufgab und sich aufsetzte. Er blies die Backen auf und fuhr sich mit der Hand durch das blonde Haar, während er die Beine anwinkelte und sich anschließend nach vorne beugte, um sich auf seinen Knien abzustützen. Er schien mich überhaupt nicht zu bemerken, sondern vielmehr zu überlegen. Woran er wohl dachte?

Wahrscheinlich nerven ihn die Bartstoppeln, erschienen die Worte wie selbstverständlich in meinem Kopf. Ich erstarrte, als ich bemerkte, dass ich schmunzelte und ihn wohl eine ganze Weile beobachtet hatte. Hastig wollte ich meinen Blick abwenden, bevor er es noch bemerkte.

Doch da war es bereits zu spät.

»Ja, ich weiß, dass ich langsam so aussehe wie ein bärtiger Wikinger«, entgegnete er mit einer hochgezogenen Augenbraue und einem Lächeln auf den Lippen. »Immerhin habe ich einen richtigen Bartwuchs – da bin ich wohl eine Seltenheit zwischen all den Elfen mit ihren Stoppeln, die erst nach mehreren Tagen auftauchen.«

Ich musste mich zusammenreißen, nicht laut loszulachen. Schnell klatschte ich mir die Hand vor den Mund. Ich schüttelte den Kopf und bat ihn, sich zu mäßigen. Warum konnte er mir nicht einfach gleichgültig sein? Es war zu gefährlich für ihn.

Allerdings schien ihn das nur wenig zu kümmern, da er näher an mich heranrückte. »Was hast du gesagt? Ich habe dich nicht verstanden.« Unsere Schultern berührten sich und trotz meiner Schuppen spürte ich deutlich die Wärme seines Körpers.

Als ich den Kopf drehte, hefteten sich meine Augen automatisch an seine Lippen. Aus dieser Entfernung erkannte ich jede Furche darin. Ich spürte, wie sich binnen weniger Herzschläge die Atmung meines Gegenübers beschleunigte.

Nur ganz langsam hob ich meinen Blick. Seine braunen Iriden hatten noch nie eine derart warme Intensität gehabt wie in dieser Nacht. Und trotzdem wollte ich die Kontrolle behalten, wollte keinen Fehler begehen, den ich nie wieder zurücknehmen könnte.

Ich vergrößerte den Abstand zwischen uns, rückte ein Stück von ihm weg. Wir hatten eine Mission und sollten uns ausschließlich auf diese konzentrieren. Mir gingen bereits genug Dinge durch den Kopf. Wieso suchte er sich ausgerechnet diesen Moment – kurz vor der Vollmondnacht – aus, um sich mir wieder zu nähern? Ich wusste nicht einmal, ob der Mondgeist mich nicht viel früher zur Verwandlung antrieb.

Doch William verringerte wieder den Abstand zwischen uns. Erneut berührten sich unsere Seiten – meine andere Körperhälfte wirkte im Gegensatz dazu regelrecht durchgefroren.

»Vielleicht hältst du mich für verrückt«, setzte er an, während ich den Blick noch immer nicht von seinen Lippen abwenden konnte, »aber es kommt mir so vor, als würde ich dich schon Jahre kennen. Du …« Er schüttelte den Kopf, lachte. »Nein«, fügte er dann hinzu. »Das kann ich dir nicht sagen. Aber …« Er beugte sich immer weiter vor.

Nein!, schrie es in meinem Kopf.

Warum sah er mich auf diese Weise an? Er sollte mich nicht so ansehen, als würde er zum ersten Mal in seinem Leben das Phänomen der aufgehenden Sonne erblicken.

Dann legten sich seine Lippen auf meine.

Erschrocken riss ich die Augen auf, bewegte mich nicht. Fühlte seine weichen, warmen Lippen, die noch nach den süßen Äpfeln schmeckten und seine Bartstoppeln, die an meinen Wangen kratzten. Er berührte mich nicht, drängte sich mir nicht auf, sondern ließ seine Lippen auf meinen ruhen, während er die Augen geschlossen hielt. Und dennoch löste diese winzig kleine, intime Bekundung elektrische Signale in meinem Inneren aus. Ein Kribbeln durchfuhr meinen ganzen Körper.

Kurz darauf löste er sich wieder von mir.

Zögernd öffnete William die Augen und erwiderte meinen Blick. Seine Wangen erröteten. Er lächelte schüchtern. Dann schaute er zur Seite, biss sich auf die Lippen, kratzte sich erneut am Hinterkopf, bis er schließlich den Mut fand, seine Gedanken auszusprechen: »Es … es tut mir leid, ich …« Er schüttelte den Kopf, versuchte es nochmal.

Aber ich hörte schon gar nicht mehr zu. Dafür war ich zu sehr auf die Dunkelheit, die uns umgab, fixiert. War es nicht bis eben noch heller gewesen? Jetzt schien es, als hätten gigantische Wolken das Licht der Gestirne verschluckt.

Doch da war keine Wolke.

Nicht eine einzige.

Vorsichtig stand ich auf, registrierte die Umgebung mit meinen basilisken Sinnen. In meinem Magen rumorte es heftig. Ein scharfes Knurren entwich mir. Mehr und mehr wurden sowohl William als auch Maijin von einer mysteriösen Schwärze verschluckt.

Die Erkenntnis traf mich wie ein Schlag ins Gesicht.

Er war hier.

»Lauft!«, schrie ich so laut ich konnte – Maijin und William waren fast zeitgleich auf den Beinen.

Doch sie kamen nicht weit.

Als sie losrennen wollten, knallten sie gegen ein unsichtbares Hindernis und prallten hart auf den Boden. Zeitgleich sogen sie scharf die Luft ein. Nur mit Mühe kämpften sie sich nach oben und hielten ihre Seiten.

Ich wollte zu ihnen gehen. Doch als ich einen Schritt nach vorne setzte, eckte dieser an etwas an. Und obgleich die Dunkelheit mit einem Schlag verschwunden war, sah ich trotzdem nicht, was dort vor mir lag.

Prinz Joseph musste ganz in der Nähe sein. Meine Nerven waren bis zum Zerreißen gespannt. Hektisch sah sich William in alle Richtungen um, während Maijin ein Kurzschwert zückte und ihre Kampfstellung einnahm. Sie musterte die Umgebung, die lediglich von Gras durchzogen war.

Und dann erkannte ich, was sich wirklich zwischen uns befand: unzählige, tiefschwarze Fäden, die vom Erdboden bis weit in den Himmel hineinreichten. Unverzüglich kroch mir eine eisige Kälte den Rücken hinauf. Ich stand inmitten eines Gefängnisses, geschaffen aus schwarzer Magie.

Jetzt bemerkten es auch William und Maijin. Mit geweiteten Augen starrten sie das Ungetüm vor ihnen an, das mich von ihnen trennte. Wenn Prinz Joseph jetzt angriff, würde ich die beiden nicht schützen können.

Auch in mir stieg die Panik.

Wir hatten den Plan nicht ganz durchdacht. Ich hätte wissen müssen, dass dem Prinzen weit mehr zuzutrauen war als nur ein vergleichsweise banaler Angriff. Niemand von uns wusste um das gesamte Ausmaß der schwarzen Magie – und diese Mauer, dieses Gefängnis aus abertausenden dunklen Fäden, war ein Teil dieser Unkenntnis.

Behutsam schob sich William vor die Dunkelelfe und hob die Arme angewinkelt an, so als würde er sich in einem Boxkampf verteidigen wollen. Maijin hingegen drehte sich um, sodass die beiden nun Rücken an Rücken standen. Und auch ich achtete auf jedes Wiegen und Biegen der Gräser.

Unsichtbar machen konnte sich der *schwarze Prinz* meines Wissens nach nicht. Vielleicht hatte er sich in den einzigen Laubbaum gehockt, den ich in diesem Umkreis ausmachen konnte. Schließlich musste er auf irgendeine Art und Weise die schwarze Magie kontrollieren und das sollte eigentlich nur aus nächster Nähe funktionieren.

Ich versuchte, den beiden zu verstehen zu geben, dass sie auf den Baum achten sollten. Doch das brauchte ich gar nicht, denn die anderen beiden bemerkten ihn ebenfalls. Maijins Hand wanderte vorsichtig zu ihrem Gürtel, an dem ihre zweite Waffe hing: ein Revolver.

Plötzlich bildete sich dunkler Nebel zwischen uns. Er schlängelte sich um die einzelnen Fäden, gefolgt von unheimlichen Geräuschen, die an das verzerrte Rufen einer Eule erinnerten, und sammelte sich schließlich am Rande des schwarzen Gefängnisses.

Direkt neben *mir*.

Mein Puls schoss in die Höhe, die Hitze meines Körpers versuchte, mich zu übermannen. Meine Zähne spitzten sich zu. Meine gespaltene Zunge schnellte immer wieder nach vorne. Ein bedrohliches Knurren kroch aus meiner Kehle hervor.

Als sich mit einem Mal der Nebel lichtete und eine hochgewachsene Gestalt freigab. Das Glühen in seinen unnatürlich leuchtendblauen Augen war unverkennbar intensiv. Und das Lächeln auf seinen Lippen versprach eine Verheißung, die unweigerlich auf den Geist der Unterwelt anspielte.

Allerdings verfügte auch ich über dieses Lächeln. Und erwiderte es: »Du wirst hier nicht lebend wieder rauskommen«, drohte ich in einer längst nicht mehr menschlichen Stimme und machte einen Schritt vorwärts. »Dafür werde ich sorgen. Im Namen meines Bruders!«

Erkenntnis blitzte in seinen Augen auf. Allerdings entgegnete er nichts. Sondern starrte mich bloß an. Bis er abrupt seine Aufmerksamkeit verlagerte.

Auf Maijin und William.

»Nein!«, schrie ich.

Und warf mich auf Prinz Joseph.

Unter dem enormen Gewicht meiner Schuppen konnte er sich unmöglich aufrecht halten – und krachte gemeinsam mit mir zu Boden. Ich umgriff den Hals des Prinzen und drückte zu. Er röchelte und gab würgende Geräusche von sich.

Aus dem Augenwinkel sah ich, dass die Dunkelelfe den Hahn des Revolvers spannte. Und abdrückte. Der Widerhall klingelte in meinen Ohren und der Rauch brachte meine Augen zum tränen. Doch Maijin feuerte zahllose weitere Schüsse ab.

Allerdings gaben die Fäden weder nach noch wurden sie von den Angriffen zerstört. Im Gegenteil. Sie wichen ihnen sogar aus oder lenkten die Kugeln in andere Richtungen.

Auch in meine.

Ich schrie auf, als mich eine dieser Eisenkugeln genau dort traf, wo noch keine Schuppe mich schützte, und ich zur Seite sackte. Der Schmerz war so überwältigend, dass ich nicht aufhören konnte zu wimmern. Meine Hände zitterten, als ich die stark blutende Wunde bedecken wollte. *Nein!*, schrie es in meinem Inneren. *Er darf nicht schon wieder gewinnen. Er darf nicht davonkommen!*

Unversehens kämpfte sich der jüngste Königssohn nach oben, hielt seinen Hals. Er hustete und würgte, richtete sich jedoch langsam auf. Jäh schlugen die Fäden aus.

Maijin und William gelang es kaum, auszuweichen. Schreie zerrissen die Luft. Ein scharfes Geräusch, ähnlich dem Zischen einer Peitsche, ertönte wieder und wieder.

Krampfhaft kämpfte ich mich nach vorne. Wenn ich den Prinzen doch nur zu greifen bekäme … ich flehte den Mondgeist an, mir Kräfte zu verleihen und mich in meine bestialische Gestalt zu verwandeln.

Die Fäden schlugen ein weiteres Mal aus.

Ich erkannte, wie ein Körper durch die Luft geschleudert wurde. Wenn ich jetzt nichts unternahm, würden sie sterben, das wusste ich.

Mit einem Mal rückte ein Stein in mein Blickfeld.

Ich nahm all meine Kraft zusammen. Kämpfte mich hoch. Fest umklammert hielt ich den Stein. Fixierte den Prinzen. Holte aus und warf.

Und traf ihn genau an seinem Hinterkopf.

Der jüngste Königssohn schwankte, während sich ein leuchtend roter Blutfleck auf seinem pechschwarzen Haar bildete. Er blinzelte mehrere Male und hielt sich die Hand vor den Mund, so als müsse er sich übergeben.

Blitzschnell lösten sich die Fäden auf.

Die blauen Iriden mit den silbernen Sprenkeln wanderten zu mir. Während ich spürte, wie das Blut an meiner Armbeuge bis zu meiner Hand herunterlief – an exakt derselben Stelle, wo sich auch beim Prinzen ein Blutfleck gebildet hatte.

In diesem Moment schien es, als existierten keinerlei Geräusche. Als würde lediglich Stille die Welt dominieren. Nur das Rauschen des Blutes in meinen Ohren konnte ich hören.

Die Mauer, schoss es mir durch den Kopf. *Ich muss in den Wald hinein.*

Die Soldaten würden einen gefallenen Drachen sicher nicht davon abhalten, in den Wald zu gelangen. Schon gar nicht, wenn der *schwarze Prinz* mir unmittelbar folgte. Und die Bewohner des Waldes würden den Rest erledigen.

Blitzschnell jagte ich los. Ignorierte den Schmerz in meinem Arm. Der Prinz war mir dicht auf den Fersen. Mein Plan würde aufgehen. Er musste aufgehen. Ich musste nur noch durchhalten, bis mein Basilisk übernahm. Wenn ich doch nur näher an der Mauer wäre …

Unablässig schien das Mondlicht auf mich herab. Das Gewicht an meinen Gliedern erschwerte sich zwar, aber die Kraft des Mondes ließ meinen gefallenen Drachen erstarken. Es wurde zunehmend schwerer, das Bewusstsein aufrechtzuerhalten.

Aber das machte nichts.

Denn das gehörte alles zu meinem Plan.

Und als ich das Tor erblickte, übergab ich mich endgültig meinem bestialischen Ich …

30

Als ich meine Lider öffnete, wusste ich für einen Moment nicht, ob es schon Tag war. Über mir befanden sich dicht zusammengewachsene Baumkronen mit einem Blätterwerk so finster wie die Nacht und Stämmen, die aus rauem Schieferstein sein könnten, wenn ich es nicht besser wüsste – deshalb nahm der Wald auch keinen Schaden durch seine Bewohner. Die Pflanzen hatten sich über Jahrhunderte weiterentwickelt, so wie auch einige Tiere der Menschenwelt.

Nur ein paar vereinzelte Sonnenstrahlen verrieten mir, dass ein neuer Morgen angebrochen war. Unter meinen Handflächen fühlte ich die feuchte, kalte Erde und eine angenehme Temperatur umgab mich. Es war still im dunklen Wald Tenerest.

Tödlich still.

Und während mein menschliches Bewusstsein nach und nach wieder an die Oberfläche gelangte, kam der Schmerz in meiner Armbeuge mit voller Wucht zurück. Ich unterdrückte den Impuls loszuschreien. Die Kugel steckte noch immer darin, die Wunde war geschwollen und pochte. Blut sickerte aus dem Einschussloch und lief warm über meinen Unterarm.

Ich sog scharf die Luft ein, als ich mich aufsetzte. Mein linker Arm zitterte und ich traute mich kaum, ihn zu bewegen. Meine Atmung beschleunigte sich, während ich mir den unteren Saum meines Pullovers in den Mund stopfte und daraufbiss. Ich musste die Kugel herausholen, ansonsten konnte der Heilungsprozess nicht einsetzen und es würde nur noch schlimmer werden.

Doch in diesem Augenblick gefror mir das Blut in den Adern.

Unweit von mir, auf dem erdigen Waldboden, lag der jüngste Königssohn höchstpersönlich auf dem Rücken, den Kopf leicht zur Seite geneigt. Fast so, als würde er schlafen. Schwarze Haarsträhnen hingen ihm über die geschlossenen Augen. Seine Haut war noch blasser als sonst, die Lippen bläulich verfärbt. Sein Brustkorb bewegte sich nicht. Äußerlich schien er unversehrt, aber das minderte meine Angst nicht im Geringsten. Hatte er seinen Körper mit schwarzer Magie geschützt? Das erklärte allerdings nicht, warum hier nichts beschädigt war – zumindest nicht dieser Teil des Waldes.

Alles in mir schrie, dass ich wegrennen sollte. Dass er noch lebte. Dass die Legende niemals so weit reichte, um zwei Leben miteinander zu verbinden. Dass er mich mit der schwarzen Magie qualvoll vergiften würde. Und dass der Vorfall im Palast nur ein einmaliges Ereignis gewesen war.

Trotzdem konnte ich es nicht. Ich ignorierte das Stechen und Pochen in meiner Armbeuge, biss die Zähne zusammen und stand auf. Mit Bedacht setzte ich einen Fuß vor den anderen. Dann blieb ich stehen und buddelte vorsichtshalber einen spitzen Stein aus dem Boden. Nervös legten sich meine Finger um die kalte, glatte Oberfläche, während ich mich dem Prinzen näherte.

Bis er plötzlich die Lider aufschlug.

Und ich mit einem Mal wie verwurzelt mit dem Boden stoppte.

Dann vergrößerten sich die Augen des Prinzen. Er verzog das Gesicht. Ein erstickter Laut entwich ihm, während er seine linke Armbeuge hielt, die seinen aschegrauen Mantel zum Teil blutrot gefärbt hatte.

Ich holte aus, wollte mit meiner kümmerlichen Waffe auf ihn einschlagen. Doch er war schneller. Sprang auf und schlug mir den Stein aus der Hand. Er packte meine Arme, riss mich zu Boden und nagelte mich dort mit seinem rechten Knie fest. Sämtliche Luft war aus meinem Körper gewichen.

Ich hörte, wie er scharf die Luft einsog, während ich krampfhaft die Zähne zusammenbiss: Meine Armbeuge brannte wie glühend heiße Kohlen. Doch er ignorierte meinen und seinen Schmerz und legte mir stattdessen Handschellen an. Ich erkannte ihre Art an dem glatten Gestein, das sich bereits erwärmte, weil ich mich bewegte. Ich hielt inne und bewegte meine Arme nicht mehr – selbst, wenn die Legende stimmte: Ich war nicht bereit, für einen Beweis der Abhängigkeit zwischen uns meine Hände zu opfern. Ich musste es anders anstellen.

Er drückte mein Gesicht seitlich zu Boden, während ich dabei zusehen musste, wie er meine Verletzung betrachtete. Fast schon sanft schob er den Ärmel meines Pullovers nach oben und zückte ein kleines, silbernes Messer.

Ich kniff die Augen zusammen, als er die Klinge ansetzte und der Schmerz in gewaltigen Wellen über mir zusammenbrach. Heiße Tränen liefen meine Wangen hinab und weiße Punkte tanzten vor meinen Augen. Ich würgte meine Angst, den Schmerz und die Übelkeit hinunter, die mich zu übermannen drohten.

Ich zitterte noch immer, als ich bemerkte, wie Prinz Joseph meinen Arm verband. Erst, als er von mir abließ und mich nach oben zog, öffnete ich meine Augen wieder. Ich konnte seinen unergründlichen und emotionslosen Gesichtsausdruck nicht deuten, als er mich an meinem gesunden Arm packte und mit mir an der Mauer entlangging – mir fiel erst jetzt auf, dass wir so nah am Eingang waren. Ich war mir sicher gewesen, mein Basilisk würde weitaus tiefer in den Wald vordringen. Und wieso war der Prinz nur aufgrund der Kugel verletzt? Hatte ihn mein basiliskes Ich beschützt? Ich weigerte mich, das zu glauben.

Es dauerte nicht lange, bis wir das Tor erblickten. Niemand hatte uns während der letzten Minuten angegriffen, noch hatte ich irgendein Tier entdeckt. Selbst im dunklen Wald Tenerest hielten sich alle Lebewesen von mir fern. In *seinen* Händen war ich wie ein Schutzschild für ihn.

Ich überlegte, mich loszureißen und in den tieferen Teil des Waldes abzuhauen. Dort, wo meine nächsten Verwandten wohnten. Allerdings bezweifelte ich, dass ich schnell genug laufen würde. Denn unmittelbar nach der Verwandlung waren meine Kräfte geschwächt – nur schwach blitzten hier und dort einige Schuppen auf.

Ich bemerkte, dass mich der Prinz aus dem Augenwinkel beobachtete. Hasserfüllt fletschte ich die Zähne und knurrte ihn an – ich würde meinen Bruder rächen und meine Eltern retten, davon würde er mich nicht für immer abhalten können!

Der Prinz drückte fester zu und riss mich gewaltsam an seine Seite. Ich strauchelte ihm entgegen, als er vor dem gigantischen Tor stehenblieb. Eilig stellte ich mich wieder aufrecht hin und funkelte ihn an. Es war nur eine Frage der Zeit, solange musste ich mich noch gedulden.

Die Mauer bestand aus zwei Schichten Gestein, direkt aus dem benachbarten Nubilates-Gebirge gehauen. Das Tor selbst war aus Eisen gefertigt worden mit einer Verstärkung durch Serpium. Direkt darüber befand sich eine Trichtervorrichtung, aus der knackende Geräusche ertönten. Daneben schwebte eine Fee, die ein Bild in den Kontrollraum übertrug, wie ich aus der Schule wusste. Überhaupt überwachte eine schier unendliche Menge an Feen die Mauer und was sich dahinter oder auch davor abspielte – Feen, die auf der Seite des Königs standen.

Ein kurzes Rauschen. Dann ertönte eine nasale Stimme: »Keiner der *Mondsklaven* wird mehr hinausgelassen«, erklärte diese in einem recht unhöflichen Ton. »Befehl des Königs!«

Das Erste, was mir durch den Kopf schoss: *Hier müssen noch mehr von uns sein. Sie wurden hier eingesperrt – wo sie keinen Schaden anrichten können und gefangen wie Tiere sind.*

Ich erkannte deutlich, wie eine Ader auf der Stirn des Prinzen hervortrat. »Wage es nicht, mir Befehle zu erteilen!«, drohte dieser. »Oder ich werde dich gleich mit ihr hängen lassen!«

Eine ganze Weile blieb es still.

Dann in einem unterwürfigen Ton: »Ich bitte um Vergebung, Eure königliche Hoheit. Ich wollte nicht … ich dachte nicht-«

»Das ist korrekt!«, entgegnete Prinz Joseph scharf. »Du denkst *nicht* und das ist dein Problem!«

Er schloss kurz die Augen, atmete tief ein und aus, bevor er fortfuhr: »*Mondsklavin* Thyra-Fiah Cerrejonensis befindet sich in meiner Gewalt. Lasst mich hindurch, damit ich sie meinem verehrten Vater ausliefern kann!«

»Aber …«, ertönte es noch einmal mit einem Räuspern aus dem Lautsprecher. »Verzeiht, Eure königliche Hoheit, aber Euer Vater befahl uns, die *Mondsklaven* nach Möglichkeit hier einzusperren. Um sie handlungsun-«

»Schweig still!«, grätschte Prinz Joseph dazwischen. »Ich diskutiere nicht mit Untergebenen.«

Zunächst bezweifelte ich, dass sie seine Befehle über die Befehle des Königs stellen würden – zumal im Palast, kurz vor dem Ausbruch der Katastrophe, auch keiner seiner Männer auf ihn gehört hatte.

»Mein Vater wird nicht erfreut sein«, setzte er nach, »sollte er erfahren, dass ihr euch mir wiedersetzt habt. Eurem Prinzen.«

Ich hörte noch, wie etwas genuschelt wurde von »Prinz Joseph« und »es ist ein Befehl«. Danach öffneten sich quietschend die gigantischen Türen – die, ebenso wie die Mauer, wirkten, als könnten sie die Wolken berühren. Die Tore öffnete sich nur einen Spalt breit, damit der Prinz und ich hindurch schlüpfen konnten. Dahinter erwarteten uns ungefähr zwei Dutzend schwer bewaffnete Soldaten – rechts und links waren noch zahllose weitere Dunkelelfen entlang der Mauer und hin zur Grenze des zweiten Rings aufgestellt. Und das war nur der Teil, den wir sehen konnten. Denn der dunkle Wald Tenerest nahm ein Gebiet so groß wie ein Land ein, und tausende Soldaten bewachten die Mauer, mit nur einem Abstand von drei bis vier Metern zwischen den Wachposten.

Sämtliche Soldaten in Sichtweite verbeugten sich vor dem jüngsten Sohn des Herrschers. In der vordersten Reihe stand ein Mann mit kurzem Zopf und rasierten Kopfseiten, der seinen Mund öffnete, um etwas zu sagen – vermutlich wollte er sich entschuldigen, weil es seine Wenigkeit war, die den Prinzen *beleidigt* hatte.

Doch Prinz Joseph kam ihm zuvor: Er kommandierte die Männer dazu ab, ihm zum leistungsstärksten Motorboot aus ihrer Flotte zu bringen und ihm ausreichend Proviant für die Reise einzupacken. Er wollte mich als eine Art Geschenk überreichen.

Aber etwas fühlte sich falsch an. Es passte nicht zusammen. Wenn wir wirklich verbunden waren, so würde er sein Leben aufs Spiel setzen, wenn er mich seinem Vater auslieferte. Er wusste mehr – das spürte ich. Kannte er den Rest der Legende? Und wenn dem so wäre, glaubte dieser verrückte Elf allen Ernstes, den Fluch brechen zu können?

Einige der Männer wollten ihn dazu überreden, zwei Burumas mit einem Karren zu nehmen, da es im Inland sehr viel sicherer war als auf dem Meer und auch die Strecke kürzer. Zumal der Vorderste meine Ahnung abermals bestätigte: »Wir haben der *Mondsklavin* absichtlich die Tore geöffnet, um sie im dunklen Wald Tenerest einzusperren. Sie ist eine Nachfahrin der Basilisken und stellt somit eine Gefahr für Euer Leib und Leben dar!«

Doch der Prinz wischte die Kommentare der Soldaten mit einer einfachen Handbewegung beiseite. »Im Inland gibt es zurzeit viel zu viele Unruhen. Da nehme ich lieber den Umweg.« Unerwartet zog er mich nach vorne und sagte in einem grässlich selbstgefälligen Ton: »Außerdem ist selbst ein gefallener Drache gegen meine schwarze Magie machtlos.« Selbst wenn Emotionalität verboten war, konnte ich sein finsteres Grinsen förmlich heraushören.

Mir gelang es nicht, das darauffolgende Knurren zu unterdrücken.

Sofort richteten die Soldaten ihre Speere, Schwerter, Gewehre und Armbrüste auf mich. »Seid Ihr sicher, Eure königliche Hoheit, dass Ihr alleine reisen wollt?«, fragte der Vorderste. »Auf dem Motorboot haben genügend Personen Platz – wäre es daher nicht vernünftiger, ein halbes Dutzend unserer Männer würde Euch begleiten?«

»Nein«, antwortete der Prinz mit Nachdruck und drückte fester zu – ich war mir sicher, dass ich morgen seinen Handabdruck auf meinem gesunden Arm sehen würde. Anschließend griff er in eine seiner Manteltaschen und holte ausgerechnet das hervor, was ich nie wieder zu Gesicht bekommen wollte.

Mit geweiteten Augen starrte ich das Fläschchen an, dessen dunkelroter Inhalt wie eine Bedrohung hin und her schwappte. Der Prinz beugte sich zu mir herunter. Nah an meinem Ohr flüsterte er: »Ich rate dir, dich nicht allzu sehr zu wehren. Dir ist die Wirkung dieses Gifts sicherlich bekannt.« Er machte sich über mich lustig, dieser verdammte Schattenelf! »Ich werde dir nur so viel verabreichen, wie ich es für nötig erachte.«

Übersetzt hieß das: Wäre er nicht von mir abhängig, hätte er mich mit dem Gift schon längst zum Schweigen gebracht.

Mein Puls stieg weiter an. Auch die Schuppen zeigten sich nun verstärkt. Aber ich konnte mich aufgrund der Handschellen kaum bewegen. Äußerst widerwillig öffnete ich den Mund. Prinz Joseph richtete sich wieder auf und lächelte zufrieden, während er den Korken aus dem Fläschchen löste. Beinahe behutsam legte er seine Hand unter mein Kinn – doch für mich fühlten sich seine Finger wie glühend heiße Eisenstäbe an.

Er gab mir nur einen Schluck von dem Gift, aber das reichte, damit sich meine Schuppen zurückbildeten. Und nicht mehr auftauchten, egal, wie viel Wut in meinem Inneren brodelte. Wie lange das anhielt, wusste ich nicht. Und mir lief die Zeit davon. Wer wusste schon, ob ich noch rechtzeitig meine Eltern retten konnte? Meine Panik steigerte sich. Ich wollte rebellieren, wollte nicht, dass Prinz Joseph mich zur Steinküste zog. Aber die permanente Wärme der Handschellen erinnerte mich daran, was ich verlieren würde, wenn ich aufbegehrte.

Wir müssen den richtigen Moment abwarten, hallte Maijins Stimme unerwartet in meinem Kopf wieder. Tränen brannten mir in den Augen. Ich wusste nicht einmal, ob sie und William noch lebten. Vielleicht waren sie schon längst den Auswirkungen der schwarzen Magie erlegen.

Meine Augen glitten zu der Person, die alles darangesetzt hatte – und noch immer setzte – mir das Leben so unerträglich wie möglich zu machen. Ich schüttelte den Kopf und damit die Tränen weg. Atmete tief ein. Hörte nicht auf, ihn anzustarren. Während immer und immer wieder Maijins Worte in meinem Kopf umherkreisten: Ich würde den richtigen Moment abwarten, um zuzuschlagen. Dann, wenn der Prinz es am wenigsten erwartete. Nicht direkt während des Vollmonds. Sondern die unmittelbaren Tage davor, wenn ich meine Schuppen als Verteidigung und mein menschliches Ich als Verstand nutzen konnte.

Man fuhr den Prinzen und mich mit einer Kutsche durch ein Tor im zweiten Ring entlang der Mauer des dunklen Waldes Tenerest. Keinerlei Behausungen waren hier erbaut worden, sie alle drängten sich dicht an dicht an der Mauer zum ersten Ring, so weit weg wie nur möglich von der Gefahr – das wusste ich noch aus der Schule. Ich zählte die Minuten, während ich hin- und hergeschaukelt wurde und unter den wachsamen Argusaugen des Prinzen stand. Worte richtete er keine an mich, bloß dieses Starren: Wir brauchten ungefähr fünf Stunden, bis wir neben einem Gebäude zum Stehen kamen, das zum Teil ins Wasser eingelassen worden war. Es war aus Serpium gefertigt worden, um vermutlich die Boote vor Angriffen oder zu hohen Wellen zu schützen.

Wir stiegen aus, während unzählige Waffen auf mich gerichtet waren und der Prinz mich unsanft an seine Seite zog. Ich erkannte, dass die Mauer weit in das Meer hineinragte und nicht mehr aufzuhören schien – zumindest konnte ich kein Ende erkennen.

Ein Soldat betrat das Gebäude. Die Tür schloss sich automatisch hinter ihm. Kurz darauf öffnete sich ein Tor und ein äußerst großes und robust wirkendes Motorboot wurde aufs Wasser hinausgefahren.

Prinz Joseph nickte nur kurz dem Soldaten zu, der ihm die Schlüssel überreichte. Wenige Augenblicke später fand ich mich an Deck des Bootes wieder: sitzend, mit einer schweren Eisenkette um die Taille und angekettet an eine massive Stange im Inneren des Gefährts. Von hier unten gelang es mir lediglich, den Himmel zu betrachten und die Beine des Prinzen. Ich hörte, wie der Motor aufheulte, dann setzte sich das Boot in Bewegung.

Ich zählte zwei Tage und Nächte, bis er mich von der Stange losmachte. Während der ganzen Fahrt hatten wir kein einziges Wort miteinander gewechselt. Und nur für meine Notdurft hatte er mich von der Stange losgemacht. Alle fünf Stunden hatte er mir zu essen und zu trinken gegeben und mir einen Schluck des Gifts verabreicht, damit ich mich ruhig verhielt. Seine Finger hatten sich viel zu warm auf meiner Haut angefühlt und der Duft nach Holz und Tannennadeln hatte in mir einen Schmerz ausgelöst, der tief in meinem Herzen verwurzelt gewesen war – er hatte mich meiner Familie und meiner Heimat entrissen. Jedes Einatmen seines Geruchs, wenn er zu nah gewesen war, viel zu nah, hatte in meiner Kehle gebrannt. Und ich war immer wieder seinem Blick ausgewichen, diesen völlig ausdruckslosen Augen, die in mir nichts anderes sahen als seine Existenzgarantie.

Am frühen Morgen des dritten Tages fragte ich nicht, wo wir uns befanden. Vom Prinzen konnte ich keine Antwort erwarten. Allerdings mussten wir uns außerhalb Hérons befinden – vor wenigen Stunden noch hatte ich eine Art Zugkraft verspürt, die ich zunächst für eine Magenverstimmung gehalten hatte, aber ich nahm an, dass wir durch das Portal in die Menschenwelt gefahren waren.

Der Prinz verband mir die Augen und sprach dabei kein Wort. Auch nicht, als er die Arme um mich schlang und mich mit scheinbarer Leichtigkeit über seine Schultern hievte. Ich spürte die Muskeln seiner Schulterpartie unter meinem Bauch.

Ich versuchte herauszuhören, wo wir uns befanden und tippte auf ein Naturgrundstück, da ich keine Stimmen oder das Rattern von Motoren vernahm, wie ich es von Aufnahmen von der Menschenwelt aus der Schule kannte. Sondern vielmehr … nun, es war totenstill. Und eine eigenartige Feuchte und Wärme hing in der Luft, die sich sofort auf meine Glieder übertrug und sogar einige Verspannungen löste. Möglicherweise befanden wir uns mitten in einem Dschungel.

Nach einiger Zeit setzte er mich ab, meine Augen blieben weiterhin verbunden. Es hörte sich an, als würde ein Schlüssel in ein Schloss gesteckt und umgedreht. Dann hievte er mich wieder auf seine Schultern. Allmählich schien ihm jedoch die Kraft auszugehen – schließlich war ich kein kleines Kind und er hatte mich schon eine ganze Weile getragen. Seine Körperhaltung verlagerte sich in einem steten Rhythmus, wahrscheinlich lief er gerade eine Treppe nach oben.

Nach weiteren endlos scheinenden Minuten setzte er mich ab und entfernte die Augenbinde. Ich blinzelte dem hellen Licht entgegen und bemerkte kaum, dass er mir die Handschellen ebenfalls abgenommen hatte – ich registrierte erst später, dass ich mir die Handgelenke rieb –, weil ich zu beschäftigt damit war, das Zimmer zu mustern. Vor uns erstreckte sich eine große Wand mit ausladenden Fenstern und schweren, königsblauen Vorhängen. Gegenüber davon befand sich ein Himmelbett und daneben zwei Türen. An der Fensterfront reihten sich Grünpflanzen von beträchtlicher Höhe und auch dahinter, außerhalb des Zimmers, verdeckte ein dichtes Grün in allen Schattierungen die Sicht auf den Himmel oder gar den Horizont. Aus dem Augenwinkel erkannte ich, dass an den anderen Wänden Malereien hingen.

Ich atmete tief ein, bevor ich mich umdrehte und dem Prinzen direkt ins Gesicht blickte. Seine ansonsten so hellen Iriden hatten inzwischen eine wesentlich dunklere Farbe angenommen.

Instinktiv bleckte ich die Zähne.

Mein Gegenüber schnaubte. Ein verächtliches Lachen kam über seine Lippen. »Sie wollten dich vor mir beschützen, gar mir *entreißen.*«

Und obwohl unsere beiden Leben offensichtlich miteinander verbunden waren, stellten sich mir beim Klang seiner Stimme sämtliche Nackenhaare auf.

»*Niemand*«, wisperte er, »könnte dich je von mir fernhalten.«

Der Prinz machte einen Schritt nach vorne. Seine Hand bewegte sich auf mich zu. Ich wich zurück. Aber er reagierte schneller, packte den Kragen meiner Jacke und zog mich nahe an sich heran. Sein Gesicht senkte sich bis auf wenige Millimeter zu meinem hinunter. Seine Mundwinkel zuckten nach oben, für einen winzigen Augenblick zeigten sich seine makellosen, weißen Zähne.

»Glaube bloß nicht«, sprach er mit einer merkwürdig samtenen Stimme, »dass ich in deiner Gegenwart so etwas wie *Angst* verspüre.« Ich konnte seinen Atem auf meinen Wangen spüren. »Ohne deine Bestie verfügst du nicht über genug Macht, um eine Bedrohung für mich darzustellen.« Wie um seine Worte zu untermauern, holte er eine Handvoll von den mittlerweile leeren Fläschchen hervor und hielt sie mir direkt unter die Augen. »Davon habe ich noch reichlich mehr.«

Doch davon ließ ich mich nicht beeindrucken. »Ihr wagt es nicht, mich zu töten. Euer Leben hängt von meinem ab!«, konterte ich und riss mich von ihm los. »Der Tag wird kommen, an dem ich Euch in Stücke reißen werde!« Es war ein Versprechen.

Der Prinz schwieg und musterte mich eine ganze Weile mit schief gelegtem Kopf. Wie gerne ich diesen von seinem Körper trennen wollte, nach allem, was er mir angetan hatte.

Ich konnte seinen Gesichtsausdruck nicht deuten, als er sagte: »Deine Aussagen beweisen mir, dass sie der lächerliche Versuch sind, eine unumstößliche Tatsache zu ignorieren.« Mein Blut erkaltete augenblicklich. »Dass ich *immer* mein Ziel erreiche.«

Blitzschnell wirbelte der Prinz herum und stürmte aus der Tür.

Ich rannte ihm hinterher, aber da war es bereits zu spät. Er hatte sie schon verschlossen, sodass ich dagegen knallte.

»Nein«, flüsterte ich und tastete das Holz ab. »Lasst mich frei!«, schrie ich dann und hämmerte wie wild mit den Fäusten gegen die massive Tür. »Wie könnt Ihr Euch bloß im Spiegel ansehen«, rief ich mit tränenerstickter Stimme, »nach allem was Ihr mir angetan habt? Nach allem, was Ihr mir *genommen* habt?«

Verzweifelt trat ich wieder und wieder gegen die Tür.

Das Holz splitterte, ließ Hoffnung in mir aufkeimen.

»Ihr könnt mich hier nicht einsperren! Ihr braucht mich!«, schrie ich wie von Sinnen. »Ihr seid abhängig von mir! Ich habe es gesehen, das Gift in Eurem Schrank und das Blut an Euch.«

Als er weiterhin nicht antwortete, machte ich einige Schritte rückwärts. Nahm Anlauf. Und warf mich mit voller Wucht gegen die Tür.

Ein Knacken und Reißen ertönte. Aber sie öffnete sich nicht.

Also versuchte ich es noch einmal. Trotzdem tat sich nichts und mein gesunder Arm schmerzte stark, als hätte ich mich an dieser Stelle verbrannt. Verzweifelt legte ich meine Hände auf das Holz, fuhr vorsichtig darüber, um mich nicht an den Splittern zu schneiden. Ich suchte nach einem Ausweg, ein Loch, das ich aufbrechen konnte.

Ich umgriff ein abstehendes Holzstück und brach es ab. Doch anstelle von Freiheit verbarg sich dahinter eine Serpiumverstärkung – der einzige Rohstoff, der selbst einer Bestie wie mir standhalten konnte.

Ich schluckte. Trat einige Schritte rückwärts. Sah mich um.

Prinz Joseph konnte mich hier nicht für alle Ewigkeiten einsperren. Ich bezweifelte, dass er tatsächlich das gesamte Zimmer mit diesem Rohstoff ausgestattet hatte. Spätestens beim nächsten Vollmond würde mein Basilisk ausbrechen und das gesamte Mobiliar zerlegen, weil es ihn beengte.

Doch so viel Zeit konnte ich nicht verstreichen lassen! Mit jedem weiteren Tag, der verging, mussten mehr *Mondsklaven*, mehr *Friedensphönixe* mit ihrem Leben bezahlen.

Ein zorniges Knurren entfuhr mir. Ich drehte mich um und ließ meinen Blick durch den Raum schweifen.

Als mir plötzlich etwas in den Sinn kam.

Eilig lief ich zu der schweren Messinglampe, die auf dem Nachttisch neben dem Himmelbett, stand. Außer Atem packte ich sie. Visierte die Fensterfront an. Hob die Lampe hoch.

Und warf sie mit voller Wucht gegen die Scheibe.

Es gab einen Knall und an der getroffenen Stelle leuchteten violette und schwarze Flecken auf. Dann prallte die Lampe ab, fiel zu Boden und zersprang in unzählige Einzelteile.

Fassungslos starrte ich auf die Scherben der Messinglampe, während das Fenster nicht einmal einen Kratzer davongetragen hatte. Doch das trieb meine Wut weiter an. »Wenn er tatsächlich glaubt, mich mit seiner Serpiumverstärkung hier festhalten zu können«, knurrte ich, »ist er nichts anderes als ein Narr!«

Meine stärker aufkeimende Wut ließ in mir das Gefühl aufkommen, selbst in meiner menschlichen Gestalt das Zimmer in seine Einzelteile zerlegen zu können. Ich eilte zu den Vorhängen, fasste den schweren Stoff zusammen, hing mich mit meinem gesamten Gewicht daran.

Und riss die Stange mit einem Ruck aus der Wand.

Hastig ließ ich los und landete mit den Füßen auf dem Holzfußboden. Die goldene Stange fiel klirrend zu Boden. Schweiß rann mir die Schläfen hinab, während ich sie aufhob und meinen Oberkörper zur Seite drehte.

Mit einem gewaltigen Schrei schlug ich zu.

Einmal.

Zweimal.

Dreimal …

So lange, bis mir die Hände zitterten.

Doch die Fensterfront gab nicht im Entferntesten nach.

Erbost drückte ich meine Fäuste gegen das Gesicht und unterdrückte einen Schrei. Es musste doch einen Ausweg geben!

31

Sonnenlicht kitzelte meine Haut, drang durch meine Lider und ließ rote Punkte darauf tanzen. Ich rieb mir die Augen und setzte mich auf. Das petrolblaue, seidene Bettlaken rutschte automatisch von meinen nackten Armen. Ich schämte mich sofort dafür, dass ich meinem Bedürfnis nach einer weichen Matratze und flauschigen Kissen nachgegeben hatte, anstatt aus Protest auf dem Boden zu nächtigen.

Verwundert blinzelte ich. War ich in einem anderen Zimmer? Ich rieb mir die Augen erneut, doch der Raum veränderte sich nicht. Ich erkannte, dass er aufgeräumt worden war.

Aber nicht von mir, das wusste ich.

Sein intensiver Geruch nach Holz und Tannennadeln haftete an der Decke. Er musste sich in den letzten Stunden in meiner Nähe aufgehalten haben. Vielleicht hatte er sich sogar neben mich gesetzt, mich gar beobachtet.

Hastig sprang ich auf und rieb mir die Arme, als würde ich versuchen, seine Anwesenheit von mir abzuwaschen. Ich fröstelte – aber nicht, weil es kühl hier drinnen war.

Prompt hielt ich Ausschau nach meinem Pullover, den ich gestern noch über dem dünnen Leibchen getragen hatte, der allerdings jetzt nicht aufzufinden war, genauso wenig wie meine Jacke. Hatte der Prinz sie etwa mitgenommen? Nein, das war doch absurd! Was sollte er schon mit meinem Pullover und meiner Jacke anzufangen wissen?

Etwas blendete mich. Ich drehte den Kopf und entdeckte ein aufwendig verziertes Silbertablett, auf dem zwei Scheiben weißes Brot und einige Scheiben Käse lagen. Daneben stand ein großer kristallener Becher mit Orangensaft. Helle und dunkle Trauben umgarnten die Speisen und auch ein paar Radieschen waren zu sehen.

Prompt meldete sich mein Magen und ich hatte Mühe, mich zurückzuhalten. Ich hatte seit dem gestrigen Morgen nichts mehr zu essen bekommen und den restlichen Tag damit verbraucht, das Zimmer auseinanderzunehmen. Gierig schlang ich das noch warme

Brot und den nussigen Käse hinunter, und trank den großen Becher Saft in einem Zug leer. Auch die Trauben und die Radieschen blieben nicht lange auf dem Silbertablett liegen.

Noch kauend musterte ich den Raum und meine Augen blieben am kristallenen Becher hängen, den ich noch immer in der Hand hielt. Einen Wimpernschlag lang überlegte ich, ihn auf den Tisch zu schmettern und die Scherben dazu zu nutzen, mich zu verletzen. Das würde den Prinzen in jedem Fall aus seiner Reserve locken und ich könnte einen ersten Angriff versuchen. Aber der Schnitt dürfte nicht zu tief sein, ansonsten würde meine Wundheilung nicht schnell und effektiv genug einsetzen und ich wäre für einige Zeit weniger *präsent*. Und wenn die Verletzung kaum blutete, würde sie zu schnell verheilen und die seine somit auch.

Doch irgendwie musste ich es schaffen, mich in diesem Gebäude freier zu bewegen. Meine Neugier brannte darauf zu erfahren, welche Geheimnisse er hier verbarg. Womöglich hatte er auch noch andere Personen in seiner Gewalt, um ihnen Informationen zu entlocken oder sie für andere, makabre Zwecke zu missbrauchen. Für seine absurden Experimente mit der schwarzen Magie womöglich.

Ein Schauer durchfuhr meinen Körper, es schüttelte mich. Schnell schob ich den Gedanken beiseite, wobei ich jedoch an einem Punkt festhielt: Wenn ich es schaffte, den Prinzen zu überwältigen, würde ich das gesamte Gebäude mit all seinen Zimmern durchsuchen und Hinweise sammeln – wofür auch immer.

Als ich mich umdrehte und den großen Sessel neben der Zimmertür entdeckte, erstarrte ich mitten in der Bewegung. Gestern noch war er völlig leer gewesen und jetzt hingen plötzlich Kleidungsstücke über dem samtenen, braunen Stoff.

Ich musste schlucken, als mir allmählich bewusst wurde, dass Prinz Joseph mich wohl beobachtete. So dass er wusste, wann ich schlief, was ich tat, und wann ich es tat.

Vorsichtig stellte ich den Kristallbecher wieder ab und drehte mich im Kreis, den Blick nach oben gerichtet. Wahrscheinlich beobachtete er mich just in diesem Augenblick, um sich entweder darüber zu amüsieren, dass ich wie ein Tier in einem goldenen

Käfig festsaß. Oder aber er wartete nur darauf, dass ich einen Fehler beging. Er musste Feen manipuliert haben, nicht wahrnehmbar für meine Augen, und diese hier irgendwo im Raum platziert haben.

Ein Zimmer voller Kristallkugeln tauchte in meinem Kopf auf. Es fröstelte mich erneut. Lange würde ich es in diesem Leibchen nicht aushalten können, selbst wenn meine mittlerweile taillenlangen Haare ein wenig meine Arme wärmten – es war meiner inneren Bestie zuzuschreiben, dass ich schnell fror und sich dadurch auch noch meine Bewegung einschränkte. War das das Ziel des Prinzen? Mich mit seiner eisigen Wassermagie bewegungsunfähig zu machen?

Ich schüttelte den Kopf und schnaubte ungläubig. Niemals würde er sich selbst sabotieren. Trotzdem musste ich herausfinden, wo er die Feen versteckt hatte, um seine *wachsamen Augen* auszuschalten. So musste er mir wieder gegenübertreten und ich hatte eine zweite Chance, ihn anzugreifen.

Also versuchte ich meinen Blick zu schärfen und lief das gesamte Zimmer ab. Ich kontrollierte jede einzelne Ecke: die Falten der Vorhänge, die Tapete mit den goldenen Ornamenten und den blauen Kornblumen und sogar jedes einzelne Blatt der Zimmerpflanzen.

Aber ich entdeckte nichts.

Irgendwo mussten sie doch sein! Ich schätzte den Prinzen keineswegs so ein, dass er mich einfach mir selbst überlassen würde – vor allem, wenn sein Leben von meinem abhing.

Erneut spähte ich zum Sessel und der frischen Kleidung. Und schnupperte danach an meinen alten Sachen. Unweigerlich musste ich das Gesicht verziehen – meine letzte Dusche war schon Tage her, meine Haare waren verknotet, meine Kleidung teilweise zerrissen und mit Erde beschmutzt und ich duftete ganz sicher nicht mehr nach Rosen. Für einen winzigen Moment tat es mir fast leid, dass ich in diesem Zustand in dem frisch bezogenen Bett geschlafen hatte.

Allerdings weigerte ich mich, mich auszuziehen, wenn ich nicht wusste, wo genau Prinz Joseph seine Späher versteckt hatte. Es war eine Sache, seine Notdurft zu verrichten und sich dabei mit einem Handtuch zu bedecken. Aber es war etwas ganz anderes, sich hier mindestens zehn Minuten lang vollkommen nackt aufzuhalten.

Instinktiv schlang ich die Arme um mich und sah zu den beiden Türen, die links und rechts vom Bett in die Wand eingelassen waren. Gestern noch konnte ich die linke Tür nicht öffnen – aus welchem Grund auch immer –, aber das Badezimmer wollte ich dennoch nicht von meiner Suche ausschließen.

Es erinnerte stark an die Räumlichkeiten im Palast, mit dem kristallenen Waschbecken und der mit Schmucksteinen übersäten Badewanne. Hier gab es nur eine milchige Fensterscheibe, damit wenigstens Licht hereinfallen konnte – öffnen ließ sie sich natürlich nicht.

Aber ich erkannte auch hier nicht einmal ein Funkeln oder Aufblitzen. Natürlich war mir bewusst, dass Unsichtbarkeit zu ihren Fähigkeiten gehörte, allerdings machte sich die Magie der Feen normalerweise durch ein visuelles Signal bemerkbar.

»Bei den Naturgeistern!«, rief ich aus und warf genervt die Arme in die Luft. »Das darf doch einfach nicht wahr sein!« Wie um alles in der Welt sollte ich hier jemals wieder herauskommen, wenn er jeden einzelnen Schritt, jede Handlung von mir dokumentierte?

Seufzend ging ich wieder in das Schlafzimmer zurück und überlegte intensiv, während ich auf meiner Unterlippe kaute. Wenn er glaubte, ich würde jetzt einfach die Suche aufgeben, hatte er die falsche *Mondsklavin* eingesperrt!

Automatisch glitten meine Augen wieder zu der linken Tür, die eigentlich verschlossen war. Und trotzdem … irgendetwas sagte mir …

Eilig lief ich darauf zu, legte meine Hand auf die Klinke, drückte sie herunter und … riss die Tür mit einem gewaltigen Ruck auf. Beinahe atemlos stand ich nun im Türrahmen eines Ankleidezimmers und starrte mit weit aufgerissenen Augen all die T-Shirts, Blusen, Hosen, Röcke, Kleider und Schuhe an, die in den verschiedensten Blautönen erstrahlten. Fein säuberlich waren sie an einer langen Eisenstange – die an allen vier Wänden entlangging und nur die Tür ausließ – aufgehängt. Darunter befanden sich Podeste für diverse Schuhformen, als würde ich irgendwann in diesem Leben vorhaben, zu einem Ball zu gehen. Oder besser gesagt: Zu *dreiundzwanzig*

Bällen. Und siebzehn verschiedene Berge besteigen oder im Sommer alle vier Stunden die Sandalen wechseln wollen. So viel Kleidung und Schuhe hatte ich bisher nur ein einziges Mal gesehen und zwar im Ankleidezimmer des jüngsten Königssohnes höchstpersönlich.

Ich wusste ehrlich gesagt nicht, was mir mehr Angst einflößte: Die Tatsache, dass er scheinbar haargenau meine Größe kannte oder dass ausgerechnet *Hosen* in der Überzahl waren – mein Lieblingskleidungsstück.

Vorsichtig befühlte ich den Stoff einer Chiffonhose und erkannte zudem, dass überall noch die Preisschilder dranhingen. Außerdem fiel mir eine Reihe von hellen, hölzernen Schubladen auf.

Die Stimmen in mir schrien mich an, sie *nicht* zu öffnen. Und für den Bruchteil einer Sekunde war ich gewillt, mich umzudrehen, diesen Raum zu verlassen und nie wieder zu betreten.

Doch die Neugier siegte, weshalb ich an einer der Schubladen zog. Hineinspähte. Und es sofort bereute. Mit weit geöffnetem Mund starrte ich auf die dünnen Stoffe der Unterwäsche, die sich vor mir ausbreitete.

Schamesröte stieg mir zu Kopf. Hastig knallte ich die Schublade wieder zu und stürmte hinaus. Immer wieder schüttelte ich den Kopf und hielt mir meine inzwischen eiskalten Hände an die überhitzten Wangen.

Konzentriere dich, ermahnte ich mich und schloss die Augen. Ich versuchte, mich einzig und allein auf meinen ausgeprägten Geruchssinn zu fixieren – vielleicht roch ich den schwachen Lilienduft der Feen … Ich reckte meinen Kopf in die Höhe, öffnete leicht meinen Mund, da ich mit der Zunge wesentlich besser riechen konnte.

Nichts.

Trotzdem versuchte ich es weiter, und wechselte immer wieder meinen Standort. Roch an den Vorhängen, dem Baldachin, sogar an den Malereien …

Da!

Sofort riss ich die Augen auf und lief zum größten Gemälde, dessen Leinwand mit der Kornblumentapete und den goldenen Ornamenten verschmolz. Es befand sich direkt am Kopfende des

Bettes, leicht verborgen hinter dem überhängenden Baldachin. Der goldene, aufwendig verzierte Rahmen hatte mich abgelenkt – und zwar von diesem eigenartigen Funkeln in einer seiner abgerundeten Ecken.

Ich erstarrte, als ich Klee erkannte. Nein, Moment, sie sah nicht exakt so aus wie Klee, sondern hatte kürzere Locken und ein schmaleres Gesicht. Aber die dunklen Haare und die fliederfarbenen Iriden erinnerten stark an Klee, auch waren ihre spitzen Nasen gleich.

Ich kletterte auf die Matratze und streckte meinen Arm nach ihr aus. Behutsam umgriff ich ihren winzigen Körper und betrachtete sie genauer. Ihr starrer Blick war auf mich gerichtet und ihre verkrampften Hände waren wie bei einem Zauber erhoben. Das Starren war mir bekannt. Dieses unheimliche, willenlose, manipulierte Starren.

In einem zum Scheitern verurteilten Versuch sprach ich sie an. Aber sie reagierte nicht. *Natürlich reagiert sie nicht …*

Mein Kiefer mahlte, in mir braute sich ein Knurren zusammen. Im gleichen Atemzug bettete ich die kleine Fee auf eines meiner vielen Kopfkissen. Ich ballte die Fäuste, und dieses Mal unterdrückte ich nicht das wutentbrannte Brüllen, das folgte. Jetzt war ich mir sicher: Er musste noch mehr Personen in seinem *Gefängnis* versteckt und manipuliert haben.

Schlösser knackten.

Die Eingangstür öffnete sich.

Instinktiv packte ich das Silbertablett. Fuhr herum. Und schmetterte es dem überraschten Schattenelf entgegen. Mit einem lauten Knall flog es zu Boden, als der Prinz es mit einem erhobenen Arm abprallen ließ.

Er verzog nicht einmal seine Miene, als er feststellte: »Du hast also meine Überwachungskamera gefunden.« Seine kühle Art bereitete mir weitaus mehr Unbehagen, als sein unkontrolliertes, wütendes Ich.

Eine ganze Weile starrte er mich an, analysierte mich mit seinen Augen, versuchte auf diese Weise in meinen Verstand zu dringen. Während ich einzig und allein darauf wartete, wann und wie ich ihn angreifen würde.

Als er den Kopf schief legte und die Arme verschränkte. »Dir sollte bewusst sein, dass du dich sicher nicht in einer Position befindest, um mir gefährlich werden zu können.«

»Ihr könnt mich nicht verletzen, ohne Euch selbst dabei zu verwunden«, konterte ich und bleckte dabei die Zähne.

»Dich nicht, das gebe ich zu.« Aber das Lächeln auf seinen Lippen machte mir Sorgen. »Zumindest nicht, bis ich eine Lösung für dieses *Malheur* gefunden habe.«

Malheur. Das war der Fluch also für ihn.

Ich machte einen Schritt nach vorne, visierte ihn an. »So viel Zeit werde ich Euch aber nicht geben«, drohte ich mit verengten Augen, während sich nach und nach die Schuppen auf meiner Haut ausbreiteten. »Ich kann Euch hier und jetzt zu Boden ringen und Euch für alle Zeiten das Atmen nehmen.«

Amüsiert hob er eine Augenbraue, was mich umso wütender machte. Ich war drauf und dran, mich auf ihn zu stürzen und unter dem Gewicht meiner Schuppen jeden seiner Knochen einzeln zu brechen.

Doch er hob bloß eine Hand und sagte: »Möchtest du wirklich riskieren, die Schuld auf dich zu laden?«

»Welche Schuld?«, fauchte ich.

»Die Schuld am Schicksal all jener, die durch meinen Tod nie wieder von ihrer Manipulation befreit werden würden.«

Mit einem Mal verschwand meine Wut und wurde ersetzt durch Fassungslosigkeit. »Das ist nicht … Ihr habt nicht … Ihr könnt nicht …« Die ganze Zeit war ich davon überzeugt gewesen, dass ich nicht die einzige Gefangene des *schwarzen Prinzen* war und doch traf mich die Wahrheit wie ein Schlag in die Magengrube. Ich sank auf die Knie.

»Nun«, begann Prinz Joseph und schritt gemächlich auf mich zu, »wirst du mir Gehorsam leisten?« Seine glühenden Augen legten sich auf mich, warteten auf eine Antwort.

Ich krallte die Nägel in meine Hände, versuchte, die brennenden Tränen von Zorn und Verzweiflung herunterzuschlucken. Aus dem Augenwinkel sah ich die manipulierte Fee.

Dann glitt mein Blick zu Boden. »Ja, Eure königliche Hoheit.« Übelkeit stieg in mir hoch, als ich diesen Titel wieder hervorwürgte. »Ich werde Euch gehorchen.«

»Ich habe auch nichts anderes erwartet.«

Kurz darauf ertönten Schritte. Doch ich hörte nicht, wie eine Tür geschlossen wurde. Stattdessen erklang noch einmal die dunkle Stimme des Prinzen: »Auch wenn es dir im Augenblick nicht so vorkommen mag … diese Fee ist die einzige Überwachungskamera in deinen Räumlichkeiten. Und über derart niedere Bedürfnisse verfüge ich nicht.« Er hielt inne, holte tief Luft und ergänzte: »Also wasche dich und kleide dich in saubere Kleidung ein. Das ist ein Befehl!«

Er räusperte sich kurz, dann erklangen wieder seine Schritte und die Tür schloss sich. Und so ließ er mich auf dem Boden des Schlafzimmers zurück.

32

Drei Tage.

Ich zählte drei ganze Tage, in denen Prinz Joseph nicht auftauchte. Zumindest bemerkte ich es nicht, wenn er mir Essen vorbeibrachte oder neue Wasserflaschen. Ich schätzte, dass er die Zeit während meiner Duschen und dem Umkleiden dazu nutzte, ungesehen hinein- und wieder herauszuschlüpfen. Selbst wenn es mir immer noch Unbehagen bereitete, waren das warme Wasser und die frische Kleidung wie eine Wohltat für meinen Basilisken und mich.

Allerdings hatte der Prinz mir während dieser gesamten Zeit nicht ein einziges Mal den Rubinsonnentrank verabreicht. Was mir umso mehr Rätsel aufgab. Glaubte er wirklich, er konnte auf persönlicher Ebene einen gefallenen Drachen kontrollieren – die Bestie, die inzwischen auch Einzug in seine dunkle Seele gefunden hatte?

Während der restlichen Stunden, in denen ich nicht schlief oder aß, hatte ich immer wieder versucht, die kleine Fee in irgendeiner Weise aufzuwecken. Meine innere Stimme strafte mich mit demotivierenden Worten, aber ich wollte das kleine Geschöpf nicht einfach sich selbst überlassen. Ich probierte es sogar mit diversen ätherischen Düften, nach denen die Badeöle rochen, und hielt ihr diese unter die Nase.

Aber sie reagierte nicht.

Natürlich reagiert sie nicht, giftete meine innere Stimme. Ich zuckte zusammen, während ich im gleichen Moment die Hand mit der Flasche sinken ließ. Die Fee, die Klee so ähnlich sah, starrte noch immer ins Leere.

Ich biss die Zähne zusammen und ballte die Fäuste. Konnte ich denn nichts anderes tun, außer hier herumzusitzen und darauf zu warten, dass ein wahnsinniger König sämtliches Leben unterjochte? Allerdings benötigte er dafür den einzigen Genträger der schwarzen Magie.

Ich stutzte.

Das Vertrauen von Prinz Joseph wiederzuerlangen manifestierte sich mehr und mehr zu einem Vorhaben. Hätten die *Friedensphönixe* den *schwarzen Prinzen* auf ihrer Seite, könnten sie ihn zu ihrem Vorteil nutzen.

Ein Schauder durchzuckte meinen Körper. Allein die Vorstellung mit ihm in einem Team zu kämpfen und das Gleichgewicht wiederherzustellen, womöglich sogar den Fluch aufzulösen und weiteres Unheil abzuwenden, ließ meinen Magen rumoren. Das wollte ich nicht über mich bringen. Er hatte meinen Bruder auf dem Gewissen!

Und doch musste ich sein Vertrauen wiedererlangen.

Für meinen Bruder.

Die *Friedensphönixe.*

Und für all diejenigen, die dem *schwarzen Prinzen* zum Opfer gefallen waren.

Aber wie sollte ich das anstellen? Merkwürdig genug, dass er sich nicht nur darum kümmerte, dass ich *nicht* verhungerte oder verdurstete. Schließlich konnte er mich auch in ein Verließ sperren. Ganz sicher gehörte all das hier zu einem perfiden Plan, den ich bisher noch nicht durchschaut hatte.

Als ich kopfschüttelnd zum Badezimmer ging und die Flasche mit dem Badeöl zurückstellte, kehrte ich gleich darauf wieder in das Schlafzimmer zurück.

Und blieb wie angewurzelt stehen.

Denn auf dem Himmelbett lagen weiße Blätter und Kohlestifte.

Unmittelbar neben der Fee.

Meine Augen vergrößerten sich. Wie bei allen Naturgeistern konnte Prinz Joseph innerhalb von zwei Minuten ungesehen in das Zimmer schlüpfen, diese Utensilien auf das Bett legen und wieder verschwinden? Und warum in aller Welt brachte er mir ausgerechnet *Zeichenmaterial*? Woher wusste er, dass das meine Leidenschaft war?

Das kann nicht sein. Ich drehte mich mehrfach im Kreis, schaute mich um, kontrollierte selbst die Decke. Hastig rannte ich zum Ankleidezimmer und riss die Tür auf. Doch hier befand er sich auch nicht. War ich inzwischen paranoid geworden – hatten all die Dinge schon zuvor dort gelegen?

Natürlich bist du paranoid.

Verschwinde aus meinem Kopf!

Ein verächtliches Kichern folgte als Antwort. *Du weißt ebenso wie ich, dass das nicht funktioniert.*

Hau ab!

Schon wieder dieses hämische Kichern.

Ich legte meine Hände an die Schläfen, kniff fest die Augen zusammen und schrie. Mir war es egal, ob mich Prinz Joseph für verrückt hielt. Er wusste nichts darüber, wie es war, sein Leben lang mit zwei Seelen in seinem Inneren zurechtzukommen.

Die Stimmen wurden lauter. Ich musste sie auf irgendeine Art und Weise wieder zum Schweigen bringen, bevor sie mich wahnsinnig machten. Und somit auch den *schwarzen Prinzen.*

Es dauerte nur einen Herzschlag.

Als ich die Augen aufschlug und das Zeichenmaterial sah. Ich stürmte auf das Bett zu und packte die Kohlestifte und das Papier, befühlte ihre Beschaffenheit, wodurch sich meine Finger dunkelgrau färbten und nahm den Geruch der Utensilien in mich auf, der in mir regelrechte Glücksgefühle aufkommen ließ. Ich konnte mich kaum noch daran erinnern, wann ich das letzte Mal gezeichnet hatte. Nur für einen winzigen Moment hielt ich inne, da mir eine Idee kam …

Ich schreckte aus einer Art Trance hoch, als mir ein nur allzu bekannter Duft in die Nase stieg. Mein Körper reagierte sofort mit einer aberwitzigen Anzahl an Schuppen, die sich auf meinen nackten Armen präsentierten – während des Zeichnens hatte sich automatisch mein Körper erwärmt, weshalb ich nur ein Leibchen trug und den Pullover in meinen Rücken gestopft hatte. Die Sonne war bereits untergegangen und ich musste die Nachttischlampe anschalten, um weiterhin vernünftig sehen zu können. Regen trommelte gegen die Fensterscheibe, wie auch schon die Tage zuvor.

Auf der anderen Seite des Bettes, direkt neben mir, und inmitten meiner Zeichnungen saß Prinz Joseph. Er sah mich nicht an, obwohl er längst bemerkt haben musste, dass ich wieder bei Verstand war. Stattdessen betrachtete er weiterhin die Bilder von meinem Vater

Thassillo, meiner Mutter Salra, meinem Bruder Maykil, Marla, Maijin, William und …

»Du hast meine Mutter auf Papier verewigt«, stellte er tonlos fest.

Ich antwortete nicht und versuchte, mich zusammenzureißen, damit kein verschlagenes Grinsen auf meinem Gesicht auftauchte, weil mein Plan Gestalt annahm. Ich bemerkte es daran, wie fixiert er auf das Bild von Königin Susanna war.

Unerwartet wechselte er das Thema. »Wie es sich wohl anfühlen mag«, sinnierte er und legte das Bild behutsam nieder, »einer intakten Familie zu entstammen.« Allerdings sah er mich noch immer nicht an, sondern schweifte mit den Augen über die Zeichnungen und blieb schließlich wieder an Königin Susanna hängen.

Meine Finger verkrampften sich leicht bei dem Gedanken daran, dass ich ihn jetzt nicht angreifen durfte. Selbst wenn er so verletzlich wirkte. Die Leben all der Manipulierten aufs Spiel zu setzen, konnte ich nicht mit meinem Gewissen vereinbaren.

Auch wenn es mir zuwider war, musste ich mitspielen.

»Es ist leicht«, flüsterte ich schließlich, »einer intakten Familie zu entstammen, wenn alle anderen dich verachten.«

Mit einem Mal hob er den Kopf. Unsere Blicke trafen sich. Seine Miene blieb weiterhin ausdruckslos, doch in seinen Augen tobte ein Sturm. Die Neugier in mir wünschte sich, seine Gedanken lesen zu können – wenigstens einen kleinen Teil.

Für eine ganze Weile blieb es still. Allerdings starrte er mich noch immer an. Und ich hielt seinem Blick stand, während ich beim wahnsinnigen Geist der Unterwelt dafür sorgen musste, dass meine mittlerweile gespaltene Zunge nicht herausschnellte. Ein falscher Schritt. Ein winziger Hinweis darauf, dass er es bemerkte. Dass er wusste, ich spielte ihm das nur vor … und er würde zur Strafe Leben auslöschen.

Meine Finger verkrampften sich mehr und mehr.

Ich versuchte mich auf sein Äußeres zu konzentrieren. Auf die spitzen Elfenohren, die blauen Iriden mit den silbernen Sprenkeln, das kantige Kinn und das weiße Hemd, an dem er die beiden obersten Knöpfe geöffnet hatte … Eilig lenkte ich den Blick auf seine Hände. Doch dort fiel mir der blasse Streifen am Ringfinger seiner rechten Hand auf, an dem normalerweise ein Verlobungsring steckte.

»Ich wollte wenigstens ein einziges Mal den Geschmack von Freiheit erfahren«, antwortete er dann auf meine Gedanken und massierte die betreffende Hand. »Im Gegensatz zu mir verfügst du trotz deiner Gene über weit mehr Freiheit, als du vielleicht annehmen magst.«

Ich strengte mich an, ihn nicht vollkommen verstört anzustarren. Warum lief das Gespräch jetzt ausgerechnet in *diese* Richtung? Ich musste es wieder auf meinen ursprünglichen Plan zurückbringen.

Dennoch platzte ich mit einer Anmerkung heraus: »Sagt mir das noch einmal bei Vollmond.« Ein bitteres Lachen entfuhr mir. »Wenn ich nicht die Wahl habe, ob ich jemanden *ermorde*.«

Ich erzitterte bei dem Gedanken an die ungeplante Verwandlung im Palast und schloss für einen Moment die Augen. Atmete tief ein und aus.

»Die Wahl ist lediglich eine Illusion.«

Unverzüglich schossen mir Bilder durch den Kopf. Ich sah vor meinem inneren Auge, wie Prinz Joseph dazu *gezwungen* wurde, Mychelle Talisz einen Heiratsantrag zu machen.

Ich öffnete wieder die Augen und sah ihn an. Allerdings war dieses Mal etwas anders. Mein Brustkorb schmerzte heftig, als hätte jemand mit einem glühend heißen Messer auf mich eingestochen. Die Stimmen tauchten ebenfalls wieder auf. Sofort beschleunigte sich mein Herzschlag.

Ich musste das Thema wechseln.

Jetzt.

Ich öffnete meinen Mund, um etwas zu sagen.

Als mir Prinz Joseph zuvorkam: »Warum?«, fragte er und drehte sich schließlich mit seinem gesamten Oberkörper zu mir. »Warum hast du ausgerechnet *sie* gezeichnet?« Seine Stimme war eindringlich.

Er lehnte sich ein Stück vor, während er das Bild seiner Mutter wieder in der Hand hielt. Ich erkannte Schmerz in seinen Augen.

Und wie als Antwort darauf durchfuhr mich ein Stich. Instinktiv packte ich mir an die Brust. Ich wusste, wie weh es tat, wie sehr es einen am Abgrund tänzeln ließ, wenn man jemanden verlor, den man liebte.

Nur leider gab es zwischen uns einen Unterschied.

Einen ganz gewaltigen Unterschied.

Ich war nicht dafür verantwortlich, dass seine Mutter nicht mehr atmete.

Mühsam schluckte ich den Kloß in meinem Hals hinunter, sammelte mich und setzte zu einer Antwort an: »Warum?« Ich ließ die Frage regelrecht auf meiner Zunge zergehen. »Weil sie als einzige Person im ganzen Palast – neben Prinz Steven – mich nicht wie einen *Fehler* behandelt hat.« Als ich bemerkte, dass sich seine Augen vergrößerten, fügte ich noch hinzu: »Deshalb mochte ich sie. Sie war gütig und freundlich und …«, ich senkte meine Stimme aus reiner Gewohnheit, wenn ich über dieses Thema sprach, »… sie hat Gefühle gezeigt.«

Allerdings entsprach das, was ich über Königin Susanna gesagt hatte, der Wahrheit. Nichts davon war gelogen. Und das bereitete mir Sorgen. Ich durfte mich nicht in den Sturm seines Gefühlschaos hineinziehen lassen. Es war unübersehbar, dass ich es geschafft hatte, in sein Innerstes vorzudringen. Das aufgebrochene Schloss seiner Selbst zu entfernen. Mit geöffnetem Mund starrte er mich an. Schloss ihn. Öffnete ihn wieder, schien etwas sagen zu wollen, verschloss seine Lippen jedoch abermals. Dann lehnte er sich erneut mit dem Rücken gegen das Holzgestell und starrte in die Leere.

Dann setzte ich noch etwas hinzu: »Ich hoffe, Ihr wisst inzwischen, dass ich nicht schuld an ihrem Tod bin.«

Er sah mich nicht an, als er den Blick senkte und zögernd nickte. »Ja, das ist mir bewusst.«

Ich wusste nicht, wie viel Zeit vergangen war, als er sich erhob und in einem viel zu leisen Ton fragte, ob er die Zeichnung seiner Mutter mitnehmen dürfe. Ich nickte und sprach zur gleichen Zeit mein aufrichtiges Beileid aus.

Es war immer noch die Wahrheit.

Er hingegen schwieg und schaute mich nicht an, als er zur Eingangstür ging und die Klinke herunterdrückte. Im Türrahmen jedoch blieb er stehen und drehte sich noch einmal um, als er mir eröffnete: »Sie mochte dich wirklich außerordentlich gern. Sehr viel mehr als meine Verlobte.« Sein Blick war wieder unverkennbar intensiv.

Und als er die Tür schloss, fragte ich mich, wer von uns beiden wohl ein Spiel mit dem anderen trieb.

33

Ich musste weiter zu Prinz Joseph durchdringen, wenn ich hier jemals wieder herauskommen wollte. Also zeichnete ich vier Tage lang wie eine Besessene Bilder von meiner Familie aus verschiedenen Perspektiven und schließlich auch den Mutter-Kind-Raum mit Königin Susanna, Thronfolger Steven und Prinz Joseph.

Erschöpft lehnte ich meinen Kopf gegen das Holzgestell und legte den inzwischen winzig kleinen Kohlestift zur Seite. Meine rechte Hand krampfte und die Fingerspitzen sowie die Rillen der Innenflächen waren mit Staub überzogen. Für einen kurzen Moment schloss ich die Augen.

Ich versuchte, mich zu sammeln, um weiter zu zeichnen. Aber die Gesichter meiner vermissten Eltern und meines toten Bruders immer wieder vor mir zu sehen und zu wissen, dass ich sie alle womöglich nie wiedersehen würde, erfüllte mich mit einem Schmerz, der nicht zu ertragen war. Ich hatte mich bisher jede Nacht in den Schlaf geweint und war morgens mit einem verquollenen Gesicht und geröteten Augen aufgewacht. Und schon wieder flüchteten Tränen durch meine Lider und sammelten sich auf meinen Lippen. Sie schmeckten salzig und verbittert.

Ich biss mir auf die Unterlippe und ballte die Fäuste. Atmete tief ein und aus. Bis mein Herzschlag sich wieder normalisierte und ich mich traute, meine Augen wieder aufzumachen. Ich musste mich zusammenreißen, musste durchhalten, bis Prinz Joseph erneut meine Nähe suchte. Bisher war er vier lange Tage nicht aufgetaucht und schon bald würde die Sonne des fünften Tages untergehen, ohne dass er auch nur einen einzigen Schritt in dieses Zimmer gewagt hatte.

Was hatte der Prinz wirklich vor? Die Ungewissheit machte mich schier wahnsinnig. Ich glaubte nicht daran, dass er mich für den Rest meines Lebens hier einsperren wollte – oder bis er eine Lösung für den Abhängigkeitsfluch fand, was ich zu bezweifeln wagte.

Dieser Plan war zu einfach.

Zu einfach für *ihn*.

Gedankenverloren massierte ich mein rechtes Handgelenk. Dabei hatte ich doch die kleine Fee so auf das Kissen gesetzt, dass der Prinz die Bilder unmöglich übersehen konnte. Mein Blick schweifte zu dem kleinen Wesen. Während meinen Pausen, in denen ich aß, schlief oder meine Notdurft verrichtet hatte, hatte ich trotz allem weiterhin versucht, sie aus ihrer Manipulation zu wecken. Es war mir egal, dass es höchstwahrscheinlich zwecklos war – irgendein Heilmittel gegen schwarze Magie *musste* es doch geben!

Ich nahm ein neues Blatt Papier und den noch durch meine Körpertemperatur erwärmten Kohlestift und setzte ihn an, während ich der Fee Geschichten aus den Büchern meiner Kindheit und Jugend erzählte. Natürlich kannte ich längst nicht mehr alle Einzelheiten und sprach womöglich von vollkommen unzusammenhängenden Ereignissen, aber sie anzuschweigen erschien mir noch unsinniger als der Versuch, mit ihr zu kommunizieren.

Plötzlich bewegte sich die Klinke nach unten. Sofort verlagerte ich meine gesamte Aufmerksamkeit zum Türrahmen und dem Schattenelfen, der in diesem stand. Er war wie immer gekleidet, als würde er gleich in die Oper oder in ein horrend teures Restaurant gehen: Das blütenweiße Hemd bildete einen perfekten Kontrast zu seiner schwarzen Brokatweste und die leibgeschneiderte blauschwarze Hose endete bei glänzenden dunklen Schuhen. Seine Miene allerdings war nicht mehr ganz so undurchdringbar wie an meinem ersten Arbeitstag im Palast. Ich war mir nicht sicher, aber ich hätte schwören können, dass der Anflug eines Lächelns auf seinen Lippen lag. Auch der Ausdruck in seinen Augen wirkte weicher, wenn auch nur minimal.

Vielleicht täuschst du dich aber auch nur, giftete meine innere Stimme und ich versteifte mich augenblicklich. Während der letzten Tage war sie stumm geblieben und nun tauchte sie natürlich im denkbar ungünstigsten Moment wieder auf – wenn die Chance bestand, eine weitere Kerbe in den Verstand des Prinzen zu schneiden.

»Vielleicht möchtest du dir die Hände waschen«, fing mein Gegenüber an und deutete auf meine geschwärzten Finger.

Ich verengte die Augen, blinzelte. Aus welchem Grund wollte er, dass ich meine Hände wusch? Ganz zu schweigen von der Tatsache, dass ich mochte, wie es sich anfühlte, wenn ich den Kohlestaub zwischen meinen Fingerkuppen verrieb. Also blieb mir nur ein logischer Weg: »Wieso, Eure königliche Hoheit?«, fragte ich ihn geradeheraus.

Jetzt war *er* es, der verwirrt blinzelte. Die Anrede war mir mehr oder minder herausgerutscht, allerdings schien dies ein guter Zug gewesen zu sein.

Prinz Joseph fing sich schnell wieder. Er richtete sich auf und räusperte sich, bevor er mir den Grund seines Auftauchens erklärte: »Ich gewähre dir ein wenig Freigang, indem ich dich dazu auffordere, dein Abendessen gemeinsam mit mir in meinem Speisesaal einzunehmen.«

So schnell wie Zustimmung aus mir herausschoss, konnte ich meine Zunge gar nicht zurückhalten. Ich biss mir auf die Zunge, als hätte ich etwas Unüberlegtes gesagt. Vielleicht gehörte das zu einem Test.

Und du hast ihn soeben nicht bestanden. Das hämische Kichern meiner bestialischen Stimme schürte die aufkochende Wut in mir. Sie sollte mich endlich in Frieden lassen, damit ich mich auf das Gespräch mit dem Prinzen konzentrieren konnte.

»Sehr schön!«, durchbrach mein Gegenüber den Konflikt in meinem Kopf und es wurde augenblicklich still. »Soll ich daher wirklich noch einmal erwähnen, dass es besser wäre, wenn du dir die Hände waschen würdest?«

Ich schüttelte geistesabwesend den Kopf und stand vom Bett auf. Auf dem Weg zum Waschbecken dachte ich darüber nach, wie um alles in der Welt Prinz Joseph derart schnell meine innere Stimme zum Schweigen gebracht hatte. Ich sollte mich hüten. Möglicherweise trieb nicht *ich* mein Spiel mit ihm, sondern er mit mir. Und wenn ich nicht aufpasste, musste irgendjemand mit seinem Leben bezahlen.

Durch die offene Badezimmertür erspähte ich, dass mich der Prinz die ganze Zeit über beobachtete. Fast wirkte es so, als blinzelte er nicht einmal, während er verfolgte, wie gründlich ich den Kohlestaub von mir wusch. Dabei schindete ich nur Zeit, weil ich überlegte, welche Worte ich an ihn richten oder worüber ich mit ihm reden sollte.

Ich schluckte, als ich den Wasserhahn zudrehte und mir die Hände abtrocknete. Dieses Abendessen zu überstehen, ohne dass ich dabei meine Gefühle bloßstellte, stellte eine Herausforderung dar.

Ich ballte kurz die Fäuste und sprach mir Mut zu. Dann trat ich aus dem Badezimmer heraus. Im gleichen Moment drehte sich der Prinz um und wies mir lediglich mit einer Handbewegung an, dass ich ihm folgen sollte. Also heftete ich mich an seine Fersen.

Der erste Gedanke, der mir kam, war, dass Prinz Joseph schon vor dem Befehl seines Vaters gewusst haben musste, dass er irgendwann zu den Menschen gesandt werden sollte. Denn als wir durch den ellenlangen, mit Prunk übersäten Flur liefen, erinnerte mich so ziemlich alles an den Palast in Héron. Niemand konnte in der Menschenwelt mit ihren Gesetzen in derart kurzer Zeit ein ganzes Schloss bauen und vor allem nicht in dieser Dimension.

Kristallkronleuchter erhellten uns den Weg und ein aufwendig verzierter Läufer lag auf dem dunklen Marmorboden. Landschaftsgemälde so groß wie ein Esstisch säumten die Wände mit ihrem impressionistischen Stil.

Ich versuchte nicht allzu auffällig zu erscheinen, während ich mir die Türen einprägte. Irgendwo in diesem gigantischen Gebäude musste der Prinz seine Opfer versteckt haben – blieb nur die Frage wo. Und vor allem, wie ich sie lebend wieder hinausbekommen sollte.

Meine Augen schweiften zum Hinterkopf des Prinzen. Ich war mir sicher, dass er seine Sinne besonders geschärft hatte – schließlich lief ich frei herum. Doch jetzt zu fliehen, kam mir nicht in den Sinn, da es nur meinen Plan zunichtemachen und Prinz Joseph mich wieder einsperren würde. Der nächste Schritt bestand also darin, sein Vertrauen in jener Art und Weise zu gewinnen, dass ich mich schon bald alleine im Schloss bewegen durfte.

Nach einiger Zeit bogen wir links ab und liefen eine Treppe mit Marmorstufen hinab, die im Licht der Kristalllüster glänzten wie frisch polierte Edelsteine. Wir gingen nur ein Stockwerk hinab, bevor der Prinz eine zweiflügelige, weiß-goldene Tür öffnete und mich hereinbat.

Ich spürte seinen Blick, als ich hineinging. Und schluckte, als ich den Speisesaal aus dem Palast erkannte; ich fragte mich, welche Personen er wohl manipuliert haben musste, damit sie ihm all die Speisen zubereiteten. Ich entdeckte Endiviensalat mit Brunnenkresse und Radieschen, roten Wein, ein Gemisch aus Erbsen, Karotten und Hirse sowie rosafarbenen Pudding mit garnierten Himbeeren.

Unweigerlich musste ich mir über die Lippen lecken.

Alles in mir schrie, dass ich fliehen sollte, dass ich in seiner Gegenwart nichts anderes war als ein Kaninchen im Schlangengehege. Welche Ironie!

Die Türen fielen zu.

Ich zuckte zusammen.

Sofort wurden meine Gliedmaßen schwerer.

Reiß dich zusammen!, ermahnte ich mich und richtete mich auf. Strich über die königsblaue Hose und die himmelblaue Bluse und drehte mich zu Prinz Joseph um. Schaute ihm herausfordernd in die Augen. Ich würde keinen Rückzieher machen und mich ihm stellen.

Allerdings wusste er ganz genau, wie er mich verwirrte oder in Verlegenheit brachte. Mit schief gelegtem Kopf betrachtete er mich einen Moment, bevor er äußerst langsam zum Esstisch schritt, die beiden Kristallgläser mit dem Rotwein nahm und wieder zurückkehrte. Mit einem nicht definierbaren Funkeln in seinen Augen hielt er mir eines der Gläser entgegen.

Ich zögerte und starrte auf seine Hand, als es einfach aus mir herausplatzte: »Warum ladet Ihr mich dazu ein, mit Euch zu essen, Eure königliche Hoheit?«

Er schmunzelte und verengte die Augen. »Ein neugieriges Gemüt«, stellte er fest und setzte das kristallene Glas an seine Lippen. Als er einen Schluck von dem Rotwein genommen hatte, hallte das Geräusch noch im Raum – oder auch nur in meinem Kopf – nach. »Ich muss gestehen«, setzte er dann an, »dass ich mich ein wenig gelangweilt habe.«

Ich ballte die Fäuste. Er machte mich rasend. Aber dieses Spiel konnte man auch zu zweit spielen: Ich setzte ein Lächeln auf, nahm das noch vollständig gefüllte Kristallglas aus seiner Hand – wobei ich zu ignorieren versuchte, dass sich die aufgeladene Elektrizität unserer Kleidung in der Berührung unserer Finger entladen hatte – und trank einen großen Schluck Rotwein. Es war mein erster Schluck Alkohol überhaupt: Der Wein schmeckte scheußlich und viel zu scharf und bitter, und die Süße der Trauben stach kaum heraus.

Ich verzog das Gesicht und blinzelte, während ich das leise Lachen des Prinzen hörte – irgendetwas daran ließ einen Schauer über mich fegen. »Wir sind wohl nicht sehr trinkfest, habe ich Recht?«

Ich ignorierte seine Häme und stellte ihm eine weitere Frage: »Warum bei allen Naturgeistern beschenkt Ihr mich, Eure königliche Hoheit?«

Er stutzte, antwortete nicht.

Also machte ich weiter: »Ich brauche doch nur Brot und Wasser, um zu überleben und irgendeinen Schlafplatz. Nicht …« Ich zeigte mit meinen Händen eine enorme Spannweite, um das Himmelbett zu symbolisieren. »… *das*!«

Seine Augen suchten meine. Mit einem Mal schienen die silbernen Sprenkel darin zu fließen. Der ausgelassene Ausdruck in seinem Gesicht wich Verschlossenheit. »Vielleicht«, entgegnete er mit gedämpfter Stimme, »gefällt es mir ja, dich zu beschenken.«

Ich erstarrte. Hatte er das gerade wirklich gesagt?

Unerwartet wirbelte er herum. Mit zügigen Schritten war er zum Tischende gelaufen und ließ sich dort nieder. Der Platz zu seiner Linken war gedeckt. Mit einem flüchtigen Blick wies er mich an, Platz zu nehmen und mit der Vorspeise, dem Salat, zu beginnen, bevor das Hauptgericht kalt werden würde. Und für einen Moment fragte ich mich, warum die Speisen nicht nacheinander kamen und ob Prinz Joseph sie vielleicht sogar selbst zubereitet hatte.

Ich atmete tief ein und stellte das halbvolle Weinglas ab. Nur widerwillig setzte ich mich hin und schöpfte mir eine Portion Endiviensalat auf den kleinen Teller. Unbehagen machte sich in meiner

Magengegend breit, während ich die Gabel in die Hand nahm und in die Vorspeise stach – ich spürte, wie *er* mich beobachtete. Alles an ihm war zu intensiv. Seine Präsenz, sein Starren … selbst wie er *redete.* Ich hatte ernsthaft Mühe, mich auf das Essen zu konzentrieren.

Und Prinz Joseph hatte nicht vor, es mir leichter zu machen. Stattdessen schnitt er ein vollkommen anderes Thema an, dass mich jedoch mindestens genauso verunsicherte: »Ich muss ebenfalls gestehen, dass es mich doch ein wenig faszinierte, deine verwandelte Gestalt zu erblicken.« Er lachte kurz auf und ich starrte ihn entgeistert an. »In meinen gesamten zweihundert Jahren hätte ich niemals erwartet, von einem gefallenen Drachen verschont zu werden.«

Ich verschluckte mich fast an meinem Essen und hustete hinter hervorgehaltener Hand. »Dann … w-wisst Ihr also, was geschehen ist, Eu-Eure königliche Hoheit?«

Er verengte für den Bruchteil einer Sekunde die Augen. Schüttelte dann jedoch den Kopf. »Nein. Zumindest nicht gänzlich.« Er trank einen weiteren Schluck des Rotweins, bevor er fortfuhr: »Nun ja, die Soldaten ließen dich freiwillig passieren und ich eilte hinterher und verlor daraufhin das Bewusstsein … Wie die Geschichte sich fortspinnt, solltest du kennen, nicht wahr?« Schon wieder dieses verschlagene Grinsen.

Ich starrte den noch fast vollen Teller vor mir an. Natürlich wusste ich, wie es weiterging. Und das wusste er auch. Denn *er* war es gewesen, der mich überwältigt und entführt hatte.

Für eine ganze Weile wurde es still zwischen uns. Ich hörte nur, wie er etwas mit der Gabel aufpikste und bedächtig kaute. Zwischendurch vernahm ich auch sein Schlucken und wie das Glas kurzzeitig klirrte, als er es auf dem ebenso gläsernen Tisch abstellte. Während des gesamten Essens schaute ich ihn nicht einmal an.

Bis er mich plötzlich fragte, ob ich wüsste, wie ich als Basilisk aussähe.

Ich runzelte die Stirn. »Nein«, antwortete ich. »Ich kenne nur meine Halbverwandlung, Eure königliche Hoheit.«

»Dann ist dir also nicht bekannt, wie dein äußeres Erscheinungsbild aussieht?«

»Nun ja«, setzte ich nachdenklich an, »ich weiß zumindest, wie ein Basilisk aussieht. Mein Vater hat mich früher oft in den dunklen Wald Tenerest mitgenommen, als er unsere Verwandten besucht hat.«

Der Prinz nickte bedächtig und sah mich lange an.

Dann wischte er sich den Mund mit einer Serviette ab, rückte den Stuhl nach hinten und stand auf. »Mir steht der Sinn nach einem Spaziergang durch das Schloss. Ich möchte, dass du mich begleitest. Vorausgesetzt, du weichst mir nicht von der Seite.«

Verblüfft sah ich ihn an, nickte zögernd und stand auf.

Als ich jedoch seinen Blick bemerkte, war ich mir nicht mehr sicher, ob mein Vorhaben wirklich eine gute Idee war.

34

Mehrere kunstvoll drapierte Wanduhren verrieten mir, dass Prinz Joseph und ich seit mindestens zwei Stunden durch das Schloss gewandert waren. Ohne ein wirkliches Ziel. Und vor allem ohne, dass einer von uns beiden auch nur ein einziges Wort gesagt hatte. Die ganze Zeit über fragte ich mich, was er damit bezwecken wollte. Während ich versuchte, die Wände unauffällig nach Hinweisen abzusuchen. Hinweise darauf, wo der Prinz seine Opfer versteckt hatte.

Ich wusste nicht, wie lange ich mir die immer gleich aussehenden Flure noch ansehen konnte, bevor sie begannen, mich wahnsinnig zu machen – egal wie oft wir auch abbogen, ihr äußeres Erscheinungsbild veränderte sich nicht. Überall hingen Kristalllüster und der Teppich mit dem orientalischen Muster floss endlos unter unseren Füßen dahin.

Während der Prinz und ich weiter schweigsam nebeneinanderliefen, versuchte ich mir das Konstrukt dieses Schlosses zu merken – in meinem Kopf setzte sich allmählich ein Bild zusammen.

Ich spürte, wie Prinz Joseph mir immer wieder flüchtig Blicke zuwarf. Unter diesen Umständen ruhig und unschuldig zu wirken war eine regelrechte Herausforderung. Es juckte mich an Armen und Beinen und ich unterdrückte den Drang, mich wie eine Besessene zu kratzen. Irgendwo musste es doch einen Hinweis geben, eine Unregelmäßigkeit an den Wänden …

Als wir ein weiteres Mal abbogen, suchte ich auch hier mit meinen Augen alles ab. Mir fiel auf, dass in diesem Flur keine Kristallkronleuchter hingen, sondern zahllose Gaslampen mit einer metallisch-purpurnen Fassung. Insgesamt wirkte die Umgebung dunkler und bedrückender. Fenster gab es keine und dieser Teil des Teppichs schien älter zu sein – er war leicht verfilzt und die Farben waren zu einem großen Teil bereits verblasst. Als hätte man diesen Teil des Schlosses zuerst gebaut und die anderen Abschnitte nach und nach hinzugefügt.

Wesentlich später.

Und mit einem Mal war da diese eine Gaslampe am Gemäuer, die etwas zu weit herausstand und wie ein symbolisches Leuchtfeuer inmitten der dunklen Umgebung wirkte.

Überstürzt rannte ich darauf zu.

Umgriff das angewärmte Metall.

Und zog.

»Nein!«, hörte ich den Prinzen noch schreien, bevor seine Stimme in den Geräuschen unterging, die das Gemäuer machte. Der Boden vibrierte unter unseren Füßen, Staub rieselte von der Decke. Vor unseren Augen zeichnete sich eine Linie ab. Innerhalb von Sekunden hatte sich eine Art Tür gebildet, die sich selbstständig nach hinten und zur Seite schob. Dann flammten weitere Gaslampen auf und eine Treppe führte in die Tiefe.

Ein flüchtiger Blick nach hinten und ich wusste, dass er mir das niemals verzeihen würde, wenn ich dort hinunterginge. Wie gelähmt stand der Prinz kaum einen Fußbreit von mir entfernt; in seinen Augen wechselten sich die Emotionen wie in einer grauenhaften Odyssee ab.

Nur einen Herzschlag später rannte ich die Treppen hinunter.

Erneut rief Prinz Joseph nach mir. Er drohte mir, mich für alle Zeiten einzusperren und versprach mir, dass ich diesen Schritt bereuen würde, dass ich nie wieder zurückkönne, wenn ich einmal diesen Raum betreten hatte.

Aber ich ignorierte seine Stimme.

Seine Warnungen.

Und meinen rasenden Herzschlag. Die Schuppen. Das Stechen in meiner Brust und in meiner Lunge. Das krampfhafte Gefühl in meinem Magen.

Trotzdem rannte ich weiter.

Wie gehetzt stürmte ich die Treppenstufen hinab.

Als wäre nicht der Prinz mir dicht auf den Fersen, sondern der Geist der Unterwelt höchstpersönlich.

Immer tiefer führte mich die Treppe. Immer tiefer in das Schloss. Und tiefer in die Ungewissheit. Für einen winzigen

Moment ergriff mich die Angst, ich könnte dort unten meinen toten Bruder finden.

Ich war im Begriff stehen zu bleiben.

Doch da war es schon zu spät.

Das Blut rauschte in meinen Ohren, während ich mit Entsetzen feststellte, in welchem Raum ich mich tatsächlich befand. Ich fühlte mich taub, erkannte nur eine schemenhafte Gestalt aus dem Augenwinkel. Ich wusste nicht einmal, ob ich noch atmete, während ich erschrocken die Wände anstarrte.

Es dauerte mehrere Atemzüge, bis ich die stumpfen Geräusche wieder zuordnen konnte und mein Verstand nicht bloß einen hohen, schrillen Ton in meinem Gehörgang erzeugte.

»Es war nicht vorgesehen«, erklang die bedrohliche Stimme des Prinzen, »dass du jemals diesen Raum betrittst.« Ich drehte meinen Kopf, gleichzeitig machte er einen Schritt auf mich zu. Seine Augen bargen Finsternis, als er ergänzte: »Niemand außer mir kennt diese Räumlichkeit.«

Er streckte seine Hand nach mir aus, versuchte nach mir zu greifen. Doch ich wich zurück. Allerdings wagte ich nicht, auch nur im entferntesten eine der Wände zu berühren. Der Schattenelf versperrte mir den einzigen Ausweg, um aus dieser entsetzlichen Wahrheit fliehen zu können.

Der Raum war mit Bildern regelrecht tapeziert worden.

Es waren unzählige Aufnahmen.

Von *mir*.

Wie Abbilder meiner eintausend Persönlichkeiten blickten sie auf mich hinab und verurteilten mich. Für meine Dummheit. Meine Einfältigkeit. Dass ich für einen winzigen Moment geglaubt hatte, ich säße trotz allem am längeren Hebel. Aber das, was sich mir nun zeigte, übertraf bei weitem alles, woran ich jemals geglaubt hatte.

Und inmitten all dieser Fotografien stand eine hüfthohe Säule. Mit einer Kristallkugel darauf. In der sich die allerletzte Aufnahme befand: ich in meiner Basilisken-Form. Es musste kurz nach dem Attentat aufgenommen worden sein. Ich sah mich zum ersten Mal in meiner Verwandlung: Die schwarzen Schuppen glänzten nicht, sie wirkten vielmehr wie die Finsternis selbst. Ich erkannte nicht einmal, wo meine Augen saßen. Was ich jedoch sehr gut erkannte, waren der Dornenkranz um meinen Hals und die doppelreihigen, menschenhohen Zähne.

Ich hatte mich in meinem Leben noch nie mehr verachtet.

Der Raum begann sich um mich herum zu drehen. Und überall diese Fotografien, die Zeugnis ablegten. Darüber, dass mich der Prinz seit meinem fünfzehnten Lebensjahr beobachtet hatte.

Die.

Ganze.

Zeit.

Ich schüttelte den Kopf, bedeckte meinen Mund mit den Händen. Er hatte mich die ganze Zeit beobachtet. Zwei Jahre lang. Vierundzwanzig Stunden am Tag. Die Bilder bewiesen es. Während ich geschlafen, gegessen, gezeichnet, in der Schule gesessen, im Palast gearbeitet oder mit Maykil im nahegelegenen Park Zeit verbracht hatte.

Mein Bruder.

Der jetzt tot war.

Ich starrte Prinz Joseph an. Mit einem Mal kam die Wut wieder. All der aufgestaute Hass. Ich entfernte meine Hand von den Lippen und schrie: »Ihr habt meinen Bruder ermordet! Ihr seid nichts weiter als eine Abscheulichkeit!«

Tränen sammelten sich in meinen Augen und rannen meine Wangen hinab. Ich machte mir nicht die Mühe, sie wegzuwischen. »Wie konntet Ihr mir das antun?«

Der Prinz rührte sich nicht, sondern sah mich bloß an. In seinen Augen spiegelte sich Schmerz. Es wirkte vollkommen absurd, den Prinzen inmitten dieses Raumes zu sehen. Inmitten all meiner Gesichter. Und derart … emotional.

Lass dich nicht davon verunsichern!, warnte mich meine innere Stimme. *Er spielt nur mit dir.*

Und dennoch verwirrte es mich. Sein Verhalten wirkte nicht aufgesetzt. Oder wünschte ich mir das bloß? Dass weit mehr hinter diesem Schattenelf steckte als ein kaltblütiger Mörder?

Aber der Schmerz über den Verlust meines Bruders saß zu tief. Ich fasste mir an die Brust. Jeder einzelne Herzschlag schien schwerer und schwerer zu werden. Es raubte mir die Luft zum Atmen.

Die Stimmen tauchten wieder auf. Ich konnte ihre Worte nicht verstehen, nicht zuordnen. Ihr Schreien, Flehen und Klagen verursachte mir schier unsagbare Kopfschmerzen.

Der Prinz kam auf mich zu.

Lediglich ein mickriges Fauchen entwich mir. Wo bei allen Naturgeistern hatte sich mein Basilisk versteckt? Trotzdem drohte ich ihm: »Einen Schritt weiter und ich *zerreiße* Euch.«

Abrupt blieb er stehen. »Ich …«, setzte er an, unterbrach sich jedoch und schüttelte den Kopf. Biss sich auf die Unterlippe, schaute zur Seite, als würde eines meiner unzähligen Abbilder eine Antwort geben können.

Ich war kurz davor, ihn dazu aufzufordern, mir zu sagen, was er sagen wollte. *Irgendetwas* zu sagen. Dieses Schweigen war reinste Folter.

Jäh fand er seine Worte wieder: »Maykil lebt.«

»Was …?« Ich glaubte, mich verhört zu haben.

»Ich brachte es nicht über mich, dir derartige seelische Verletzungen zuzufügen. Dein Bruder lebt«, wiederholte Prinz Joseph.

Als sich unsere Blicke trafen, schien mein Herz auszusetzen.

»Was?«, war das einzige, was ich von mir geben konnte. Es war, als hätte mein Verstand einen Kurzschluss gehabt und müsste erst über einen längeren Zeitraum repariert werden, bevor ich ihn wieder benutzen konnte.

Dann drehte der Prinz seinen Oberkörper und sah zum Ausgang, bevor sein Blick wieder den meinen fand. »Ich möchte meine Worte gerne untermauern. Sofern du es zulässt.«

Ich schluckte. Alles in mir sträubte sich dagegen, auch nur den geringsten Teil von dem zu glauben, was mir der Prinz eröffnete. Aber warum zeigte sich mein Basilisk weiterhin nicht?

Und die Stimmen in meinem Kopf wollten nicht aufhören, den Namen des Prinzen zu flüstern.

Ich rührte mich nicht. Sondern schaute ihn bloß an.

Mein Gegenüber atmete tief ein. »Welche Gedanken bereiten dir Sorgen?« Er schüttelte den Kopf, fuhr sich mit den Händen durch die Haare. »Du hättest unlängst mit dem Geist der Unterwelt Bekanntschaft gemacht, wenn ich es denn gewollt hätte.«

Ich antwortete nicht.

»Vertrauen ist vielleicht der falsch gewählte Begriff für unsere jetzige Situation«, versuchte er es noch einmal, »aber du kennst bereits mein dunkelstes Geheimnis. Und der Fluch spielt allein dir zu.«

»Beweist es mir!«, verlangte ich und schloss mit geballten Fäusten zu ihm auf. »Beweist mir, dass Ihr meinen Bruder *nicht* getötet habt.«

Seine Mundwinkel zuckten nach oben. »Das werde ich.«

Ich hätte ihn am liebsten am Kragen gepackt, geschüttelt und lautstark gefordert, dass er mir sagen sollte, wo Maykil war. Doch ich wagte es nicht, ihn zu berühren. Vor allem nicht nach dem, was ich gesehen hatte.

Prinz Joseph visierte die Treppenstufen an. »Folge mir und ich werde beweisen, dass deine Gedanken falschen Ursprungs waren.«

Ich stutzte. Blinzelte. Aus dem Augenwinkel erinnerten mich die Wände daran, dass es besser war, wenn ich trotzdem Abstand zu ihm hielt. Selbst wenn die abertausenden Aufnahmen das Resultat jahrelanger Unterdrückung seiner eigenen Natur waren, so legten sie dennoch Zeugnis darüber ab, mit wem ich es wirklich zu tun hatte.

Ich wartete, bis der jüngste Königssohn drei Treppenstufen erklommen hatte und folgte ihm erst dann. Auch wenn ich beim besten Willen nicht wusste, was mir der Prinz zeigen wollte, so versuchte mein Verstand immer wieder aufs Neue, mögliche Bilder zusammenzusetzen.

Als wir beim obersten Treppenabsatz ankamen, liefen wir den langen, verwinkelten Flur zurück bis zum Speisesaal. Von dort aus stiegen wir erneut eine Treppe nach oben. Wenn ich mich richtig erinnerte, mussten wir uns in dem Stockwerk befinden, in dem auch mein Zimmer lag.

Schließlich stoppten wir vor einer Tür, die wie jede andere im Schloss aussah – aus massivem Holz und mit aufwendigen Schnitzereien versehen.

»Dein Bruder verließ erst kürzlich mein privates Schloss«, erklärte der Prinz. »Er verfügte ebenfalls über ein eigenes Zimmer. Außerdem sorgte ich dafür, dass ihm ausreichend Speis und Trank zur Verfügung standen.«

Verwirrt runzelte ich die Stirn. »Worauf wollt Ihr hinaus?«

Er sah mich nicht an, als er die Tür öffnete und in den Raum ging. Ich eilte ihm nach, auf das Schlimmste vorbereitet, und stutzte dennoch, weil ich ausgerechnet *das* nicht erwartet hatte: Das Zimmer sah exakt so aus wie meines – aber das gesamte Mobiliar war angesengt.

Mit offenem Mund und geweiteten Augen stand ich wie erstarrt im Türrahmen und versuchte zu verstehen, wie das passieren konnte. Die Stimmen in meinem Kopf waren davon überzeugt, dass die Verbrennungen von einem Kampf herrührten.

Ich schloss den Mund und verengte die Augen. »Was habt Ihr mit ihm gemacht? Maykil würde niemals ohne Grund seine Feuermagie einsetzen.«

Mein Gegenüber drehte sich nicht zu mir um, sondern strich mit den Fingern seiner linken Hand über das verkohlte Holzgestell des ehemaligen Himmelbettes. »Diese Frage solltest du ihm wohl selbst stellen«, entgegnete er.

Daraufhin drehte er sich um und ließ mir freie Sicht auf einen runden Tisch mit zwei dazu passenden Stühlen und einer Kristallkugel, die darauf thronte. Bisher zeigte sie mir bloß eine von Schnee bedeckte Landschaft, die selbst im schwachen Mondlicht noch schimmerte wie ein Himmel voller weißer Sterne.

»Setz dich«, befahl der Prinz mit weicher Stimme und wies auf einen der Stühle. »Ich werde dir nicht nur zeigen, wo sich dein Bruder aufhält, du wirst überdies mit ihm sprechen können.« Dann setzte er sich.

Alles, was er von sich gab, hörte sich wie eine Lüge an.

Oder wie ein Traum.

Ich fühlte mich wie in Trance, als ich einen Fuß vor den anderen setzte und mich schließlich in unmittelbarer Nähe der Kristallkugel niederließ. Inzwischen zeigte sie uns ein einsames Gebäude mitten in einem Waldgebiet. Kurz darauf ertönten Stimmen, und eine triste Umgebung löste das vorherige Bild ab. Schatten tanzten auf den grau gefliesten Wänden im künstlichen Licht.

Der Prinz beugte sich vor und verlangte lautstark nach einer Person namens Rya. Die Geräusche verstummten und die Schatten beendeten ihren Tanz. Dann tauchte ein Gesicht in der Kristallkugel auf: Es war schmal, mit auffallend vielen Sommersprossen und Augen, so hell und grün wie ein frisch aus der Erde erwachsenes Kleeblatt. Goldene, lange Locken rahmten das Antlitz der Waldelfe ein, die ihre spitzen Ohren trotzdem nicht verdecken konnten.

Ihre Miene war so undurchsichtig wie die des Prinzen.

»Prinz Joseph«, stellte sie fest. »Was verschafft mir die Ehre?«

»Die Antwort auf diese Frage dürftest du bereits kennen«, antwortete er.

Ihre Mundwinkel bogen sich nach oben, aber das Lächeln erreichte ihre Augen nicht. »Natürlich.« Dann schweifte ihr Blick zu mir. »Und warum sitzt *Mondsklavin* Thyra-Fiah Cerrejonensis bei Euch?«

»Erkennst du die Ähnlichkeit nicht?«

Sie hob die Augenbrauen. »Nun ja … er hat rote Haare und Augen und sie …« Ihr Blick wanderte abermals zu mir, während ich den Drang unterdrückte, vor Nervosität loszuschreien. »Sie eben nicht.«

»Sieh noch einmal genauer hin«, beteuerte er.

Doch Rya verdrehte bloß die Augen. »Schluss jetzt mit den albernen Spielchen.« Es schüttelte mich kurz. Der Prinz und die Waldelfe konnten äußerlich nicht verschiedener sein und doch kam in mir das Gefühl auf, ich säße einem Duplikat gegenüber.

Auf dem Gesicht des Schattenelfs bildete sich ein Grinsen. »Nun gut, dann lass uns mit ihm sprechen.«

Mein Herzschlag beschleunigte sich. Intuitiv wischte ich meine feuchten Handflächen an meiner Hose ab. *Gleich werde ich meinen*

Bruder sehen, manifestierte es sich in mir. *Meinen* totgeglaubten *Bruder!* Meine Nerven waren zum Zerreißen gespannt.

Rya nickte. »Ich gebe Euch fünf Minuten. Ihr blockiert mit Euren Plänkeleien ohnehin schon viel zu lange die Kommunikationsmagie meiner Feen. Dabei wisst Ihr ebenso wie ich, dass jegliche Kontaktaufnahme aufgespürt werden kann, je länger die Verbindung besteht.«

Der Prinz nickte ebenfalls. »Mir ist bewusst, dass mein Vater sämtliche Kommunikationswege überwacht. Wir werden nicht viel Zeit in Anspruch nehmen.«

»Gut«, entgegnete die Waldelfe. Kurz darauf verschwand ihr Gesicht aus dem Sichtfeld der Übertragungsmagie der Feen, wodurch die Kristallkugel wieder die grau gefliesten Wände und Böden zeigte. Das Bild flackerte einen Moment lang.

Dann … tauchte ein Schopf flammendroter Haare auf. Und Augen, die zweifelsohne von unserer Mutter Salra stammten. Der lange, breitschultrige Körper war viel zu groß für die auf dem Boden ausgelegte Matratze und beim Anblick seines entnervten Gesichtsausdrucks war mir zum Lachen zumute.

Als Maykil seinen Kopf drehte, blinzelte er verwundert. »Thyra?«, hörte ich die vertraute, viel zu tiefe Stimme meines Bruders.

Ich bemerkte erst, dass ich weinte, als mir bereits Tränen an den Wangen herunterliefen. Eilig wischte ich mir mit dem Handrücken über die Augen, da meine Sicht verschwamm. Dabei wollte ich so viel wie möglich von meinem Bruder sehen – denn ich konnte es noch nicht begreifen, dass ich wahrhaftig mit ihm sprach.

»Ja, ich bin es.« Ich nickte eifrig. »Ich bin es wirklich.« Maykil öffnete den Mund, um etwas zu sagen, doch die Worte sprudelten nur so aus mir heraus: »Ich dachte, du seist tot. Ich habe dich sterben sehen! Ich …« Ein Schluchzer schüttelte mich heftig. »Wo bist du? *Warum* bist du dort? Und wieso hast du ein ganzes Zimmer verbrannt und-«

»Thyra«, unterbrach mich mein Bruder. »Beruhige dich! Ich *lebe*. Jedenfalls noch.« Der soeben noch weiche Ausdruck in seinen Augen wich nun glühender Wut, als sein Blick zum jüngsten Königssohn glitt.

Doch dieser schüttelte bloß den Kopf. »Diese Jugend heutzutage. Du rettest ihnen das Leben und zum Dank verunstalten sie eines deiner Gemächer.«

»Ich lasse mich nicht einsperren!«, giftete mein jüngerer Bruder. »Und dann auch noch von einem Feind. Was machst du überhaupt bei ihm, Thyra?«

Darauf wusste ich keine Antwort. Uns blieb nicht viel Zeit und ihm jetzt von dem Fluch zu erzählen, der ausgerechnet den *schwarzen Prinzen* und mich verband, stand nicht an oberster Stelle meiner Prioritätenliste.

Außerdem glaubte ein Teil von mir nicht daran, dass Prinz Joseph wirklich unser Feind war. Irgendetwas stimmte nicht. Oder war dies womöglich doch eine Falle? Wollte er bloß alle *Mondsklaven* und deren Verwandte in ein einziges, alleinstehendes Gebäude sperren und es dann verbrennen lassen?

Es schüttelte mich bei dem Gedanken daran.

»Warum ist er schon wieder ein Gefangener?«, fragte ich den Prinzen geradeheraus, als ich die Gitterstäbe entdeckte, die höchstwahrscheinlich nicht entflammbar waren – so wie ich meinen Bruder kannte, wäre er ansonsten schon längst wieder ausgebrochen.

»Es ist zu seinem eigenen Schutz«, antwortete der Schattenelf und starrte mich dabei so unverhohlen an, dass ich es wohl kaum missverstehen konnte.

Daraufhin machte Maykil ein abwertendes Geräusch. »Sicher.«

Der Blick des Prinzen verfinsterte sich. »Seine Todesurkunde ist längst ausgestellt worden und trotzdem wollte er erneut einen Angriff auf den Palast ausführen.«

Maykil öffnete den Mund, um dagegenzuhalten, als das Bild vor meinen Augen verschwamm und kurz darauf die Waldelfe mit den auffälligen Sommersprossen wieder zu sehen war.

»Eure Zeit ist vorüber«, erinnerte sie uns.

»Nein!«, rief ich. »Das war zu kurz!«

»Der nächste Kommunikationsversuch wird erst wieder nach Ablauf einer Frist von sieben Tagen möglich sein, um etwaige Aufspürversuche zu vereiteln«, sprach sie ungerührt weiter.

»Nein!«, schrie ich nun. »Wir hatten keine Zeit! Ich will meinen Bruder sehen!« Ich hatte nicht einmal die Möglichkeit gehabt, ihn zu fragen, ob er wusste, was mit unseren Eltern geschehen war. Ob er wusste, wo sie sich aufhielten. Ob sie noch lebten … Dann brach das Bild ab und im Inneren der Kristallkugel tauchte lediglich die verkohlte Tapete der dahinterliegenden Wand auf.

»Thyra-Fiah«, versuchte Prinz Joseph beruhigend auf mich einzureden. »Ich werde weiterhin für seine Sicherheit sorgen, darauf hast du mein Wort. Es wird ein unmögliches Unterfangen sein, ihn bei Rya aufzuspüren.«

Ich wollte den Prinzen am Kragen packen und verlangen, dass er mich zu Maykil bringen sollte. Ich wollte ihm drohen, wollte ihn einschüchtern. Wollte derart viele irrationale Dinge tun, dass ich vor meinen eigenen Gedanken erschrak. Zumal mich impulsives Verhalten nicht wieder mit meiner Familie vereinen würde.

Trotzdem konnte ich nicht anders, als ihn weiter auszufragen: »Was habt Ihr mit Maijin und William gemacht?«

Er zuckte leicht zusammen, wandte seinen Blick ab. »Ich sagte dir bereits, dass ich derartige Abscheulichkeiten dir gegenüber nicht begangen habe.«

»Ihr habt uns angegriffen«, erinnerte ich ihn scharf. »Mit einer überdimensional großen Mauer aus schwarzer Magie.«

Jetzt hob er seinen Blick wieder. »Es war nur zu deinem Schutz. Und den Angriff habe ich nicht zu verantworten.« Er pausierte und fügte leise hinzu: »Seit dem Vorfall im Palast verfüge ich über weitaus weniger Kontrolle über meine schwarze Magie.«

Die Hoffnung verfaulte wie eine kümmerliche Pflanze in meinem Inneren. »Bedeutet das, dass sie nicht mehr am Leben sind?«

»Würdest du meinen Worten Glauben schenken, wenn ich dir sage, dass dem doch so ist?« Seine Worte und die Intensität seines Blickes brachten mein Herz schmerzhaft zum Klopfen. »Weil mir bewusst ist, dass … dieser *Mensch* nicht auf meine Magie reagiert?« Seine Hände ballten sich unmerklich zu Fäusten.

Hatte er etwa den Kuss zwischen William und mir gesehen? Ich traute mich nicht zu fragen, traute mich nicht zu antworten. Stille umschloss uns. Ich spürte, dass mich Prinz Joseph fixierte. Erst jetzt fiel mir die Tragweite seines Starrens auf. Wie oft und lange er das normalerweise im Palast und hier im Schloss getan hatte. Abbilder der abertausenden Aufnahmen tauchten in meinem Kopf auf. Und die Tatsache, dass der *schwarze Prinz* höchstpersönlich nicht die Schuld am Angriff von Maijin und William trug, sondern durch die Wechselwirkung des Fluches mit meinem bestialischen Ich. Und dass er trotz alledem meinem Bruder das Leben gerettet hatte.

Das Herz schlug mir bis zum Hals. Ich traute mich kaum, ihn anzusehen, als ich ihn fragte: »Was hat Maykil zu Euch gesagt, als Ihr vor ihm auf der Empore standet?«

Ich wusste nicht warum, aber trotz der Bilderkammer und des Beweises, dass mein Bruder lebte, glaubte ich noch immer nicht daran, dass er mir tatsächlich eine Antwort auf meine Frage geben würde.

Ich konnte deutlich heraushören, wie mein Gegenüber versuchte, einen scheinbar unfassbar großen Kloß herunterzuschlucken. Der Prinz atmete tief ein, hielt für einen Augenblick die Luft an, bevor er wieder ausatmete und schließlich sprach: »Er war fest davon überzeugt, dass du dich niemals für mich entscheiden würdest.«

Mein Kopf schnellte hoch. Der Atem stockte mir. Entsetzt starrte ich ihn an. »Wo-woher wusste er …?« Ich fuhr so schnell vom Stuhl hoch, dass er dabei umkippte.

Der Prinz tat es mir gleich. Die glühenden blauen Iriden mit den silbernen Sprenkeln auf mich gerichtet näherte er sich. Instinktiv wich ich zurück. Als ich mit dem Rücken gegen die Wand stieß, schreckte ich hoch. Der Geruch von verkohltem Papier stieg mir in die Nase.

Prinz Joseph schloss zu mir auf und stützte seine Hände neben meinem Kopf ab, sodass mir jeder Fluchtweg verwehrt war. Sein gesamter Körper befand sich unter Spannung, einzelne Muskeln zeichneten sich unter dem dünnen, weißen Hemd ab.

Ich versuchte, ihn von mir wegzudrücken, meine Kräfte zu mobilisieren und ihn einzuschüchtern. Doch mein Basilisk schien wie verschollen. Warum bekam ich keinen Laut über die Lippen? Wo waren meine Schuppen, die noch wenige Stunden zuvor so vehement versucht hatten, mich vor dem *schwarzen Prinzen* zu schützen?

Das Gesicht des Prinzen näherte sich dem meinen. Ich spürte seinen warmen Atem auf meiner Stirn. »Ist dir überhaupt bewusst, wie oft ich schon darüber sinnierte, warum ich mich einer solchen Strafe unterwerfen muss?« Er atmete stockend ein und aus, sein Kiefer mahlte. »Ich durchsuchte Tag für Tag sämtliche Bücher unseres Palastes. Stunde um Stunde rang ich mit der Hoffnung um ein Heilmittel.« Ein verächtliches Lachen entfuhr ihm. »Ich habe jegliche Anstrengung unternommen, um mein schreiendes Inneres zum Stillschweigen zu bringen.«

Ich wollte mich befreien und doch gelang es mir nicht zu protestieren, geschweige denn mich zu bewegen. Die Stimmen in meinem Kopf erklangen lauter und lauter. Jede einzelne meiner Zellen verlangte nach dem Prinzen.

Hitze ereilte mich, meine Wangen glühten, während der Schattenelf vor mir allmählich dem Geist der Unterwelt zu verfallen schien. Sein Starren wurde intensiver, hüllte mich wie *blaues Feuer* ein. Bloß Sauerstoff und winzige Staubpartikel hatten noch Platz zwischen uns.

Seine Stimme klang gebrochen, als er fortfuhr: »Doch ich scheiterte mit jedem neuen Versuch. Jedes einzelne meiner Worte brannte sich in meine Haut. Verewigte sich auf ihr.« Er packte seine Brokatweste und riss sie mitsamt dem Hemd mit einem Ruck auseinander. »Einzig und allein *du* bist für das verantwortlich«, fügte er mit einer viel zu lauten Stimme hinzu, sodass ich zusammenzuckte. »Für all die Narben, die die schwarze Magie an mir hinterließ.«

Meine geweiteten Augen schweiften über seinen nackten Oberkörper. Über die hervorstehenden Muskeln und … die *schwarzen* Runen und Schriftzeichen, die sich auf seinem Bauch und der Brust sammelten und die Antwort darauf gaben, aus welchem Grund sich der Prinz ausschließlich alleine umgezogen hatte. Jede einzelne Linie schien wie von einem glühend heißen, äußerst filigranen Eisenstab in seine helle Haut eingebrannt worden zu sein – ich unterdrückte den Drang, die Linien mit meinen Fingern nachzufahren.

Seine Fäuste verkrampften sich. Ich konnte nichts dagegen unternehmen, als sich meine Hände wie von selbst auf seinen wiederfanden. Vorsichtig strich ich mit den Daumen über seine

Fingerkuppen. Ein Impuls in mir wollte die Anspannung lösen, die sich so verzweifelt in seinem Verstand festgesetzt hatte.

Die Atmung des Prinzen beschleunigte sich. »Seit du damals von unserem Heiler untersucht wurdest, gelang es mir nicht mehr, meinen Blick von dir abzuwenden.« Er lachte leise, als er ergänzte: »Meinen nebulösen Verstand zu klären, stellte sich als eine schier unmögliche Aufgabe heraus.«

»Daran erinnert Ihr Euch noch?« Ich blinzelte verwundert. Da an meinem fünfzehnten Geburtstag eigentlich meine erste Verwandlung hätte einsetzen müssen, glaubte der König, mit mir stimmte etwas nicht. Aylên hatte jedoch keinerlei Unregelmäßigkeiten oder Krankheiten gefunden.

Dass ich aber seit ich denken konnte mit allen Mitteln gegen meine innere Bestie angekämpfte hatte, hatte niemand beachtet.

Prinz Joseph nickte. »Natürlich. Ich erinnere mich an jedes Detail, das mit dir in Zusammenhang steht.«

Diese Information beunruhigte mich so sehr, dass ich augenblicklich seine Hände losließ. Einen unerträglich langen Moment waren seine Augen auf meine Finger gerichtet. »Du bist derart durch Fehler gekennzeichnet … ich habe noch nie Schöneres gesehen.«

Ich traute meinen Ohren nicht. »Was …?«

»Dein Wesen, so voller Leben und Gefühl …« Er unterbrach sich, schüttelte den Kopf. »Es gelang mir nicht, mich zurückzuhalten. All diese Provokationen von meiner Seite aus füllten diese unglaubliche Leere in mir«, gestand er. »Aber das reichte nicht aus. Ich wollte mehr. Viel mehr. Und habe mich schlussendlich daran verbrannt.«

Mein Blick glitt zu der Narbe in seiner linken Wange.

Die Augen des Prinzen wanderten von meinen Händen über meine Brust bis zu meinem Gesicht und hinterließen eine brennende Spur auf meinem Körper. Behutsam hob er seine rechte Hand an meine Schläfe und strich quälend langsam über mein Schlangenmal. Seine Fingerspitzen versengten meine Haut.

»Ich konnte mich nicht davon abhalten«, flüsterte er, »immer … und immer … und immer wieder Fotografien von dir anzufertigen.« Ich drückte mich stärker gegen die Wand, versuchte mich zu konzentrieren, doch *sein* Geruch war überall – schwer und nach Tannennadeln und Holz duftend hing er in der Luft.

Mit einem Mal sank seine Stirn gegen meine, erneut stützte er sich mit seinen Händen an der Wand hinter mir ab. Er lachte auf, sein warmer Atem kitzelte auf meiner Haut. »Es ist eine Sucht. Ich bin … *besessen.*« Er schloss angestrengt die Augen, atmete zitternd ein. »Von *dir.*«

»Eure königliche Hoheit …«, versuchte ich gegenzulenken.

Doch er kam mir so nah, so unglaublich nah, dass es mir die Luft zum Atmen raubte. »Ich würde meinen ganzen Reichtum aufgeben, nur um meinen Vornamen aus deinem Mund zu hören. Wenigstens ein einziges Mal.«

»Joseph …?« Das Weglassen des Adelstitels kam mir überraschend leicht über die Lippen. Doch bevor ich überhaupt realisierte, *was* ich gesagt hatte, war es bereits zu spät.

Der jüngste Königssohn schlug die Augen auf. Den Blick auf meine Lippen geheftet, drückte er seinen Körper zunächst sanft gegen meinen. Alles um mich herum war einzig und allein durch seine Präsenz erfüllt. Er schien völlig geistesabwesend, als er sagte: »Nur *einmal.*« Es klang beinahe flehend. »Ich möchte nur ein … ein einziges Mal … *kosten.*«

So zart und unwirklich, wie sich der Kuss anfühlte, umso heftiger vollzog sich sein zweiter Versuch: Begierig drückte er seine Lippen auf meine und drängte mich stärker gegen die Wand. Ich schmeckte den süßlich-bitteren Wein vom Abendessen, während seine Hände meine Taille umfassten. Ich fühlte die Wärme seiner Finger durch den Stoff meiner Kleidung, spürte die Stärke seines Griffs, der mich nie wieder loslassen wollte. Wie von selbst passte sich meine Atmung seinem Rhythmus an, meine Knie wurden weich. Wie ein ausgehungertes Tier, das sich verzweifelt nach Zärtlichkeit und Liebe sehnte, lechzte er nach jeder einzelnen Berührung.

Und ich konnte nichts dagegen unternehmen, dass ich ihm all das, all die Berührungen und die Aufmerksamkeit geben wollte, nach denen er so vehement verlangte. Wie von selbst fanden sich meine Hände in seinem dichten, dunklen Haar wieder.

Als mit einem Mal jemand Prinz Josephs Namen rief.

Wir lösten uns augenblicklich voneinander.

Entsetzt starrte ich den jüngsten Königssohn an, bevor ich den Kopf in Richtung der Stimme drehte. Und in der Kristallkugel den Thronfolger entdeckte.

Prinz Steven sah mich einen viel zu langen Moment an, bevor er seinen jüngeren Bruder zu einem ernsten Gespräch aufforderte. Meine Hände begannen zu zittern. Warum hatte ich mich so sehr hinreißen lassen? Ich verurteilte mich selbst in höchstem Maße dafür, dass ich mich nicht entschiedener widersetzt hatte. Ähnlich einer Selbstbestrafung tauchte wieder die Bilderkammer vor meinem inneren Auge auf.

Noch immer spürte ich den Blick des *schwarzen Prinzen* auf mir. Mich überkam ein Gefühl tiefster Scham. Ich fühlte meine Beine nicht mehr. Nur mit Mühe hielt ich mich noch aufrecht.

»Joseph!«, wiederholte der Thronfolger. »Es steht dir nicht zu, deinen Bruder zu ignorieren, obwohl ich um ein Gespräch ersuche!«

Doch Prinz Joseph überging seine Aufforderung und fragte stattdessen: »Wer erlaubte dir, mich außerhalb von Héron zu kontaktieren?«

»Lenke nicht davon ab«, warnte Prinz Steven, »dass du versuchtest, eine *Nachfolgerin des Mondgeistes* zu verführen. Welche Absicht verbirgt sich hinter diesem Irrsinn, Joseph?«

Der jüngste Königssohn hatte sich keinen Millimeter von mir entfernt. Erst nach quälend langen Minuten richtete er seine Aufmerksamkeit auf den ältesten Königssohn. »Sie lebt«, giftete er mit geballten Fäusten. »Ich habe-«

»Einen Basilisken zu verführen beschützt ihn noch lange nicht!«, echauffierte sich der Thronfolger. »Kannst du überhaupt die Tragweite deiner Handlungen ermessen? Ich denke, dass dem *nicht* so ist. Ansonsten würde Vater nicht wissen, dass du mit einem seiner Boote zu den Menschen nach Puerto Rico geflohen bist. Er und seine Männer werden euch finden.«

35

Das Blut rauschte in meinen Ohren. Für einen unerträglich langen Moment war es derart still, dass ich den *schwarzen Prinzen* atmen hörte.

»Könntest du das bitte noch einmal wiederholen, Steven?«, fragte er in einem viel zu langsamen Tempo, als könnte er seine eigenen Worte nicht mehr verstehen.

»Verschwindet von dort!«, scheuchte uns der Thronfolger auf. »Ich muss das Gespräch beenden, bevor Vater bemerkt, dass ich dich kontaktiert habe.« Daraufhin brach die Verbindung ab und erneut spiegelten sich in der Kristallkugel bloß die Überreste des versengten Zimmers.

Vor Entsetzen konnte ich mich nicht bewegen. Ich wusste nicht einmal, ob ich noch atmete. Allerdings spürte ich umso deutlicher das Klopfen meines Herzens – schmerzhaft weitete sich meine Brust.

Hastig sprang ich auf. »Wo sollen wir jetzt hin? Wir können nicht nach Héron – sämtliche Bewohner der Ringe suchen mich! Und bei den Menschen können wir auch nicht bleiben – ohne einen Schutzraum, der mich bei Vollmond einsperrt.«

Meine Beine drohten nachzugeben. Ich sank in mich zusammen, hielt mich aber noch aufrecht. Fieberhaft überlegte ich, was *wir tun* konnten, wohin *wir gehen* konnten.

»Wir müssen zu Rya!«, schoss es aus mir heraus. »Wenn mein Bruder dort sicher ist, dann auch wir!«

Prinz Joseph hingegen wirkte völlig geistesabwesend. Er saß noch immer auf seinem Platz, während er etwas vor sich hinmurmelte: »Mehr … Zeit … Ich … brauche mehr Zeit … Verteidigung … Vorsichtsmaßnahme … Vollmond.«

Abrupt hielt er inne. Nur ganz langsam drehte er seinen Kopf zu mir. Er lächelte, aber es erreichte seine Augen nicht. Schlagartig sank mein Puls, meine Finger fühlten sich mit einem Mal eiskalt an.

Ich schluckte den Kloß in meinem Hals hinunter und fragte: »Wie bitte?«

»Ich verfüge über einen Plan«, antwortete mein Gegenüber und erhob sich. Mit einem kurzen Kopfnicken bedeutete er mir, ihm zu folgen. Mir blieb keine andere Wahl, und so heftete ich mich an seine Fersen – allerdings war ich darauf bedacht, einen gewissen Abstand zu ihm einzuhalten. Der Basilisk in mir war wieder aktiv, ich spürte das Gewicht an meinen Armen und Beinen und die Schuppen schimmerten durch die Ärmel der Bluse.

Der Prinz machte immer größere Schritte. Immer schneller werdend. Und hastete im nächsten Augenblick los. Angestrengt sprintete ich ihm hinterher. Er rannte Treppen hinunter, durch die Flure und wurde erst wieder langsamer, als die vertraute dunklere Umgebung uns umfing. Ich fragte mich, ob er uns durch einen Geheimgang in ein anderes Versteck führen wollte. Oder ob er vielleicht sogar seine Waffen holen wollte, um damit gegen seinen Vater und dessen Armee anzutreten.

Ich schüttelte den Kopf. So lebensmüde wäre nicht einmal er, um gegen eine Armee von zehntausend Mann anzutreten.

Die Treppe, die hinunter in die Bilderkammer führte, war noch immer zu sehen, da niemand die Wand verschlossen hatte. Doch der Prinz lief einfach daran vorbei, weiter den Flur entlang.

Ganz am Ende des Ganges gab es eine – für die ansonsten so prunkvoll geschmückten Verhältnisse des Schlosses – recht schäbige Metalltür.

»Was habt Ihr vor, Eure königliche Hoheit?«, drängte es mich zu fragen – die höfliche Anrede war mir mehr oder minder herausgerutscht, denn ich schaffte es nicht schon wieder, den jüngsten Königssohn allein bei seinem Vornamen zu nennen. Es war mir irgendwie … zu *nah*.

Der Prinz hob nur kurz seine Augenbrauen, blinzelte. Dann schüttelte er den Kopf, als würde er sich wieder besinnen. »Die Antwort wird sich dir sogleich selbst präsentieren«, entgegnete er rätselhaft, griff in die Taschen seiner schwarzen Stoffhose und schloss auf. Doch vor uns erstreckte sich kein Raum, keine Treppe führte hinunter, man konnte nicht einmal hineingehen: Denn es war ein Schrank.

Der über und über bestückt war.

Mit Spritzen.

Erschrocken sprang ich zurück. »Was habt Ihr vor?«, wiederholte ich.

»Vertraust du mir?«, fragte er mich, ohne sich umzudrehen. Stattdessen betrachtete er die unzähligen Spritzen, deren Inhalt farblich viel zu sehr an den Mondgeist erinnerte, als dass ich es ignorieren könnte.

»Nein!«, brach es aus mir heraus. »Wie kann ich Euch vertrauen, wenn Ihr mir nicht einmal sagt-«

Abrupt drehte er sich um und sah mich an. Mit einem Lächeln, das nicht zu dem unnachgiebigen Ausdruck in seinen Augen passte. Langsam kam er auf mich zu, der silbrigweiße Inhalt der Spritze schwappte bedrohlich hin und her.

Ich knurrte. »Bleibt stehen!«, verlangte ich, während ich einige Schritte rückwärts machte. Das Gewicht an meinen Gliedern wurde schwerer – nur mit Mühe hielt ich mich aufrecht. Mein Leib zitterte vor Wut und Entsetzen, Tränen brannten in meinen Augen. Ich hatte ihm für einen winzigen Augenblick vertraut, hatte geglaubt, er wäre wahrhaftig auf meiner Seite. Und jetzt würde ich für diese grenzenlose Dummheit bestraft werden.

Denn er blieb nicht stehen, sondern setzte weiterhin einen Fuß vor den anderen. »Ich muss diesen Plan ausführen. Wir werden diese Verteidigung benötigen.« Nichts war mehr da von seiner Verletzlichkeit, seiner Offenheit, seiner … *Emotionalität.* Kälte und Ernsthaftigkeit durchzogen nun sein Antlitz.

»Welche … Verteidigung?« Eine Vorahnung machte sich in meinem Inneren breit – Angst war gar kein Ausdruck dafür, was ich in diesem Moment verspürte.

»Dieses Serum …« Er schwenkte die Spritze in seiner Hand hin und her, hin und her, hin und her. »Es wird dein bestialisches Inneres *wecken.*«

»Das werdet Ihr nicht wagen!«, drohte ich ihm mit einer viel zu dunklen Stimme, die längst nicht mehr meinen menschlichen Stimmbändern entsprang.

Der Prinz aber schnaubte verächtlich. »Vielleicht benötige ich das Serum auch gar nicht mehr«, fügte er ausgerechnet die Wahrheit hinzu, die ich so verzweifelt zu ignorieren versuchte. »Du verfügst nicht einmal mehr über die Kontrolle deiner Halbverwandlung.«

Meine Atmung beschleunigte sich. Meine Sinne waren geschärft: Plötzlich war der Raum viel zu hell, der Teppich unter meinen Füßen viel zu weich, das Gemäuer viel zu staubig und der Herzschlag des Prinzen viel zu laut.

Nein!, schrie es in meinem Inneren. *Lass dich nicht darauf ein!*

Das wird nicht funktionieren, setzte mein anderes Ich entgegen.

Beruhige dich!

Es ist längst zu spät.

Ist es nicht!, hörte ich einen Teil von mir flehen. *Kämpf dagegen an!*

Doch meine innere Bestie lachte bloß. *Du kannst nicht gegen etwas ankämpfen, das Teil deines Selbst ist.*

Sie sollten endlich aufhören! Die Stimmen – warum gaben sie keine Ruhe? Ich kniff die Augen zusammen und hielt mir den Kopf. Ein Schmerz, als drückte jemand von innen gegen meine Zähne, zog sich durch mein Gebiss. Weil mein Kiefer wuchs.

Mit einem Mal entrang sich mir ein ohrenbetäubendes Brüllen.

Der Prinz hielt inne. Doch keine Angst zeichnete sich auf seinem Gesicht ab. Es war, als fühlte ich mich in den Palast zurückversetzt, unmittelbar nach dem Blutbad, und würde einem anderen Ich des *schwarzen Prinzen* gegenüberstehen.

Ich machte wieder ein paar Schritte rückwärts.

Das war nicht der Prinz.

Sondern …

»Eure königliche Hoheit!«, rief ich verzweifelt. »Hört mit diesem Wahnsinn auf! Der Fluch … er macht Euch zu *mir*. Zu einem gefallenen Drachen mit schwarzer Magie!«

Aber er schien das nicht zu hören. Zumindest ließ er sich nicht davon abhalten, immer dichter aufzurücken. Eine merkwürdige Kälte ging von ihm aus, so als hätte er mithilfe seiner Wasser-Magie den Flur heruntergekühlt. Keinerlei Wut, Verzweiflung, Traurigkeit oder gar Belustigung spiegelte sich in seinen Augen, die jetzt so tot wirkten, dass sich mir die Nackenhaare aufstellten.

Ich durfte meinem Basilisken nicht die Kontrolle überlassen. Durfte nicht der *schwarzen Magie* die Kontrolle überlassen. Mir blieb nichts anderes übrig als zu fliehen.

Übereilt drehte ich mich um.

Aber der Prinz war schneller und stand mit einem Mal direkt vor mir. »Du befindest dich in keiner Position, die eine Wahl zulässt. Sieh dich nur an!« Er nickte in meine Richtung, die Augen *nicht* auf mein Gesicht gerichtet. »Deine Bestie ist längst auf meiner Seite.«

Meine Hand schoss zu meinem Hals. Aber da waren keine Dornen, keine Schuppen, die meine menschliche Haut und meine Halsschlagader schützten.

Hastig stürzte ich mich auf ihn. Durch den Überraschungsmoment ging er zu Boden. Ich kniete auf seiner Brust. Wollte ihm die Spritze entreißen.

Als er sich mir scheinbar mühelos entwand. Mich umarmte, an sich drückte und herumrollte. Sein Gewicht raubte mir die Luft zum Atmen.

»Bitte!«, schrie ich hysterisch. »Tut das nicht!«

Doch er ließ sich auch davon nicht abhalten.

Die Spritze schoss auf mich zu. Panisch umklammerte ich seine Fäuste. Meine Arme zitterten unter der enormen Kraft des Prinzen, während ich in einem zum Scheitern verurteilten Versuch dagegendrückte. Aber mein gefallener Drache ließ mich im Stich.

»Warum tut Ihr mir das an?«, fragte ich mit tränenerstickter Stimme, während ich bereits die Nadel an meiner Halsschlagader spürte. Es pikste, doch sie drang nicht durch die Haut.

Inzwischen zitterten auch die Arme des Prinzen. Er atmete schwer, so als gäbe es nicht genug Luft hier unten. Das Haar klebte ihm schweißnass an Stirn und Schläfen. »Wir haben keine andere Möglichkeit, um meinen Vater und seine Armee zu überleben«, wisperte er tonlos; seine Tränen tropften auf meine Wangen und hinterließen eine brennende Spur aus Verzweiflung und Lügen.

Dann durchstieß die Nadel meine Haut.

Ich schrie auf, als der Prinz mir das Serum verabreichte. Hustete und würgte. Der jüngste Königssohn entfernte die Spritze und glitt von mir herunter. Atemlos starrte er mich an, während mein Kopf zu glühen begann und meine Schuppen mit jedem Ein- und Ausatmen erschienen und wieder verschwanden.

Ich rollte mich auf die Seite, kämpfte mich auf alle Viere. Immer wieder durchzuckte es mich. Ich würgte und würgte und würgte, aber nichts anderes kam hervor als bedrohliches Knurren.

»Was habt Ihr mit mir gemacht?« Das war nicht mehr meine Stimme. »Das werde ich Euch niemals verzeihen!«

Ich wollte schreien, doch meiner Kehle entsprang ein Brüllen. Gewaltsam schoben sich die Dornen viel zu früh aus meinen Halsbeugen, durchstießen mein Fleisch, anstatt sich meiner Verwandlung anzupassen. Ich erschnupperte das Blut, bevor ich es sah.

Ich muss zum Serpiumzimmer!, schoss es mir durch den Kopf.

Als trüge ich eine zentnerschwere Rüstung schaffte ich es allerdings nicht, mich von der Stelle zu rühren, geschweige denn mich zu erheben. Aus dem Augenwinkel entdeckte ich den Prinzen und wie er sich zusammenkrümmte und die schwarze Magie herauswürgte.

Er schrie auf.

Einmal.

Zweimal.

Dreimal.

Bis ihn eine einzige dicke, schwarze Wolke umgab.

An das, was danach geschah, erinnerte ich mich nicht mehr …

36

Stimmengewirr war das erste, was ich vernahm – obwohl ich weder etwas spürte noch sah. Die Dunkelheit hielt mich gefangen. Mühsam versuchte ich zu verstehen, was gerade um mich herum passierte, aber mein Verstand watete nur durch eine zähflüssige Masse.

Nach und nach drang immer mehr Licht durch meine Lider. Allmählich begann ich wieder zu spüren und bemerkte, wie Luft in meine Lunge strömte und sie weitete. Ich fühlte eine unangenehme, warme Feuchte unter meinen Gliedern. Doch mit dem Gefühl kamen auch all die Schmerzen wieder. Und sie waren überwältigend. Es war, als würde eine glühend heiße Flüssigkeit durch meine Adern fließen und meinen Schuppen befehlen, sich gewaltsam wieder zurückzuziehen.

»Vorsicht! Haltet lieber Abstand«, erreichten nun klare Worte mein Gehör, allerdings kannte ich die Stimme nicht. »Wir haben es hier mit Thyra-Fiah Cerrejonensis zu tun.«

Ich riss die Augen auf.

Zeitgleich erklang das synchrone Laden mehrerer Pistolen.

»Keine schnellen Bewegungen!«, bellte eine andere, ebenfalls unbekannte Stimme. »Sonst werden wir Gewalt anwenden müssen.«

Ich bewegte mich nicht. Versuchte, meinen Puls herunterzufahren und atmete tief ein und aus. Über mir erstrahlte ein wolkenloser Himmel, während mich das Rauschen von Wellen erreichte.

»Langsam aufsetzen!«, befahl man mir.

Ich fügte mich. Rollte mich quälend langsam auf die Seite, stützte mich mit dem rechten Ellbogen auf, während ich bei jeder Bewegung scharf die Luft einsog. Als ich mich aufrichtete, zuckte ich vor Schmerz zusammen.

Dann hob ich meinen Blick. Ein Dutzend Menschen – Frauen wie Männer – in schwarzen Anzügen zielten mit ihren Pistolen auf meinen Kopf, während ich zu begreifen versuchte, dass sich in Gewalt sechs weiterer Menschen Maijin, William und sogar der *schwarze Prinz* höchstpersönlich befanden.

Aber ich konnte mich nicht darüber freuen, dass sowohl die Dunkelelfe als auch der junge Kellner tatsächlich am Leben waren. Denn etwas anderes zog meine Aufmerksamkeit auf sich: Mit offenem Mund starrte ich auf das blutrot gefärbte Meer zu meiner Linken und verfolgte die Spur, die bei mir in einer großflächigen Lache endete.

Panik stieg in mir auf. Ich unterdrückte die verzweifelten Schreie, die in ohrenbetäubender Lautstärke und einer viel zu hohen Frequenz in meinem Kopf hämmerten. Die Erinnerungen an die letzten Stunden vor meiner Verwandlung schlugen wie ein Meteorit ein. Meine Unterlippe zitterte, die Hände krampften.

Ich träume. Das ist … nur ein Traum. Ein … Albtraum.

Doch meine innere Stimme ließ mich nicht in dem Glauben. *Ein Albtraum, aus dem du nie wieder aufwachen wirst.*

Meine Atmung beschleunigte sich. Ich wagte nicht, einen Blick in eine andere Richtung zu werfen. Ich wusste bereits, was ich getan hatte. Mein entsetzter Blick richtete sich direkt auf Prinz Joseph.

»Was habt Ihr getan?«, schrie ich und sprang plötzlich auf. Ich schwankte, da mich Schwindel ereilte und hielt mir für einen Moment den Kopf.

Doch er antwortete mir nicht. Ich wusste nicht einmal, ob er mich hörte. Er wirkte, als hätte man ihm irgendwelche Substanzen verabreicht, um ihn ruhigzustellen – ebenso wie Maijin und William. Sie alle ließen ihre Köpfe hängen. In meinem Kopf bewegten sich die Rädchen. Irgendetwas sagte mir, dass ich es nicht mit gewöhnlichen Menschen zu tun hatte. Dass sie über eine Fähigkeit verfügen mussten.

Zwei der Menschen drückten mir ihre Waffen gegen die Schläfen.

»Ich habe gesagt«, giftete der Rechte, »dass du dich nicht bewegen sollst!«

Mein Blick richtete sich auf ihn. »Wer seid ihr?«

Er schnaubte. »Das wirst du noch früh genug herausfinden.«

Mit einem Mal dämmerte es mir: Sie konnten Energien blocken.

Meine Augen wanderten über die beachtliche Anzahl an Menschen und ein weiteres Mal über meine Verbündeten und den jüngsten Königssohn. Keiner von ihnen konnte sich auf den Beinen halten, sie alle knieten im dunkel gefärbten Sand. Allerdings hingen das Hemd und die Brokatweste des Prinzen in Fetzen von seinem Körper und die schwarzen Schriftzüge hatten sich inzwischen bis zu seinen Schultern ausgebreitet.

Das Blut rauschte in meinen Ohren, als ich ein weiteres Mal die Lache unter mir anstarrte und registrierte, dass sie bei mir endete und sich nicht fortführte. In meinem Kopf drehten sich die Rädchen unaufhörlich weiter. Tief in meinem Inneren wartete eine Ahnung, die ausgesprochen werden wollte, doch meine Zunge konnte keine Worte formen.

Und mit einem Mal war es, als krieche ein fauliger Gestank in meine Nase.

Automatisch drehte ich meinen Kopf ein wenig nach rechts. Und unterdrückte einen Schrei, als sich mir der vollkommen schwarz gefärbte und verfaulte Dschungel zeigte – sämtliche Pflanzen waren abgestorben und die Knochen der Schlangen, Echsen und Vögel ragten aus ihren Körpern.

Was beim allmächtigen Geist der Unterwelt war passiert?

»Hey!«, schnauzte mich einer an. »Hier spielt die Musik!«

Ich starrte die Menschen an. Etwas in mir wartete nur darauf, ein Knurren erklingen zu lassen, um sie einzuschüchtern. Aber ich wusste auch: Eine falsche Bewegung konnte uns den Kopf kosten. Sie wollten etwas von uns, ansonsten hätten sie uns längst erschossen. Wenn ich nur wüsste, was …

»Wirst du uns freiwillig begleiten?« Es hörte sich nicht nach einer Frage an.

Schweiß bildete sich auf meiner Stirn. Die Haare klebten in meinem Nacken. Die Menschen hatten scheinbar mühelos eine kampferfahrene Dunkelelfe und den einzigen Genträger der schwarzen Magie ausgeschaltet – zumindest wies nichts darauf hin, dass sie Schwierigkeiten damit gehabt hatten.

Aber ich konnte sie jetzt nicht im Stich lassen.

Blitzschnell schossen meine Hände nach oben. Packten die beiden Pistolen und zogen sie überkreuz nach unten. Der Rechte und der Linke knallten zusammen. Ich trat hinter die beiden und richtete nun zwei Pistolen auf die restlichen Menschen.

Allerdings forderte die erst kürzlich eingetretene Verwandlung ihren Tribut: Schwarze und weiße Lichtpunkte tanzten vor meinen Augen, ich schwankte erneut. Ich blinzelte, versuchte, meine Sicht aufzuklaren.

Dieser Augenblick reichte aus, damit sich ein Schuss löste.

Und mich traf.

Doch der Schmerz war ein anderer, die Wirkung eine andere. Es fühlte sich wie ein elektrischer Schock an, der mein rechtes Bein betäubte. Unvermittelt sank ich auf die Knie.

Ich verzog das Gesicht, sog scharf die Luft ein. Als sich meine Sicht aufklarte, drückte ich ebenfalls auf den Auslöser. Zwei Schüsse lösten sich. Einer verirrte sich im inzwischen rosa verfärbten Meer, der andere traf einen der Menschen.

Er schrie auf und krachte zu Boden, die Hände krampfhaft um seinen Bauch geschlossen. Weitere Schüssen lösten sich aus meinen und ihren Pistolen. Hastig warf ich mich zu Boden, als geradewegs eine Kugel an mir vorbeizischte.

Ich wollte aufstehen, doch mein gelähmtes Bein zog mich wieder auf den Boden zurück. Ein weiterer Schuss traf mich. Der elektrische Stoß durchzuckte meinen ganzen Körper. Ich zappelte wie ein Fisch an Land.

Kurz darauf spürte ich mein anderes Bein ebenfalls nicht mehr.

Meine Arme zitterten, als ich mich keuchend aufstützte.

»Stopp!«, rief einer von ihnen – die Menschen blieben mitten in ihren Bewegungen stehen, die Pistolen noch immer auf mich gerichtet. »Wir brauchen sie lebend. Die Verwandlung hat sie bereits geschwächt – zu viel sollten wir ihr nicht zusetzen.« Der Sprecher besaß nicht nur eine seltsamerweise vertrauenerweckende Stimme – wenn auch mit einem ungewöhnlichen Akzent –, sondern wies eine weitere Besonderheit auf: Während das eine Auge in einem sanften Braun glänzte, erstrahlte das andere so blau wie der Horizont hinter ihm.

Doch der Ältere, den ich getroffen hatte und der nun vornübergebeugt lief, riss ihm seine Pistole aus der Hand. »Zu viel?« Er schnaubte. Wut zeichnete sich auf seinem Gesicht ab. »Sie ist ein verdammter *Basilisk*!«

Der Ältere drückte ohne Umschweife ab. Ich schrie auf, als mich ein weiterer elektrischer Schlag traf. Mein linker Arm zuckte unkontrolliert.

Nur schwach protestierte meine innere Bestie gegen die Angriffe, war sie doch genauso betäubt wie fast sämtliche meiner Gliedmaßen. Trotzdem stahl sich ein Knurren nach außen. Die Hitze stieg mir zu Kopf, einem fieberhaften Ausbruch gleich. Ich atmete derart schnell, dass ich glaubte, gleich zu kollabieren.

»Keine Sorge, Basilisken-Mädchen!«, lachte der Ältere dreckig, wobei ihn jedoch die kribbelnde Taubheit in seinem Bauchbereich keuchen ließ. »Wir wollen dich nicht töten. Aber wir dürfen dich zum Schweigen bringen – das wurde uns ausdrücklich … *erlaubt.*«

Ich zuckte zusammen.

Eine Frau mit langen dunklen Haaren, die sie zu einem strengen Pferdeschwanz gebunden hatte, lachte ebenfalls auf. »Du kannst dich ohnehin nicht verwandeln – also, lass den Blödsinn!«

Meine Augen richteten sich auf den Mann mit den heterochromen Augen. Irgendetwas an ihm gefiel mir nicht.

Die Menschen kreisten mich enger ein.

»Also?«, schnauzte der Ältere. »Ergibst du dich endlich?«

Mit einem Mal fühlten sich meine Gliedmaßen eiskalt an. Ein letztes Mal richtete ich den Blick auf Maijin, William und Prinz Joseph, bevor mir ein Dutzend schwarze Hosenbeine die Sicht versperrten.

Ich hatte versagt.

Ruppig packten sie mich an den Schultern und zogen mich hoch. Man stützte mich, da mich meine Beine nicht mehr hielten. Einer der Männer war derjenige mit den heterochromen Augen; dunkle Locken und ein Drei-Tage-Bart ließen ihn älter erscheinen, als er vermutlich war. Für eine ganze Weile sahen wir uns schweigend an.

Bis uns schließlich Motorengeräusche erreichten und vor uns fünf schwarze Geländewagen mit getönten Scheiben hielten. Zuerst stützten sie Maijin, William und den Prinzen und brachten sie zu den Fahrzeugen, bevor auch ich auf eine Rückbank geschoben wurde.

Der Mann mit den heterochromen Augen drückte mich sanft an den Schultern gegen den Sitz und suchte dann nach dem Anschnallgurt. Müdigkeit erreichte mich. Ich blinzelte, um sie zu vertreiben. Als es plötzlich klickte, befand sich der Mund des Mannes an meinem Ohr: »Wir bringen euch zu Rya. Und zu deinem Bruder, Thyra-Fiah Cerrejonensis, *Nachfolgerin des Mondgeistes.*«

Ende von Band 1

Danksagung

Ohne einige bestimmte Personen wäre all das hier – diese Geschichte und ihre Veröffentlichung – nicht möglich gewesen. Deswegen müssen unbedingt noch ein paar riesige »Dankeschön!« verteilt werden:

Dabei geht wohl der größte Dank an meine Familie mit ihrer permanenten Unterstützung und ihrem Zuspruch – ihr ist auch dieses Buch gewidmet.

Danke auch an Valentina Duben, die mich seit meiner Jugendzeit zum Lesen und Schreiben animiert und inspiriert hat.

Denselbigen Dank spreche ich ebenfalls Timo Arnold aus – das gegenseitige Testlesen hat mich bis heute motiviert.

Ein weiterer Dank geht ebenso an meine große Liebe Martin Kramer, der sich durch sämtliche Rohfassungen gearbeitet hat.

Ein riesiges »Dankeschön!« hat ebenfalls Anne Haubner verdient – ohne ihre unnachgiebige und professionelle Art wäre ich mit dem Schreiben niemals so weit gekommen, denn sie hat mir all die Tipps und Tricks der Schreibkunst gezeigt sowie deren Grundlagen.

Und natürlich darf abschließend auch nicht der Dank fehlen, der an das »Lysandra Books-Verlagsteam« und ganz besonders an Nadine Reuter geht – denn mit ihrer Hilfe wurde diese Geschichte nicht nur auf Herz und Nieren geprüft, sie hat dazu auch noch ein wunderschönes Zuhause gefunden. Vielen Dank für deine Unterstützung und das Vertrauen in die »Mondsklaven«!

Jacqueline F. Eckert, Januar 2018